GÉRARD DE ROSSILLON

C.

Paris, impr. Guiraudet et Jouaust, 338, rue S.-Honoré.

GÉRARD DE ROSSILLON

CHANSON DE GESTE ANCIENNE

Publiée en provençal et en français
d'après les manuscrits de Paris
et de Londres

PAR FRANCISQUE-MICHEL

CORRESPONDANT DE L'INSTITUT DE FRANCE, ETC.

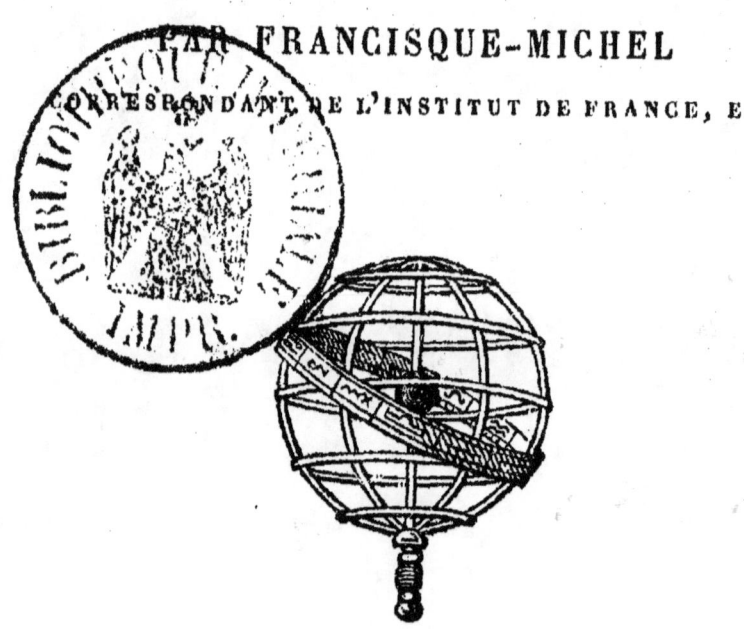

A PARIS

Chez P. JANNET, Libraire

MDCCCLVI

1856

PRÉFACE.

près tout ce qui a été écrit sur le Ro- man de Gérard de Rossillon, *surtout après le bel article que M. Fauriel* a consacré à cet ouvrage dans l'Histoire litté- raire de la France *, *il semble qu'il n'y ait plus rien à dire sur cette vénérable relique de la poésie des troubadours ; et cependant on peut avancer qu'elle fournirait aisément matière, si- non à un volume, au moins à un mémoire d'une certaine étendue.*

Peut-être me livrerai-je quelque jour à ce

---

* Tom. XXII, pag. 167-190. Auparavant le même au- teur avait donné l'analyse de *Gérard de Rossillon* dans la *Revue des Deux-Mondes*, année 1832, tom. VIII, pag. 287 et suiv. (Cf. *Histoire de la poésie provençale*, etc., par M. Fauriel. Paris, Jules Labitte, 1846, in-8°, chap. XXXII, tom. III, pag. 34-65.)

On en trouvera une autre dans le tome Ier du *Lexique roman* de M. Raynouard, pag. 174-224.

Citons encore la brochure que M. Alfred de Terrebasse a publiée sous le titre de *Gérard de Roussillon, fragment extrait de l'histoire des deux derniers royaumes de Bourgogne*, etc. Lyon, imprimerie d'Aimé Vingtrinier, 1853, seize pages grand in-8°.

travail et mettrai-je en œuvre les nombreuses notes que j'ai rassemblées. Pour le moment je ne veux présenter que ce qui a rapport à la renommée des anciens romans de Gérard de Rossillon et aux manuscrits qui en ont existé et qui nous en restent.

Le plus ancien, dont le texte paraît avoir servi de type à toutes les histoires en provençal et en français que nous connaissons, était le manuscrit latin conservé à Pothières, abbaye fondée par Gérard de Rossillon. L'abbé Lebeuf, qui désirait l'étudier, s'en fit faire une copie d'après une transcription exécutée par Antoine Pirot, avocat à Avalon en 1614 *. « Cela nous fait déjà croire, m'écrit M. Quantin, le savant archiviste du département de l'Yonne, à l'existence d'un manuscrit primitif; mais la relation de Paris la prouve évidemment, et le traducteur du XIIIe siècle cite des faits qui sont rapportés par le chroniqueur de Pothières à une date qui ne dépasse pas la fin du XIe siècle. Le manuscrit de Beaune **, plus moderne, n'est aussi qu'une copie de ce vieux type, qui

---

* Recueil des lettres de Lebeuf à Letors d'Avalon, etc., ms. de la Bibliothèque impériale, supplément français, n° 2440.

** M. Mignard a donné l'analyse de ce manuscrit dans son *Histoire et légende concernant le pays de la Montagne, ou le Châtillonnois*. Paris, 1853, in-8°.

sortait lui-même du manuscrit original écrit et composé à Vezelay. »

Suivant une note d'un autre savant d'Auxerre, M. Cherest, qui s'est particulièrement occupé de notre héros, « l'existence du roman latin antérieurement aux versions en français et en provençal n'est guère contestable, si l'on veut bien se reporter au manuscrit français de la Bibliothèque impériale nº 632ᵇ. En effet, ce manuscrit, qui remonte à la première moitié du XIIIᵉ siècle, contient une vie de Gérard de Rossillon débutant par ces mots : Ci commance la Vie de Girart de Roissillon, translatée de latin en françois. En le lisant attentivement, on y découvre que l'auteur de l'œuvre latine vivait vers la fin du XIᵉ siècle.

« L'étude du manuscrit de Beaune conduit au même résultat. Ce manuscrit, bien postérieur au précédent, puisqu'il est du XVᵉ siècle, n'est que la paraphrase de l'original latin, dont il donne le titre : Gesta nobilissimi comitis Gerardi de Roussillon. On y remarque, en outre, que l'original latin avait été rédigé à l'époque sus-indiquée, sur des documents perdus vers le milieu du XIᵉ siècle, dans un incendie de l'abbaye de Pothières.

« Enfin, l'auteur de l'œuvre latine, œuvre que l'on peut rétablir presque sûrement à l'aide de la traduction, de la paraphrase, et de di-

vers fragments conservés çà et là , était , à n'en pas douter, un moine de Pothières ou de Veze-lay, peut-être même plutôt de cette dernière maison. Il donne des détails très précis sur ce qui l'environne, et , à propos de fondations faites par Gérard en Franche-Comté , il déclare qu'il n'en sait pas les noms , parce qu'elles sont placées loin de lui dans la souveraine Bour-gogne. »

Plusieurs troubadours ont parlé de la rédac-tion provençale par laquelle s'ouvre notre publi-cation ; je citerai entre autres , d'après M. Ray-nouard *, Pierre Cardinal et Giraud de Ca-breira :

> Anc Carles Martel ni Girartz
> Non aucizeron homes tanz.
> PIERRE CARDINAL : Per fols.

> Non sabs co s va
> Del duc Augier...
> Ni de Girart de Rossillon.
> GIRAUD DE CABREIRA : Cabra juglar.

Un écrivain du milieu du XIII siècle , Albé-ric, moine des Trois-Fontaines, racontant les guerres soutenues par Gérard contre Charles le Chauve, cite les chansons de geste qui avaient cours sur ce sujet : « Cependant , dit-il , Gérard

---

* *Choix des poésies originales des troubadours* , tom. II, pag. 285.

succomba et fut vaincu par Charles, comme le rapportent les chansons héroïques*. »

Dans un vieux fabliau, un jongleur faisant l'annonce de ses talents s'exprime ainsi :

> Ge sai d'Ogier, si sai d'Ainmuon
> Et de Girart de Roxillon,
> Et si sai du roi Loéis
> Et de Bucvons de Commarchis,
> De Faucon et de Renoart,
> De Guielin et de Girart.

> *Les deux Bordéors ribaus*, dans le traité de Roquefort, *De l'état de la poésie françoise dans les XIIe et XIIIe siècles*, édit. de 1821, pag. 304.

Un autre trouvère rappelle en ces termes les longues guerres de Gérard de Rossillon avec Charles Martel :

> Dès icele ore que dans Gerars feni
> De Rossillon, qui tant par fu hardis,
> Envers Martel tante meslée fist,
> Ne fu mais si le regnes apovris.

> *La mort de Garin le Loherain*, pag. 139, v. 2930.

Adenès, parlant de Charles Martel, ajoute :

> Mainte grande envaïe
> Fist Gerart et Foucons et ceus de leur partie.

> *Li romans de Berte aus grans piés*, pag. 3.

---

* « ... regi tamen Karolo cessisse Gerardum, et victoriam ei concessisse perhibent heroicæ cantilenæ. » (*Alberici monachi Trium Fontium Chronicon*, sub ann. 866 ; ed. Leibnit. Lipsiæ, impensis Nicolai Försteri, M. DC. IIC, in-4°, p. 195.)

*Je retrouve une autre mention de Gérard de
Rossillon dans un roman de date postérieure :*

De ce furent dolent li parent Guenelon,
Mais joyans en estoient cil de l'estracion...
Thiery li Ardenois, Gerars de Rosillon, etc.

> *Roman des quatre fils Aymon, extr.,* v. 235. (*Chron.
> rim. de Ph. Mouskès*, tom. Ier, pag. 207, en
> note, col. 1.)

*Enfin, Philippe Mouskès analyse ainsi la
chanson de geste qui nous occupe :*

Partout, ce raconte l'estorie,
Ot-il hounor et pris et glorie;
Et s'ot feme gentil et noble,
Ki li vint de Coustantinoble
Et fu fille l'empereour :
Dont il ot guerre tamaint jor
Al duc Girart del Rousillon,
Quar il diut par devision
Avoir celi que Carles ot;
Et quant il avoir ne la pot,
Si prist l'autre seror à feme,
Ki d'autres fut safirs et gemme.
Mais entr'aus commença l'estris
Par quoi Girart fu desconfis
Et tantes fois soupris de guerre
K'il en pierdi toute sa tiere,
Et furent si parent ocis,
Et il en wida le païs.
Si se gari com karbonniers
Li dus, ki tant ot esté fiers;
Mais par sa feme et sa sereur,
Ki fu dame de grant valeur,

Se racorda puis à Charlon
Et Foucon mist fors de prisson.

Chronique rimée de Philippe Mouskès, édit. du ba-
ron de Reiffenberg, tom. Ier, pag. 75, v. 1810.

Un trouvère bien antérieur à Philippe Mous-
kès nous montre Gérard de Rossillon à la bataille
de Roncevaux, et le fait tuer par Marsilies * ;
mais, ainsi que le remarque un vieil historio-
graphe **, *ce n'est pas Gérard qui prit part à*
cette mémorable journée : ce fut Sanson, fils aîné
de notre héros, et, comme lui, duc de Bourgogne,
comte d'Autun et de Rossillon.

Au XVe siècle, la renommée de notre paladin
était encore vivante, au point de le faire figurer
vis-à-vis du Chevalier au Cygne, dans un tour-
noi donné en 1454 à la cour de Bourgogne ***.

Quelques années auparavant, en 1416, s'il
faut en croire Roquefort ****, *un certain Eudes de*

---

* *La Chanson de Roland*, coupl. LXII ; édit. de 1837, pag.
32, coupl. CXL, pag. 74, coupl. CLX, pag. 85. Cf. coupl.
CLXXIII, p. 93.

** Voyez le *Glossaire et index* du volume ci-dessus,
pag. 187, col. 2.

*** *Mémoires d'Olivier de la Marche*, liv. Ier, chap. XXIX ;
édit. du *Panthéon littéraire*, pag. 490, col. 1.

**** *Glossaire de la langue romane*, tom. II, table alphabé-
tique des auteurs, pag. 770, col. 2.

M. Raynouard cite quinze vers d'une version française
du *Roman de Gérard de Rossillon*, et renvoie à deux manu-
scrits de la Bibliothèque de la Faculté de médecine de Mont-

*Savesterot, prêtre de Châtillon-sur-Seine, avait
mis en rimes françaises, et probablement rema-*

pellier, cotés H : l'un grand in-4°, sous le n° 248 ; l'autre
petit in-4°, sous le n° 349.

C'est vraisemblablement de l'un de ces deux manuscrits,
coté au catalogue H, 244, que parle la Monnoye dans cette
note à la *Bibliothèque françoise* de du Verdier, édit. de Ri-
goley de Juvigny, tom. II, pag. 168 : « Il est en livre, et
dédié à Jeanne de Bourgogne, femme du roi Philippe le
Long. Il y en a un manuscrit dans la bibliothèque de M. le
président Bouhier (aujourd'hui M. le président de Bour-
bonne), dont le *Journal des savants*, novembre 1724, et le
Mercure de France, février 1725, font mention, au sujet des
tombeaux du village de Quarrée, dans le diocèse d'Autun. »

A ces détails nous ajouterons les suivants, dont nous
sommes redevable à notre savant et cher collègue, M. Al.
Germain, de Montpellier : « C'est, dit-il du manuscrit H,
244, qui provient effectivement du président Bouhier ; c'est
un petit in-folio, dont le commencement et la fin sont sur
papier, et le milieu seulement sur vélin. Ce manuscrit paraît
remonter au XVe siècle. Son texte en vers est suivi de notes
ou d'explications en prose, et d'autres vers français de je
ne sais quel auteur sur les femmes gauloises. Le livre s'ou-
vre par une vignette représentant Gérard de Rossillon armé
féodalement et monté sur son cheval panaché, devant les
murs d'une ville ou d'un château ; il se compose de 126
feuillets. Quelques vers du début suffiront pour donner une
idée de cette rédaction :

« La chose qui plus fait toutes gens resjoyr,
C'est des ditz et des fais des bons parler oyr.
Les bons bien les entendent et meilleurs en deviennent,
Les mauvais s'en amusent, maint autre bien en viennent.
Pour ce furent croniques faictes et establies,

nié plus à fond, le Roman de Gérard de Rossil-
lon. *Selon toute apparence, c'est là le texte qui
fut mis en prose et imprimé dans le siècle sui-
vant.* Le Manuel du libraire, *tom. II, pag.* 386,

> Pour savoir les merites et les faiz et les vies
> De tous les trespassez dignes de grant memoire ;
> Leurs faiz sont amassés et tous miz en histoire,
> Plus avoir ne povons de leur fait que le lire :
> En lisant les veons ; nulz hons n'en puet plus dire.
> Pour ce j'ai entreprins, à l'ayde de Dieu,
> De raconter au vray, se j'en ay temps et lieu,
> D'ung noble champion qui fut de grant lignaige, etc.

« L'autre manuscrit (H, 349) est in-4°, sur vélin, et semble
devoir être rapporté au XIVᵉ siècle. Il provient de la biblio-
thèque de Vezelay, et contient sur le premier feuillet de
garde une note de Laire, où il est dit que l'exemplaire en
question a été réparé par les soins et sous les yeux de la
Curne de Sainte-Palaye d'après le manuscrit de la Biblio-
thèque royale de Paris. (Les huit premiers feuillets ont été
effectivement renouvelés.) Laire ajoute dans sa note que
« ce manuscrit est le plus ancien qu'on trouve de ce roman
tant en France qu'en Italie. » Ce manuscrit est de 103
feuillets. Collation faite, il n'y a que la différence de quel-
ques variantes entre lui et le volume du président Bouhier ;
encore la plupart de ces variantes portent-elles uniquement
sur l'orthographe. »

Enfin nous venons d'apprendre de M. Mignard, qui pré-
pare une publication sur Gérard de Rossillon, qu'il a
trouvé à la Bibliothèque publique de la ville de Troyes des
fragments d'un poëme français relatif à ce héros, employés
comme gardes, dans un bréviaire du XVᵉ siècle. Ce dernier
volume étant de format in-32, pour y ramener celui du ro-
man, qui paraît avoir été in-4°, on a écourté le parchemin

*indique l'édition de Lyon, Olivier Arnoullet,
sans date. Il n'en cite aucune vente, et je puis
ajouter que ce volume, l'un des plus rares de sa
classe, manquait chez le prince d'Essling, chez
Coste, enfin dans les bibliothèques vendues de-
puis quelques années, où il se fût trouvé assu-
rément, s'il eût été possible de se le procurer.
Heureusement pour les amateurs de cette sorte
de livres, il vient d'être réimprimé par les soins
de M. de Terrebasse, qui a joint au roman des
préliminaires historiques et bibliographiques*.*

A partir du XVIᵉ siècle, si ce n'est même plus

d'une telle manière qu'il n'est guère possible d'y lire autre
chose que ces vers :

Par la main dextre ledit Girart la tint.
. . . .
Ainsi dois rois son roiaume tenir.

Cette découverte a paru à M. Mignard assez intéressante
pour en faire l'objet d'une communication au Ministre de
l'instruction publique. Voyez *Bulletin du comité de la langue,
de l'histoire et des arts de la France*, etc., tom. III, n° 4,
ann. 1855-1856, pag. 162.

* *Gerard de Roussillon*, etc. Lyon, par Louis Perrin,
1856, petit in-8°, de 50-149 pages, plus un feuillet de ti-
tre et une planche double représentant l'épitaphe de Thier-
ry, fils de Gérard et de Berthe. Le volume qui a servi à
cette réimpression est le même que celui dont parle M. Bru-
net, et qui, après avoir appartenu à M. de Pina, est de-
venu la propriété de M. H. Gariel, bibliothécaire de la ville
de Grenoble.

tôt, la chanson de geste que nous publions était si bien oubliée, que le Grand d'Aussy, faisant le dénombrement des quatre seuls romans qu'il connaissait aux troubadours, ne craignit pas de dire : «*Ce dernier* (Honorat de Lérins) *n'est qu'une légende ;* Gérard de Roussillon *qu'une chronique rimée, contenant l'histoire de la croisade contre les Albigeois (il y a aussi un* Gérard *en romane françoise, tout différent de celui-ci, et dont le héros fait la guerre à Charlemagne)* [*]. »

De ce qui précède on est autorisé à induire que les manuscrits du Roman de Gérard de Rossillon *étaient autrefois assez répandus. Le chroniqueur Jacques de Guise, avant d'entamer le récit des aventures de notre héros, s'exprime ainsi :* De isto Gerardo aliqua reperi in quodam libro metrificato in vulgare [**]. *Mais en quelle langue était ce livre ? C'est ce qu'il ne dit pas. L'existence d'une rédaction française de ce roman, qui le dispute en ancienneté à la rédaction provençale, donne naturellement à penser que Jacques de Guise, qui était Flamand, dut avoir recours à celle-là. On ne voit pas, d'ailleurs, comment un exemplaire du texte proven-*

[*] *Fabliaux ou contes,* etc. Paris, Jules Renouard, M DCCC XXIX, in-8°, préface, tom. Ier, pag. 28, en note.

[**] *Histoire du Hainault,* publiée par M. le marquis de Fortia d'Urban. Paris, Sautelet, 1826-38, in-8°, tom. VIII, pag. 189.

*çal aurait pu venir, du moins étre conservé,
dans le nord de la France.*

*Il est certain, cependant, qu'il y en a eu. Je
lis dans l'inventaire de Jean de Saffres, cha-
noine de la cathédrale de Langres, daté de
1365, l'article qui suit :* Item, Romancium Gi-
raldi de Rossillon, in provinciali lingua, taxa-
tum precio unius grossi *.

*Aujourd'hui il n'existe plus, à ma connais-
sance, qu'un seul manuscrit du* Roman de Gé-
rard de Rossillon *en langue méridionale, ce-
lui d'après lequel MM. Raynouard et Fauriel
ont publié leurs analyses, et qui m'a servi pour
la présente édition. C'est un volume in-8°, sur
vélin, conservé au cabinet des manuscrits de la
Bibliothèque impériale; il se compose de cent
seize feuillets écrits sur une seule colonne, et
souvent transposés, et porte sur le premier de
garde le mot* inscrit *suivi de la signature de*
J. P. G. Chatre de Cangé, *et sur le dernier feuillet
de garde du commencement :* Roman de Gerard
de Roussillon en vers prouenceaux. — Cangé,
48. *En haut du premier feuillet de texte on
lit :* Petri Dupuy Lib. m. s. cat. inscript., *et
au bas du même feuillet :* Codex D. de Cangé
124. Regius 7991.

---

* *Bulletin archéologique publié par le Comité historique
des arts et monuments,* vol. **IV**, pag. 33o.

Ce manuscrit, incomplet des premiers feuil-
lets, a beaucoup souffert, et la fin, dont on
aperçoit encore quelques vestiges sur le recto du
feuillet 116, est illisible. Il en existe bien une
copie, déjà ancienne, parmi les manuscrits de
la Curne de Sainte-Palaye * ; mais il n'y a rien
à en tirer, soit pour l'intelligence, soit pour la
plus complète lecture du texte.

Par une coïncidence tout à la fois remarqua-
ble et fâcheuse, le seul manuscrit que nous pos-
sédions du Roman de Gérard de Rossillon en
vers français du XIIe ou du XIIIe siècle se
trouve dans le même état. C'est un manuscrit
du Musée Britannique, Bibliothèque Harléienne,
n° 4334. Déjà, dans une précédente publica-
tion **, nous en avons donné, avec la description
du volume, un fragment, du folio 1 recto au fo-
lio 7 recto, ainsi que les onze derniers vers lisi-
bles ; aujourd'hui nous publions, à la suite du

---

* Ms. de la Bibliothèque de l'Arsenal, Belles-Lettres
françaises, in-folio, n° 183, fol. 1-116.

** *Rapports au Ministre de l'instruction publique.* Paris, Im-
primerie royale, M DCCC XXXIX, in-4°, pag. 174-185.
Plus haut, pag. 53, nous signalons dans la Bibliothèque
Bodléienne, à Oxford, un autre manuscrit du même roman
(Canonici manuscripti, n° 94, in-fol. oblong, vélin, de
cent soixante et treize folios, écriture d'environ 1200), et
nous annonçons en avoir transcrit une partie. Nous n'avons
pas retrouvé cette copie parmi nos papiers.

texte provençal, la totalité du manuscrit har-
léien, dont nous sommes redevable en partie
aux soins obligeants de Sir Frederic Madden,
le savant conservateur du Musée Britannique.
Il ne saurait être indifférent d'être éclairé sur
la concordance des deux textes et sur la priorité
du provençal, que le français d'ailleurs fait
mieux comprendre.

Pour cette double publication, nous avons
suivi le système imaginé par notre illustre maî-
tre M. Raynouard, et celui que nous avons ad-
opté pour nos éditions précédentes. Nous savons
bien que la manière dont l'auteur du Choix des
poésies originales des troubadours a publié
leurs ouvrages n'est pas du goût de tout le mon-
de; surtout l'usage où il était de détacher les
affixes et les suffixes, et de les tenir suspen-
dues entre deux mots, a soulevé plus d'une récla-
mation; mais, en dépit de tout ce qu'on a pu
dire, je n'ai pas cru devoir suivre le système de
M. Fauriel, qui consiste à reproduire les ma-
nuscrits tels qu'il sont, sans ponctuation ni apo-
strophes : ce ne serait vraiment pas la peine de
les publier; et, quand le texte n'est point ac-
compagné d'une traduction, où serait la preuve
qu'on l'a toujours compris ?

Pendant que nous confrontions avec le soin
le plus scrupuleux les épreuves de cette édition
avec le manuscrit, qui ne nous a jamais échap-

pé, il en paraissait une en Allemagne*. Nous voudrions bien en parler ; mais notre embarras est grand, et on le comprendra aisément, pour peu que l'on compare notre texte avec celui d'Outre-Rhin : tout ce que nous pouvons dire, c'est qu'au lieu de redouter un pareil examen, nous le réclamons

Est-ce à dire pour cela que notre publication soit exempte de fautes ? Non, certes, et nous devons même avouer qu'en relisant nos feuilles après le tirage, nous en avons trouvé un bon nombre, dont nous ne saurions assumer la responsabilité ; mais que faire ? rien autre, ce nous semble, que de les signaler dans un errata, et de prier les lecteurs, si nous en avons, d'y recourir.

---

* *Die Werke der Troubadours in provenzalischer Sprache*, herausgeben von C. A. F. Mahn. Epische Abtheilung. Erster Band. *Girartz de Rossilho*, nach der Pariser Handschrift herausgegeben von Dr Conr. Hofmann. Berlin, 1855, in-12, 2 livraisons formant 128 pages et renfermant 6003 vers.

ROMAN

DE

GÉRARD DE ROSSILLON

Lo reierme de Fransa desfai e despersona,
E ieu no i ai plus de lhiu que la corona.
More ieu, lo cuh mermar tro z aqua Roina.»
—« Mal aia, ditz Tiberstz, qui mot en sona !
Mas qui a fol talant, aquel respona
Entro siom a Sans desobre Iona. »

Lendema se partiron engal lo jorn.
,G. trais la reina desotz un aubor;
Ab se i menet .ij. comtes, lhiu e sa sor :
« Que me daretz-vos, molher d'emperador,
D'aques[t] camge c'ai fah de vos a lor?
Be sai que m'en tenetz per sordeior. »
— « Senher, mas de gran pretz e de valor.
Vos m'avetz fah reina, e ma seror
Avetz preza a molher, per mi amor.
Bertalai e Gervai, vos doi comtor,
Vos m'en siastz ostatge e lhiu auctor;
E vos, ma cara sor, ma confessor;
E sobre tot Jhesu lo redemtor
Qe m do, ab aquest anel, al duc m'amor,

1

E lhi don de mon oscle l'auriaflor;
Que mai l'am que mom paire ni mo senhor.
Al so partir no m pot mudar no m plor. »

Aisi duret tostems l'amors d'amdos,
Ses nulha malvastat que hanc i fos,
Mas bona volontatz e sens rescos.
Pero si en fo .K. tant eveios,
Tot per autra oucaison que lhi mesos,
E 'n fo al duc tant fers e tant iros,
Qu'elh en feiro batalhas per plas erbos;
Que n'i hac tans de morstz, fe que deh vos,
Que lhi meteis n'esteron tan tenebros,
Qu'anc poui[s] non fo parlatz motz amoros.

.K. perdet .G., e de Bergonha,
El coms li a tant servit, non a vergonha
Vai c'en per Loaregne tro a Colhonha,
E mandet los Bavirs e de Saissona ;
A dih a son coselh qu'el non resorgna,
Que no presa un ou tota sa ponha,
Se Girar de sa terra fors no redonha
De Proensa e d'Alverge e de Gasconha.
Anc no fo vitz tals rei tan mala gongna.

Karles mandet sa gen, no ditz per que,
E comanda a cascu qu'adugua ab se
E purs cavals i armans estia a qui i masei;
Apela ab se Teric, e foren trei :
« A vos dos o dirai on plus me crei. »
Sos ches e sos lebriers e son arlei,
E Tebertz demandet armas aquei :
« .G. non es mos hom ni de mo fei ; -
E si malh lhi pusc far, no m'en recrei.

Irai à Rosilho penre que dei,
Cassa en bos e'n ribiera e mon conrrei;
Aquo e plus assatz aissi ieu ei. »
—« Est coselhs, ditz Tibertz, non es de mei,
Qu'al comte fassatz mal ni'l vos guerei. »
—« E vos, que m'en diret? » ditz el Terric.
« Senher, lhi paire foren miei enamic,
No vos vulh dar coselh ja d'ome bric,
Que puei[s] digo tei home ni tei amic
Que t'aga mes en guerra ni en destric.
Se sai tan son d'onor e d'aver ric,
Er en seran conquesit, so vos afic. »
— « Ne vulh, so respon .K., qu'om m'en
Era restant lhi vilh, veno lhi fric; [predic.
Qu'ieu farai tot manen lo plus mendic »
—« [B]on mestier vos auran jove et antic. »

Karles ve tant .c. comtes desos un brulh,
Jovensels e mesquis e ples d'orgulh;
E brochet lo caval, ab els s'aculh :
« Cassa aurem en ribiera, erbatge o fulh;
Mais val aissi anar qu'estar dins sulh. »
—« Don, cavalgua a bando e nos aculh,
E quer onor e terra e donna e tulh.
No t guerisca tesaurs, tors ni capdulh. »
— « Vos mi donatz coselh tal cum ieu vulh.
No n'i a un tan paubre, s'am mi s'aculh,
No'lh done quan volra de cor ni d'ulh. »

Karles ot cor valen e cor felo,
Ditz que no vol aver en sa reio.
Foran ab lui siei comte o siei baro,
Son ab lor lor motier e lor bracho.
E traspasse d'Ardena els bos Drogo,

E pero si ot pres per venaso.
La reina o apres, e mandet o
A. G. que si gart de traisio;
Mas lo comte a cor noble e de leo,
E si no creet pas la mespreiso.
Enpero si mandet comte Folco
E Boso e Segui de Besanço.

Karles venc de cassar per .j. sendier,
E lausavo-lhi tuh siei companhier
Qu'a Sanh-Persan s'en auen el monestier :
« Aqui a aigua dousa, peihs en viver ;
Beuran aiguas prions nostre destrier. »
Vecvos venguda l'ira e l'encombrier,
D'aqui poi[s] foro mort manh cavalier.
E[r] entendat de .K. que .G. quier.

Karles venc de cassar [del brulh] d'Ardena ;
Foro ab lui .c. comte d'una jovena.
Quals trai veltre o lebrier en sa cadena ;
E porto aurions ab la fort pena,
E fors l'altra mainada que lo reis mena.
Entro a Rosilho no tenc sa regna,
De fors los murs albergen de sus l'arena,
E fan lor cavals corre per la varena.
Lhi saumier van passan per mih la plana.
Vecvos comensada la guerra prumairana ;
A lonc temps durara aquesta pena.
El temps [qu']es comensada, la luna es plena.

Sus totz homes es .K. reis eveios,
Ni hanc non vi nulhs hom tan orgolhos.
Sotz Rosilho albergo, els pratz erbos,
E fan tendre lor traps seisanta e dos,

E en cascu ac pom d'aur resplandos.
Lo rei vi lo castel tan cobeitos,
E jura Damidrieu lo glorios :
« Si era lai de sus, cum soi sa jos,
No seria .G. coms poderos. »
Aqui ac .j. donsel masip e tos,
Que lhi respon tres mot[z] contrarios :
« Se per traisio era signe de vos,
Cel cap que avetz negre auriatz ros ;
Que se lh'acsetz de terra plen gan socos,
Tan sai .G. de guerra mal e ginhos,
Que no presa la nostra valhan .j. tros. »

Quant au .K. Martels la contraria,
Que ja n'aura castel se no 'l tinia,
Apelet .i. donsel de sa partia,
Bernart lo filh Ponso de Tabaria :
« Bernart, vai m'a .G., si l' me convia,
Renda mi del castel la senhoria ;
Qu'ieu i volrai laissar la donselia.
E si far non o vol, qu'el me desdia,
Ja no veira passar .xxx. e .j. dia,
Mostrarai-lhi de gen tal ost monia,
.C. M. chavaliers de Lombardia,
Estiers Grex e Romas e cels d'Ongria
E Escotz e Angles per establia.
Guidara los Araccles de Rancapia,
Que li ausis som paire sotz Quinquenia ;
E lai on perdran terra, faran salhia
Que hanc no fo per els nulha salhia,
Qu'els pogues retener, murs ni cairia.
E si .G. me reden e ma bailia,
S'ieu pendre no lo fatz, ja reis no sia ! »
Lo donsels es montatz e tec sa via,
E .K. fetz orgulh e galaubia ;

Car per aital mesatge lains evía.
Si comensa l'orgulhs e la feunia.
Que no sera ogan leumen fenia.

Fors al maier portal de Rosilho,
A destre cum intret, ac un peiro
E una galineva tot de viro,
De que so lhi pilar e li stilo
Tuh obrah a cedo, neihs lhi cabro,
Las croptas e las voutas de mier lato.
Aqui disna .G. un orio,
Tal mil de sa mainada vilh e frico,
De que so ab aufrei lhi alcoto,
E so de vermeilh pali lor jupio.
Ab tan vecvos Bernart lo filh Ponso,
E saludet lo gen en sa razo :
« Dieus te sal, .G. coms, cum ric baro ! »
— « Amics, e Dieus vos gar ! el lhi respo.
Vos me semblatz mesatge de par .K. »
— « Si Dieus m'ajut, ditz[-el], e ieu si so.
Ieu vos dirai sempreras don vos somo :
Que 'l redatz lo castel e la maiso ;
E si vos desdizetz .j. mot de no,
Ja no veiretz la festa de Roazo.
Mostrara-vos mos senher tan ric baro,
E la fortz per sels pratz tan pavalho,
Qu'anc no vistes aitans en .j. cambo. »
— « Amic, so ditz .G., laissatz o do.
Ja no m'en man lo reis nulha ocaisso ;
Mas si prengna lo meu coma lo so,
Quant sa mainada escrida tot de viro. »
—« D'aquo t tenem a fol et a brico ;
Quar si traire t'en pot per traisio,
O el ti fara pendre coma lairo,
O totz jorns ti tenra e sa preisso,

Qu'anc mai no vistes rei aita felo :
Qu'el cosentit la mort de filh Yo,
Qu'anc no pogron trobar fin adoro;
Quar no lh'en poc movre altra tenso,
Respihsz lor en dona dins Avalo. »

.G. au lo mesatge tant airant (*sic*),
E es dressatz en pes, i a parlat :
« Bernart, tu t'en iras au .K. trap,
E digas mi al rei per que m debat,
Quar [ieu ne] tenh de lui tot mon dugat.
Non irai a sa cort de tot estat;
Mas no me sai de sen tant estragat,
Que 'lh reda lo castel per tal foldat.
Ja Dieus non aia m'arma en poestat,
Si abans no so mil home en cam jutgat,
E manh bon chavalier bon crebantat,
Si que seran de sanc lhi cap molat!
Que anc nos vis un rei tan corrosat. »

— « D'una ren, ditz .B., que me diretz?
Er mandara lo rei totz cels de Mest
E Normans e Francens e d'Ais lo ces.
Quant en veiret .c. melia armatz de pretz,
Non auretz ta fort mur totz non depes;
Tan no seretz de sus, jos non anetz. »
— « .B., so ditz .G., era m'auvetz.
Per aquest batistire que vos crezetz,
No do vostra menassa ni no la pretz.
Abans qu'aiatz passatz l'aigua dal Betz,
En veiretz tans murir dels plus senetz;
Ja no cuh que [a]prop lor sia tetz.
Meravilharai-mi si sai venetz;
Mors o vencutz non estes, si arbergietz. »
— « E vos, so ditz .B., cum o sabetz,

Si no laissatz l'orgulh que vos tenetz,
Los tortz e las bausias que vos tenetz,
Molt er .K., mo senher, flebles e quetz,
Si d'aquesta paraula nos desdisetz.

« D'una ren, ditz .B., qu'en diretz-vos?
Tant sai .K. Martel mal e ginhos,
E lo sai aisi fer e enartos,
Qu'el mandara sos homes de mar en jos.
Veiretz nossir[1] .C. M. armatz de pros.
Tan for mur non avetz, totz non escros;
Tan no seretz en aut, non anetz jos.
Mas fazetz una causa que vos es pros :
Coliatz l'emperador sains ab vos,
E lhiuratz-lhi cluchires e murs e tors,
Tan qu'en sia sazitz e poderos. »
Adonc parlet Folques cum donzels pros :
« .B., Dieu vos en jur lo glorios,
Tant a .K. Martels mespres vas nos,
Que se il intra sains ab plus de dos,
Tan bon elme brunit veiretz terros,
Envers jazer sanglens per est peiros;
Qu'anc mai no vistes rei tan corresos. »

— « .B., so ditz .G., perque m'o dis?
Que tan conosc lo rei e sos mals vis,
Que si el era e la tor lai sus plus fis,
Veiria mon castel com es bastitz
E com es comensatz davas raitz ;
E veiria mos osdals e'ls brulhs floritz,
E veiria mos donsels que ieu ai noiritz.
Cre que .K. Martels fors los m'envis,
E ieu remanria fols e esbaitz.
Plus te dirai .B., .G. lhi ditz.

1 Lisez *n'issir.*

Quant veiretz mon palaitz que resplandis,
E l'un caire dins l'autre per majestis,
E veiretz del carboncle cum reluisitz
(Sembla de miga nuhs sia miedis),
Cre que .K. Martels l'encobeis ;
Abensas m'ausiria que loh gurpis.
El me metra la setge, si cum tu dis ;
Mas el no me penra tan cum sia vius.
Molt fara gran vilatge, s'el m'evais. »

Al derier mot, .G. ditz so veiaire :
« Rosilhos fon totz tems al vil mon paire,
E si l m'a autreat nostre emperaire,
E tota autra onor tro en Sanh-Fraire :
No l'en fara se[r]vizi lo filhs ma maire.
Lo castels es be fahs, e 'l murs de caire ;
Ieu no lo tenh de lui ni de son paire,
No m'en sai chavaler negu retraire.
Quatre nebotz ai pros, que tuh so fraire ;
Lo sordige lh'en pot feunia faire,
Si s vol, a Monleo, a son repaire.

« .B., so ditz .G., era t'en vai,
E dijas mi al rei que mot mal fai,
Qu'ieu tenc tot en alui de L[e]ire e sai.
Non irai a sa cort tan quan viurai.
Ja Dieus no m lais vezer lo mes de mai,
Se ieu abans no metia en tal asai
Don perdria del cors del sanc .j. rai,
Que renda lo castel per tal esmai,
Ni onor de ma terra de quan que ieu ai ! »
— « E per Dieu ! ditz .B., car ben o sai. »
Ab aquesta paraula s'en torna e vai.

Era s'en vai .B., e'lh son partit,

Tot dreh al trap lo rei el revenit ;
E .K. lhi demanda , quant el lo vit :
« Era me di, .B., que n'as auzit ?
E mal aia de mot qu'anc en mentit ! »
— « Aval es Rosilhos alvert a fah.
Sos paire ad ome ni a rei no servit,
E no fara el vos , si cum el dit. »
Quan l'au .K. Martels, s'esferezit,
De dol e de mal ira totz negresit.
El a'l mandat sos clergues, sos brieus escritz ;
De Fransa e d'Alamanha e de Benitz
Ajostet mais baros que anc no vit,
Sobre .G. lo comte, lo franc ardit ,
E tenran lhi lo setge tot un estit.
A un alp'aparan son elh issit,
E van a Rosilho, qu'ant asalit.
E .G. ac tal decha , qu'anc no s garnit,
Ni om de sa mainada no'lh defalhit.
Ab .iiij. c. dels seus qu'els son elit ,
Armat d'ausberc e d'elme 'ls fors son issit,
E .K. e lhi seu son esvasit.
Aquesta prumiera vetz no s'en gausit.

Ausis lor a .G. manh franc donsel ,
Son gonfaino enporta de sanc vermeilh ,
E correc-lhi per l'asta tro al arteilh ;
Non a nulh ome ab se no s meravilh.
Regarda de sus destre per un chameilh :
N'a chavalier en cap aitan cabeilh,
Cum vit elmes luzir contra 'l soleilh.
Intret s'en el castel, de sotz un teilh ;
No i ac porta neguna que no toreilh ;
E traish sos melhors omes a un coseilh :
« Vos o dirai, Arman de Mon-Espel ,

Bos e Folques e Seguis son tuh miei filh,
I ano per ma terra a un esveilh ;
O trobo mon amic, van s'en ab el.
Si .K. nos combat, non pretz un grel,
S'ieu no'lh mou ab ma 'spaza un tal trepel,
No'lh guerira sos elmes cap ni cabeilh;
E si Dieus en batalha mi fai pareilh,
Ancmais n'ac dol lo reis ava[n]s aqueilh. »

Or s'en van lhi mesatge toh trei garnir;
No volo lor senhor per re falhir,
Mor[1] .G. aquel comte de grat servir.
Per una pauca porta s'en van issir,
Que .K. ni lhi seu no 'ls pot cauzir.
Era s'en van lhi comte socors querir;
Ans que 'ls veia .G., cre que sospir.
Or fai semblan lo coms de folatir,
Que fai de sos borses los murs garnir;
E preia-lor que velho cum per unir :
« E si .K. vos vet sai asalhir,
Gitatz rocas e peiras de tal air
Que los fasatz areires lonh resortir.
Cui cal, s'el los en prega, Dius los air !
Que anc no lor en membret a so partir.
Qui ac genta molher, vai i burdir;
Cel qui ac s'amia, vai i dormir.
Van s'en per lo castel trastuh jazir :
No i ausiratz parlar ni mot brugir,
Ni gacha frestelar, ni corn bondir.
Era so mout leugier a escarnir;
E lo gartz se levet, que 'ls vai trair,
K e sa mainada dedins culhir.

Autra re fet .G. que lhi esta mau :

1 Lisez *Mas.*

Quar el pros don Fouchier lo manescau,
E lo trames la jos al trap reiau.
E Fouchier, quant i venc, no s mes en au :
Per son encantamen que sap aitau,
No ilh remas pavalhos tendutz ni trau,
Que el no los cerches la nuh ab frau.
Aitan en traihs d'aver .M. marcs d'aur uau.
Puis venc sotz Monleo, el plan pradau.
Aqui passo .c. mul e .c. chivau,
Aquels enmenet totz per una vau ;
Passetz sotz Rosilho del prumer gau,
Fet los cargar d'aver bon cuminau,
Venc s'en a Escorpio per lo portau.
Dels vaisels qu'el i mes dedins ab nau,
No sai prezar las lhiuras dau cuh que vau.
E .G. reseup fracha, qu'anc non pres tau ;
E perdet Rosilho, castel cabau,
Per Richier de Sordana, so manescau ;
E pois en fo pendutz, com laire, en au
Per Folque, lo ric comte e 'l naturau.

A Deus ! com mal esta a bon guerier
Que de filh de vilha fai cavalier,
E fai en senescal o coselhier,
Cum fetz lo coms .G. d'aquel Richier,
Cui el donet honor gran am molher,
Poi[s] trai Rossilho a .K., al fier !
A Dieus ! car no o sap lo coms jasier,
N'agues a l'altil gacha si mal portier.

G. ac un son drut, son acreent :
Ta mal a mes lo comte so noiriment,
El lhi donet molher e chasamen ;
E perpesct lo ser, en son jazen,

So senhor trairia en son durmen.
Causet e s vestit, non o fetz len,
E venc al lih .G., la clau en pren,
E desfermet la porta cochadamen,
Tot dreh al trap lo rei en venc corren;
E quan fo al portal, si se chaten :
« Don reis, or mi dijatz vostre talen,
Qui us redia Rossilho faintz o gen,
Si el en aura en Fransa nulh casamen. »
E .K. respondet demantenen :
« Quals se vol ora vena o bonamen,
D'aques[tz] dos lo metrai en causimen;
Mas no l'en sera mia ta paubramen,
Si el lo pot tener alontgamen,
.M. chavaliers non aia a son presen. »
— « Donas-lo-me, ditz el, ieu lo ti ren. »
E .K. totz prumiers pres garnimen,
E sa mainada s'armo tot dissamen;
Ans que vis del dia l'alp'aparen,
Agro de Rossilho lo mandamen,
E las claus de la porta lo gartz lhi ren.
Eu no sai de G. son garimen,
Si Dieus no l'acoselha del rei saben.

.K. pres Rossilho ses porta fracha,
No i ac dressat peirier ni gran atacha,
Ni no i ac colp donat de futz ni d'apcha,
Ni no i pres chavalier pols ni estracha.
La nuh pres feiro borses fola esqui[r]gacha,
A lor en revertit la peira fracha.
Tota la maier onta sobr'els es facha :
Ahi, .G., rics coms ! qual la t'au facha !

Lo coms .G. jasia en una tor,

E no foro ab lui mor[1] trei comtor.
Cilh foron endormit a la freidor;
E lo coms reisedet de la frior,
E entendet la nosa e la crior
Que fan la fors donsel e varvasor,
E estranh e privat, gran e menor,
E rechamo .G. lor dreh senhor;
E vest ausberc i elme, que ac fort cor,
E pres escut e lansa que ac melhor;
Lai on sap son caval, sela part cor:
Ja l'en traio foras .iij. lecaor.
A cascu fetz volar la testa por.
Puis es montatz lo coms de gran vigor;
Pe[r] una porta pauca que sap menor,
S'en es issiht lo coms de gran iror;
E apela lo rei prejur, trachor.

Quant la mainada .K. intra pel mur,
E la nuhs era negra, e fai escur;
E perprendon las ruas for[t] e adur,
Si que no i remas om negus en pur,
La mort .G. no parle o no la jur.
Per una porta pauca pencha ab asur,
S'en eis lo coms .G., qui que'l rancur;
E sos cavals l'enporta de tal argur,
Non cuh que milher bestia d'erba pastur.
El uret sanh Marti, lo bon tafur,
Mais ama guerra far que tolre ab fur:
« S'ieu en devia morir lei de prejur,
Si ausirai lo rei joine o madur. »
Ancmai[s] no vistes guerra ta longa dur.

En Rossilho ac tor de mur calcina;
Lhi cairel son de peira alamandina,

---

1 *Mor* pour *mas*, comme à la page 11.

Lo pege de fors fetz gens sarazina,
E fo de sus cuberta per art tapina
Lo sols en fo tan vertz coma chausina.
Cel que volc bon aver, en ac asina,
Bon cobertor de var, gris o ermina,
Bona copa d'argen e tot d'au[r] fina;
Quals en ac un sestier, quals .i. emina;
Mais n'agro lhi garso e gens tapina
Que no n'ac el tezaur Milo d'Aiglina.
Or vai l'avers .G. a desciplina.
Qui troba sa parenta o sa cosine,
Aqui eish en fai fur, rap o tragina.
Lo coms s'en es fugitz, la cara enclina.
.K. comensa guerra, que greu defina.

Era s'en vai .G. sus en rando
Sobre .i. caval tan bo qu'en tot lo mon
Non pot trobar de corre que ja lh'aon;
E poia tras Sanh-Flor, un ponh redon;
E escotet sot si a una fon.
Au la noisa el castel qu'elh reial son,
E lo gap en la tor, e sap ben d'on,
De son tezaur, qu'en trobo lo negre e 'l blon.
De mal talan se planh, o d'ira gronh,
E perpessa en son cor que'l re aon.
E venc a Rossilho, de sobr' el ponh :
Lai trobet Manacer lo filh Raimon,
Ab lui dos filhs de comtes que aqui son.
Aqui los gitetz mortz el ga prion.
Per lo castel s'escrien, c'us non respon.
E .G. a la via jus loc s'apon,
E juret Damidrieu e sanh Simon
Ke, si .K. de guerra tot no cofon,
Mais lhi fara de mal que hom del mon.

Anc no vistes nulh home ta persegut.
Vecvos prumier venir .i. K. drut ;
Venc menassan .G., quan l'ac veut,
E venc-lhi escridan : « Don cofundut,
Lo cap de vostra honor avetz perdut.
Non redretz mais al rei dolen salut. »
El o a ben auzit e entendut ;
E si al comte fo greu, a paregut.
E viret lo cával de gran vertut,
I anet l'en ferier sus e l'escut,
Que trastot lo lhi a frah e fendut,
E son ausberc safrat escoisendut.
Escrevantat l'a mort el prat erbut ;
E dihs una paraula, quan l'ac vencut :
« De la feunia dire vos vei tot mut.
A tort m'an esvait, se Dieus m'agut. »

K. ac un donsel gai e tornel :
Cel ac lo cor felo e d'ira plen,
E vai ferien .G. aisi com ven ;
L'ausbercs que ac vestit, no lhi val ren.
E .G. fer si lui de plen en plen,
Qu'el lhi tra[u]ca lo cor per miei lo sen.
Escrevantet lo mort el plan seren ;
Pois ditz a l'autre mot : « No t'en dei ren. »
E cobret lo chaval per miei lo fren.

Era porta .G. mout aspra plaia,
Que lo sancs per l'auberc de fors en raia,
E mal aia aquo que'l s'en esmaia !
I a pres lo caval que vol i aia,
E ditz una paraula que mout fo gaia :
« A tan me penrai ara tro que mai n'aia.
Mal aia qui pren ora treva ni paia,

Qui prumiers de la guerra no se asaia ! »

Era s'en vai .G. vas Avinho,
Que non denha tornar dreh vas Dijo;
Au seze jorn i fo de Rossilho.
Vecvos prumier vengut comte Boso,
Que lh'anava socorre a dreh bando,
Ab lui .M. chavalier que toh so bo.
Quant au nafrat lo comte, nulh sa no es bo;
E quan vi qu'el venria a gariso,
No lhi fo de sa plaia minja un boto.
Puis lhi demandet novas de Rossilho :
« L'autre ser lo m tolc .K. per traisio,
Per .i. meu bausador de ma maio. »   [do.
— « No m'en cal, so ditz Bos, se Dieus be m
Pos Dieus vos a estort de sa preiso,
Ieu non pretz vostra perda .i. moissato.
.C. castels avetz fortz e sa reio,
Trenta ciptatz dominas ab Avinho :
Metam-lo de la guerra en tal rando
Qu'el delivre assatz a espero,
E gueregem-lo tuh, lo mal felo. »
— « Est coselh, ditz .G., tenc ieu per bo.»

Vecvos Segui 'l vescomte davas Beders,
E venc davas Narbona e d'a Vivers;
Ab lui foro .viii. c. donsel apers.
De lor armas portar no son evers,
Denan aques[tz] no dura asiers ni fers.
Li chaval de sotz els son tan avers,
Coro e brocho plus que nulhs sers.
Aquelh faran .G. tal joi en quers,
Rossilho lhi rendran : tan non er fers
Que lo reis n'er dolens e trist e ners.

Folques intra en Avigno davas solartz;
Lai on el dissendet no semblet gartz.
Ab lui foro .x. M. dels Escobartz,
De pros e d'arditz e de galhartz,
Noirit en las montanhas que clau Lombartz,
Que duro de Proensa, dels poinh de Sartz,
Jusca en Alamanha e en Bel-Esgart,
Aissi com o devisa Mon-Beliartz.
La¹ marques Amadieus, Pons et Ricartz,
Foro senhor d'aques[tz], e Folques quartz.
Son cosi lo clamet lo ducs .G.
Per o venen socorre de totas partz.
Folques los amenet, non cuh que tartz :
No s'en tornara .K. se[s] gran regartz.

G. es Avigno desobr' el Roine,
En una cambra vouta, pencha al joine,
Don so lhi capital vermeilh sadoine,
Lhi pilar de leos e li coloine;
Lhi caire e lhi estel foren marmoine,
Ben entalah a l'obra rei Salomoine.
De sobre un feltre obrat de Capadoine,
Se jatz lo coms .G. denan un moine;
Non a tal metge d'aisi en Babiloine.
Lai s'en intret dons .F., ab lui lhi comte,
Lo marques Amadieus e dons Antoine.
Asetz² dira sempre era de son esoine;
Son enamic en trai a testimoni,
Oncas nulhs coms non hac melhor persoine.

La chambra es tenegua, e'lh estan quei,
E no cuh de parlar .j. s'en ancei.

1. Lisez *Lo*.
2. Lisez *assatz*.

Las fenestras son clausas, que jorn no i vei,
Las cortinas tendudas ab aur d'orfrei,
Mas peiras relhuzens de tal eslei
Que anc no vistes sire que si clardei.
E .G. en .j. lih nafrat, so crei,
De .K. si perpessa com lo guerci.
Set comtes i avia e un marquei.
.F. parlet prumiers, que far o dei :
« Coms, vecsi tas mainadas veno à tei. »
A .G. fo tan bo que dresset sei,
E no cuh de beutat c'un fassa evei.
Puis los fetz asezer totz entorn sei :
« Vos estes miei amic, fe que vos dei,
Miei home e miei paren, en cu[i] me crei.
Perdut ai Rossilho a gran deslei;
L'autre ser lo m tolc .K. per son bofei. »
—« Or, ditz cascus, de guerra! ie us i segrei.
On saps ton enamic, si lo guereis.
Mort o vencut lo fassas mostrá[r] au dei. »
— « Irem a Rossilho tener tornei,
Car ieu non pretz ma plaia mia .j. bolei. »

.G. si pres don Fouque e don Boso,
E Segui lo vescomte de Bezanço;
A una part los traihs, a un rescos :
« Vos es tuh miei amic e miei baro.
Fasetz dire la fors a cels que i so,
Que albergen els pratz, sotz Avigno;
Mas no i tendan trap ni pavalho.
Estanquen lor cavals, gen los somo.
Fazet[z] dire als borses, per un garso,
Que lor fassan la fors gran lhiuraso,
Qu'elh trobaran de l'erba per lo cambo. »
Apelet don Fouchier lo marcanso :
« Cosi, vos m'en iretz a Gariguo;

Dijatz Gilbert, al comte, garda s'en do
Del bosc de la forest de Montargo,
Que, quant veira levar .j. fumanso,
El trameta sembel a Rossilho.
Sio .c. chavalier ab un peno,
Que feiran al portal a dreh bando,
E tuh escriden .K. trachor felo.
E puis vos en tornatz vers Scorpio,
E ilh vos segran sempres a espero,
E nos venrem detras per lo sablo.»
Aisi lh'o ditz. G. e lh'o despo :
« Aitan penrem dels lor com nos er bo.»

Fouchiers monta el caval e ten sa via.
Anc no fo tan bos laire ni tals espia,
Mais a aver amblat non ha en Pavia;
E pero per lhinatge no l'avendria,
Que non ac melhor comte tro en Ongria;
Mas no se pot tener de laironia.
Vij. chavalier menet en companhia,
E fo e Garigno al sinque dia;
E so que quis Gilbert, non ac fadia.
Era auiatz de .G. sa galaubia :
Non cuietz de sa plaia que re lh'en sia;
D'una faissa de pali se senh e s lhia;
Causet se e s vestit com far solia,
E monta en un caval de bon' auria :
Non cor tant .i. cavals com amblaria;
E son .xxv. M. en sa paria,
E Folques los guidet a sa causia.

Era cavalgua .G. com per jornada,
Quar non ac sa ost monida ni lonh mandada;
Pero no fo ta pauca la cavalgada,
No sian .xxv. M. de gen armada.

Al Leo del Roine l'aigua an passada,
I a Masco Soana toh traversada.
Cela nuh albergeren jos en la prada
Entro [al] lendeman a l'ajornada.
Per miei Calo s'en passo de gran diada;
Sotz Mont-Agut albergen sotz l'encontrada.
D'aqui n'ac a Dijo regna tirada:
De fors los murs albergen lonc la talhada,
E dero als cavals erba a sivada.
Guilelmes d'Estoun ac gen senada;
Gardo los pas del bos e la ramada,
Que res non pot passar que sia nada,
Que a .K. non sia nova comtada.
Ans qu'o sapcha lo reis ni sa mainada,
En sera mout sa gens greu percolada.

Lo jorn an sojornat com ausetz dir,
Entro que venc lo nuh al fredesier.
E Fouchiers guidet-los a son causir.
Corr[e]ian lor cavals e van dormier,
Non cuh entrosqu'a Sauna us regna tir.
So[t]s Castilho albergen el brulh dormir,
Entro veian del dia l'alba esclarsier.
Si fan a Montargo un fum bastir.
Gilbert de son esgart los pot causir;
Commenset sa mainada a esbaudir:
« Irem a Rossilho per assalhir.
Armatz-vos, chavalier, so vos vulh dir,
E denant a la porta sembel furmir.
De .G. farem novas .K. auzir,
E tal re lhi cuh far de que sospir. »
Ceilh no foro mas .c. que s van garnir.
Per una porta pauca s'en van issir.

Gilbertz guidet los seus per una val,

E no foro que .c. tuh a chaval.
E van a Rossilho bastir assal,
E Gilbertz de sa lansa fier al portal,
E escridet lo rei trachor e mal.
No fa al rei ta mal no s crit en al :
« Armatz-vos, chavalier e miei captal.»
E lo reis totz prumiers salh al chaval,
E pres escut e lansa, qu'anc no ques al.
Per la porta s'en iessen toh cominal;
No foro que .x.M. aquelh reial.
E lo reis venc prumier plus que de sal,
E escridet : « Gilbert, fugir que val? »
Pero nafratz i fo, mas non ac mal.
.G. venc de latz Saina per .i. costal,
E son .xxv. M. latz lo boscal.
Apres lo rei se moc en son esthal,
Veno los cosseguen desotz bel fau.
Aqui foro partit tan cop mortau ;
E .K. a pres fracha, qu'anc non pres tal.

Sotz Belfausa cosseguen en una planha.
Lai escridet .G. e sa companha.
Aqui'lh prumier non an asta non franha ;
Aqui lor mostra 'l coms de sa barganha.
Ab espasas se moven dol e malanha.
.K. escrida al seus : « L'encaus remanha.
Traitz nos a Gilbert, qui qu'i s'en planha. »
E cuiet s'en tornar per de latz Saina,
Quan .G. l'avenc lonc la montanha,
E correc lo ferir e la companha.

Folque[s] venc prumairas en pla painie (sic),
Sobre un caval moven ab coma fauva;
De pur ardimen ac la color fauva;
E vai ferir .B. de Rocha-Mauva;

Tal lhi det el escu[t], que tot l'olh trait n'a.
Son ausberc lhi de[s]romp e lhi desclavva,
Del cors lhi trais sa senha [tota] blava.
So es lo jorns de que .G. se lauza :
La senha au rei Martel lo jorn fora una.

.K. socor los seus per un plantier,
Pres ac d'un soldadier elme i ausberc,
E escridet sa senha latz lui a renc :
« Feretz-los, chevaliers, pos tant i pert. »
Aqui viratz donar tant colp apert,
Que tan .M. ne caego per lo coderc
Que .i. d'aques[tz] non ha cor ni cap enterc,
Ni no sabo conoisser clar de tenerc,
Ni puis non tornet .i. a son alberc.

.K. ve de .G. qu'el vai sobran,
E vi Folque lo comte venir denan,
E portet una senha tota sanglan ;
Ausitz lor ac .B., lo fraire Arman,
E vi Boso, so fraire, qu'els vai reinant,
E'l marques Amadieu qu'els vai segan ;
E quan .K. los vi, n'a cor que chan :
« Feretz-i, chavaliers, qu'ieu o coman.
Ja non perdran honor lhi nostre efan,
Ni dimiei pe de terra ni un plen gan. »
E il quan los viren, irat s'en van ;
E coren los ferir, e 'l reis s'espan.

Anc no i ac davas .K., fe que vos dei,
De rengier las batalhas plah ni conrei ;
Mas lo quals abans pot, ponh e desrei.
Vecvos .G. prumier, Ugue e'l rei,
Galeran de Sanh-Litz e Godafrei.
Au rei plac, quan los vit enviro sei ;
Mas autra res lo mes en gran effrei,

Qu'el vi Folque venir latz un aunei ,
E despleguet sa senha per que bannei :
Sanglent en so lhi pan e tuh lhi plei ;
E foro ab lui comte o .iiij. o trei ,
Pons e Ricartz e'l Coines e'l Desertei,
Cascus crident sa senha segon sa lei.
E lai on s'ajustero ac tal trapei ,
No i ac tan bon escut que no pecei ,
Asta reida de fraisser o no asclei.
No i val malha d'ausberc plus d'un corei.
Folques jois ab Albert , .G. al rei.
Albertz es caegutz del bar morei ,
E .G. derochatz latz un maufei ;
Mas a l'escosa d'els ac tal trapei ,
Qui foq aqui ferit e no casei ,
Ben ac Dieu ad amic e sanh Ramei.
Folques retenc Albert denan lo rei.
Trei .M. en remaserent, que mort, que prei.
Moltz en retec .G. de vius ab sei.
Mal vi .K. Martels son gran bofei ,
Quan creet traidor lausengier quei,
E presit Rossilho per anelei.

.G. lo coms cazec en un varah.
.K. es chavalier quan per lui cah.
Si forsa lhi cregeis, fezis lhi lah.
Aqui mezeihs viratz tan col be fah ,
E de sai e de lai tant escut frah.
A .G. en remas lo drehs del plah.
Tant i rema dels .K., nuls no s'en vah.
Asatz aura lo coms don los sous pah.

Amadieus i Altelmes sen[1] de Verdun ,
Lo coms Bos e Guillelmes cel d'Estun ,

1. Lisez *sel*.

Intren en la batalha ab un estrun.
Cil feiro foc parer als brams ses fun,
E molhar e mesclar sanc e ferun,
E tan cors jaser mort d'ome geun.
Onques puis al rei .K. us non refun;
Mais volgra esser lo reis à Monleon.

El tems que fulha é flors par en la rausa,
Fo facha la batalha sot Peira-Nausa.
La mainada al rei no se repausa;
.K. si traish areires ab gen desclausa,
E .G. pren lo camp, que far o ausa.

Anc no vistes estorn si fort ferut,
Tant bo vassal virat[z] mort e chaegut,
Tantas testas ab elme sobrar del bruc.
Lo gonfaino del rei an abatut,
Lai en la maior preissa tot deromput.
Albert comte de Traias an retegut,
.M. baros estier mortz i a perdutz.
E ve de sa senha los seus totz mutz,
E trai-se lonh areires en Puh-Agut.
Gasse e lo comte Gaufre lai so vengut,
E van lhi escridan : « Car non condutz.
Non as de .x. M. homes .vij. c. escutz.
Lo torns de Rossilho no t'es salutz;
La[s] vias e los pas nos an tolgutz,
Los bos e las estradas e las palutz. »
So ditz .K. Martels : « Soi donc vencutz.
Vos no senher, siatz aperseubutz.
Vai t'en a Sanh-Romieu, els arxs voltutz,
Aqui manda tos homes per que t'ajutz. »
Era s'en vai lo reis totz irascutz,
Gasse e lo coms Jaufres que l'en condutz.

Era s'en vai lo rei sutz Carbonel,
Gasse e lo coms Jaufres latz lo ramel ;
E .G. e li seu fan lor masel.
Retegutz n'an detz vius que an castel ,
Tres .c. e .iiii. vint en un tropel.
.G. lor ditz paraula que lor fo bel :
« Pos Dieus o a volgutz e sanhs Michel
Que nos aiam vencut .K. Martel,
Non devem enchausar oimai sembel.
Tornem-nos-en, esems, vas lo castel. »
Don Richiers de Sordana es el castel ,
Cuidet lo reis l'onor d'otra vez el.
« Mi que qual, so ditz Folques, d'aquel fradel?
Eu lhi metrai el cor tal cartavel
Qu'el noirira sas forsas de Monsorel. »
Trais l'escut denan se , torna al chastel.
Aissi s'en van essems com estornels ,
Entro a Rossilho desotz l'olmel.
E .G. escridet senha noel ,
Mas no vol que del mur peira esquartel.
Aqui son dissendut .M. jovensel ,
Que trencho las bareiras e lo faiel ;
Mas no trobo dedins qui 'ls contrapel.
Cascus s'en vai fian en son barel.
Vengut son al condut .K. Martel.

Tal causa fai .G. don estai gen ;
Sa batalha a vencuda , son castel pren,
Chavaliers ni nuls hom ne lhi defen.
E Folque en la riviera aval s'esten ,
Al dos lo sego be mais de vij. c.
Toh so de sa mainado pro e valen ;
No i troba home , de .K. no escreben.
Lo tracher del castel s'en vai ganden ;

E Folques fo'lh denan a un penden,
A una pescadeïra de Saina ven.
Lo nautoniers qu'el mena, lo mescreen,
Cui Richier ac batut e fah sanglen,
Quant el reconoc Folque, ac cor jauzen,
E traversa la nau son escien.
De tal briu fier a terra, que tota fen;
E Folques quant lo vi, lai venc pongen;
No lhi laissa que parle ni que conten,
Per los cabelhs lo pres iradamen,
Contra 'l caval l'en mena amont al ven,
A unas autas forchas cuh que l presen;
Aqui branlara mai, so crei, al ven.
E vecvos del trachor pres vengamen,
Que tans n'ac fahs morir de bel joven.

Se .K. fetz folhia, en est loc la bec;
Qu'el ne fo enchausatz per un pla[n] sec.
Entro que fo a Traies, no se restec.
E .G. e li seü prenen lhi ssec;
Tant en dona a sos homes com far so dec,
Que anc puis us a sa chocha no lhi falhec.
E 'l reis s'en es anatz a Sanh-Ramec.
Aqui manda sos homes, ab cui plaidec;
Fi en cuiero far .F. e don Bec.
De .G. e de .K. mar pui[s] l'en frec.
Don Bos d'Escorpio mentre lhi lec,
Qu'aucis lo duc Teric per son bofec.
Per la mort del baro tals dols en crec,
Qu'anc pui[s] ira ni dols no lor sofrec,
Tro fo .G. gitat d'aiso que tec.

Anc no vistes mai rei tant irascut,
Per so que ac fugit e l'an vencut.

Lo comte Albert de Traies lhi an tolgut,
.M. baros estiers mortz i a perdutz.
E .K. juret Dieu e sa vertut,
Se tenia .G. son escobut,
Ans que fos lonh auzit l'auria pendut.
Ja no seran abans .xx. jorn vengut,
Que seran ajostat .xx. M. escut
Sotz Orlhes la ciptat, el prat erbut.

.K. mandet sos homes de moltas partz;
E fo en Rossilho lo coms .G.,
Lo marques Amadieus, Pons e Ricartz,
Quant lor venc us messatges de brus essartz.
Cel fo bos chavalier pros e galhartz.
E .G. quant lo vi, no cuh que tartz;
Anet ab lui parlar, e fo si quartz;
De novas que apren lhi crieihs regartz.

.G. part del coseilh, e ditz a totz :
« Senhor, auiatz las novas e per eis motz.
Lo reis ajosta s'ost a Clara-Dotz,
E la ciptat d'Orlhes, els pratz de sotz,
Lonc la riba del L[e]ire, el bruil d'Agotz.
Puis a jurat lo reis la santa crotz,
Si no m geta d'onor, que no es pros.
Sobre nos vol venir lo fels cogotz,
Trencara-vos las vinhas e'ls albres totz,
Fundra murs e viviers, persara dotz.
Eu ai de la mainada dels plus estotz :
S'ieu no los fatz rehembre, donc sia eu gotz
Volh sai venha l'avers cum aigua a potz;
Non pretz la guerra .K. puis una notz. »

Folque enten la razo, ditz so veiaire,

A bon coseil donar no tarjec gaire :
« .G., mal fai rics hom que si s'esclaire.
.K. es vostre senher, drehs emperaire ;
.C. M. homes avet[z] de la soa aire,
Non a melhors nulhs hom jus ni pechaire ;
E quant vos ques feunia, non degues faire ;
Quant vos tolc Rossilho, fetz que bausaire.
Vos l'avet[z] recobrat non ges cum laire :
Per tot aquo no vulh siatz trafaire.
Trametetz-lhi messatge a son repaire,
A Reins o a Saissos o a Belcaire,
Qu'el reis vos man son cor e so veiaire,
Se penra vostre dreh si lonh estraire ;
E si el lo soana, per sanh Sicaire,
Despui[s] t'ajudarai, ieu e miei fraire.
Fols es .K. Martels, nostre emperaire,
Si el vos cu[i]da de terra ni d'onor traire. »

Em pes levet el sol dons Amadius ;
Lo plus loncs chavaliers vas lui es brius :
« .G., quar no cres .F. que es tos neus :
Quar si .K. sai passa ab eis los sieus,
Aermara ta terra e 'ls altrui fieus. »
E .G. respondet : « Puis no m sal Dieus,
Quan ja n'aura lo reis carta ni briu[s],
Ni lai n'ira per mi mes ni corrieus,
Tro que m combata ab lui i ab los seus ;
Que n'er vieus recresens lo canineus,
E'n cairan tres .c. m. de lor estrieus :
Si a[i]ssi non o aten, sia judeus ! »

Dons Bos donet coseilh a le[i] de tos.
Tornet-se vas .G. totz airos :
« Senher, laissatz estar ses[t] jutgadors,

Que an las terras grans e las honors ;
E tornan los avers en grans rescos ;
Quar si vos los crezetz, iretz ontos ;
Quar si nos n'aviam fors mi e vos,
Ab aquesta companha que es ab nos,
Si combatram nos .K. pels plas erbos,
Tant que sera vencutz reis eveios. »
E .G. s'en somris e gardet jos :
« Beus neps, so ditz lo coms, mout estes pros.
Bos es vostre jovens, s'el sens i fos. »

Landris que tenc Nivers non parlet bas,
Ans a parlat ben aut, gent e dapas :
« Bos, ben fola paraula dicha nos as ;
Tu non gitiest hanc .i. magre ni gras ;
Tant iest oltracuiatz, vilhs Satanas,
Que dit c'ap sesta gen que aisi as,
Que ab .K. Martel te combatras ;
E si .G. te cre, d'onor er ras ;
Mas fai en tot aquo que ausiras :
Tramet-lhi .i. mesatge plus que del pas,
A Rems o a Ssaiso o a Belvas,
Que si vol ton dreh penre, tu lo'lh faras ;
E si el lo soana, per san Tomas !
Depuis manda tos homes que aver porras.
Si .K. quer batalha, no t trobe cas ;
Si aerma ta terra, tu lo verras ;
Si tu no la'lh defens, flama t'abras ;
Puissas lo coseilh, Bos, tu lo creiras. »

—« Coseilh, so ditz .G., eu sai mout bo :
Si 'l rei no val mo dreh, e ditz de no,
Trametrai per mon paire, lo vilh Draugo,
Que tenc Rossilhones e Rossilho,

Besoden e Girunda tro en Anco,
Vergedaine e Serdaine e Mot-Gardo,
Purgela e Rubi-Caire e Barsalo.
Posa a, non ac guerra se pauca no :
Tuh son conquis per forsa aqueilh folo ;
De Malhorgua e d'Africa e d'Escalo
Lhi aporto traut en sa maio.
Lo coms es es (*sic*) ab el soude en son dijon,
Fai-se servir de carn e de peisso.
Celh que gardo sa terra .c. M. so.
En lui a chavalier moltisme bo.
Draugues lo dux tenra lo gonfaino,
Ains que pergua Bergonha don Arnals fo.
E mandarai mon oncle comte Odilo,
Que te tota Proensa tro a Chalo,
Arle e Fonqualquier e Sistero,
Ebreu, Gap e Rames e Briaço.
De lai seran .c. M. al viel Guio. »
Respondo per la cort tuh lhi bara[1] :
« Mais val aquest coseil qu'el de Boso. »

.G. pres don Folquo per lo mantel,
Trais-lo a una part latz .i. fornel :
« Neps, auiatz la paraula de que t'apel.
Ja non aurem lo rei vas nos fiel. »
—«So m pesa, so ditz .F., per sanh Marcel !
E pero lai irai al rei Martel,
Presentarai ton dreh per est anel ;
Ja no i portarai letra, breu ni sagel.
Serem al ostatjar .c. jovensel.
Si avem enamic que s'en revel,
Que desfassa lo plah ni l contr[a]pel,
Nos nos en tornarem lo plen champel ;

---

1. Lisez *baro*.

Garnirem contra 'l rei aital castel,
No 'ls aura conquesutz a Sanh-Miquel ;
E puis lhi movrem guerra, ira e mazel ,
Don be rics hom aura persat la pel.
Cuh be bos chavalier en desensel,
O envers o adens, de son poldrel.

« Neps, auiatz, ditz .G., causa certana :
Enamic avem lai Teric d'Asquana.
Natz es de lo regne la Terriana.
Mos paire lhi tolc tota Barbana :
.vij.[ans] n'estet faiditz dins Cormainna ,
Quant l'en trais lo Loics una lugana.
A molher lhi donet sa sor germana.
De la mort nostres paires lo vilhs se vana ;
Ditz s'els pot encontrar en terra plana ,
Ja no queran en bocs ni en garana. »
— « Aquo, so respon .F., tenc per ufana,
Qu'ieu non pret[z] menassar jes un bec
                                    [d'ana. »

.F. part del coseilh, venc al ostal ;
.c. baro lo seguero, seu natural,
Vescomte e comtor e ric captal.
El los trais el arcvout d'un veirial :
« Senhor, franc chavalier, no vos dic al ;
Per ver so mesatgiers de cort reial :
Era vulh qu'entendat[z] lo be e 'l mal.
Cascus meint dos chavals, plus no lhi cal ;
Ja non portarem mala, ni re aital.
Latz nos iran en destre nostre chaval.
Ausbers, blancs, jaserans, elme a cristal,
Espazas d'aur antivas, escut leial,
Lansas trencans , forbidas, peno cedal.
Us no port vilh cavel ncis en peitral,
Non tenra de ma terra mas ni casal.

Lo rei es a Orlhes, e siei captal, .
De sotz ajusta s'ost en .i. pradal,
Gran e fera e pleniera e cuminal.
Senhor, siatz montat de prumier gal :
A Biorgas penrem dimartz ostdal. »

Folques de sa razo fo entendutz,
E fon de ben garnir asatz creutz.
Ab tant venc .i. donsels que lh'es vengutz :
« Senher, vostre manjars, so ditz lo cutz,
Vos es aparelhatz i a vostres drutz. »
Intren s'en el palaitz que fetz Queutz.
Totz fo penhs a muzec e l'arcs volutz.
L'aigua lor fetz donar .i. vilhs camus ;
Evont altre senhor, quar non Queutz.
Deus ! tan riches vassals lai fo veutz !
Ilh no son de servir pesan ni muh.
.M. chavaliers i a, totz ab escut.
Quan lo menjars fenit, sers es vengutz.
Levo de meia nuh, quan luna lutz ;
E son lhi .c. baro qu'ai mentagutz,
Vescomte o comtor, ric, conogutz.
Ers en iran en Fransa, avant so mogutz.
Er er del rei .K. lo vers saubutz,
Del plah, si sera fahs ni de[s]romputz.
Ja non er lausengiers tan encregutz,
Desque ausira .F., no sia mutz.

Era s'en vai dons .F. e siei baro,
E so .c. chavalier d'aital faiso :
Vesten bliaut de pali e cisclato,
Var e gris e erminis lor pelhiso,
Pels traginas de martre, d'aur lor boto.
Cela nuh albergeren a Avalo,

5

E d'aqui a Nivers, quan dias fo ;
Al tertz jorn a Biorjas, ab Aimeno,
Que lor fetz gent ostdal en sa maio.
Quant agro pro menjat, lhi lih so bo :
Jagro tro qu'el soleils parec el tro.
Causat so e vestit lhi donselo,
Fan metre fres e selas ab aur arco,
Auso messas matdinas a Sanh-Simo,
Puis agro a condut lo comte Aimo;
Entro al pon d'Orlhes l'agro guido.

Aimes .F. e'l[s] seus a tan guidatz,
Entro al pon d'Orlhes de la ciptat.
De lonc Leire dissendent dedins .i. prat.
.F. apelet Aimo de Moutegat,
Lo senhor de Biorjas e del regnat :
«Don, vos m'iretz lains, so m'ai pessat,
E dizeretz al rei ma voluntat.
Ab lo conduh de vos em sai intrat,
Mesatgier de .G. e siei chasat;
E farem-lhi tot dreh, se lih ven a grat.
Belfadieu lo Judieu sia nunciat
Que man mos albercs penre e la ciptat.
Ja i a lo palaitz si acermat,
Si n'avia a dir nulh adentat,
Des puis qu'ieu o sobria, mal seria nat. »
E Aimes respon et : « Ben er comtat. »
Aimes s'en es intratz, e ilh son restat;
E dons .F. als seus a gen parlat :
«Auiatz, franc chavalier, baro membrat.
No respondam al rei oltracuiat,
No i aia dih orgulh ni menassat;
Mas siam d'un coselh essems privat;
Que quan nos en serem sai repairat,

No digo que siam ni fol ni fat,
Quar chavalier ten-om a forcenat
Que tensona de lengua, pui[s] se combat.»
Er laissarem de .F. ab cor menbrat,
E parlarem d'Aimo l'envassalat.

Aimes intra el palaitz, denan lo rei,
Que parlava ab Terric i ab Jaufrei;
Fo i Gaces de Drues, Ugues de Brei,
Galerans de Sanh-Litz ab Godafrei;
E parlaven del comte Albert de Trei,
Que .G. pres l'autr'ier, al gran tornei,
M. baros estiers mortz en sa mercei.
Aimes intra e saluda e ditz al rei :
« Senher, vecvos .F. que ven a tei.
El s'a conduh de mei e e ma fei,
E fara-vos tot dreh, senes mercei. »
E .K. respondet : « Mout mal o crei. »
Baiset lo, e a l assis dejosta sei.
Aimes garda el parlaitz latz un ombrei,
Belfadieu lo Judieu vit teint e quei;
Au menassar .G., s'en a effrei.
E Aimes l'apelet, e'l venc desei :
« Vai-me el Broc l'abat far .i. conrei.
.F. vendra lo coms anuh, so sei,
Ab lui .c. chavalier, no so plus, crei,
Estiers los escudiers e l'autre arnei. »
E lo Judiens en jura la soa lei :
« Non ac tant gen ostal por hanc nasquei. »
Lo Judieus en davala ad Aucafrei[1],
Al abat del mostier de Sanh-Elei;
I Aim'es remasut parlan al rei.

Aimes e Audefreis, ab Aimeric,

---

1. Lisez *Audefrei.*

Foro fraire germa, nebot Terric,
E comte natural, manen e ric.
Aimes coms de Biorjas, si cum vos dic,
E Terric Laroegne tro asortic,
Molher ac la seror rei Losoic ;
Abans en aguit tres que velhisec [1].
De la quarta ac dos filhs, plus bels non vic;
E teno-lo en Fransa al plus antic.
Mas coseilh vas lo seu nulhs hom non
Non preso e la cort altre .i. lombric.
E qui sap dreh jutgar, huimai non tric.
.K. ajosta s'ost contra l'espic.
Cuia far .G. guerra an[s] per'afic.

.C. baro son ab .K. tot per esmansa,
Tuh del coseilh lo rei, del milhs de Fransa,
Estiers los chavaliers e l'autra enfansa.
.K. de son palaitz a fah voiansa,
E comanda als portiers per estreansa :
« Se porta ies uberta ni cha destansa,
Vos en perdretz los oilhs senes dopdansa. »
Puis requer del coseil la prima encansa,
Qui er sap dreh jutgar, qu'ar lo comansa.
Prumiers parlet Terrics lo dons d'Asquana :
« Don reis, vos l'avetz facha la desenquansa,
Presistes Rossilho per gran bobansa ;
Trait-lo-vos .i. gartz d'avol semblansa,
Qu'el puh de Monsorel pen e balansa.
Ben estai si .G. en pres venjansa,
Fesistes-en batalha e gran proansa.
Aqui vos en fetz Dieus la demostransa. »

I[sem]bert de Rion levet del renc,
Qu[e] fo fraires Beto, paires Genenc :

1. Lisez *velhesic.*

« Senher dux , la paraula no vos retronc ;
Si .G. Rossilho de .K. tenc,
Quant el no l vole culhir, d'aquo mespre[n]c. »
— « Isembert, ditz Terris , era vos senc.
Cesta paraula sembla motz de belenc ;
Quar .K. totz prumiers sobre lui venc ,
E lhi aduhs a setge tant esturlenc ,
Mais foro de .c. M., se ieu non menc,
Sos chas e sos lebriers e'l seu pradenc ,
Sos oros [1] e sos leos per mal engenc ;
E tolc-lhi Rossilho, la tor e 'l benc ;
E .G. o fetz si com o covenc :
En batalha campal lo reis en venc.
Ja nulhs rics om no deu creire mai hui sirvenc.
Ja no fara tam be que puis non genc. »

Dons Algerrans parlet, de son estau,
E gent e covinen e non a frau :
« Per ma fe, senher reis, no vos sai au.
Si vos tornatz .G. encontra vo[s],
S'il se torna e pot, non estai mau.
Era esgardatz setz comte, franc naturau,
Qu'i vos tramet. F. son ric captau,
Lo milher chavalier e 'l plus biau
De Fransa ni d'Alvernhe ni de Peitau :
Sotz Dieu non a ab armas melhor vasau,
Quar el es bos a pe o a chavau ;
Per u coseilh donar non sap om tau.
Don aculhetz-lo gen, no [u]s sapcha mau.
Siei alberc son ja pres el borc d'avau.
Lai dissendra lo coms a son osdau,
E vendra-vos encontra al peiro blau,
Denan vostra capela de Sanh-Marsau ;

1. Lisez ors.

Als ostatges lhivrar no vos trop rau. »
D'ira que n'a lo reis, los oils el clau :
« Senhor, e ieu e .G. em donc egau?
Abans en passaria la mar a nau,
O ceria .C. ans ermi e gau,
Que ja vos mi metatz ab lui cabau. »

Tuh laisso lo coseilh, qu'el reis no 'l culh.
Lhi baro lhi retrao lo gran orguilh,
Quan pres de Rossilho l'ausor capdulh.
D'ira que ac lo reis, clavo siei oilh :
« Senhor, er escoltatz que dire vulh.
De la perda qu'ai facha fortmen me dulh.
Vezet[z] lai per est prat d'astas tal brulh,
Tant ausberc e tant elme latz se reculh.
Ab sels movrai .G. ira e dulh.
No cugetz de sa terra no l'en despulh ;
No ilh laissarai estar vila dins sulh,
Ni albre domesgier que no l'esfulh. »
E Terrics respondet. « Reis, molt es ful. »

So ditz lo ducs Terrics : « Mal vos es pres,
Quan .K. per enginh coseilh vos pres.
Mal ai qui mai lo 'lh dona de tot est mes!
Non es drehs de .G. be lhi volgues :
Sos paire[s] e sos oncle[s], coms Odiles,
Me tolgro ja ma terra e mon pais.
.vij. ans estiei faiditz en bos espes,
Que obrav'a manobra de que visques,
Q[u]an reis .K. m'en trais per sas merces.
Redet-mi mon dugat tan gran cum es,
Sa seror mi donet. abans n'oi tres ;
Mas d'aquesta ai dos filhs, mot gentas res ;
Mas, per nulh enamic que ieu agues,
No vulh esser de dreh ni fels ni bles ;

Quar qui dreh falsa en cort, fals tracher es ;
E la cort on estai torna en defes :
Per te o dic, Martel, que re non ves,
E escoltas e gardas e re non cres,   [mes. »
Plus qu'el Juzieus Messias qu'en crotz fo

Lo coseilhs dels baros es departitz..
Lo ducs Terris d'Asquana s'en es issitz ;
De las folas paraulas .K. malditz.
Davalet s'en la jos pel pon voltitz.
Prumiers ditz Galerans que tenc Sanh-Litz :
« Anem encontra .F., sia aculhitz. »
— « [B]ien son paiatz, ditz Aimes e dons
Audefres de Maion amanavitz.   [David,
Atendam Aimeric de sotz salhitz,
E serem .x. baro aescaritz. »
Belfadieus tot prumiers lai es salhitz,
Ab lui lhi .iiij. filh Na Beatris.
[L]a bona domna veuva ac dos maritz,
De cascu ac dos filhs que a noiritz.
L'us fon Pons, l'autre Artaus, lo tertz Felitz,
Lo quartz ac nom Saloine de Mont-Esclitz ;
Non vistes anc tant gen amanavitz.
Passen al pon de Leire su lz arcs voltitz,
E van a don .F., els pratz floritz.
Lo coms vi los efans, a los jauzitz :
« Vos remandretz am mi, qu'el cor m'o ditz ;
Mas per las armas penre vos vei petitz.
Sirvetz e creisseretz, seretz garnitz
D'armas e de cavals amanavitz. »
— « Senher, ditz lo Judieus, ben avetz dit[z] ;
Tal jor a, de vos l'abas ten s'a garit. »
— « El non es jes, ditz .F., miga ipocritz.
Eu lh'en darai lo borc de Sanh-Felitz,

.M. ome lh'en faran litge servitz.
Se la guerra non es si cum om ditz,
Ja non sera per mi .i. avilitz,
Mas per l'abat cessat e garentit. »
« Non es », ditz lo Judieus de Sanh-Felitz.

En un palaitz d'Orlhes, dins los garans,
Ac peiros vertz e blaus asis per pans.
Lai sis lo coms Terris i Angelrans,
Gaces vescoms de Drues, e Galerans,
Celis de Baloigne cui fo Lauzans,
E Pontis e Voimos e totz Braimans
I ac ni de Baviers e d'Alamans.
L'us paraula ties, l'autre romans.
Li .xx. se son partit els muls amblans,
E van a don .F., els pratz de Sans.
Lo coms los vi venir, drescet s'enans,
E baizet-los totz .xx., ses nulh bobans.
Se l'us vol mal al autre, non fan semblans.

Lhi comte per los pratz forons de cers.
Fo i dons Angelrans e l comte Jaufres,
Aimes i Aimerics i Audefres,
E lhi altre donzel foron ties :
« Senhor, so ditz dons .F., aiso cum es,
D'ost que vei ajostada per est pais
E per puhs e per plas e per defes ?
Sobre cui vol anar .K. lo reis ? »
— « Sobr' el comte .G., ditz Audefreis,
E tolra-lhi Bergonha, que sos drehs es. »
— « Per mon cap ! so ditz .F., aquo non es
Qu'el deseret lo comte, per sas nofes.
Eu conose tan .G., lo ric marques,
Si 'l reis es sobre lui dos mes ni tres,

Que i ferran Lohorrenc de brans manes ;
Si faran Bergonho, e de sert es,
Bigot e Proensal e Roergues
E Bascle e Gasco e Bordales.
.M. baro en jarran mort e en estes,
Estiers cels don ja comtes no sera pres,
Que seran be .c.M. per doas fes.
Huimai parlem al rei molt ben de pres,
E farem-lhi tot dreh e plus non jes.»
A las paraulas, poien els palafres,
Per miei lo pon s'en intren dedins Orlhes.

Al mostier Sanh-Elei ac un palaitz
Que fo del temps antic fondamentaus.
Cel laisset a don .F. sos parentats.
.M. chavalier n'estan de lui casatz.
Lo coms intra el mostier, i a oratz,
Puis poiet e la sala per los degras.
No i causis fust ni peira, mur ni escatz,
Mas cortinas de seda, e esbuschatz
Totz voutz de melhors palis que unquas vi-
Per miei los veirials venc la clardatz. [satz.
Las taulas son cubertas, l'aigua lor datz.
No falhit al menjar nulh adentatz;
E sapchatz de .F., molt fo amatz,
Que ab lui so lhi baro que ai nomnatz :
C'es lo coseilh de .K., lo plus prezatz.
Quant ilh agro manjat, sols fo baissat,
E fan traire toalhas, so se lavatz.
Huimai sera lo mesatgues parlatz
E elitz e cauzitz e perpessatz.
Non dira pas cascus sas voluntatz.
L'abas fetz far los lihs per lo palaitz,
Si jagro be em pausa tro que sols fo levatz.

Son levat e vestit e ben cauzatz;
Auso messa e maddinas que ditz Dalmatz.
Huimai sera 'l mesatgues al rei nomnatz.

Lhi comte son issit del monestier,
E van a Sancta-Crotz orar prumier.
.K. es al peiro, on sol estier,
Entorn lui lhi baro d'aquel manier.
Ab tant vecvos .F. e Manasier,
Angelran e Ponso de Belvesier;
Volen la fi del plah amentavier:
« Senher, vecvos .F. que venc arser. »
— « Ieu hoc, so ditz coms .F., merce querer
De part .G., mon oncle, en cui m'esper.
Don, per que vols al comte guerra mover?
Quar tals no s'en esclaira per son saber,
Que lh volra ajudar de son poder.
No nos fassatz vostra ira, reis, apparer,
Que se ausis lo segle que deus tener,
Puis t'o tornara Dieus e nocaler.
Vos comenses la guerra, faitz-la tazer,
E retentz .G. e son aver.
Non creatz lauzengier, per son saber;
Quar nuls om ta gran fah no pot mover. »

— « Si Dieus m'ajut, don .F., trop parlatz
Ieu en farai aquo que far coven.   [ben :
Si .G. Rossilho en alluc ten,
Si s pot faire Bergonha que a de men.
Ieu lhi toldrai .M. mas de son terren;
N'aura ta fort castel que non esclen,
Alta tor que non bris e non pessien. »
Prumiers parlet don Bec, lo filhs Baisen :
« Don reis, trop menassar non pretz nien;

Ans vos cuia .G. metre tal fren,
Milhs vos en retendra que mul ponjen.
Ja non perdra lo coms forn ni molen,
Erbatge de sa terra, forre ni fen ;
E si guerra voletz, auret[z]-la ben,
E batalha campal, s'o vos coven,
Que be rics om en er nafratz pel sen,
Que pareissera 'l cors tro que l' eschen.
Reis, ja Dieus no m do sen ni cap alen,
Que non cres nulh coseilh fors lo ten ! »

— « Senher, so ditz don .F., vecvos lo dreh
De part .G. lo comte, set aneleh.
Si el vos a fah tort que far non deh,
D'aquo vos farem dreh aqui meseih.
Serem al ostatjar, fe que vos deh,
.C. baro natural, vassal eleh.
A lhui es Rossilhos, s'o vos autreh ;
Mas d'oltra Saina l'aigua, latz lo rabeh,
En la forest del puh de Montarguch,
Avetz-i mes en l'an cassa i arbeh,
Quatortse jorns per chaut, .xv. per freh.
Lhi .xiiii. .G. fan lo conreh ;
Ceilh aducen persan, tuh anaveh
Lai on son pom del aurar estan a dreh.
Quatre castels i a .G. de dreh :
Quarena e Castelo e Montaleh.
Lo quartz es Senesgart, que tost los veih ;
E si aisi non es cum vos ai dih,
D'aquo far ai proansa o escondih. »
Ab tan estendec-lhi son gan en pleh.
[ten :
« Senher, prendetz es[t] gan que ieu vos es-
De part .G. mon oncle dreh vos prezen,

Que si el vos a fah tort son escien,
D'aquo vos fara dreh a causimen.
Serem a l'ostajar chavaler .c.
Que .j. non mentira per aur ni per argen,
Ni no dira bausia, per re viven.
Abaus en dira ver son e[s]cien. »
— « Mal aia, ditz lo reis, qui est gan pren,
Tro que fassa de guerra .G. tazen ! »
— « So non er, respon .F., a so viven,
Se no 'lh falho li seu prumieramen.
Qui de felnia l'apela, se no s defen,
No deu tener honor ni chazamen.
Perjurar lo fezestes lhu[i] e sa gen :
So foro comte e duc e sapien.
L'apostolis meimes, cui Roma apen,
Dedins Costantinople enansi l'en.
Jurero que penrias nuptialemen
Filha d'emperador, del Grieu manen,
E .G. sa seror tot aisamen.
A son ops la jurero lhi seu paren.
Tornavan s'en areires alegramen ;
Tu lor aniest encoutra ab onimen.
Aquel es vers traire, son ecien,
Que laissa sa molher, e l'altrui pren,
Cum tu fezitz la toa, reis mescreen,
E tolguist a .G. sa bevolen.
Nou avetz lausengier lengua pongen,
Se s'en trai en avan, per vos garen,
No l'en redissa mort o recreen. »
— « Mal aia, ditz lo reis, qui er lo pren !
Que assatz seretz a temps en camp dolen,
Lai on seran .c. M. mort e sanglen   [len.»
Dels plus prezatz dels vostres, dels mai va-
— « Ieu que sai, so ditz .F., s'el reis i men,

Nos atendrem lo terme .j. mes verten. »

Era parlet dons .F., del rei fon pruec :
« Auiatz, franc chavalier, qui ausier vuec.
La guerra non er mai enpresa a ju[e]c :
Ja non penra lo coms vacha ni buec,
Ni ciptat ni castel arda a fuec,
Ni tan bon chavalier que no l'encruec.
Hanc no vistes per ome tant desert luec.
Ieu en soi mout dolens don o l'a muec. »

—« Per mon cap, ditz lo reis, d'aquo n'ai soih.
Non pretz vostra menassa, .F., un codoig.
No penrai chavalier tot no 'l vergong,
[O] del nas o dels oils no'l fassa mong,
Sirven ni mercadier, o pe o poig.
Si venen en estorn ni en bosoig,
Veirem cum o faran franc e Bergoig,
Qui ferra milhs d'espasa ni plus dreh joing. »
—« E nos aurem, ditz .F., caval gascoing,
Per encausar de prop, fugir de loing. »

Folchers lo marcanços enan se trais,
Cosis germas .G., neps Eutais ;
Nulh melhor chavalier dompna non bais,
Ni nulhs melher de lui asta no frais.
Sos cors fo eschafitz, delgatz e grais.
Ja dira tal paraula don reis s'irais :
« Per Dieu ! .K. Martel, mol[t] mal o fais,
Que cuiet[z] tot lo mon metre en pantais.
Ieu cuh .G. de guerra tot jorn t'abais ;
E ieu sia volpilhs, se ieu no t'en pais !
Tenrai .M. chavalier, n'er .j. malvais ;
Movrai-te tal rancura en tot quant ais,
Non as ta fort castel no m'i eslais.

Cuh que dels teus dominis los meus engrais. »
Adonc poiet al rei lo sancs el cais :
El los feira totz penre e brus e bais,
Quan parlet Erois, cui fo Cambrais,
Angelrans e Terris, Pons e Ricartz :
« Reis, mortz iest, se feunia en ta cort fais ;
Ni de tal avolesa carja s' nulh fais,
Non as tan ric baro que no t'en lais. »

Or parlet Erois lo Cambraisis ;
E dara bon coseilh lo palaisis,
Qui crees sas paraulas e sos latis :
« Mesatgiers, de la guerra non es devis.
Us es reis, autre es coms, de dos mastis
Plus aorsatz de guerra c'ors sobr[e]chis.
Si entre nos fos la guerra e Sarazis,
Cuh que d'els fora facha la puta fis. »

.K. cant o ausi, si s'agrenis :
« Bon predic nos a fah dons Erois,
Cum milher predicaire de Sanh-Danis,
Que predica lo poble e covertis ;
Mas nos no laissarem ni vars ni gris,
Ni blanc ausberc safrat ni elme brunis,
Tro que aia de guerra .G. malmis,
Que m'a mos omes mortz, pres e ausis. »
— « A reis ! so respon .F., tu o fesis ;
Mas ans que sia vers so que plevis,
I auras mai perdut o plus conquis.

« Senher, so ditz dons .F., nos en irem,
Plah ni dreh ni amor non portarem,
E so que sai ausim lai comtarem ;
A don .G., al comte, o retrairem,

En sa pleniera cort o numtiarem;
Vos avetz ajostat, nos mandarem;
Els plas de Val-Beto lai vos veirem;
E l'ombreira on cor l'aigua d'Arcen.
Si abans podem estre, si passarem. »
E .K. respondet : « Or plevirem.
Cel en cui remanra, ta lonh s'estrem
Que pas la mar a nau e puis an s'en. »
E .F. respondet : « Nos o fassem.
Huimai guidatz, dons Aimes, que ab vos
[venguem. »
— « Eu guidarai, ditz Aimes, mout volun-
Mas mos cors es iratz e trist e niers   [tiers;
D'aquest emperador que es tan fers.
Don reis, quar entendetz est mot derier :
Prendetz dreh e ostatge dels cavaliers. »
— « Non es, so respon .K., mos cosiers ;
Ans passara est mes e l'autre entiers,
Serai sobre .G. sos meissoniers,
E trencarai sas vinhas e sos vergiers;
E veirai la mainada que aura Fouchiers,
Que tendra contra mi .M. chavalier.
Pero no pot mandar .M. pas entiers;
Mas mal lo sopessava laire furtiers.
Se s laissa penre en via ni en semdiers,
Plus aut lo farai pendre n'es .j. clochiers. »
— « A reis ! so respon . F., trop iest leugiers,
Molt as dedins cel cor mals cossi[ri]ers.
Per ver n'er batalha, pos tan la quiers;
Mas gara t que no t trobe en camp Fol-
Que sos talans es fels e caronhiers : [chiers,
Non es nulhs om plus duhs de batalhiers,
Ni de la calha penre nulhs espreviers,
Qu'el de chavalairia plus presentiers ;

E tenra contra vos .M. chavalier,
Ni ja non es per lhui lhivratz cartiers.
Non dara .iiii. pas sos despeciers,
Dos ples enaps de vi sos botelhiers;
Mas las mainadas lhivret als escudiers;
Non es autre avers mas argens miers.
Del tesaur aus baros es parceriers,
D'aquels que sap felos e usuriers.
Ja no ls guerr'a rescos ni claus d'aciers;
Quar plus sap d'aquel art c'us artifiers.
Ja non es desturbatz nulhs viandiers,
Ni borses ni vilas ni mercadiers;
Mas lai on sap baro que es lucriers,
Que a .iiii. castels ni .v. entiers,
D'aquel aver es larcs e bobanciers.
D'un pan de Lohorenc vos es sobriers;
Davas Mon-Beliart sobre chasiers,
En aura en ajuda ben .vii. milhiers.»
Ab tan laisso las plassas e los soliers,
Davalen s'en molt tost per escaliers;
Al peiro an trobatz lor escudiers,
Que an trachas las armas e los destriers.
A .F. son cregut .M. chavalier,
I a Folchiers .vij. c. vassal entier,
Que pres totz a la cort a soldadiers.
L'enquansa de la guerra movra prumiers.

Entr'el mur e'l palaitz, en un plan gen,
Peiros i ac assis per tal cimen,
A obra bestiaria magistramen,
Figuratz a musec, d'aur resplanden.
De riche marme fo lo pavimen.
El mich loc ac .j. pi, qu'el chaut reten.
Una cola lai fer d'aisi dos ven,

Mielhs flaira que ducens ni de pimen.
Un cer i a ab aur que l'aigua ren.
Lains non intren jes tuh fol sirven.
.K. Martels lai tenc son parlamen,
Ab so maior coseilh de selamen.
E dous .F. lhi dih de son talen ;
Issi s'en e lhi seu iradamen,
C'us comjat no 'lh dona ni no li pren.
Vai s'en a Sanh-Eli, on el aten
Dels baros de la terra be mais de .c.
L'abas Jaufres parlet prumieramen :
« Que faras de tos homes? coseilh en pren.
Iran, o elh seran sai remanen? »
—« Coseilh n'ai pres, ditz .F., mon essien.
No vulh perdan honor ni casamen ;
Mas cel que non a terra ni fieu no ten,
S'en ira ab Fouchier, est mon paren,
Que fara del plus paubre riche manen. »
Aqui l'en an segut tal .iiii. c.
No l'en falhira .j., per aur ni per argen.
E pui[s] vai cascus penre son garnimen,
E Aimes los guidet a salvamen.

Aimes los guidet ier, si s fara hui,
I ac e son conduh .F. e Folcui,
E .v. c. chavaliers, cui que enui.
Passen al pon de Leire, lonc lo regui ;
E quan venguen al gua de Sanh-Ambrui,
Folchier gardet amon, pel pla sanui :
Vit una senha blava e'l dors de lui,
Tres gonfainos petitz e un gran crui.
.M. chavalier lai seguo Milo d'a lui ,
En talan ac Fouchiers que ab els s'apui.

Folchiers a don .F. a pres a dir,

4

I a Aimo lo comte de Bel-Air :
« Pervei .iii. gonfainos d'un brulh hissir;
.M. chavalier los sogon, tan los albier :
So es rics om del rei, que 'l ve servir ;
E, si m'o voliatz encosentir,
Asaiar los volria a descofir. »
—« Gran follhia, ditz Aimes, vos auh ordir.
Vos [etz] en mon conduh per vos garir,
E .K. es mos senher, no 'l dei falhir;
E si vos es .v. c. e ilh son tal mil;
Non postz en tota Fransa melhors causir.
Dui chavalier ben poden lo tertz delir.
Assatz totz vos poiriau penre i ausir. »
—« Tal ira n'ai, ditz .F., totz m'en aspir.»
Vergongna n'ac Folchiers, no 'l pot sufrir:
Comenset se ab los seus a sopartir ;
A son castel s'en torna, a Mont-Espir,
Qu'es el cap de Berghona el Puh-de-Mir.
No tem ni duc ni comte per evair.
D'aquel volra rei .K. guerra esbaudir.
E .F. s'en anet a Bel-Air,
A un castel on Aimes lo fetz servir.

A Bel-Air s'en torna .F. la nuh.
Non cuh de lui servir que us s'en enuh.
Qant enap foro ple, tegro .i. muh ;
Puis no foro lhi lih paubre ni vuh.
Las cortinas son de pali, no d'autro cluh.
Jagro tro qu'el solcilhs el tro parec.
Son causat e vestit cum donsel duh,
Fan metre fres e selas peis ab aur cuh ;
Cavalguero essems de lonc .j. brulh,
Lonc l'aigua que dissen del pui de Buh.
A Rossilho en venc .F. e tuh.

Vecvos a Rossilho vengut .F.
E dissendet al olm , fors al peiro.
.C. chavalier lai corren d'aital tenso,
Cals pres regna o estrieup o chival bo.
Lo coms intra el mostier far orazo ;
Puis vai fors lonh dels altres on .G. fo.
Paraula ab Amadieu i ab Boso;
Mas .G. s'es cochatz de sa razo :
« Neps, si avem bon plah del rei .K? »
— « Per mon cap ! so ditz .F., quar aquo no.
Presentiei-lhi ton dreh en sa maiso :
El no lo vol bailar ni si ni co ;
Mas ieu lhi reprochai la traicio
De que'l fetz prejurar tan ric baro;
E cuh be que los seus sus nos somo.
Non avetz bos ni vinha tot no 'l trenco,
Ni fossatz ni terrier ni gran maio,
De l'ausor fust no fassa vermeilh carbo.
Manda amics i omes, e los somo
Que t'ajudo de guerra contra .K.,
Que t vol deseretar per ocaiso.
Batalha n'ai plevida en Val-Beto,
Empresa e plevida per tal devesio :
Cel en cui remanra prengua tost .j. bordo ,
E pas la mar a nau o a dromo. »
— « Bon m'es, so ditz .G., per Dieu del tro!
En breus de jorns aurai tan companho
Que seran .v. c. M. em plan cambo ;
E si batalha vol , ieu l'abando. »

Lhi baro del castel quant an auzit
Que .F. es vengutz, lai son issit ;
E dirai-vos lhi cal, se no ls m'oblit.
.B., Gilbertz e Bos foron elit,

I Artaus e Gimaus d'oltr'an chausit.
De Landric de Nivers an fah lor guit,
E foron .X. baro tan ben eslit,
Lo plus paubres d'aques[tz] que avetz ausit,
Ac .v. c. chavaliers de son aquit.
.G. intra en la chambra sobre .j. tapit,
E paraulet ab els, pren son ardit.

« Senhor, de totz coseilhs non quier mas .j.
Cascus man per sa terra, uon s'en refu.
.K. ve sobre nos ab .iiii. estru ;
Non avem bos ni vinha que no l reun,
Ni fossat ni terrier que no l destrun. »
Prumiers parlet Guille[l]mes cel d'Esteun :
« Manda amics e omes on n'as negun.
Trames ai per mon paire, a Besaudon,
Que mandara totz ceos¹ de Besaudon,
Vergedagne e Cartagne e Molgradun,
Purgela e Rucaire e Barsalo.
De sai mandei mon oncle, comte Odilon,
Que te tota Proensa tro a Dijun,
Arle e Foncalquier e Ureun,
Las vals de Mauriana e d'Auceun.
Ja no seran passat lhi treideun,
Que serem .v. c. M. ab un estrun.
Batalha n'aura .K. de Monlaun. »

—« Ben sabia, senhor, fe que vos dei,
Plah ni dreh non auria ni amor de rei.
Pertant es lui mesatges emqu'ate me,
Trames, per mos amics, cum far o dei ;
E ai mandatz mos homes, somos per fei,
Que m'ajudo de guerra encontra 'l rei,

1. Lisez Celz.

Que m vol deseretar per anclei.
Neis a Monbeliart trames arcer
Bego, mon chamarlenc, ob Aumanfrei;
Angiers e 'l coms Guinhars venho a mei,
De la val del Chambrai tuh lhi marquei,
Si cum jatz la montanha que te Navei.
Cilh son bo chavaliers, a tota lei.
D'aquels aurem .c. M. e plus, so crei.
Batalha n'aura .K. de Sanh-Romei. »
E .F. respondet : « Dieus lhi autrei,
E cel sia volpilhs que s'en retrei,
E ieu coartz proietz [1] si la plaidei!
De pos ab lui no pus trobar mercei,
Perdut i ei, ditz .F., que ben o sci,
.M. chavalier casatz qu'en la tera i ei;
E pero, si fis n'es, be ls cobrarici;
Mas no falldrai .G. mentre viurei. »
—«Beus neps, so ditz lo coms, ieu m'o veiriei;
Mas lai tan no perdras cum sai redrei.
Un pa de mon conduh vos partirei. »
E .F. respondet : « Re non penrei;
Quar cel non es amics, mos [2] per malvei,
Qui pren lo son senhor ni qui l'agrei;
Mas ajut-lhi per fe, el e lhi sei.
Quant aura facha fi, si negun vei,
Se puis pren son be fah, no l blasmerei. »
Mentre .G. paraula, venc Elinei :
« Don ieu venc de Gasconha, on ieu estei;
Aduc-vos Senebru de Sanh-Ambriei,
Ab .xx. M. Gascos, tan los csmei.
Lhi Navar e lhi Bascle, cilh d'Agenei,
Si son autre .xx. M. em prumerei.

1. Lisez *provalz*.
2. Lisez *mas*.

Casus porta tres dartz e .j. espei.
El brulh de Val-Beto lai los menei,
D'on tramet al marques, ab els s'apei :
« Eu lho coman, ditz el, e si autrei.
Batalha en aura .K. de Sanh-Romei. »

Mentre .G. parlava dels Esquartrais,
Que porto .iiii. dartz entre lor mas,
E son plus acorsat que sers per plas,
Venc-lhi autre mesatges que non es vas ;
Ans es bos chavaliers, pros e certas :
« .G., veus vostre paire e 'ls Castelas,
E son mais de .c. M. per miei cels plas. »
— « Per Dieu ! so ditz .G., mos cors es sas,
Ma companha es creguda dels longadas.
Raimon mena-los-mi dedras Surras ;
Qu'el locs es naturals, rics, ancias.
No lor falh[a n]i cars ni vis ni pas.
Batalha n'aura .K. en aper mas. »

Mentre lo coms .G. des albercs tensa,
Hab tan venc-lhi .G. que tenc Vergensa :
« .G., er vos dirai vostra plasensa.
Veus Odilo, vostre oncle, ab lui Proensa ;
E so seissanta .M. ses mescrehensa. »
—« Per Die[u] ! so ditz .G., l'afars m'agensa.
Quan soanet mon dreh, fetz-i falhensa ;
E tornet mo nebot e vil tenensa.
Dieus me lais vezer l'ora que s'en repensa! »

De la vida .G. non sap om dire,
Ni de la terra gran d'on s'i cosire,
Ni dels mes que trames, per son arvire ;
De la d'oltra Alamanha pren a devire.

Entro als portz d'Espanha e sel de Sire,
Non remas chavalier de gran ausire.
Auchers e 'l coms Guinhartz n'an au cosire;
Ab lor, de bos serjans plus de .xx. mire
S[on] lhi Rossilhones per descofire;
E .G., quan los vit, en quet a rire,
E lauset Damidrieu e sanh Basire,
E ilh faran en l'estorn lo gran martire.

La guerra de .G. no moc per sort;
D'Alamanha en Proensa totz los recortz.
D'a Mongueu tro en Aspa, amdos los portz,
I veno lhi [ric hom], que .j. no s'en tortz;
Mas tant era de .K. grans sos esfortz,
Del saber ni del dire non es conortz.
Lhi seu son a Orlhes, els plas e'ls ortz;
No los metra mais .K. en lonc deportz.
Sobre .G. s'en vai, sia drehs o tortz;
En Val-Beto cavalja, on n'ac tans mortz,
Don fo lo mons plus autz que n'es Niors.

Molt fort son gran lhi plan de Val-Beto:
Grans .iiii. leguas duro en un rando;
No i a mal pas ni plancha, bos ni gaso;
Mas pur l'aigua d'Arcen, per devisio,
.K. Martels chavalja a Avalo.
Cuiet lo castel penre, mas res no fo
En un puh es Folchiers lo Marcanco,
Ab lui .M. chavalier que mot so bo.
Cuiet l'ost escachar; mas res no fo.
Pero si 'l sap lo reis e siei baro,
E mandet-lor en l'ost a cels que i so.
Per tan s'en vai Folchiers vas Rossilho,
E Guillems e Rainaus que tenc Nasto;

Davas l'un cap s'en intren dins Val-Beto.
Aqui viratz dressar tan pavalho,
Tanta seinha de guias e tan peno ;
Mais de .vii. leguas dura la perpriso :
Diratz , s'els vesiatz per plan cambo,
Que anc pui[s] en est segle tals gens no fo.

Co fo a un dilus, quan l'alba par,
Que pratz pren a flurir, bos a folhar.
.K. fetz .xxx grailes esems sonar ;
Lhi corn foro d'evori, gran e perclar.
Or saubo lhi baro de son afar,
Qu'en batalha campal ac son pessar.
L'ost pren a somonir i a levar ;
Anc no vist tan menut undas levar,
Cum viratz las enseinhas al ven anar.
.K. dins Val-Beto los fetz guidar,
Lai on feiro l'estorn fort i amar.
Cel que aqui caec non poc levar,
Ni puis a son alberc no poc tornar.

L'estorns fo fortz e fers cum ausiretz,
Qu'enquere lo devetz preveire o cle[r]cz.
Sai davas .K. fo lo coms Jaferes,
Aimes i Aimerics i Audefres,
Lo ducs Gui de Peitiers, vasaus cletz,
Ab .xx. M. gaiues quel portet [1] fes,
Celins de Bolonha e'l fortz Capes,
Baiver i Alaman ,M. per .xx. vetz.
Portet lor auriflama ducs Godafres,
De l'angarda don .K. fetz sos adrehtz.
D'aquela de .G. auzir poiretz :
Vint .M. n'i a de certas de Pui de Tres ;

1. Lisez *porten.*

Ja coart ni volpilh no i trobaretz ;
E lai on s'encontreron fo tals l'estretz,
Ja maior vas aquel jorn non veiretz.

Lo duc Gui de Peitieus no s'en re[f]us ;
Ab .xx. M. gaiues, no i ac plus,
Armatz d'ausberc e d'elme que cascus lutz.
L'angarda de .G. anc no refus,
Abances vos direi qui la restrus :
Pous e Ricartz e Coines Joans Quacus
E 'l marques Amadieus de Val-de-Clus.
Cascus n'a .iiii. M. els chavals sus.
Ieu n'aurai meravilha si asta no i cruss.

Lo marques Amadieus, que fon Tauris,
Moncenis e Monjex o lo Caumis,
Et Aoste e Censa Moncianis,
.Vij. comtes ac ab si, lo palaisis,
Cosis germas .G. e sos enclis.
Sos cors fo grans e bels, asatz meschis,
E sos chavals .i. bais ab longuas cris.
De sa'spasa lo brans vertz aceiris.
En son escut fo penhs us colobris.
Vi la senha de K. per us saucis,
E parti de so renc, ditz son latis :
« Ai vassal ! contra altre que sia aisis! »
Lo ducs Gui de Peitiers er sos vesis ;
I ac tan bonas armas lo Peitavis,
No serio comtadas en dos matis.
Lo chavals de sotz lui no fo resis,
Plus tost sailh de son renc c'us moltarsis;
E laissero-se corre pels plas chamis,
Feron-se pels escutz molt voluntis,
D'ambas partz an falsatz lor doble lhis,

E meiro-se las lansas per los sais ;
Ambedui se deroquen en us chamis.
Al socors viratz ponje[r] .xx. M. escutz.

Lai ou lhi dui marques justo enan,
No lor valen escut per una glan,
Ni ausbercs i bliaut escariman.
L'us met la lansa al autre ben prop del gan.
No sabo de lor vidas ni tan ni quan ;
E qui anc los amet, er los estanc,
Trao-los de la preissa que avio gran
Al socors i van jondre de tal semblan
Cum ausiretz semprera, se ieu vos o chan.
Pons ferit Arlion, Gilbert Arman,
Coines ferit Gerome, Rotgiers, Doitran,
E Joans Frohelent, Arpis Berlan,
Un ric marques dels Mons d'oltra Bracman.
De totz cels non remairo doi en estan
Lor companhas cavalguo, q'us non reman ;
Lor regns laissan anar, lansas baissan.
Lai on ilh s'encontrero, ac gran masan.
Viratz escutz traucatz, d'ausberc lhi pan,
E 'lh costat e lhi flanc e 'l pihs denan.
Quan so frachas las lansas, trah so lhi bran,
Don son trencat lhi elme reflamean.
Lo sancs e las cervelas jos en espan.
Tans n'i a de caehs d'evers que adans,
Don .xx. .M. chaval van tuh voian ;
Entre lor pes lor van regnas tiran.
Non er us qui i en prengua ni autr'en de-
.K. vit de s'angarda que vai merman, [man.
E .G. de la soa fort abaissan :
Amdui i an perdut, nulhs no sap quan.

.K. ac detz escalas, e .G. x.

En cascuna ac .xx. M. omes armetz.
Lhi leugier van prumier, ben o sabetz.
Hoax a los Bretos que conoissetz,
Sa'scala jois prumiera de lonc .j. betz.
Gasco davas .G. son en gran pretz.
Senehrus de Bordels, vasaus eletz,
El escrida : « Gasco, quar requeret[z] ;
Quan per vostre senhor vos combatetz,
Sal seretz e garit, se lai restetz. »
E Odils ditz als seus : « Quar los feretz ;
Huimais er volpilatres, si resebetz. »
Ilh lhi respondo tuh : « Ben o disetz. »
Breto crido en aut : « Gasco, bietz.»
A las lansas baissar estan tuh quetz,
Fero-se pels escutz tro que es asclietz.
Tals crois feiro las lansas cum .j. tempes.
« A Dieus! so ditz .G., te-me em pes,
Que ieu farai dreh al rei joios e letz. »
E .K. ditz als seus : « Las mas levetz ;
Lausatz los noms de Dieu e mentavetz,
Que ns do venser l'orgulh que lai vezetz.
Plus avem gen de lor que ls ai esmetz ;
E venserem-los be, si vos voletz. »

Breto e lhi Gasco son per engansa :
Lor escalas van joindre senes doptansa.
Viratz tant escut franger e tanta lansa,
Tan vassal de caval faire voiansa ;
Mas a espasas traire fo estreansa.
Tan destrier .M. soldor prendo quitansa,
Qu'anc pui[s] de lor senhor n'agro cobransa.
Tres .c. ausberc i elmes, tot per esmansa,
Mais de .vii. M. en resten en la coransa.

Lhi Breto e ilh Gasco, dic a fiansa,
Ja non auran reprupche nulh luc e Fransa.

Bigot e Proensal vengon essems,
E son davas .G., entre dos renxs;
Davas .K. Norman e Pohorenxs.
Tans bos cors de vassals i a dolens.
Lor escalas van joindre, c'us non refrens.
Viratz escutz traucar e jazerens,
E tanta testa ab elme caer essems;
Mais de .x.M. resten mort e sanglens
E per puis e per plas e per rodens,
Que dolens en fo .K., lo rei de Rems;
E .G. en sospira, qu'es mout tenens [1],
E preiet Damidrieu que nos reens :
« Senher, hui me ajuda, no i perda ren. »

Vecvos per miei l'estorn lo vilh Draugo,
Lo paire don .G., l'oncle Folco,
E sis el chaval bai qu'ac de Muco;
Ac vestit .j. ausberc, gran, fremilo;
Onques per negun' arma falsatz non fo.
I ac lassat .j. elme de Barato,
Obrat ab aur i ab peiras tot deviro;
Plus resplan que estela que lhutz el tro.
E ac sencha la 'spasa de Marbio,
Escut portet e lansa de Marbio;
E venc los sautz menutz pel plan cambo,
Mas de gen retenir semblet baro.
E escridet al rei en sa razo :
« Per .j. sol chavalier genda no m do »
Vecvos lo duc Terric denan .K.

1. Lisez *temens*.

« Don reis, coinoissetz-vos est Bergono?
So es Draugues, lo vilhs de Rossilho,
Lo paires don .G., l'oncle Folco.
El me tolc ja ma terra e ma reio;
.Vii. ans n'estiei faiditz, en un boisso.
Tenetz-mi per revitz a volpilho,
Pos batalha demanda, s'ieu no lah do. »
E .K. respondet : « Ie us abando,
Trop n'avetz pretz lonc terme de vengaso.»

Vecvos lo duc Terris del renc partit;
E sis el alferan amoravit,
E ac de bonas armas son cors garnit;
E venc los sautz menutz pel prat flurit.
Siei ome le segueren, que son ardit.
Terrics cridet : « Aurme, vilh caumusit,
De la cavalairia vos vei giquit.   [brit.»
Tant vos vei entr'e [l]s vostres, que us an co-
E Draugues respondet : «Veus-mi issit.
Ieu non amiei anc home que mo mal guit.»
E brochet lo caval, ve-los salhit.
Veus l'alferan el camp e l'arabit;
E lhi vassau s'en so aisi ferit,
Lor escu son traucat, frah e partit,
E lhi ausberc fausat e descofit.
Veus Dra[u]go per lo camp mort e delit;
Mas d'un auna perpres de freselit
La lansa e 'l gonfainos de lui issit.
Mais Terris fetz que savis, que la 'lh gequit;
Quar l'escut e l'auberc essems cosit;
Mas no l tochet en carn, Dieus l'escarit.
Draugues retorna als seus, que so marit.
Vecvos Terric de l'aigua del plan issit.
Lor escalas van jondre de tal eltrit,

Viratz escut traucat, tan pihs ubrit,
E tanta testa ab elme de brucs partit,
E tan pe e tan pouh e tant aurit,
La clara aigua d'Arcen tot' an cobrit;
Dels sancs que ieis del mortz, enrogesit.
Ben agro lhi Dr[a]uguo l'estorn bastit :
Se lor senher no fos, fosso garit ;
Qu'era se tec Terris per escarnit,
Que non ac de xx.. M. nul acomplit.

Mances i Angevi e Toronjatz,
Celhs foro davas .K. xx. M. armatz,
Vestit los blancs ausbercs, elmes lassatz,
Sos los elmes enclis e enbronchatz.
De gran batalha far van cossirat,
Cum veltres en cadena que es amorsatz.
Lo coms Jaufres, lor senher, los a guidat;
Per mieh lo ga d'Arcen oltr'a passat.
En apres passet .K. e sos barnatz.
Enquar no sab .G. ni fo membratz,
Per lo dol de son paire, que es grans assatz,
Quan .F. paraulet cum om senatz :
« A la fe Dieu ! .G., lo dol laissat,
Pos lo ducs es absoutz e cumergatz ;
E quant el poira estre, sia vengatz. »
Adonc es e la sela .F. poiatz,
E sobre una asta nova s'es apoinatz ;
Tornet-s'en vas los seus e ditz lor : « Patz !
Senhor, franc chavalier, or m'escoltatz :
Quant seretz en l'estorn ab els mesclatz,
Feretz-i, aucietz e derocatz,
Tan que vos en siatz d'oltra passat[z],
E puis trastuh essems sobr' els tornatz :
Mais val assatz proesa que malvastatz. »

E siei home respondo : « Que predicatz ?
Mas anem-los ferir davas totz latz. »
Adoncas fo l'estorn fort, abduratz.

Bos e .F. e Seguis e lhi melhor
Foro mais de .xx.M. comensador.
Viratz d'aur e d'asur ta gran lugor,
D'asier e de vernitz tal resplandor,
Tanta lansa trencan ab auriflor,
E tan donsel adreh envaidor.
En apres so vengut lhi feridor,
Pons e Ricartz e Coines, bon ponhador;
Dons Odils venc, sos oncle, un pau en por.
D'aquesta reire-garda vos trai auctor
Que so seisanta .M. abdurador,
Que so be de sembel apropchador.
On sab son enamic, sobre lhui cor,
E si lo vai ferir de tal vigor
Que del caval lo porta a terra por.
Or chalvagua .G. ab gran baudor
Contra .K. Martel l'emperador ;
E .K. venc vas lhui, ab sa feror :
Vecvos una enquansa de gran dolor.

Lai on las oz s'encontren en un plan bel,
No i ac fossat ni barra, bos ni ramel.
Angevi van prumier e lhi Mancel,
Lo coms Jaffers d'Angieu e Torongel.
Ab .G. so .xx.M. en un sembel ;
No n'i a un trop vilh ni barbustel;
Bos e .F. e Seguis en so capdel.
Lhi un crido *Valea*, lh'autre *Rossel*,
E lhi plussor la senha .K. Martel.
Si com falx pren sa ponha, quan fer ausel,
De tal eslais se corro lhi jovencel,

No i a ta fort escut non escancel,
No senda o no pertus o no arcel,
Asta reida de fausser que no astel;
No i a ta fort ausberc no desclavel.
Viratz tan dol levar, frecs e noel,
Tanta coissa caer ab lo turmel,
E tan pe e tan ponh e tan budel;
Mais en a remasutz en plau estel,
Non a ni vius ni mortz dedins bordel:
Qui ferit en l'estorn d'aquel masel,
Dieu ac a sa[l]vador e Gabriel.

Ben i feren Manses i Angevi;
No lor so lhi .G. de ren acli.
.F. e Bos e Folchiers ab don Segui,
Seilh¹ guido lor companhas pel brulh fresi,
Gonfainos ab aur fres e nou, polpri.
Las flors denan lor foro fer aceiri,
Don tan noble vassal receubro fi.
D'ira que ac .G. ac lo cor gri,
E ficha sa seinhera latz un marbri,
Un peiro d'antifix tenens de vilafi,
Car i a castel lonc l'aigua e'l rouesi;
Lo loixs l'a fondut per un mati,
Quant el deseretet aquel aisi.
.G. es au peiro, lo gran devi;
De las iras que ac, .K. maudi:
« A, reis! Dieus te confunda, cor de masti! »

D'iras que ac .G. fon pres estals:
No soparti dels seus ni bos ni mals.
Auiatz la reire-garda dels Proensals,
Que s'en passo latz lhui per us pradals;

1. Lisez *Silh.*

E so seisanta .M. en bos cavals ;
E dons Odils los guida, lo rixs captals,
En l'estorn que fo fortz, fers e campals.
De lansas e d'espasas fan cobs mortals,
Si que lhi .K. n'an gurpitz estals,
Aitant cum pogra traire .j. arcs manals.
E Teris ditz à .K. : « Non em engals.
Bailatz-mi trenta .M. dels plus cabals ;
Ab els er departitz lo bes e 'l mals. »
E 'l reis si fetz Baviers e Ties tals,
Que non sab per ferir plus naturals.
Terris portet lor senha, us duxs reials ;
E vengro tuh essems loncs unas vals.
Huimai non er eslitz lo plus vassals.

Desertan per lo cam[p], fan gran masil ;
Aisi van per l'estorn cum estorbil.
Dons Odiels venc pongen per lo camil ;
Anc no vistes nulh vilh que si gandil,
Si fiera ni si ausia ni si essil.
Bos [, Seguis] e Folques foro sici filh.
Denan lui so vengut lhi trei donzil :
Tuh so negre d'ausberc e de fesil.
Dons Odiels jura Dieu e sanh Otril :
« S'en podia proar un a volpil,
Ieu en faria morgue en un mostil.»
Mentre qu'el castia, c'us non gazil,
Ab tan vecvos Terric per lo caumilh,
Bavires[1] i Alamans amoravil ;
E coro-los ferir, e'lh nostre il.
No i ac escut de tremble nulh ni de til,
Inde ni nier ni vert, blan ni vermeilh,
Ab grossa asta de fraissher nos'escartilh ;

1. Lisez *Baviers*.

Ni ausberc que de sanc totz no roilh,
Que chai dels bos vassaus cum ab dosilh;
Mas, aus espasas traire, ac gran perilh.
Trenchen ausbercs i elmels, cab e cabelh,
Oils e bocas e nas e sobrecil,
E tan pe e tan ponh e tan auril ,
No i volgra esser coartz ni om volpil,
Per tot l'aver que sia tro a Caumil. [mesc;
Dons Odiels venc pongen, pel cam[p] se
Anc no vistes nulh vilh que si entresc ,
Ni de cavalairia ta fort s'aesc.
Vic venir envas lui un fort Tiesc,
Qu'apelen Arlia de Val-en-Desc;
D'aiso me meravilh que aitan cresc.
Senescals fo al rei, a l'ausor desc ;
E dons Odiels lo fer e l'escut fresc.
No lhi val sos ausbercs, pur un varesc,
La lansa e 'l gonfaino, el cor no' lh pesc;
Que deroquet-lo mort del bai moresc,
Que .c. chaval lhui passo per lo col fresc.
Anc no vistes estorn que si enbresc ,
Ni tanta joncha facha en un caumesc.
Tans n'i a de caehs, cex no i paresc.
Onques pos aquel dia .j. no surresc.

Folchers venc apoihnan sus Faça-bela ,
Sobre un chaval moran de Compostela.
Anc[1] vestit un ausberc, clar estencela,
Que no pesa assatz una gonela.
Vassals que l'a el dos, de mort no s cola.
Folchers venc apoinan per la varela,
Que gran chavaleria quer i apela;
E si el la demanda, ve-la-us mout bela.

1. Lisez *Ac.*

Vcus-lhi denan Rotrieu, que tenc Niela.
Fer Folchier en la targua, que ab aur merela,
Si que tota la 'lh fen e l'escartela ;
E Folchiers fer si lhui en la forcela ;
Mas l'aubercs es ta fort, non desclavela.
Tot lhi trenca lo cors sotz la mamela,
Escrevantet-lo mort lonh de la cela ;
Puis escridet als seus : « Firet, caela !
Que non torno toh seilh qu'el reis capdela. »

Baudois lo Flamenx vi de Folcart
Que lor a mort Rotrieu, comte gualhart ;
Vait ferir Quonon, vassal lombart,
Que fo natz del desert de Brun-Essart.
Talh lhi det en l'escut qu'en pres lo quart,
Que la lansa en passa de l'autra part.
Escrevantet-lo mort del ros lhiart.
A Dieus ! ta gran dampnatge a don .G.
Ab tan vecvos .F., mas trop venc tart;
Pero si 'l vai vengar de l'autra part.

.F. venc apoinhant per la besonha :
Er s'en gar Baudois, quar el s'en sonha ;
De gandir denan lui non ac vergonha.
.F. ferit Elin, que tenc Bolonha ;
Tal lhi det en la targua, que ab aur redonha,
Que denan lhi falset la blanca bronha.
De son chaval lhiart mort l'en delonha.
Ab tan vecvos venir cels de Bergonha ;
E .K. ab los seus que ac de Tremonha,
Fan enforçar l'estorn e la fort ponha.

Er chavalgua .G., ab sos amics,
Ab companhas lonhdanas d'autres pais.

No porten en batalha ni var ni gris,
Mas bliautz de color talhatz, asis,
Desus fer'i acier que relhusis,
E asur e vernis que resplandis.
.G., .F. e Bos l'amanavitz,
Pons e Richartz e Coines et Otis
(E so .cccc. M., qu'el brieus o ditz,
Abdurat, de batalha voluntairis),
Sotz los elmes enbronc, los caps enclis,
Atendero que .K. los esvais.
Si fara-el semprera, ben en so fis.
D'amon per miei un puh, latz un consis,
Dissen .K. Martels de Sanh-Danis,
Lhi Bavier e lhi Saine e lhi Lectis,
Alaman, Loorenc, lhi esforcis.
Terris portet lor senha, us duxs marques;
Lai los guidet el camp que es fluritz.
No pot esmar nuls om, tan fos pervis,
A las lansas baissar .i. mot non dis;
Mas no fo tals dols fahs por aquel dis.

Lai on foron essems aquel dui ren,
Los escutz ni los fres .i. no captenc,
Ni del ferir no feiro falha ni genc.
.F. e'l coms .G. als prumiers venc,
Ab elhs li Alaman e 'lh desertenc,
Cil de Monbeliart e de Valbenc,
E Rainiers e Odins, lo filhs Ardenc.
Or fero Proensal e Vianenc,
Navar i Arago e lhi Rochenc.
De lai Bavier e Saine e Loorenc
E Frances e Norman e lhi Flamenc,
Aisi se van ferir cum cascus venc.
No lor valo escut pur un besenc;

Quar qui estors de l'u, l'autre l'empenc.
Aqui moro a glai tant esturlenc
E tan noble vassal i adelenc.
Tans n'i a de caehs, so vos covenc,
Anc puis non levet .i., se ieu non menc,
Ni no faran ja mais, so sai-ieu benc,
Tro au jorn del Jusizi, on ieu m'atenc.

L'estors fo fort e fers, cum auzetz dir :
No podo las companhas gaire sofrir
Que l'us no laissa l'autre en camp pauzir.
Comenso a lassar et a morir,
Lhi lassat a pauzar, e'lh fresc venir ;
E .G. lor escrida del evair,
E .K. pregua 'l[s] seus del esbaudir.
A Dieus ! cum son cochat ben del ferir !
De terras alienas vengro morir.

Ans que fos fahs l'estorns de Val-Beto,
Fon predicat .c. ans, el vilh sermo.
La quinta partz dels homes, per devesio,
I reseubro martiri, jutgamen no.
Contra cascun captal ac un baro.
Vecvos lo duc Terric contra Odilo,
E don Segui, son filh, contra N Aimo ;
Contra Anchier N Arman que tenc Dijo,
Contra comte Guinart lo Barbenço,
Qui fo duxs de Baiviers e del reio.
No serio comtat tuh li baro,
Ans seriatz a Roma al prat Neiro ;
E l'us no requier l'autre se per mort no.

Odiels vit de Terric que fetz tal tort,
Que contra lhui s'es mes, so fraire ac mort :

No lhi mes de vengar en lonc deport.
Contra lhui del caval lo cap estort;
De dreh i mes la lansa, e no de tort;
E fer-lo en l'escut un colp ta fort
Que del chaval lhiart a terra 'l sort.
Puis escridet sa senha : « *Dunort, Dunort!*
Era querets mais hui qui vos enport. »

L'estorn qu'avetz auzit amentavir,
Els plus loncs jorns de mai fo fah per ver,
E duret tro lo nuh mesclan au ser,
Que soleilh vai colgar, cum far so der.
Vecvos Terric cebrat el bai morei;
Vai ferir Odilo de tal poder,
Tot lhi trenchet l'escut e'l cur d'azer.
Non pot lo fers l'acier contra tener,
D'autra part no lh fezes l'asta parer;
E deroquet l'envers de chaval ner.
No visquet mas .v. dias, tan cuh saver.
Au socors volo ponger, de tal poder;
Mas una aura levet, per Dieu voler,
Fortz e fera e mala; fetz a temer,
Que .K. vi sa senha a fuc arder,
E .G. de la soa carbos caer.
Per signes que lor fetz Dieus aparer,
La batalha e l'estorn fan remaner.

La nuhs lor es venguda, dias falhitz,
E lo sers es teneres e brunezitz.
Dieus lor mostret miracles que fon castis :
Flama lor chai dels ciels que ls rovezis,
Qu'el gonfainos .G. es enbrois,
E lo .K., que fo ab aur escritz.
Tota tremblet la carns al plus ardit,

E terra sotz lor pes de la raitz.
So ditz le us al autre : « Segl'es fenis.»
Don fo .G. lo coms espaoritz ;
E .K. entr'els seus fort esvertitz ;
Don s'es longatz dels autres e sopartitz.
Puis noi fo colps donatz ni autre feritz.
Estero tota nuh ausberes vestitz ;
E quan lo jorns pareis, fon ben jauzitz :
Vi la terra perpresa d'escutz voltitz,
De bla[n]cs ausberes, ab elmes ab aur sarcitz,
Don resplan lo cristautz e l'aumaritz
Dels fortz vassals que jazon per pratz fluritz.
.G., .F. e Bos l'amanavitz
Rejoston lor companhas, quan jorns clarzis.

L'us dels prumiers, iratz parlet Davitz,
Fraires germas Elin cui fon Pontitz,
E coms de Valanço e de Voltritz :
« A reis partit de Dieu ! cum iest mauditz !
Per ton orgulh nos as aisi aucitz,
Tu-meisme cofondut, e nos traitz.
Enquer non es .G. lo coms fugitz ;
Ans qu'el sia vencutz ni descofitz,
I auras mai perdutz dels teus noiritz.
Ja mais lo dols d'aques[tz) no t'er oblitz.
Perdut i ai mon fraire e mos dos filhs :
Vetz-los lai mortz on jazen de sotz causitz.
Ja per metge [negus] non er garitz ;
E pero, se non era trop escarnitz,
Lausaria que plahs en fos quezitz,
Per [totas] las armas que i vei delitz.»
A coseilh bon que fon de Dieu issitz,
.c. baros dels melhors i sunt culhitz.
Prumiers ditz Galerans que tenc Sanh-Litz :

« Reis, pos qu'es teus lo dols e 'l dans e 'l
Er lauzo tiei baro o tiei amic   [critz,
Que en sia del comte .j. plhas queritz. »
E .K. en juret la Genitrix
Que milhs en voldria estar sebelitz,
Qu'en sia plahs queritz don fos aunitz ;
Quar si .G. no 'l culh per sos malvitz,
Donc seria aontat et avelitz :
« Don si .G. no 'l culh, si cum tu ditz,
Donc er lo tortz de lai e drehs giquitz ;
I auras nostres talans tot[z] aumplitz.
De pos t'ajudarem, non a envitz ;
E qui per tei morra, non er peritz. »
Lo mans fo autreiatz, lo mes elitz.
Tibertz de Val-Beto es vilehs¹ fluritz,
E savis de paraula e de beus dihtz ;
.M. drehs aura jutgez e escafitz.
Anc non fo d'un tornatz ni contraditz.
Per lhui sera lo mes fahs e furmitz ;
Mas cum qu'en sia plahs huimai auzitz,
En rema Val-Beto de mortz garnitz ,
E .M. donas en son veuvas de lor maritz.

Tibertz menet ab se Garnier de Blaive,
Cosis germas .G. e fils Araive ;
Mas om litges fon .K. del fieu son avi.
Sus en chaval gasco i amoravi,
Traspasset .M. donzels ausis a glaie.
Si rasonen .G. cum ome savi.

Esta s .G. iratz e pesansos ,
Quan denan los messatges vi ambidos.

1. Lisez *vielhs.*

Garniers parlet prumiers cùm donsels pros :
« .G., quar fazetz dreh e prendetz-nos.»
E lo coms respondet totz airos :
« Ieu vos en jur lo Paire glorios,
Se sai vengues messatges autre que vos,
Que del pe o del ponh lo fezes blos,
Qu'el m'a mon paire mort, rei dissoplos.
Er mi manda un plah tant e[n]combros,
En meime lo camp on fui dampnos :
Ans s'en tornara l'us totz vergonios. »

Lors paraulet Tibers, apres Garnier,
A guia de baro que amor quier.
No respon mot d'orgulh ni traversier :
« .G., quar prens coseilh ab ton empier.
Aisi vei estar .F. ton coselhier,
E Landric e Enric e don Asier.
E donc quar lhosausatz, franc cavalier,
Que aqu'es vas lo rei bon cosier ;
Quar si tortz i rema, iretz sobrier. »
— « Coseilh, so ditz Landris, i a mestier.
Aval en la riviera, en un tirier,
Si jatz Odiels nafratz, lo coms, tres ier.
Anc no vi tal baro ni tal parlier,
Tan savi ni si pro[s] ni tal guerier.
Cosi vai, parla ab lhu[i], coselhi lhi quie[r],
E so qu'el te dira fai voluntier. »

.G. vai coseilh querre a Odilo,
Ab se menet Gilbert e don .F.
E Enric e Landric e don Guigo.
Aval en la riviera, en un cambo,
Jatz Odiels desobr' un cisclato.
L'orde Sanh-Beneeh quer que om lhi do,

Quan lai vengo siei filh e siei baro.
.G. vai denan lhui a genolho :
« Oncle, coseilh te quier, e da lo m bo,
Tal que no me torn'a onta ni a retraiso.
.K. me manda plah, fi e perdo.
Sai m'a trames Tibert de Val-Beto
E Garnier mon cosi, lo filh Aimo. »
— « Beus nebs, merces en ren Jhesu del tro;
Si ac genta paraula, ses ochaiso.
Pos ela ve prumiera davas .K.,
Fai-en fi voluntiers, ses contenso. »
— « E ieu cum amarai rei ta felo?
Terris es cosselhiers de sa maiso.
El me a mort mon paire, lo vilh Draugo,
E lo teu cors nafratz, que marces fo.
Ja non tendra lo meu dias per so,
Si 'l duc Terric no geta de sa reio. »
— « Beus neps, ditz lo coms Odiels, enten
E si garda ton cors de mespreiso,   [razo,
Vas to litge senhor de traicio.
Aprop ma mort creatz mo filh .F.,
Qu'el no t dara coselh ja se bo no. »

—« Ja non creirai coseilh que om lo m dia,
Si Terric no gurpis e sa paria,
E puis no m'i fai dreh de la bauzia,
Que el a a tort ma onor preza e sazia,
E mon paire m'a mort, ma gen delia.
Si aquest plah no mi fai e no m' autreia,
Ja no sera mos sire ni ieu seus dia.»

Odiels quant o auzit, si s'en aira :
« Nebs, molt as pauc de sen e fol arvire.
Pos Dieus fo mes en crotz e pres martire,

No fo mais per un ome ta greus cossire,
Ni tals jornals dolen[s] per gen ausire,
A son maior pechat que no t sai dire,
Ni que om no pot comtar, ni nulhs clers lire.
So no potz-tu neguar ni escondire,
No sias sos om litges, e el tos sire :
No 'l potz cassar de camp ni descofire,
Que n'as forfah lo fieu que volretz dire.
Ieu non poiriei est plah huimai devire.
L'ordre Sanh-Benech e Sanh-Basire,
Aquel vulh e desir, al res non quierre. »
E .G. quan l'auzit, de dol sospira.

« Senhor, so ditz .G., er auh ma mort,
Vas .K., rei de Fransa, que ieu me concort,
Qui m'onor m'a tolguda, mon paire a mort.»
Prumier parlet don Gales cel de Niort :
« .K. se nos fai dreh que n'a lo tort,
Au jutgamen lo comte qu'es de Monfort,
O d'un autre baro, que no 'l deport,
Non a sonh de t'amar, si s'en resort. »

Be paraula Landris de son ostatge :
« Gale, so que dizetz sembla folatge.
Tuh lih savi de Roma ni lhi Cartage
Non jujario dreh neis lo dampnatge;
Mas, pos Dieus nos o a mes en coratge,
Que a fah demostransa a so barnatge,
E quier .K. t'amor per so messatge,
No respondam orgulh, mal ni oltratge.
.G. fo sos om litges, so crei l'omage,
Quan pres de lui en fieu son eretatge,
E en resieup amor e senhoratge :

Si s'en retornt lo coms en son omatge,
E 'l reis lhi renda tot son eretage,
Si cum fon devisat au maridatge. »
— « Ben paraula cest om, dison lhi satge,
Quar a el cors gran cen e vassalatge. »

.G. au dels baros que fon blasmietz,
E enten de son oncle que es iretz,
Vai denan lhui estar lo coms em pes :
« Oncle, per Dieu merce, no us irasquetz,
Plah farai voluntiers, pos l'en volet[z]. »
— « Bel nies, so ditz lo coms, er me plaietz
Que d'aquest covinen no [u]s desdizetz.
Bos e .F. e Segui, enan venetz,
Per aquest covinen lo me juretz ;
Gilbert de Senescart lhui i metez,
Bernar mon petit filh no i oblietz,
E gardat-[z]-lo-me be e noirissetz.
Messura e cen, car filh, gen retenetz,
Amatz vostre senhor, e fe portetz :
Ja non perdretz honor, tan cum viuretz.
Anatz-vos-en, don coms, au rei mandetz,
Vos lhi redret[z] lo seu tot quanqu'avetz ;
Acordatz-vos ab lhui, gen lo sirvetz :
Aquo es vostre pros, proesa e pretz. »

.G. part del coseilh, lo coms iratz.
Veus vengutz los messatges davas totz latz :
« Don mandaret[z] .K. so qu'a vos platz.»
— «Plah farai veramen, pos o lauzatz ;
Mas ieu vos en jur Dieu de trinitat,
Ja non er sos fiels ni sos privatz,
Se abans non es lo duxs del plah gitatz,

Si que non aia ab lui mais amistat.

« Gran tort en ac lo reis e siei Frances,
A sa cort, a Orlhes, quant i trames ;
No me fo fahs lo jorn ni drehs ni leis.
Ses dreh que lhi vedes ni tort lhi fes,
A perpriza ma terra e mon pais ;
Mas, pos Odiels mos oncle o a empres,
Plah farai veramen cel dux se veis. »
Aquest mot daraira cil an apres.
Lai s'en van lhi messatge on fo lo reis,
Entorn lhui siei baro e siei marques.
Terris i es d'Asquana, naffratz cum es.
Non i a un ta savi ni ta cortes ;
Que quan lo dux paraula, no fos mespres.
Lhi messatge dissendent tuh aqui eis,
E .K. lor demanda : « Digatz cum es. »

— « Senher, so ditz .G. cum om iratz,
Ses tort que t'agues fah ni drehs vedatz,
As perpreza sa terra e son dugat,
E as son paire mort a gran pecat,
E Odilo son oncle a mort nafrat ;
Mas per amor Jhesu de trinitat,
Qui nos a en semblansa gran demostrat,
E lhi baro lhi lausen de son dugat,
Si fussan lhi mesfah toh perdonat ;
Ma[s] [e]n derier o al ah encombrat,
Qu'el jura Damidrieu de maestat,
Ja non er tos fiels ni tos privatz,
S'abans non es lo duxs del plah gitatz. »

— « Per mon cab ! ditz lo reis, per quanque
No volria aver fah tal anelei,   [vei,

Per que agues lo duxs guerra ses mei. »
E Terris respondet : « Senher, mercei.
No plassa Damidrieu l'autisme rei
Que jamais, per mon cors, nuls om guerei.
.c. ans a que fui natz o mai, so crei;
Tot ai flurit lo pihs e blanc cum nei;
De Fransa fui gitatz a gran beslei,
Passai un bratz de mar ab mo navei,
Seit ans fui en issiel, a mon caucei.
Aimes i Aimerics ab Audefrei,
Miei filh, seran au rei, e vos tuh trei;
E ieu lai tornarai, per son autrei,
Que sera ben .G. lo coms al rei.
Miei amic e senhor, preiatz per mei;
Quar de tot me vulh metre en sa mercei. »

E quan .K. l'auzit, ac gran dolor :
« Miei comte e miei amic e miei comtor,
Lhi asvesque e lhi abbat e lhi doctor,
Que avetz a guidar me e m'onor,
Per la fe que m devetz ni per l'amor,
Hui donatz tal coseilh vostre senhor,
Que no me torn' a onta ni a desonor;
Quar no faldria al duc a negun jorn,
Ni no vulh aver fah a cel menor
Que ab me fos en batalha ni en estorn. »
E lo ducs respondet, per gran dolsor :
« Non plassa Damidrieu, al redemptor,
Que per me sio mal lhi nostre als lor.
Ans qu'el coms fezes guerra l'emperador,
Me volian gran mal siei ancessor;
Er m'en volen lhi filh encor maior. »

Galerans de Sanh-Litz primieramen

En paraula au rei mout covinen :
« .K., ieu sai, Dieus vol l'acordamen.
So sabs qu'en la batalha o fetz parven ,
Quan trames sobre nos lo fuc arden.
Tan fort baro lai resten mort e sanglen,
No 'ls auras mai en Fransa a covinen ;
Mas fazetz plah au duc per avinen,
C'om qui a tort guereia trop longamen :
A tart ve lo gaanh, e per[d] soen.
Car compra so que n'a e car o ven ;
E si una vetz en puga, doas dissen.
E si redetz al duc son casamen. »
—« Vos fazet, so ditz .K., vostre talen ;
Mas de Terric ai molt lo co[r] dolen ,
Si .G. no 'lh perdona so mal talen. »

Un autre plah el vol lo reis cerchar,
Que vol lo duc e 'l comte ben acordar ;
Mas .G. no lho vol jes autreiar,
Ni Bos d'Escorpio ni Seguis far,
E 'l dux pres comjat, enquas n'anar.
Lai viratz tan baro per lui plorar.
Er vos deh la paraula mais hui breugar.
Tan meno la paraula lhi avesque e 'lh par,
Qu'elh feiro las cumpanhas tost desarmar ,
E don .G. au pes lo rei anar ;
E fan-lhi son omatge arailar,
Gurpir malavolensa loc e baissar ;
E la faide de mort fan perdonar ,
E cels que eran pres fan delhivrar.
Los bisbes e 'ls abatz fan demandar,
E o mando-lor lo camp ben a gardar,
Los mortz a sebelir, los vius sanar.
Tan franc baro lai resten mort e par,

Don lo dols s'en pren lonh a repairar.
Assatz an lor amic mais a plorar,
E donas e donselas a regardar.

Anc de sorsor batalha n'ausi retraire,
Quar no fo nul aitans pos Dieus ac maire.
.F. e .G. i pert cascus son paire.
Er no vos cal dels mortz huimais retraire.
Las armas aia Dieus, los cors suari !
Quan la guerra finava, a mo veiaire,
.G. en fetz mostiers no sai quans faire,
En que mes assatz morgues e sanctuari.
.G. a Rossilho torna son aire ;
En Proensa s'en van .F. e siei fraire,
.K. lo reis en Fransa si s'en repaira.

A Draugue no remas filhs que .G.,
E Odiels en ac be de mout galhartz :
So fo Bos e Seguis, .F. e Bernartz
E dons Gilbertz lo coms de Senesgartz.
Lo duxs Terris d'Asquana s'en vai per lor
Per lo pais que vol guerra lhi tartz ; [esgartz,
Que no vol estre clams fels ni coartz.
Tan pregero d'ambedoas [las] partz,
Que a .v. ans lh' a mes un plah .G.,
Per que fo puis lo coms clamatz trajartz ;
E pero non o sap en neguna artz,
Mas Bos d'Escorpio, fels e gaigartz,
E dons Seguis, sos fraire, e dons Folcartz.

Gilbertz tenc Senesgart e Montargo ,
E Seguis lo comtat de Besanço ,
E dons Bos ac l'onor d'Escorpio ,
E Bernartz lo comtat de Tarasco ,
E Folques [en] ac cel de Barsalo .

E Osce e Soane e Avinho :
So fon tot de l'onor au vilh Draugo,
E si moc de .G. de Rossilho;
Mas paia lh'en an tolt e Esclavo.
Cum ausiren lo dol e la razo
Del estoru que fo fahs en Val-Beto,
E foren mort lhi comte e lhi baro,
E'lh passeron los portz ses contenso,
Tro a Gironda vengro, a dreh bando.
Per socors so vengut .iiii. frico;
Dui en van a .G. i a Folco,
Lhi autre dui en Fransa au rei .K.
Lo reis es a Paris, en sa maio,
En un palaitz que fo rei Francio.
Aqui requier coselh d'un rei frizo,
Qui guerra lh'a moguda, tol[c] son reio.
Lhi messatge dissenden tost al peiro,
E intraren la-ins on .K. fo,
E 'lh lhi dizo tals novas que no 'lh sab bo.

Prumiers parlet .j. coms Anceis :
« Ai .K. Martel ! ta mal o feis
Quan tu en Val-Beto estorn preis,
E Draugo, tau baro, i aucisis !
Quan cuias esforsar, tu aflebis.
Perdut avem las marquas qu'el dux conquis,
E de lai te fan guerra lhi Sain' e Fris.
Si .G. no t'ajuda, totz ies conquist. »
E 'l reis de mal talan si s'agrenis.

Prumiers [parlet] Ernaus que tenc Gironda :
« Senher reis, vostra onors no m'es aonda ;
De sai davas Espanha m'as fah esponda.
Assalhen-me paia de tot lo munde.

6

No pus volar en Fransa, no soi ironda.
Tot lo vostre socors Ihesu cofunda !
A .G. mi redrei, per Dieu del monde. »
E 'l rei no sap pessar que lhi responde.

Ducs de Narbona parlet cum bar :
« Cuiatz-vos, per mal faire, vos agan[1] car?
No[s] non em jes Angles d'oltra la mar.
Quant aniest en Espanha ta ost guidar,
E ieu portiei ta senha, per capdelar,
En tot lo peior loc que potz trobar,
M'as laissat e Narbona, que ieu tenh car.
Asallho-me paia d'oltra la mar,
E mas portas, per forsa, cugo intrar :
Anc no fustes ta pro[s] ni ta rics bar,
Que m'anassetz de Fransa lai ajudar.
Ab .G. mi tenrai, si Dieus mi guar. »
E 'l reis tan fo dolens, no sab que far ;
Mas son chaval demanda e vai montar.

Aqui es montatz .K. cors airos,
E tramet sos mesatges tost d'eviro,
E mandet sos baros e 'ls varvasors,
C'el en ac .xv. M. en .iiii. jorns ;
E foren ajustat a lhui , a Tors :
« Enviem a .G. [,venga] a socors. »
Orguls es e feunia e mala amors ,
Que ses lhui comenso lhi gran estors ,
E per fi fo soa la mager onors.

Els prims jorns loncs de mai qu'el temps aon-
Que .K. se combat sobre Girunda,   [da,
Ab pa[a]ins de Clavia, una gen blonda
I ac, i d'Africans, nertz cum ironda.

1. Lisez *agam*.

Angelras de Suria, cui es Mapmonda,
Adutz aicela gen, cui Dieus cofunda!
D'aques[tz] paias savais tan i abunda,
Que no i volgra esser .K. per tot lo munde.
No troba de sa senha qni lhi responda,
Quan .G. sors. lo coms, per Val-Preonda;
Lansa portet trencan, targua reonda;
Sa 'scala sors prumiera, o la se[c]onda.
Adonc fo la batalha aita[l] preonda,
Del sanc qu'en vai e mar vermelha es l'onda.

Anc no vistes un rei que si rancur,
Quan .G. ajostet, lo coms, as lur;
Anc no vistes baro tan pros i dur,
Ni proesa de comte que tan melhur.
Tota jorn se cumbato tro al escur.
A la nuh escursen vencut son Turc,
Paia et Affrica au rei segur,
Que anc us no s'escapet se no s'en fui.

La batalha es vencuda, e 'l camps finatz;
E .G. del estorn es repairatz,
E tan .M. chavalier de sos privatz,
Que an perdudas las lansas, los bras oscatz.
Aquels porten totz nutz esangleutatz.
Non intraran en froule tro sio lavat,
E forbit a essilh e residatz.
Per lo coseilh .F., que fo senatz,
Fora l'ostax al rei totz presentatz.
El lhi ditz : « .G. coms, tot o prenhatz;
Donatz a vostres omes que milhs amatz.
Per aital cors de comte serai presatz,
E teusutz i amietz[1] e redopdatz;
E amarai-vos mai que ome natz,

1. Lisez amatz.

Se no rema e vos per malvastat. »
— « E ieu vos, ditz .G., don si vos platz. »
Ja non departis mais lor amistatz,
Quan Bos d'Escorpio los a sobratz.
Aquo fo mol[t] grans dols e grans pechatz ;
Quar el en fo pui mortz i afolatz,
E dons .G., lo coms, deseretatz,
E sos castels fundutz e derocatz.

Tan be estet .G. lo coms au rei,
Qu'en Fransa l'enmenet a Sanh-Romei.
Tot lhi ditz son coseilh, tan l'ama e 'l crei :
Er pot .G. en Fransa far tort o drei ;
Qui ac forfah sa terra ni son pagei,
A don .G. o dona, lo ric marquei.
Lo coms en pren, se s vol, o tot o lei.

Tant estero essems lo coms e 'l rei,
Non ac baro en Fransa ni en Verduneis,
Si ac forfah vas .K. ni re mespres
Don cuh perdre sa terra ni son pais,
Que .G. no la renda, lo rics marques.
Aisi son be essems .lx. mes,
Que hanc no lhi fetz causa ni re que 'lh pes ;
Ans lhi fetz sas batalhas ab paias tres,
E lhi conques per forsa Robrieu lo Fres.
Lo termes es vengutz qu'el Terris mes,
E .G. de son dux merce lhi ques,
E .K. lhi perdona quan que forfetz.
Donc fo mandatz Terric aqui mezeis,
A Sanh-Danis e Fransa ; .G. i es :
Per tan l'estut morir per ver ancetz.
Faita en fo feunia e aneleis.

.K. mandei sa cort, e fon ben grans,

De baros lohorenxs e d'Alamans,
De Tics, de Franceis e de Normans.
Fu[n] i Terris d'Asquana lo repairans,
Lo savis dreituriers, lo vilhs ferrans.
Anc no jutget un tort sos escians, [gans;
Ni anc non pres longuier lo pret[z] d'us
E ac essems ab si sos dos efaus.
.G. los pres a omes i a comans.
Lo jorn los aucis Bos coma Satans :
Don refresquet la ira e lo masans
E la guerra mortals que tenc loncs tems.

Lo ducs es repairatz de son issil
Del puh de la montanha de Mon-Causil.
.K. mandet sa cort a Meravil;
Van lai Bos e Seguis e lor donsil.
Si guerra agro lhi paire, aura[n] la filh.
Bos tolc Terric la testa sobr'el cabil :
Per so requet la guerra e tal guasil,
.M. en foro mort, en un cendil,
E .x. carc d'astas frachas, en un tornil,
E .K. encausatz per un caumil;
Si ne fos Rossilhos, mortz fora-il.

Auzit avetz la guerra e la tenso
Que ac .K. ab .G. de Rossilho,
E cum la mesclet Bos d'Escorpio,
Quar il retenc Folchier lo marcanço,
Que amblet los chavals sotz Mont-Argo,
Quan lo reis fo al seti de Rossilho,
E de Terric lo dux, lo ric baro,
Del estorn que fo fahs en Val-Beto.
Terris aucis Draugo e Odilo,
Li us paire .G., l'autre Folco;
E lhi efan remairo chavalier bo,

E de tals en i ac foro pauc mancipo.
Era son tan cregut, chavalier so.
A un dilus de Pasca surrexio,
L'encontren en la cort au rei .K.
Aque us en mentiria; ausizo-lo.

So fo una Pasca, so m'es avis,
Que .K. tenc sa cort gran a Paris.
Terris, lo ducs d'Asquana, lai fo aucis ;
Don Bos d'Escorpio sa lansa i mes,
Per lo paire e per l'oncle vengansa en pres :
Per so moc grans la guerra e li estris,
No poc estre acordada pos aquel dis.

So fo a un dilus, prim jorn setmana
Que .K. tenc sa cort gran e 'sforsana,
En sa sala a Paris, qu'es vilha anquana.
Quan lo reis ac mengat, dort meriana ;
Lhi donzel van burdir a la quintana,
Aval sot la ciptat, a la fontana.
Gran dol i an mogut, per la folana.
Entr' els lor i levet una mesclana ;
Mort an lo duc Terric, senhor d'Asquana,
(Don Bos d'Escorpio, que tenc Jordana,
Lhi mes tota sa lansa per la corana)
E tal seisanta ab lhui, nulhs no s'en vana,
Qu'anc no visquet lo duxs tro a la diana ;
Mas pui[s] lo venguet Ugues de Monbriana,
Que non fetz laga causa ni citolana ;
Ans fo fah en batalha, en gran campana.
Mais de .M. en viratz per miei la plana,
C'us d'aques[tz] non ac cor ni testa sana.

Sotz Paris la ciptat, en un cambo,
Quintana i an bastida, per traisio ;

Fetz-la Bos e Seguis de Besanço.
Lhi filh Terric lai van, pauc mancipo.
Li us porta una vergua, l'autre un basto.
Cilh van ab la mainada cui Dieus mal do.
Bos tolc cascu la testa, sotz lo mento.
Per so requet la guerra, don fis no fo
Tro que fo mortz dons Bos d'Esco[r]pio;
E .G. en issit de sa reio,
Qu'el coms en porte[t] pui[s] al col carbo.

Lhi filh Terric lai porten verguas peladas;
La mainada Boso, targuas rodadas.
Sotz lor gonelas an brunhas safradas.
A Sanh-Germa an fah lor receladas;
Aqui lor an las testas del[s] brucs cebradas :
Per que requet las guerras tant airadas,
.C.M. ome ne issiro de lor contradas,
E mortz de purs captals .v.c. charadas,
Don so las terras gastas i acrmadas.

Lhi filh Terric lai porten bliautz fruzitz;
La mainada Boso, ausbercs vestitz,
Per de sotz lor gonelas fortz e treslitz.
Cilh van ab la mainada qu'els an traitz.
Bos tolc cascu la testa, sotz la cervitz;
E pui[s] aucis lo paire, lo Dieu maudit;
Lo dux Terric d'Asquana donc fo aisitz.

.K. intra en sa cambra per repausar.
Lo duxs Terris d'Asquana s'en vol anar;
Non sab mot de la mescla, quan l'ausi far,
Ni de sos petitz filhs, que tenc tan char.
Lai n'es anatz lo dux per desmesclar;
Bos e Seguis l'encontren, que'l van cerquar;

E baisseren las lansas e van lhi dar.
Si auziratz croissir ní enoscar,
Per miei lo cors del dux menut passar,
Que la vida de lhui no pot durar
Tan c'us de sa mainada lhi pusca aidar,
Del cors no lhi covenha l'arma a cebrar.

.K. auzit la mescla, issi au crit,
Demandet son ausberc, i a 'l vestit;
Trobet e mieh sa via lo duc delit.
Bos e Seguis e 'lh seu s'en so fugit.
Vecvos a Rossilho .G. vertit.
Sobre lhui n'a mes .K. tot son cauzit,
E ditz qu'el lo parlet e cosentit :
« Si per nom de batalha no s'escondit,
Ja no veira abans .i. mes complit,
Lo fieu que ten de mi aurai sazit. »
Prumiers parlet lo fols e lo devit :
« Non cuietz de .G. qu'el s'en emblit;
Abans en fara guera, si cum el dit. »

Mort an Terric lo duc, lo ric baro ;
E dizo so en Fransa la regio,
Que aucis l'an a la cort Bos e lhi so.
Don Bos s'en es anatz a Escorpio.
Aqui ac dos castels latz Mont-Argo ;
L'un comandet Segui, l'autre .F.
E quan .K. l'auzit, no lhi saub bo.

Mort an Terric lo duc, lo don d'Asquansa ;
Don Bos d'Escorpio i mes sa lansa.
Per lo paire e per l'oncle en pres venguansa;
De que ac puis a .K. tal esquivansa,
E .G. en issi de sa guaransa,

Que tals .xx. ans duret la malvolansa,
Que anc non auzet venir el renc de Fransa,
Tro que foren caut aquelh de Fransa,
E Ugues en fetz Boso de mort trempansa.

Lo paiers Uguo fo fraire Terric,
E Bos e Ugues foro molt enamic ;
E lai on se conogren, us non catic.
Ancro se ferir de tal afic,
Aquel restet en fol que jos caec.
Ugues venguet son oncle cum son amic.

Aimes i Aimeris ab Audefrei
Nebot foro Terric, nuirit ab sei.
Lo dux lor donet armas e tot conrrei,
E van cridan merce .K., au rei :
« Don, laissa ns ta mainada, te ço requei ;
Vangaren nostre oncle dema, so crei. »
E .K. respondet : « Ieu o autrei. »
Aiso fo la paraula que mal estei.

« Vengutz no s es mesatges de Avalo
Qu'a nuh vendra .G. davas Dijo,
E si deu traversar a Rossilho.
Nos metrem nos a gahs en Valenço ;
Quar si dons Bos s'en intra en Scorpio,
Ni se Folchiers s'en torna vas Mon[t]-Argo,
Ni se Seguis s'en vai vas Besanço,
Ni se .G. s'en intra en Rossilho,
Lo qual de totz Dieus en abans nos do,
Nos penrem de nostre oncle la venjazo. »
E .K. respondet : « Ie us abando.»
Aquo es la paraula que mala fo.

Aimes i Aimeris i Audefreis

E la mainada au rei monta manes;
E foro .cccc. de pur Frances.
El bocs d'Escorpio, que es molt espes,
Aval sotz lo cami son tuh deses.
Tota nuh i esteren, tro jorns pareis,
Que .G. no i passet ni no i trames.
« Quan senes desfiansa agah m'a mes,
De fieltat me geta , so ditz lo reis,
Ni Bos d'Escorpio ni el ni sos mes.»
E il son remontat, qu'anc no fe reis.
E .G. quan l'ausit, cuh que lhi pes.

La nuh levet Folchiers lo marcançons ;
Menet essems ab se .cc. cusços,
Fet-los vestir de fiblas coma garços.
En la ciut de Paris venc lo friços.
Quant la nuhs es venguda c 'l jorns rescos,
Pogero en la sala per escalos.
En la chambra qu'es vouta, tras los croptos,
Tal aver amblet .K. que molt fo bos :
Tres .c. enabs enporta de tals faisos,
De la obra que fetz far reis Salamos,
E 'l elme e la brunha que ac Nerios ,
Que tolc reis Alixandres al Turcios.
A .K. fo comtada esta razos,
Un mati, quan venia de s'orazos ;
E .K. juret Dieu cui es lo tros,
Qu'el confundra coartz e cogonotz,
E .G. tot per nom, e sos glotos.
Se no 'lh ret son aver e sos glotos,
No 'lh remandra Val-Nubles ni Besanços.

D'orar repaira .K. ans lo soleilh ;
Ac auzida la messa a Sanh-Mauril,
Puis s'en es fortz issitz de sotz un tel.

En la chambra que es vouta, dins lo tendil,
Que fo de marbre, o cuc, ind' e vermelh,
Lai n'es intratz lo reis e siei coselh ;
De .G. lor demanda a totz coseilh.

Lo reis intra en la chambra, non vistes tau ;
Tota es vouta e cuberta de bo metau,
E es pencha a musec gen per egau.
A meravilha lhuzo lhi veiriau
Plus lhuzen que estela al enjornau.
Lo paimens de marbre talhatz davau.
Lai n'es intratz lo reis e seu vassau,
E 'l vescoms de Lemotgas qu'ac nom Giraut,
Qui fo filhs Andevi e nebs Folquau.
Cors ac vassau e pro[s], fort e gervau,
E sab donar coseilh bon e leiau,
Si cum om que es noiritz en cort reiau.
D'aquo parlet lo reis don plus lhi chau ;
De .G. s'acosselha, cui el vol mau.

.K. mandet los princeps totz e sa gen ;
E vengro en a lui entro a .c.,
E foro en la chambra el pavimen.
Lo reis lor ditz a totz cominalme[n]t :
« Senhor, qui sab de dreh re ni enten,
Si me coselh per fe, son escien ;
Qu'en esta cort m'an fah tal aunimen,
Mort m'an lo duc Terric, un mo[n] paren ;
Mon aver m'an amblat e mon argen.
Sobre .G. n'ai mes mo chausimen,
E dic qu'el o parlet e o cossen.
Si per nom de batalha no s'en defen,
Ja no veira abans un mes verten,
Que sazira[i] lo fieu que de mi ten. »

Lhi baro, quan l'auziro, respondo gen ;
E qui sab bo coseilh , no s'en fai len.

Prumiers parlet us coms, dons Emoys :
« Ieu non sai , senher reis, que m'en mentis.
Si Bos d'Escorpio Terric aucis,
E .G. non o sab ni 'l cosentis,
Si s'en pot escondir, so m'es avis ,
Non deuretz penre mia de son pais. »
— « Per mon cap ! so ditz .K., aital devis,
Ieu no lhi deman plus, mas se guaris ;
Mas no poiria far per tot Paris. »

— « Donc no sai ieu, ditz-el, que me dises ;
Mas d'aquesta paraula non ai mespres. »

— « Cosselhatz-me, senhor, per Dieu amor :
Per .G. vos o dic , mon bausador,
Que sol am mi aver tan gran amar [1].
Quan ieu no mi gardava de sa folor,
Si m'a fah tan gran onta e desonor :
Mort m'a Terric d'Asquana, mon drut melhor,
Cui avia donadai eu ma seror.
Per tan vos en requier cosseilh , senhor,
Quar ieu l'ai tot proat a traidor.
No'lh laissarai a tolre un mas d'onor.

« A totz vos prec, miei ome que aisi so, [do,
Per Dieu, cosseilh [ieu] quer, [qui] lo m'en
De .G. aquel comte de Rossilho ;
Quar lo jorn que ac menjat e ma maiso,
Si cossentit la mort de mon baro,

1. Lisez amor.

Del duc Terric a far la traicio,
Qu'en ma cort lo m'an mort las mas Boso.
Ieu no sai chavalier ni mal ni bo,
Que si l'en desdizia un mot de no,
Que ieu no l'en proes mal e felo. »

Aprop parlet Armans de Bel-Moncil,
A lei de jove ome de prim coseilh :
« Don, si .G. vos bauza, no m meravilh :
Sos paire e sos avi[s] totz tems so fel[z];
Mas mandatz vostra gen tro a Calmeih;
De Giterna en Fransa tro a Creelh,
E chavalgem trastuh ab un esvelh.
Si troban fort castel en plan caumelh,
Si fassam la batalha manes ab el ;
E aduzetz-i, reis, tan pro donzel,
Que fassam camp de sanc trastot vermeil.
Qui trobara .G., meta-se ab el;
E reson-lhi la testa sotz lo cabelh;
Puis anem alberjar a Mont-Espelh.
Tolham-lhi Rossilho e Sant-Maurelh,
E afolem-lo tot, lo culvert velh.
Non faras onguan fi, per mon cosselh,
Tro l'agas cofundut, lhui e sa gen. »

—« D'aquo sai-ieu, dit .K., mot ben la flor.
De me ni de .G. no sai lo jorn;
Mas era vendra mais aprop Pascor,
Que l'erba es creguda sobre la flor.
Veirem cum o faran cilh ventador,
Qu'an los chavals movens e pongedor.
Ieu me ficu tant e Dieu lo redemptor,
Lo filh sancta Maria, lo Salvador,
Si venem en egal, lhi nostre e 'lh lor,

Sempres auran lhi lor de mort paor. »
Ales de Val-Beto, lo filhs Tibert,
Fo lains al cosseilh, en pes levet,
E so fo chavalier que ben parleit
E que det bon cosseilh, qui l'en creet :
« Si .G. don Boso sai amenet,
Quan Bos aucis Terric, .G. peset ;
El no 'l saub ni no 'l volc ni 'l conortet,
Ni puis aquel mesfah no receptet.
An deu perir .G., si Bos pequet ? »
E lo reis quan l'auzi, s'en irasquet :
« Ditz pustela en sa barba qui so pesset,
E qui milhs non o sab qui so jutget.
Mon aver ac .G., qu'el laire amblet ;
Sai trames lo lairo que l'enportet,
E de lhui moc lo laire e lai tornet :
Per tan ac tort .G., la cortz jutget.»
Ales de Val-Beto plus no parlet.

Apres parlet vescoms de Sanh-Marsal
A lei de franc ric ome, cui Dieus ben sal :
« Ai ! senher rei de Fransa, be e engal,
Be te ton bon baro, to natural.
S'il te vol faire dreh, si t'a fah mal ;
E laissa estar lo doble, pren lo captal ;
Mais valra lo servizis de to vassal,
No fan d'aur tuh chargah .iiii. chaval. »
— « Daha seit, so ditz .K., cui de lui cal !
Fil a puta preveire, filh a geldal.
No m trobara oguan, se puis, aital. »

Gaces vescoms de Drues lh'a pres a dir :
« Don, dirai-vos un pauc de mon arbir.
Om qui dreh sab jutgar, no deu mentir.

No deus to litge ome que t vol servir,
De guera escomovre ni avantir;
Mas manda l' a la cort a te venir;
E si el se pot salvar ni escondir,
No deu mia per so .G. perir,
Ni no 'l deus, en ta colpa, de te partir. »

Gaces vescoms de Drues em pes levera;
E mante[n]c sa raso e issausera;
Quar so fo chavalier que gen parlera,
E qui det bon coseilh, qui l'en creera,
Quar la paraula d'Ales ditz e'l enguera :
« Si .G. don Boso sai amenera,
El no 'l volc ni no 'l saub ni 'l conortera,
Ni puis aquel mesfah no receptera,
No deu perir .G., si Bos pechera. »
E lo reis quan l'auzi, s'en irasquera :
« E vos d'aquo, don Gasce, que dizet era?
Mon aver ac .G., qu'el laire amblera;
Sai trames lo lairo que l'enportera,
E de lhui moc lo laire e lai tornera. »
— « Aquo es, ditz Gaces, paraula fera.
Il es totz tems costuma en esta terra,
Lai on om sab cosseilh, que lai lo quera,
E pre[n]gua de l'aver d'aqui on era,
E qu'el meta en luc on el non era.
Om qui dreh sab jutgar e no 'l ditz era,
Es cum aurs esmeratz que om essera.
Si vos reptatz .G. e el non erra,
Si s'en pot escundir, que mal non mera,
Tot per nom de batalha, se es qui la quera,
No lhi devetz pas tolre un mas de terra. »

Lai de dins al cosseilh fo Angelrans,

Cil cui fo Enbel-Vila e Esnarrans,
En Gilbertz e Erans e dons Oitrans
E Isembertz de Reine e 'l coms Guinans.
E .K. s'airet cum Alamans,
Per .G., don no pot far sos talans :
« A reis! per que t'airas? ditz Galerans.
Ja non es drehs au comte que plah demans ;
Quar si Odiels es mortz, cui fo Molbrans,
E Terris lo aucis, lo ducs d'Asquans,
E Odiels es vengatz per sos enfans,
E .G. non o sab, lo ducs, abans,
S'el s'en pot escundir als teus comans
(Aquo sia en ta cort, quan plus er grans),
No lh'en deus movre guerra ni a sos efans,
Ni lh'en devetz pas tolre valhan us gans. »

Garis de Carabela, lo paire Evrat,
Enquet ben covinen, si parlet cart :
« Don, tramet a Guio de Mon-Essart
Qu'el trameta a .F. i a Bernart
I a Gilbert, lo comte de Senesgart ;
E, s'il trei vos aduzen comte .G.,
E s'il te pot far dreh, au dih Richart,
No deus perdre en ta colpa comte .G.,
Ni no 'l partir de te per negun art :
Dan i auriatz, [senher] reis, e regartz. »

Gen los en creira .K., si m'ajut Dieus,
E'l fai venir ses clers, escrihs so[s] brieus,
E trames sos messatges e sos corrieus ;
E trames per Guio, coms de Peitieus,
Per Richart de Comborn, Folcon d'Angieus,
Venho a la cort .K., s'ils ajut Dieus :
« De .G. vol auzir laus de totz sieus. »

Lhi comte son vengut per que trames,
Ricart e lo dux Gui de Guianes.
Era fo lo cosselhs de noel pres.
En la chambra qu'es vouta, al cab del des,
Que fo encortinada de palis fres,
Sis en un fadestol .K. lo reis;
Cosselh quer de .G. que far lh'en es.
Prumiers parlet Bernart de Leones :
« Don, mandat[z]per .G. que a vos vengues,
Ab si amene Boso, que dreh fezes;
E si faire no 'l vol, no ten cal jes;
Mas mandatz vostra gen tost demanes.
Si Boso podem penre, qu'es rics marques,
Si'n fazetz tal justizia cum drehs i es. »
E .K. respondet : « Senher, merces.

« Cosselhatz-mi, senhor, cui i envei,
Don Gasce, cel vescomte, o don Geffrei,
E, si eus[1] voletz, Peiro de Mon-Rabei. »
.K. lo fai venir, se denan sei :
« Senhor, a Rossilho m'es obs qu'envei;
E dijatz-mi .G. qu'el venha a mei,
E amene Boso, que fassa drei;
E si faire no vol, que m'en feunei,
Ja no veira passar lo mes de mai,
Que lhi mostrarai d'armas tan gran andei,
No lhi remanra vinha no la estrepei,
Ni fontaina ni potz que no 'l causei.
Una re pot noar e son corei,
Anc mais non ac tal guerra tals coms ab rei.»

Aprop parlet don Aimes, uns coms d'ahatge;
Paires fon Carbonel de Montbriatge :

1. L ...us ...

7

« Don, no mandetz .G. tal effreatge ;
Trametetz bonamen vostre messatge,
Qu'el vos venha dreh far, a vostre estatge,
Ni'l no perdra de vos so senhoratge.
No perdatz de .G. vostre omenatge ,
Ni que feiro lhi ome de so lhinatge ;   [ge;
Mas de dreh far vos lhiure mol[t] bon estat-
E si faire no 'l vol, per so folatge,
Vos mandatz vostra gen e 'l gran barnatge.
Ja non daretz denier per guionatge :
Ben sabrai vos guidar per lo boscatge ;
E perprenetz sa terra, plan e erbatge.
Ja no vos en movretz, per nulh messatge,
Tro vos done del tort .G. bon gatge ;
Mas cel que la ira, non er folatge,
No i aia coardia ni volpilatge,
Mas proesa e valor e vassalatge. »

Aprop parlet Rainiers de Val-Beto ;
En lui ac chavalier moltisme bo ,
E ac mais de .c. ans portat bliso,
E fon ben prop de linh au rei .K. :
« D'una rei¹, senher reis, no m sab jes bo,
Qu'entre vos e .G. aiat[z] tenso,
Ni que ja a tort reptes ton bon baro,
Entro que sapchas primas la mespreizo ;
Mas creetz la paraula au comte Aimo ,
E trametetz au comte, a Rossilho,
Qu'el te venha dreh far, en ta maiso,
Aisi cum tos lhinatges o fet[z] a' uto ;
E mene per ostatges comte Boso,
E Boso e Segui de Besanço,
E tals .c. chavaliers que sio bo.
Si faire non o vol, e digua no,

1. Lisez ren.

No creire pas cosseilh que lo t'en do,
Tro que maues lo tenhas en ta preiso. »
E quan .K. l'auzit, mout lhi saub bo ;
I ac eu apelat a se Peiro,
Lo filh Gautier lo savi, lo filh Alo.
Cilh foren filh Tibert de Val-Beto :
« Peire, tu t'en iras a Rossilho,
A don .G. comtar esta razo. »
— « Ie us en dirai, ditz Peires, mout breu
Lo mati, quan parra l'alba del tro.»[sermo,

Vecvos a son ostal Peiro tornat,
E tota aquela nuh l'an sojornat,
E l'an ras e tondut e gen banhat.
Enans que vis del dia soleilh levat,
A-el sos draps vestit ve-lo-[u]s chausat,
A la guia de Fransa si conreat,
Que, se ieu o avia trastot comtat,
Non o tenriatz mia a paubredat.

Braguas viest e cami[s]a tot de cansil ;
Anc no vistes nulh drap aita subtil,
Vas aquest no 'l tenhaz trastot per vil ;
Son pes val de besans .v.c. o mil.

Causas causet de pali d'un african,
Sollars vermelhs ab flors que son denau ;
E chauset unas osas de cur de ram[1],
E esperos d'argen sobredauram ;
D'aquo non ai ieu tort, se ieu en man,
Quar e la cort au comte on elh iran,
Nulh milhs aparelhatz n'aura ojan.

Un pelisso vestit tot nou, ermin,

1. Lisez *dam*.

Ben entalhat ab bestas de marmori ;
Afiblet un mantel frecs, sembeli,
La voltura d'un pali vermeilh, polpri ;
Am bela orladura d'un ufarin,
Ac anel e boto de mier aur fi.
Quan fo vestitz a guia de palaisi,
Vai orar au mostier, lo be matdi ;
Au la messa Senhor que l'abas di,
E puis s'en es issitz de fors un pi.

Peires is del mostier cum ac orat,
E ac la messa auzida del bon abat.
Vec-lhi Gautier, son paire, [qu'es] avenhat,
E pres-lo per lo ponh, a-lo menat
Sobre un peiro de marbre ben entalhat ;
Castia-lo a guia d'ome senat.

Gautiers de Monrabei, paires Peiron,
Es vengutz a la cort, coma prod om,
Ab un comte de Fransa qu'es de Saisson.
Quant auzi del messatge lo dreh sermo ,
Que Peires deu anar a Rossilho,
Pres so filh per lo ponh, coma lo so ;
Menet-lo belamen sobre un peiro,
E ditz-lhi suavet una razo
Que fai be a entendre a donzelo
Que deu parlar ab comte , ab cor felo ;
Que , se o fai aisi cum lhi despo,
No semblara ja avol, fol ni brico.
Canuda a la barba e lo grino ,
No fo en cort mespres de traicio :
« Castia-te, bels filhs, e ieu dic co.

« Beus filhs , so ditz Gautiers, vos lai iretz,
Ieu vos vulh molt preiar, si o fazet[z].

Est messatge de .K. lai portaret[z],
Que no siatz blasmatz quan revendret[z].
Lo coms es ples e fels de malas vetz.
Filhs, si Dieus vos ajut e sancta fes,
Ja, per re que vos digua, vos irasquetz,
Que ja per sa paraula menhs no valretz. »
— « Ja per aquo, ditz Peires, no m castietz,
Que tan be non o dia, si far m'o letz;
Si dons Bos non desfai o dons Folchiers,
E dons Seguis lo coms o dons Geffres,
Ja milhs furmit messatge non auziretz. »

Quan Gautiers l'ac, sos paire, si castiat,
E Peires l'ac, sos filhs, gent escoltat,
A guia d'ome savi e de membrat;
E per so l'en a .K. de totz triat,
Quar lo sab pro e savi e enparlat.
Set vetz s'es cumbatutz en camp malat;
Anc no l'en vit om d'una desparelhat,
De pos lhi sagramen foro jurat,
Son companho no reda o mort o mat.
Si eran essems lhi ome d'un avesquat,
No l'aurian ogan d'un dreh tornat,
Si marbes no 'l tenia pres o lhiat.
Per so lo sab be .K. de totz sobrat;
Quar lo sab pro e savi e molt presat
E senhat, de paraulas e'nrazonat :
« Peire, tu furmiras est ambaissat,
E diras-me .G., d'umilitat,
Que me venha dreh far tot de son grat,
Que ieu lhi farai tot dia sa voluntat,
E non partira mais nostra amistat;
E si faire no vol, que s'en degrat,
Ja no veira lo mes de mai passat,

Mostrarai-lhi tant elme furbit lassat,
E tan bon chavalier de fer causat,
No garra en castel ni en ciptat.
Farai-l'en fors issir, estier son grat. »
— « Per Dieu ! so respon Peires, ben er
⌈comtat.
« Per la fe, so ditz Peires, que prod om col,
Si Dieu platz ni sanh Peire ni sanh Ipol,
Ieu no mi presaria un auriol,
Si a la cort no m' auzian lhi savi e'lh fol,
E .G. totz prumiers, si el s'i vol.
.K. en sa colpa lo rei si tol.
Si el m'i te per felo ni per fol,
Ieu no m'o presaria un rossinhol. »

Vecvos mout be Peiro entalantat,
Que portara 'l messatge tot de son grat.
No sembla jes noirit de paubretat,
Ben pareis a son vis on ac estat.
Mul menera amblan e sojornat,
E bon chaval en destre i acorsat;
Un adob portara tant acermat,
Un an poiria aver lo renc cerchat,
Que n'aguissa tan bo nulh luc trobat.
Ben aia Oliviers que lo hac dat,
Que penre en pot tot l'aur d'una ciptat.
En un solier en an Peiro poiat.
Auziretz de quals armas il l'an arman[1].

Egalpas l'an poiat en un solier,
Et aqui l'an armat cum chavalier.
Vestiro-lhi ausberc fort e leugier,

1. Lisez armaz.

Que .K. aportet de Mon-Canbier.
Totz fo fahs ab argen i ab aur clier,
La meitat a escays, l'autra a cartiers.
En Fransa l'aporteren dui mercadier,
Que lo donero .K. dedins Rivier;
E no pesa jes plus d'un sol garnier;
Mas non dopda cairel d'arc balestier.
Puis a lassat un elme de fin acier,
E a sencha la 'spaza que fon Disdier :
Anc no vistes tal arma a son mestier.
Una targa a son col, qu'es de dins mier,
La bocla e lhi clavel des lo polcher,
Foren d'aur cuh d'Arabia vermelh e clier;
I ac asta de fraisser e fer d'acier;
Gonfaino i ac gran e trainier.
Peire apelet a se lo bel Gaifer;
El no menet ab se plus escudier
Que so[l] lhui, so nebot, lo filh Micher.
Cel lhi menet en destre son bon destrier,
Un chaval saur, bausa, de bon celier;
Non ac en tota Fransa tan estradier,
Que om preze lhui per corre miga un saumier.
E ac tal fren el cap, melhor non quier;
Anc non vistes tan bo ni si leugier.
Lhi arso de la sela e lhi estrier
Foro obrat ab peiras i ab aur mier.
Aques[tz] adobs ac Peires d'En Olivier,
No 'ls pot milhs esplegar en tot l'empier.

Chaval ac bo e mul e garnimen,
Aital que val dels autres ben mais de .c.
Peires venc au mostier, on ac gran gen
Dels barons de la terra espessamen.
D'un abat e d'un comte fan jutgamen,

Lo reis el fadestol de mier argen.
Peires fo a genollis mout covinen :
« Era vulh que m dijatz vostre talen,
Que mandaretz au comte, vostre escien. »
— « Voluntiers, so ditz .K., un pauc m'aten.
Aquo que te dirai mot ben enten ,
Quar re no val messatges que ponh mespren.

« Peires, so me diras comte .G.
Que me venha dreh far, a mon esgart,
A Rems o a Saissos o a Sanh-Meart,
Au jutgamen del comte , de don Richart,
E del Gascon de Drues o del Brocart.
Amene ab se Segui e don .B.,
Don Folchier e Boso de felo art.
Milhs no 'ls pot om guidar, de mia part,
Que tu potz far, si t'vols, ses nulh regart.

« So me diras au comte que ieu lhi man
Que me venha dreh far, a mon talan.
Trop me vai malamen locs temps menan ;
E pesara-mi mout si desenan
Fai si .G. de me a son talan.
Met-te, Peire, ditz .K., per mi engran. »
— « Ieu m'en vau, so dit Peires, totz adoban :
Or me datz comiat, a Dieu coman. »

Peires paraula au rei, comjat pren,
E dels autres baros tot aisamen ;
Eis fors de la sala, e s'en dissen,
E a fah a son paire breu parlamen ;
Baizet-lo una vetz, part-s'en rien.
Sos paires lo comanda, de bon talen,
A Dieu lo redemptor omnipoten.

Ors monten chavalier entro a .c.
Cuio lo enviar, el o defen; .
E si en a jurat son sagramen ,
C'us no'l segra de terra sol un arpen.
É ilh s'en repaireren cascus doleñ ;
E Peires ponh lo mul, sa via ten.

Lo gran cami tec Peires, lo plus plenier ;
Ab se mezeis a pres tal cossier,
No pot sol encontrar un son guerier,
Per que camges un dorn de so semdier.
Las jornadas que fai , comtar nou quier.
Intret en Rossilho pel pon prumier,
E dissen al arcvout, sot lo clochier.
A sas armas correro .c. chavalier.
Sa'spasa comanda son escudier,
E puis intret orar dins lo mostier.

Dins lo mostier fai Peires breu orazo ;
Mas tan cum el i ditz fo assatz bo :
« Sanhta Maria, pregua o Dieu del tro
Que hui cela paraula dire no 'lh do
Per que per fol no m tenho ni per brico,
Ni que .G. no 'l prengua a mespreizo. »
E a senhat son cap ab est sermo,
E trobet fors, al uis, son companho ;
E venc per miei la plassa, lo pauc passo,
E encontret lo comte Esteveno
E Robbert e Guille[l]me e Aimeno ;
E, cum ilh lo cugeren metre a razo,
.G., que paraulava ab don Folco.
E ab Boso lo comte d'Escorpio,
El a laissatz totz cels, quan vi Peiro :
E es dressatz em pes, met–l'a razo,

E lhi demanda novas del rei .K.
S'el laisset a Paris o a Saisso.

.G. dresset em pes, quan Peiro vit,
E pres-lo per lo ponh, lat si l'acit;
Demandet-lhi de .K., quant en partit,
E si el sab tals novas que aia auzit,
E mal aia aquo qu'el en mentit.
A Paris lo laisset, so lhi [a] dit :
« El te manda per mi que ieu te covit,
Qu'el teus cors lai parlet e cossentit
Del dux Terric d'Asquana, quan el murit.»
— « Anc uns non o parlet, ni non o fit. »
— « Si no 'l fas de ta terra trastot faidit,
Que lo reis t'en movra guerra e destrit. »
E .G. quan l'auzit, ac cor marrit,
Torne[t]-se vas .F. e si sorrit.

« Peires, sabs autras novas de part lo rei?»
— « Aquelas que ieu sai celar non dei .
Quar mos senher te manda, e ieu dic-tei,
Que lhi anes dreh far, en sa mercei ,
A Saissos o a Rems o a Sanh-Romei ;
E mena de tos omes melhors ab tei;
E no cuietz-vos mia que vos plaidei ,
Cum om deu faire comte de vostra lei. »
— « No fara, ditz .G., si no mi vei.
Qui mal senhor mercega, greu pena trai. »

— « .G., K. vos manda esta razo ,
Que lhi anetz dreh far, en sa maizo,
A Paris o a Chastres o a Saisso ,
Aisi cum tos lhinatges o fetz au so.
Menatz essems ab vos comte Boso

E Segui, lo vescomte de Besanço,
E menatz don Folchier [lo] marcando[1];
E menatz, per ostaige, comte .F.
E tals .c. chavalier que sio bo;
E no laissetz-vos jes per ocaisso,
Que aqui seran siei ome e siei baro,
Que auziran de ton dreh, si l'as o no;
E no laissetz-vos jes per oucaisso,
Que mo senher en fassa la traicio,
Qu'el no so pessaria, per Dieu de[l] tro,
Se lhi donavat[z] d'aur aita gran do
Cum en poiria metre dins sa maio. »
— « Quan parra, lo mati, l'alpa del tro,
Te dirai del anar d'oc o de no.
Peires, vai albergar ab Aimeno.»

Ab Aimeno alberga Peires la nuh,
Ab un ome ben savi, conhte e duh.
Dels mes lhi donet Aimes ben .x. e viii.
E castanhas en braza et autre fruh,
Pimen e vi e neulas e pan bescuh,
E sobre tot aquo d'un fort vi cuh.

Ab Aimeno vai Peires per alberjar,
Ab un ome que sab gen conrear.
Son chaval e son mul fetz establar,
Son ausberc e son elme ben estoiar.
Quan tablas son garnidar[2], ilh van menjar.
Det-lhi carn de cabrol e de cinglar,
E manhta volatiria e peis de mar;
Det-lhi pimen a beure e bo vin clar.

1. Lisez *marcançô*.
2. Lisez *garnidas*.

E Peires fon totz las de cavalgar;
Quan lhi lieh son garnit, si van coljar.
Det-lhi una donzela a tastonar.
Cela nuh se jac Peires tro au jorn clar,
Que se vit ben vestir e gen causar;
Puis anet al mostier messa escoltar;
E .G. sos baros a fahs mandar.

.G. en Rossilho desobr' el figne,
Eu una cambra vouta de mur causegne,
A mandatz sos baros totz d'aquel regne.
No i ac bo chavalier que a lhui no venha:
« Senhor, qui sab cosselh, gar no s'i fenha,
Vas .K. mos senhor cum me contenha.
No m cuia de ma terra laissar essenha. »
Guillelmes d'Eston celar non denha:
« Vai far dreh to senhor tal que s'avenha:
A Rems o a Saissos o a Compenha;
E se, per son orgulh, penre no 'l denha,
No presar pui[s] sa guerra una castenha; »
Mas preia Damidrieu qu'el te mantenha,
E ieu t'ajudarai ses re qu'en prenha. »

.G. fo en sa chambra, per cosselhar,
E fetz sos melhors omes ab lhui intrar.
Adonc los pres lo coms a conjurar:
« Miei amic e miei ome e tuh miei par,
.K. Martels me manda qu'eu lh'an dreh far,
A Rems o a Saissos o a son estar;
E mene 'ls melhors omes que ieu pus menar,
Que ostatgen lo dreh, se no 'l pus far.»
— « Vos lai non iretz mia, ditz Bos lo bar,
Per tot aquel cosselh que ieu vos sai dar,
Que ier me venc .i. messatges al avesprar.

Aquel parti del plah de Mou-Guinar.
.K. lo reis de Fransa vos vol trafar ;
E fai o far Armans cel de Bisquar,
Pel duc Terric, que .K. ac aitan car
(Negun ome no pot aitant amar). »
— « Mal aia, ditz .G., qui quer anar,
Tro que coms o vescoms o be rixs bar
E avesques sai venha per nos guidar ! »

— « Don Bos, so lhi ditz .F., mal o dizetz.
Si ja Dieus vos ajut e sanhta fes ,
Ja a .K. cest blasme sus no metetz,
Quar no so pessaria, ben o sabetz,
Per tota aquela onor que vos avetz.
Ja vostre don .G. no cosselhetz
Qu[e] a la cort non an aquesta vetz.
Si .G. vai a cort, vos i anetz ;
Si ostatge i covenc, vos los fazetz.
E si avers i a cocha, vos l'en donetz ;
Quar si .G. a dan, vos li avetz,
E se mos senhe en plora, vos non riretz.

« Tot lo melhor cosselh que ieu i sai,
Veramen, so ditz .F., lo vos dirai.
Lo reis tenra sa cort en est miei mai ;
E seran-i siei ome melhor, so sai.
E mas .K. vos manda, anem-en lai ;
E si .G. i vai, ieu l'i segra[i].
Se ostatge i coveno, ieu los farai ;
Si avers i a cocha, ieu l'en darai ;
Quar si .G. a dan, ieu l'i aur[ai] ,
E si mos senher plora, ieu no rirai. »

Gilbertz de Senesgartz , filhs Odilo,
Fraire comte .F. e don Boso

E .B. e Segui de Besanço,
Cosis germas .G. e nebs Drauguo,
Auziretz cum el ditz gen sa razo :
« E per Dieu ! fraire Bos, e dirai t'o.
Conjur-t'en lo Senhor que fetz lo tro,
No lausar a .G. esta razo,
Que el non an dreh far son don .K. :
Tendrian o celh autre a mespreizo,
Mol[t] tost lho tornarian a traisio ;
Mas el lhi an dreh far, pos l'en somo,
E lo reis lo retenha coma lo so ;
Quar sos om es, lo milher de sa reio ;
E si faire no vol, e digua no,
Se el nos va menan per ocaisso,
De puis t'ajudarai set[1] re del to.
Tenrai .M. chavalers en ta maisso,
Ses so que ja t'en quiera pretz d'un boto. »
E .G. respondet : « Garnitz en so »,
Quan dons Bos salh enan, e ditz que no.

Don Bos salhit enan, a una part,
E paraulet lo coms per aital art :
« Dirai-o-te, Gilbert de Senesgart,
Si Damidieus t'ajut ni t sal ni t gart,
Coselha milhs adreh ton don .G.
Vas .K. rei de Fransa, aquel gaigart.
Don Gui, dux de Guiana, e don Berartz
Si lo cuio cofundre, ab mala art ;
E si lo coms i vai, a gran regart.»

Gilbert, quant o auzi, vai-se sezer.
.B. dresset em pes, ditz son plazer :
« E per Dieu ! fraire Bos, ieu dirai ver,

1. Lisez *ses*.

E darai bon cosselh, qui 'l vol crezer.
Om non a en est dia tan gran poder,
Que .G. no lo pusqua major aver ;
Quar s'el manda sos omes tot per lezer,
Ja non cuh en batalha nulhs om l'esper,
Ni que auze, en sa terra, ost a mover ;
Mas pero qui creiria est meu saber,
Er mogutz a la cort deman au ser,
Quar be pot si la guerra far remaner ;
Jamais non auziretz mot mentaver. »

Landrixs lo coms, aquel que tenc Niverz,
Fo lains au cosselh em pes leves,
E parlet ab .G. cum om perfetz :
« E vos, En Estraguat, per que fazetz ? »
—« E ieu que ? ditz .G., quar m'o dizet[z]? »
— « Eu voluntiers, ditz el, por [1] o voletz.
Quant a vos melhors omes cosselh queretz,
No sabetz que avetz fah, quant en partetz,
Ni on resta lo cens que aprenetz.
Er vos dirai, .G., que vos fazetz,
E non darai un of se us iraissetz,
Quar so es vostre pros : si l'entendetz.
Dreh ni lei ni justizia vos no tenetz ;
Ome que a vos se clam, si lo guabetz :
So es la piger decha que vos avetz ;
Mas, per aquel Senhor per cui vivetz,
Se no laissatz estar l'orgulh e 'l pretz,
Lo tort e la bauzia que mantenetz,
E Damidrieu el cor ben non avetz,
Que vos tenha a onor mentre vivetz,
E .K., vostre senher, be [non tenetz],
Vos en perdretz las terras que grans tenetz,

1. Lisez *pus*.

E de .c. M. omes non auretz .x. »
— «Per mon cap! so ditz .F., ver lhi dizetz :
Mal aia totz lo motz que i mentetz !

« D'una re, so ditz .F., soi molt dolens,
Quar estas e escoltas e non entens.
Ditz que .K., tos senher, es mescreens
E que trair te vol, so sabs e sens.
Era manda tos omes e tos parens,
E dona-lor castels e casamens
E chavals i ausbercs e garnimens,
E no laissar, per so, dreh no'lh presens;
E, si penre no 'l vol, per sos fols cens,
E el que pui[s] te falhdra sia mescrens,
E tu fols o malvatz se no'l lhi vens !
Quar, si Dieus t'en ajuda ni drehs cossens,
Nulhs om no t pot cofundre, tu ni tas gens.»

Don Bos, quant o auzit, pres lh'a pesar;
E es levatz en pes, pres a parlar :
« .F., laissatz est plah huimai estar,
Qu'a .G. non es pros a cort anar,
Ni vos fraire no 'l devetz autreiar;
Mas una ren auria ben a lauzar,
Si .K. se volia sai apropchar,
Que an[ess]em a lui au pla parlar,
Per mos senhor .G. desencolpar.
Ieu non cuh chavalers ja s'en ampar,
Que me aust mon escut per son dreh dar. »
— «Aisi pot, ditz .G., mout ben estar. »
Lo cosselhs fon donatz, qui 'l volgues far,
E las tablas son messas, e van menjar.

Quant an menjat, s'en prendent a issir;
El plan, denan la sala, s'en van burdir.

Qui sab chanso ni fabla, enquet la dir,
Chavaler a burdir i avandir,
E .G. e lhi seu a esbaudir,
Entro que venc la nuh au fredezir.
Lo coms demandet vi, e vai durmir,
E levet lo mati al esclarzir.
Siei do[n]zel lh' ajuderen gen a vestir,
I anet au mostier la messa auzir;
Puis a fah lo messatge a se venir,
So que mandara .K. enquet a dir :
« Peire, tu t'en iras a to senhor,
A .K., rei de Fransa, emperador.
De mia part lhi di en Dieu amor,
Pesa mi quar me te a sordeior
Que no feiro mon paire siei ancessor,
Qu' ieu degra capdelar sa ost forsor,
E portar en batalha s'auriaflor,
E donar en sa chambra cosselh melhor;
Mas si lo m'an tolut siei traidor ,
Lhi culvert e'lh malvat e'lh bauzador ,
Per que non pusc aver lhui ni s'amor;
Per o se m combatria ben, ab forsor,
Ab selui que s'en fa vas lhui doctor ;
E fai vas lhui de mi lausenjador,
Quan Bos aucis Terric, so malfaitor,
Que non parlet ab mi, ni ieu ab lor ;
Resieut no lhi doniei, castel ni tor,
Per que sia forfahs vas mos senhor,
Don el mi degues tolre un mas d'onor. »

—« Si m'ajut Dieus, ditz Peires, er ai ieu gah,
Quan dizet[z] que al rei n'avetz tort fah.
Pos tan ben o dizet[z], anem al plah
Qu'aura lo reis en Fransa aquest mieh mah,

8

E seran i siei comte e siei abah,
Que jutgaran lo tort, si tu l'as fah. »
— « Mal aia, ditz .G. , se ieu jes lai vah !
Ans en seran enquers .M. escut frah,
Set .c. donzel de sela per tera trah,
E ferit ab ma espaza tan .M. gamah,
Ja non gueran sotz elme cap ni carah.
Venjarai-mi de .K., del tort que m fah.

« Peire, no pus mudar ieu no t'apel,
Anc .K. non ac comte milhs si ensel.
Tot prumiers soi anatz a so sembel,
A asaut de ciptat o de castel;
Nafrat n'ai esta carn e esta pel
De lansa e d'espasa e de cairel;
E si ieu ensi m dulh, mon don es bel.
Or me manda mos senher un plah noel.
Lo fieu que fo mon paire non contrapel,
Quar lo m ve si tener en lonc capdel
Plus mal me vol lo reis que falx a 'usel.
Ja no veira la festa de sanh Michel
Que ieu lhi mostrarai d'armas un tal tropel
Que gastara sa terra cum lops anhel.
So mi diretz, don Peire, .K. Martel :
Anc mais non ostel[1] tal pluma de so mantel.
Mal o fetz lo rei .K., mos cors n'es fel;
Quar m'auzet evair, ieu l'en apel. »

— « .G., que demandatz au rei .K. ? »
— « Ieu la mort de mon oncle, comte Odilo,
E cela de mon paire, lo dux Draugo,
Qu'a[u]cis lo dux Terrics en Valbeto.
De fealtal[2] me geta mi e Boso,

<hr/>

1 Lisez *ostet.* — 2 Lisez *fealtat.*

Perpren nostra onor per ocaisso.
Se el no mi fai plah que sia bo,
De nostra part lhi porta desfiazo. »

Peires, quant o auzi, si s'en avansa;
E semblet-lhi orgulh, ira e pesansa,
Feunia e malvastat e fol' estansa :
« Que mandas to senhor tal desfiansa ?
Ni per que mous tal re au rei de Fransa,
Qu'el en volia plah e tota engansa?
En Valbeto en feiro la concordansa.
Bos en aucis Terric, lo dux d'Asquansa.
Vos fezes de la guerra la comensansa,
I auretz del dampnatge la majoransa,
E pui[s] si faretz dreh tot en balansa. »

—« Dirai-o-te, don Peire de Mon-Rabeh,
E farai o semprera mentre que t veh.
.K. mi fai gran tort et aneleh,
Quant el no mi mandet que 'lh fezes dreh,
A Saissos o a Rems o a Sanh-Romeh,
Ans que mezes m'onor en son espleh.
Una re pot noar en son correh :
Non anra mais oguan .K. mon dreh,
Si marves no me te pres o destreh. »
—«De tant ira, ditz Peires, plus en sordeh.»

Peires quant o auzi, ac cor galhart;
Cor ac d'emperador, vis de lhaupart;
E parlet a la guiza comte Bernart,
Que fo del noirimen al dux Berart :
« Una re vos dirai, ditz-el, .G.
No fassatz a la guiza a don Folcart,
Au comte [lo] felo de Sanh-Meart,
Que bauziet tres senhors e pui[s] lo quar[t].

Cel lh'en redet lo merit, que venc plus tart :
Gitet-lo de sa ouor tot per esgart.
Si vei estar Folchier e don .B.,
Arman lo dux de Friza e 'l comte Anchart :
Non i a un tan ric ni tan galhart
Que ab lui no m'en cumbates a una part,
Que om no deu apelar lo rei trafart,
Qu'el no so pessaria, per negun art,
Que om que an' a sa cort de lhui se gart. »

Don Bos quant o auzit, fo pesansos,
Pezet-lhi de Peiro que si descos,
E juret Damidrieu lo glorios,
.G. ni la mainada que non es pros,
Si aisi Peire s'en torna, est orgolhos.
E Peires respondet mot amoros,
Cum bos vassals e savis escientos :
« No diguatz, senber coms, mas calatz-vos ;
Quar mal estai de comte tan poderos
Que a talan leugier e sen de tos ;
Quar, per aicel Senhor que es sobre nos !
Ieu non pretz vostre orgulh ni vos un tros ;
Quar se iram[1] amdoi els pratz la-jos,
E no i agues plus ome mos[2] mi e vos,
E fossetz de batalha tan airos,
Anc no fustes per ome talah secos. »
Si l'agues ferit Bos, se .F. no fos.

Don Bos quant o auzit, cuh que s'air,
No pot mudar, per ira, que no sospir ;
E es levatz del renc on sol sezer,
E anet vas Peiro, volc lo ferir,
Quan don .F., sos fraire, lo cor tener.

1 Lisez *cram.* — 2 Lisez *mas.*

No sai, o per orguh o per air,
Per pauc n'a comensat ben fol arvir.

Peires fo molt iratz, si lhi a dit :
« Mostrat m'avetz, don coms, de vostre ardit,
Per un pauc no mavetz ben lah ferit,
Se no fos Dieus e' .F. que m'a guerit.
Hui as .K. lo rei molt avilit,
E .G. to senhor plus escarnit,
Que aqui, sos oils vezens, m'as aantit ;
Mas no cuietz-vos miga qu'el reis t'oblit :
Ja no veiretz abans un mes complit,
Cuh que .c.M. omes sobre vos guit. »

Don Bos se irasquet., a Peiro dis :
« Si no fossetz, don Peire, mon don tramis,
E si .F., mos fraire, no me tengues,
Tal vos agra donat e mieh cel vis
Que le uihs[1] de cel cap vos en salhis.
D'aquo sia tos senher e tu be fis,
Ja non istra lo temps que pratz fluris
Que ben bos chavalers en er ancis,
E marves per sas armas pres e delitz. »
E Peires l'esgardet e si s'en ris :
« Vos que sabetz, don coms, si seretz vis ?
Mas non es Mont-Amelis tant aut acis,
Jos no caia lo tenhs e lo vernis
Dels chavalers dedins plus enforcis
Que vos avetz molt pros no i antis,
Istra per lor ausberc de sanc un ris ;
E ieu me clamarai dolen, caitis,
Se abans non es fah que pas estis. »

Don Bos d'Escorpio dresset-se el sol,

1 Lisez *l'uelhs*.

No pot mudar per ira que non parol :
« Pel a pelan e sanc cui dens no dol.
Per te o dic, .G., cui tinh per fol ;
Tan t'a trobat lo reis e feble e mol,
Que ton paire t'a mort, ta honor te tol.
Menbre-te del pro-ome, de ton aviol
Que afolet Raimon lo filh Turol ;
Laissa m pendre est messatge coma cruol,
E ferir de ma espaza tal per lo col,
Tenetz-me per malvat se'lh cap no'lh tol. »
— « Tos temps parlatz, ditz Peires, don
[Bos, cum fol.

So que dizetz, ditz Peire, sai ben entendre,
Quar issamen parlatz cum se iratz[1] mendre ;
Trop donatz leu cosselh e jove entendre.
Chavalers abduratz deu cen apendre,
No deu a so senhor ufana rendre ;
Mas vos non es tant aut se s vol mos sendre,
Qu'el vos fassa de sus jos bas dissendre.
Ieu non auriei ab vos huimai contendre. »

De l'autra part issit vescoms Seguis,
E parlet ab Peiro cum om pervis :
« Peire, molt i fazetz er adobis.
Oncas mais chavalers so[no]nos dis.
Ni messatges qu'el rei nos tramescs,
Ier[t]molt grans meravilha si t'en vas vis ;
E si tu vius t'en vas, ben te garnis.
Ja no sera abans issitz estis
Que serem a Orlhes o a Paris ;
E serem a la porta dedinstres dis,
Entro que lor vergiers aurem razis,

1 Lisez *eratz*.

E las fons amparadas e' ls potz sazitz.
No vestirai abans pelisson gris
Tro qu'el rei se combata , se nos giquis. »
— «Senher, cesta paraula que vos auh dir,
Fai don .G. au comte ben acauzir,
Qu'om que a tort prengue ira person arvir,
Malesa es e feunia, aquo cossir,
Per l'orgul de la forsa que pot movir ;
Mas quan ve sobre orgulh maior venir,
E sas vinhas trencar, sos potz sazir,
E sos murs escrebantar, albres razir,
E sa terra gastar i aermir,
E [totz] sos castels penre e assalhir,
E sa bona mainada penre e sazir,
Lo cosselh que a creut enqua falhir,
Siei baro a forchar i a partir,
Quan non a que donar ni que tenir,
Don no pot faire guerra ni mais sufrir ;
E rixs om ses gran onta no s['en]gequir.
D'aquo vos membre, Segui, que m'auzetz dir,
Que era n'es al intrar o al issir. »

Folques ac cor irat e trist e grieu,
E es levatz em pes del banc on sieu :
« Senhor, franc chavaler, dirai o ieu,
Quar per aquo .K. tenc a judieu ;
Quar a mon don per vil e tan per lieu,
Abans que'lh tramezes carta ni brieu,
A sazida ma terra e pres mo fieu. »
E dizo lhi baro : « Trop o fetz lieu
E co[m]prara o car, so crei en Dieu,
Ans que veia passat la sanh Romie[u]. »

Peires parla à lei d'ome que a gran valor,

No sembla fol ni fat ni bauzador :
« .F., remembre-te de Dieu lo redemptor,
Que om que es trop iratz non a dousor,
E dona a .G. cossélh melhor
Cum se recort ab .K. l'emperador.
Qui fieltat no porta a so senhor,
Non a dreh en sa terra ni en sa honor. »

Lo coms .G. los au proverbiar,
E comanda-los totz a escoltar :
« .F., laissatz est plah huimai estar,
Quar trop es lah de guerra a menassar.
Asatz sera veut al cavaliar
Quàls o voldra milhs faire ni endurar ;
E, si Dieus t'ajut, Peire, plus no parlar,
Mas enqua-t'en d'aqui sempres tornar. »

« G. mandaretz .K. nulha re al? »
— « Ieu oc, si el si vol plah cominal
Aval en la riviera sotz San-Vidal,
E farai-lhi tot dreh, si lh'ai fah mal,
E tos senher que fassa mi atretal. »   [val.
— « Quanque dizetz, ditz Peires, un of no
Maldihtz sia mos senher de San-Marsal,
Si ciptat no vos tol tro a Nadal ! »
Ab tan volc montar Peire en son caval,
Quan .F. lhi a dih : «Tenetz estal ;
Enqueras parlarem un petit d'al. »

Gilbertz de Senesgartz, .F. sos fraire,
E .G. lor cosis, que d'els es maire,
Toh trei s'en so poiat de sobre un caire.
Totz prumiers don .F. pres a retraire :
«Per so, ditz-el, .G. coven a faire ;
Mas manda to senhor de to veiaire

Que tu lhi faras dreh cum fetz tos paire,
Mas que guidar te fassa a so repaire ;
E se conduh no t dona, no t'ama gaire :
Assatz potz be ta colpa vas lhui estraire

.F. parla ab Peiro, auzen .B. :
« Era dijatz au rei de nostra part
Que nos lhi farem dreh per don .G.,
Mas que guidar nos fassa senes regart. »

— « Per Dieu, so respon Peires, est plah
E tenra o lo reis a gran orgulh   [non culh,
De pos conduh demandas cui guidar vulh ;
E sel que lho acosselha fai [gran] orgulh ;
E ieu fauh que musartz, quar no m'en tulh. »
Ab aquesta paraula passet lo sulh.

Peires part de .G. iradamen,
Ben furmi lo messatge son escieu ;
Vas Sanh-Danis te via, o'l reis l'aten.
.K. ac messa auzida a Sanh-Vincen,
E Peires en l'umbriera de fors dissen.

.K. au las matinas, jorns esclarzis,
L'arciavesques Arvicus la messa ditz.
Quan K. l'ac auzida, de fors s'en icis,
De sobre un fadestol se fo assis,
Entorn lhui lhi baro d'aquel pais :
« Senhor, escoltatz-mi, .K. lor dis.
Anuh no fo cela ora que anc dormis
Pel melhor chavaler que onquas vis,
Peiro de Mon-Rabei que ieu trames ;
Mas per aquel sanh Peire que n'ai requis,
Si tant a fah .G. que lo feris,
Ja mala mais seiu ueilh veiran mo vis »

Ab tan respon Gautiers de Moncenis,
Que paires fo Peiro e sos amis :
« Tal volgra lhi des el cab qu'el sanxs n'issis,
Qu'ieu combates ab lhui e'l fil fos pris,
E en vostra preisso .G. fos mis,
Si que vos lo te[n]cset[z] xiiii. dis. »
— « Ieu sai be, ditz lo reis, que ver mi dis ;
Mas adonc el non era mos enamis,
E Draugues de Bergonha era poestis ;
E si mais lo tenia, serian fis. »
—« A tart lo tenretz mais, » Garniers lhi dis.
Ab tan Peires dissen, e .K. ris.

« Peire, sabs veras novas de don .G. ? »
— « Ieu hoc, cum de felo e de gaigart.
Maudihs sia, so dits, de sanh Mear,
Se la meitat de Fransa tota no t' art,
Del milhs que as dedins no pren sa part. »
— « Aqui ment-el, ditz .K., se Dieus mi gart ;
Quar s'ieu lo trup de dins, per sanh Launart,
Anc non ac e nulh luc ta gran regart. »

Denan .K. ac un comte, don Manasser ;
Aquel o pres au rei a mentaver :
« Don fazetz esta gen tota tazer,
E la noisa calar e remaner.
— E se Dieus t'aiut, Peire, diguas-nos ver,
No t cal messonga dir per mal voler. »
—« No farai-ieu, ditz Peires, a mon esper,
Si Dieus mi lais intrar dins cel moster. »

Era escoltatz las novas que Peire ditz :
« Senher, so fo dijos que aisi o fitz,
Que fon de bonas armas mos cors garnitz,

E menai mon caval acorsaditz,
E cavalgei mo mul afrenaditz.
Mos escudiers fon pros e mal traititz.
Intrai en Rossilho per us voltitz,
Pregai sancta Maria, Dieu genitrix,
Que no i fos enjanatz ni escarnitz ;
E .G paraulava ab sos noiritz :
A lor cosselh fui-ieu sempres culhitz.
.G. demandet novas totz entroitz :
« Peire, se Dieus te sal e sanh Felitz,
«De .K., rei de Fransa, cals novas ditz? »
— « E ieu lhi respondie[i]amanavitz
Que anes a ta cort de dreh garnitz,
Que no fos aontatz ni avilitz,
Aisi cum sos lhinatges totz tems o fitz,
E ieu fora'lh per vos voluntiers guitz

« Era escoltatz las novas que ieu dizera,
Aiso las paraulas que lai comtera :
« .G., K. vos manda, no vos mentera,
« Que anetz a sa cort, ses negun' erra.
« Menatz Boso, lo comte, que ieu guidera ,
« Folchier lo Marcanço, coms de Boera.
« Quanque lai t'er forfah, tot t'esmendera. »
—« Per mon cap! ditz .G., ieu n'an lai era,
« Tro qu'elmal que m'a fah car lhi vendera.
« Peire, vai albergar, que la nuhs era.
« Senescal, queretz-lhi que el mangera. »
—« A me n'iretz, ditz Aimes, manjar vos era;
« Per amor del rei .K. te albergera. »

—« Aimes, so ditz .G., fai-lhi alberc. »
— « Si farai-ieu, ditz Aimes, bon e enterc.
« Non ai dreh en mo fieu se per so'l perc.

« Lo soleils vai coljar vas bou alberc,
« E la nuh fetz tempier e molt tenerc. »
E Aimes me menet per lo coberc,
Manhtas ricas dentats pro me proferc.

« Que per la toa amor, mon escien,
E pel be que lh'as fah e tiei paren,
E que faras enquera a to viven ,
Be me conreet Aimes, a mon talen :
Colget-me en un lieh d'aur e d'argen,
E donet-me donzela tan covinen,
Anc non vistes tan bela, se ieu non men.
Causatz fui e vestutz au jorn parven,
E anai au mostier cochadamen,
La messa que om ditz au e enten ;
Puis venc denan lo comte a parlamen.
Reis, ben vos sabrai dire de son talen.

« Quant oi la messa auzida que donet Dieus,
Issi-m'en del mostier e fui totz lieus ;
Trobai .G. lo comte e manhs dels sieus,
Ieu dis una paraula que fon be lieus :
« Coms, non estar iratz ni trist ni grieus,
« Si cum fai Sarazis ni Caninieus ;
« Acorda-te ab .K., si t'ajut Dieus :
« Auras de dreh tas terras e totz tos fieus. »
— « Peire, trop mal me mena lo senher mieus,
« Quar me pert en sa colpa, fa que juzieus.
« Abans l'aura comprada que sia nieus,
« Ni que sia passada la sanhs Romieus.

« Peire, lo reis me mena molt malamen,
« De fialtat me geta , son escien ;
« Que ieu degra capdelar la soa gen,

« E ferir en batalba prumieramen ,
« E donar en sa chambra cosselh valen,
« Aisi cum solo far lhi meu paren ;
« Mas si lo m'an tolut lhi seu sirven,
« Lhi culvert lauzengier e 'lh recreen,
« Per que no pus aver s'amor nien.
« Pero si m combatria aiso presen,
« Ni d'aquo no soan ome viven,
« Que de la mort Terric no fui cossen,
« Ni am mi non pres Bos nulh parlamen,
« Quant anet a la cort ni quant en ven,
« Per qu'en sia forfahs, mon escien,
« Qu'el reis m'en degues tolre mon casamen.»

« Quar lo tenetz, ditz-el, trop vil e lah,
De fialtat lo gitas tot entrazah,
E senes co[l]pa de tort que t'agues fah,
Si 'lh fezitz Audefrei bastir a gah.
No vendra a ta cort ni a ton plah,
Tro vos venda lo mal que lh' avetz fah.
Molt s'en conte segurs qui que s'esmah.

« Ieu o dirai, ditz Peires, en breus de motz.
Totz temps aura .G., so ditz, corrotz,
Se Dieus salva sos omes e sos nebotz.
Trop t'a ja confundut e los teus totz,
Puis portara d'Orlhes la sancta crotz. »
— « A qui ment-el, ditz .K., cum fels cogotz ;
Quar si 'l trop albergat els pratz de sotz,
Anc om non ac de fraire ta mals nebotz[1]. »

— « Ben furmi lo messatge, mon escien.

---

1. Il y a ici une lacune dans le ms., qui ne paraît pas
être de plus d'un feuillet.

Vi Auchier e Guinart e don Arman
E Segui e Boso e don Guintran.
Quant oi dih to messatge e to coman,
Si conogui lo comte, e so semblan,
Que ma razo m'anava contrarian.
Saubi que no t'amava ni tan ni quan,
Ieu dis una paraula que 'lh pezet tan
Cum qui 'l feris pel nas ab un vergan :
« Don coms, si fazetz guerra cum aut lausan,
« Vos l'auretz molt comprada tro a un an.»
« E volgui m'en combatre sempres estan
Qu'el tort e la bauzia e tot l'engan
Saub G. de la mort Terric d'Asquan.
Non soan chavaler ni no'l reblan,
Bergonho ni Bavier ni Alaman,
No ni trobai sol .i. que m'en desman ;
Mas Bos d'Escorpio fo en estan,
E fetz mout fera cara i airan,
E ac claus son ponh destre e trais son gan.
E, se .F. no fos, dera m'en gran ;
Mas el lhi dihs tal can a man talan ,
Toh lo tegro per fol e per efan.

« De fieltat lo gitas e fas lhi tort,
Que son paire e son oncle lhi avetz mort,
E toletz-lhi Mongronh, la ciut e 'l port.
Coroia-te de guerra cum potz a fort,
Qu'el s'en es totz garnitz cum s'en deport.

« Auzen totz dis .G. esta razo,
Que re[v]tar no devia lo rei .K.
Tro que fos a ta cort e'l seu baro
Que meses per tos omes tei a razo,
E volgui-m'en combatre en sa maiso

Que non as fah feunia ni mespreiso
Vas .G. ni als seus ni a Boso :
Non soan chavaler avol ni bo,
Alaman ni Bavier ni Bergonho ;
Mas non trobai selhui que mot me so :
Per tant enquet la ira de don Boso ;
E feira me tost penre que .j. no ditz no,
Quan Dieus trames aqui comte .F.
Puis dis si to messatge e to sermo,
Qu'el te vengues dreh far en ta maiso,
I amenes Folchier e don Boso.
E .G. respondet del tot de no.
Requier la mort son oncle, comte Odilo,
E cela de son paire, lo vilh Drauguo,
Que per te foro morh en Valbeto ;
E se no lhi fas dreh, tu e lhi to,
De lor part t'en aport desfiaso. »

.K. quant o auzi se defiar,
So lhi fo tan de fer e si amar
Que non pot ab Peiro un mot parlar,
E quet s'en autra part a conortar :
« Donzel de ma mainada, tenetz-vos char ;
Qui volra d'esta guerra me ajudar,
No s pot en mon aver ges fadiar. »
Lhi chavaler s'en prendo a alegrar,
L'us l'autre a antir i a vantar.
A .K. fo molt bo, qu'els au gabar.
E lo jorns fon tornatz al avesprar ;
Huimai n'es temps ni ora de plaidegar.
Ilh demanden de l'aigua e va'n menjar,
E van per temps jazer, per man levar.
Cela nuh se jac .K. tro au jorn clar.
Quant ac la messa auzida, si va'n montar,

E fetz dire a cascu que s'an armar.
Qui ac son bon caval, fai-l'encelar;
Qui a ausberc ni elme, no 'l vol laissar.
Meimes lo reis sa senha a fah lassar,
E pres prumiers sa gen a capdelar,
Sobre .G. enquet a cavalgar,
Grand feunia lhi vol a presen far.

.K. ve so messatge que es vengutz
De lai on drehs n'er fahs ni conogutz,
Ni nulhs aver promes ni tramesutz :
El a mandatz sos omes e somonutz ;
Mas el no los a pas totz atendutz,
I ac en be .iij. M. totz ab escutz.
Ans que jorns paregues ni soleils lhutz,
Los ac sotz Mont-Ameli totz dissendutz ;
E no fo anc castels mihls requesutz,
Ni per aquels dedins milhs defendutz.
Grans es lo poders .K. e sa vertutz ;
A los per drecha forsa totz conquesutz ;
Sus en l'ausor capdulh es dissendutz.

Molt tost s'en conre[e] t .K. lo reis ;
Non ac ab si sos omes ni sos marqueis,
Ni non ac dels baros, for sos plaideis,
Non cuiet de .G guerra fezes ;
Ni non ac mor .iii. M. de purs Frances ;
Mas milhs adobatz omes non ac anc reis,
De lor brunhas safradas, de lor gran preis,
Lansas e gonfainos e escutz beis,
Bos cavals e corsiers e espaneis.
Ab aquestas paraulas lai intra reis :
« .G. fara feunia, mas ben lhi n pres. »
Sobre .G. los guida coms Abrreis ;

Tolt lhi an Molt-Ameli, que tenc lonxs dis.
Totz an perpres los murs e'ls borcs paves :
Dolens en er Seguis, Folchiers ab eis.
A tal en venra mals que no la ques,
A tort n'er cofundutz .F. e Landreis.
Al .v. jorn en ac .G. un mes,
Al nove se combato e'l coms e'l reis.

Sobre .G. ac .K. quart jorn jagut,
E fon a Mont-Ameli que lh'a tolgut.
Al .v. jorn n'ac mes .G. agut,
Que'lh ditz de Mont-Ameli que lh'a tolgut.
Vec-lo-vos tan dolen e irascut
Qu'el coms no ditz paraula a re nascut,
Entro que vi venir .F., son drut :
« .F., cosselha-me, se Dieus t'ajut,
De .K. que me te per recreut.
Tolt m'a de Mont-Ameli lo puh agut,
E cuia me aver tot cofundut;
Mas non o a enquera miga, so cuh.
.Vij. ans en agues-ieu mo fieu perdut
Per que nos nos fossem si combatut
Que lhi nostre aguesso los lor vencut. »

Estava se .G. en Orien,
Un castel que ac de .K. en casamen.
Lo castels es ta fortz que se defen,
Quar foro mais de .M. dins bo sirven,
E chavaler a cocha mais de .vii. c.
E lhi borzes son tuh rix e manen
De chavals e de muls, d'aur e d'argen ;
E .G. en l'ombreira defors au ven,
E paraula a sos omes i a sa gen,
E tenc a sos baros un parlamen.

9

Ab tan vec lo messatge que aqui dissen,
Que'lh ditz de Mont-Ameli qu'el reis lo pren.
Vec-lo-vos tant irat e si dolen
Qu'el coms no paraulet a re viven,
Entro que vi .F. a cui s'aten :
« F., se Dieus t'ajut, cosselh mi ren
De .K. que mi te per recreen.
Tolt m'a de Mont-Ameli lo mandamen.
Puis a jurat lo reis son sagramen,
Non istra de ma terra d'un mes verten ;
Mas ieu t'en jur Ihesu omnipoten,
Se Alaman no mi falho e miei sirven,
Non ira ses batalha, se .viij. jorns m'aten. »

Era auiatz la paraula de don .F. :
« E cum cuias cosselh que om lo t'en do,
Quan tu a ns cres lo mal, no fas lo bo.
So demandas mo fraire, comte Boso,
E Segui, lo vescomte de Besanço,
Que te fors cosselheren de lor razo,
En la cambra que es volta, dins Rossilho.
Ja non darai cosselh d'ome felo,
Que ja tu te combatas au rei .K.,
Quar tu iest sos om litges de sa maiso,
E non as casamen nulh for lo so ;
Mas vai, si lhi fai dreh, pos t'en somo,
A Paris o a Rems o a Saisso,
Si Dieus ton cors garis de mespreiso,
E tu reptatz no sias de traisio,
Tro a seisanta jorns met la razo,
Per comte o per vescomte leial e bo,
O per ric arciavesque de sa reio.
Quan lh'auras son dreh fah, quer-lhi lo to ;
E si faire no vol e digua no,

E se vos va menan per ocaisso,
De puis t'ajudarai e tiei baro :
Qu'om que a tort guereia, per Dieu del tro,
Son dampnatge fai gran e son pro no.

« Ja non darai cosselh, al meu veiaire,
Per que tu sias fols, fels ni bausaire,
Que nulhs tos pars t'o pusca en cort retraire ;
Mas vai, si pren Anchier, cel de Marsaire,
E si mandatz au rei dreh lh'iretz faire ;
E que se s vol en Fransa, a so repaire :
Per so donatz ostatges mi e mo fraire. »
— « F., so ditz Seguis, no l'amatz gaire,
Quan plah lhi acosselhas a onta faire.
Ans n'agues-el perdut la ciut de Raire
E .M. mas de la honor que tec sos paire,
Que ses granda batalha passe ranquaire. »

.G. enten Segui, ab lui s'apo,
E enten la folhia e saub lhi bo :
« Ja Damidrieus, don .F., puis be no m do,
Quan ja vos creirai ora d'esta razo !
Qu'el rei sai es passatz e siei gloto,
Lhi Norman e 'lh Frances e lhi Breto,
Tot per nom de la mia cofusio.
Tenetz-mi per revit a volpilho,
Pos batalha demanda, se no la'lh do. »
E .F. quan l'auzit, dolens en fo,
Que anc pui[s] no 'lh det cosselh ni mal ni bo.

Era mandet sos omes lo coms .G.
Tot per nom de batalha, de moltas partz ;
E venc a lui Anchiers, .j. coms gaigars :
« Amenei mi .x. M. de si galhartz
Que aqui no venc volpilhs ni om coartz. »

E no cuietz del comte que gaire tartz;
Combatra se ab .K. a un dimartz.

.G. quan vi de .K. cum lo scomes
Qu'a fort perpren sa terra e son pais,
E so melhor castel raubat e pres,
Si pren .xxx. messatges pros e cortes,
Sus fortz muls ambladors e espanes;
On sab sos bos amics, per els trames;
Mandet los Caercis e d'Aganes,
Tolsas e Barsalos e Roergues
E Bascles e Gascos e Bordales.
Entro als portz d'Espanha .j. fi non pres.
Castela e Navar veno espes;
Neis lo rei d'Arago los seus trames,
Sobre seisanta .M. so mais de tres.
Er fo de la batalha fahs lo conres;
Mas a .G., al comte, be non es pres;
Quar tort a envas .K., jutgatz en es.

.G. quan vi de .K. que si l'aonte[1]
(Sobre lhui es vengutz ab sa corona;
A perpresa sa terra, car sap-la bona),
Trames per Aimeric, duc de Narbona,
E per Gilbert, son oncle, de Tarascona,
Per Raimon Berenguier de Barsalona,
E per Bertran, lo comte de Carcasona,
E per Guintran, lo savi de Babilona,
Per Jolcelm lo guerier, cel de Verdona:
Paren foren .G., a la persona.
Per totz aques[tz] lo coms lo rei razona,
E non traisso paraula genta ni bona,
Per que de sobre lhui se desapona.

1 Lisez *l'aonta*.

Ja no veira dimart, ans ora no[na]
Batalha n'aura .K., si Dieus la 'lh dona.

Aiso fo en estat el mes d'avri.
Entre .G. e .K. folcero si,
Don tan bos chavalier lo jorn feni,
E tanta bela dona pert so mari.
D'una fera batalha los motz vos di,
Dun Fransa i Alamanha deserta issi,
Ars en foro mostier e crucifi.
Ab .G. s'ajustero tuh siei amic,
E foro be .iii. M. lo fervesti ;
Mas davas .G. foro lhi plus ardi,
La mainada au duc qu'el ac noiri.
.K. es dissendutz en volarti,
No mes jes Damidrieu trop en oubli ;
Ancmais negus pecaire no preiet si :
« Ai, senher rei de gloria ! a vos o di,
Faites-me hui honor, vostra merci. »
E .G. no fo ges trop esbai,
Ans apelet don Bos i Aimeri :
« Bels senhor, ieu vos ai trastotz norri
E de mos bos avers enrevesti,
Molt l'ai be esplegat entro aisi.
Vos m'avetz mon palaitz pres e sazi,
L'aver vos ai donat e departi,
E non ai en cest segle for tan don vi.
Se hui me venst reis .K., sabetz que di :
Anar m'en covendra paubre e mendi.
A .F., senher nebs, ja vos o di :
Manh be m'avetz ja fah, pauc n'ai mesti :
Al gran besonh ve om qui es ami. »
.F. lo regardet, si lo sorri :
« Er vos avem, don duc, trop ben ausi.

Si creut m'aguissatz, no fora si
Entre vos e lo rei fossatz...
Mas ieu no soi per vos, sapchatz aisi ;
Mas per mi quem tenrro trop. . . . .
Hui me veiretz ab armas fec. . . . ardi,
Ja noi auran mestier lhi garchon? . . .
Lhi felo lauzengier lhi assopi. . . .
Era venho enan ieu los. . . . .

Las batalhas chavalgo per miei los pratz
Iratz los cap enclis, elmes safratz.
.K. Martels fo reis enpoestatz,
E .G. fo rixs coms enparentatz,
E li un en vas l'autre fo molt iratz.
E .F. fo el renc dels aubergatz ;
E ses sobre un caval be i assatz ,
Coren e esdemes i assaiatz.
E fo molt gentamen sos cors armartz,
Us esperos ab aur els pes fermatz,
I ac causas de fer bonas assatz.
Li ausbercs de son dos fort es seratz,
Los pans e las ventalhas ab aur safratz ;
Plus es blancs que .i. argens fis, esmeratz.
Onques per negun' arma no fo falsatz.
Espasa ac longua e granda, am pomp dauratz,
E l'elmes de son cap fon car compratz :
.C. M. marcs d'aur fon achaptatz ;
Sobre totz cels del ost gita clardatz.
Escut d'aur e d'azur escartelatz,
I asta reida e fort, fer aceiratz.
Baiartz lhi pren grans sautz per camps aratz,
Sobre totz cels del ost c'es trasportatz
Mais que .i. arcs non trairia un mataratz.
E lo reis quan lo vi, s'es arestatz,

Sobr' el comte d'aur s'es apoinatz,
I a dih a sos omes : « Senhor, veiatz
Lo melhor chavalier que anc fos natz.
Er vos dirai qui es, se m'escoltatz :
.F. lo neps .G. es apelatz,
E es natz d'Alamanha, senher clamatz ;
E escoltatz sas dechas, si entendatz,
Totas celas del mon sus lhui metatz ;
Mas ostatz las malvas e decebratz,
Quar el non ac neguna sus sos costatz ;
Ans es pros e cortes i afaitatz
E francs, dos, debonaire i enparlatz.
De bos e de riviera es essenhatz,
D'escaxs sab e de taulas, de joxs, de datz ;
Ni anc lo seus avers no fo vedatz,
Anceiz lo dona als seus que el a presatz.
Pero si n'an lhi bo e lhi malvatz ;
Ni anc jorn d'onor faire no s'es tarzatz.
Duramen ama Dieu, aiso creatz,
Quar anc no fo en cort pui que fo natz
On negutz tortz fos fahs ni derainatz,
Que si plus non poc far non fos iratz ;
Ni anc de jutgamen no fo tornatz,
Que ans no s'en combates en camp armatz ;
E si aira guerra i ama patz ;
E quant ve que sos elmes lhi es lassatz ,
Que a l'escut al col, l'espaza al latz,
Adonc es fers, fernicles e desseratz,
Orgolhos ses mercei, sel pietat ;
E quan forsa lo greuga d'omes armatz,
Adonc es orgolhos i afermatz.
Ja no sera plen pe de camp tornatz,
Ni per un ome sol ponh tensonatz.
Lo reis e la fersa e be chassatz ,

Ab lhui cobro lhi bo e lhi malvatz.
I a bos chavaliers totz temps amatz ;
Los paubres e los rixs a honoratz,
Segon que cascus es, los a prezatz.
E sapchatz d'esta guerra molt lhi desplatz ,
E s'en es ab son oncle .c. vetz mesclatz
E molt tensatz ab lhui e deviatz ;
Mas oncas no poc estre per lhui ostatz,
E tot jorn al besonh lh'en es aidatz.
Des er mais no seria per mi blasmatz :
Qui a son amic falh, il es fertatz
Qu'en tota bona cort es mesprezatz.
E per aquel Senhor on vos creatz,
El es mos enamics e mos lochatz.
E si lo podetz penre, no l'ausiatz ;
Quar grans tala seria e grans pecatz.
Milhs voldria estre .F. si en dechatz
Que de mi... es mes senher clamatz.
E no m'en seria..... ten per forsatz
Que vos a guiss' Arago tot acomtatz
Los bes que son en lui ni las bontatz. »
—« Senher, dizo seu home, trop lo lauzatz ;
Quar si a tan en lui cum vos comtatz,
Anc melher chavalier no fo jorn natz. »
— « Sia, so ditz lo reis, e plus assatz. »

So fo al nove dia quan jorns parut,
Las engardas .G. an corregut,
E dese que s conogro son dissendut
I armero-se tost a lor argut.
Non cuietz de ferir que .i. s'en refut ;
Viratz tanta asta frange[r] e tan escut,
E tant ausbert safrat escoissendut,
E tan bo chavalier mort caegut,

Las angardas .G. los an vencut.
So fo al nove dia, quan jorns pareis,
Aval en la ribiera, sotz Verduneis
Bergonho se combato ab los Frances.
Gen condutz sas escalas .K. lo reis,
E mena el prumier cap sos Erupeis,
Cels d'entre Liere e Saina, vassals cortes ;
Foren i selh de Chastras e celh de Bleis,
E guida-los Albertz .i. coms de Treis.
Mances i Angevi e Bretoneis
E la segunda escala fieren maneis,
En l'autra Peitavi e Guianes,
En la quarta Norman e Flandreneis
E Poorent e cilh de Vermendeis,
E la major de reires .K. lo reis
Ab aicels de Paris e da Orleils,
De Saissos e de Rems e'l Campaneis.
E portet lor essenha .i. duxs Jaufres.
E'l coms .G. chavalga mils om genoeis,
Ab lui Ugue e Artan, cel de Fores,
Guillelmes e Rainautz de Mascones,
Bos e .F. e Seguis, que van apres.
Cilh venen tan serat e tant espes,
Las enseinheiras drechas on lutz l'aurs fres,
Qui mais en queris fi, pos l'estorns es,
A bon dreh en seria o mortz o pres.

Lo coms .G. chavalga e venc primiers.
L'aushercs fo jazerans, l'elms de cartiers ;
Lonh vai la resplandors per l'aur que es
                                        [miers.
E ac sencha s'aspaza que'lh det Disdiers.
No la pogra comprar totz .i. empiers.
E portet .j. escut nou de cartiers.

Sos gonfainos fon blanxs, latz, trainiers.
E venc devan sa ost, cum bos gueriers;
Encontret un vassal que ac nom Garniers :
Aquo fo .i. de .K. gonfainoniers.
E .G. quan lo vit, fer voluntiers,
Que l'escutz ni l'ausbercs no i resta entiers;
Escrevantet-lo mort en us semdiers.
Aqui viratz combatre .M. chavaliers
E far jonchas a .c. i a .M.
Tals no fo de la cocha guitz ni parliers,
Que lh'en venc en l'estorn grans encom-
[briers.

De lai son ab .G. seu Loorenc,
Alamanh e Bavier e 'lh desertenc;
E venc ab els Rainiers lo fils Ardenc.
E lui ac bo vassal i adelenc.
Elme ac de Baviera i ausberc doblenc,
Portet escut e lansa de Monbilenc,
E lui ac bo vassal i adelenc.
E chavalget chaval corsier braidenc,
E ac sencha l'espaza au rei Genenc;
Anc om non vi tan bona, ni tal non tenc.
Mancel i Angevi i Eurupenc,
Cilh foren davas .K. el autre renc.
Rainiers cridet sa senha : Durenc ! Durenc !
E Ugues de Peitieus : non genc ! non genc !
E vai ferir Rainier aisi cum venc;
El pihtz sobre l'ausberc no 'l fier tan genc,
Que lo costat senestre trastot no 'lh trenc ;
E deroquet-lo mort en un rodenc,
Aita long de la cela cum l'asta tenc.

Rainiers fo a la terra cubertz de sien,
I ac tal pres pel peitz que al cor lhi tenc.

Esquiset son bliaut, faisset-se ben,
Puis montet el chaval de bon alen.
Ades quan fo desus e tenc lo fren,
El a tracha l'espaza que ac d'Orlem ;
E cui el fier en l'elme de plen en plen,
Tot lhi trecha lo cap tro ins el sen.
Puis vai a la batalha si cum coven :
Huimais se gart de lui qui no 'lh vol ben.

Bos e .F. e Seguis veno detras,
E son seisanta .M. tuh ab armas,
Cavalgen lansas drechas e van lo pas.
E de lai venc lo rei e 'l coms Folras,
Escriden lor essenhas tuh a un clas ;
Van se ferir aisi cum auziras,
Que de lo temps en sai don Cleophas,
Que fo en la batalha del vilh Troas,
No vistes una gen que si enras
Ni si fiera ni aucia, n'es mia gas.
.M. n'i a de caegutz, c'us no mov pas,
Que an perdut pe o ponh o trencat nas.
Qui ferit en l'estorn e no i remas,
Ben ac Dieu a gueren e sanh Tomas.

Vec-vos de sai Boso e don .F.
E Segui, lo vescomte de Besanço,
E de lai Audefrei e don Aimo.
Gonfainonier an fah del comte Uguo.
Entre lor es vengutz Folchiers lo Marcanso.
Ditz Audefreis : « Or vei un mal lairo,
Tal que m'aucis mon oncle ab don Boso.
Tenetz-mi per revit a volpilho,
Se en aquest estorn no l'arazo. »
E broca lo caval de gran rando.

Audefreis lhi escrida : « Sai trai, Folchier.
Dan me fezist e tala e destorbier,
Que me aucizes mon oncle Terric l'autr'ier ;
E pesara-me molt si no 'l te mier,
Si ab esta mia espaza tal no te fier
Que tot te trencarai tro al braguier. »
— « Aqui mentetz-vos, glot e lauzengier,
E tornarai vos en a messongier. »
E brochen los chavals, l'us l'autre quier ;
E no remas lo colps miga en Folchier.
Tot lhi trenquet l'escut sotz lo polchier,
E Audefreis se irais, si lo refier
Que lhi falset la bronha al pan doblier.
Ambedui se deroquen en un semdier :
Per aquels colps se mesclo .M. chavalier.

Ambedui se deroquen en unas pradas,
E vec-vos las companhas ben ajostadas.
Viratz tant escut frah, astas pessadas
E tant ausberc romput, brunhas falsadas,
E tan col be ferir ab las espazas,
Tantas testas ab elme de brus cebradas,
Ben en pogratz levar .xv. charadas.
Per tort que n'ac .G. manhtas veguadas,
A perdutz los baros de las contradas.

Anc de forsor batalha parlar no vis,
Que meimes lo rei i fo feritz.
E mieh de sa batalha cel que o fetz,
Filhs al vilh Geroine, ac nom David ;
Del rei parti per guerra e fo faiditz,
A don .G. au comte es revertitz,
Qu'elh dona tals soldadas cum fo cauzitz.
Per aquel fo lo reis molt evaitz ;

Si 'l ferit en l'escut que es d'aur fluritz,
Qu'oltra passet la lansa e 'l fers brunitz.
Puis tornet a .G. en us caumitz :
« Ai coms ! cum estas-tu si esbaitz?
Ja resta si lo camps dels teus garnitz,
Que sol .M. non i a de ta raitz,
E se te laissas penre iest escarnitz. »
— « Amics, so ditz .G., per que m'o ditz ?
Quar ieu t'en jur la sancta Genitrix,
Milhs voldria esser mortz e sebelitz
Malvatz rei mi vedria lah soi fugitz :
Anem-los donc ferir, qu'ieu soi garnitz. »
Adoncas fo l'estorns milhs renvitz.

Vec-vos pel camp Peiro lo filh Gautier.
Ja portet las armas que ac d'Olivier ;
I ac tant abdurat son cosier,
Que Bos e el s'encontren en un sendier,
E fero-se amdui molt voluntier.
Puis encontret Segui, un son guerier :
Don membret a Peiro d'un reprochier
Qu'el dis a Rossilho sotz l'olivier,
Quan lo reis lo trames per messatgier ;
E ditz qu'el lo tenria a ufaner,
A fol, a gabador, a mal parlier.
E si s'en van ferir sus l'escut nier ;
E brochen los chavals, l'us l'autre quier.

Amdui se porten guerra, ira e gramor,
E fo i cascus de lor per so senhor,
E brochen los chavals, cadaus cor.
Seguis lo feri be au sobre flor,
Que l'escut lhi fendet un gran plen dor ;
E fauset-lhi l'ausberc au pan forsor,

Que tres costas lhi talha, don ac dolor ;
E Peires refer-lui de tal vigor,
Anc no pres mai tal colp per varvassor.

Peires broca 'l caval que molt trebalh,
E vai ferir Segui que no lhi falh,
Que l'escut lhi trauquet sot lo pogalh ;
E trenquet-lhi l'ausberc a menut malh ;
E mih lo pihtz lhi fetz tal veirial,
No daria per sa via mia un ailh.

Gaces, vescoms de Drues, ab .G. joing ;
Ou vi la maior preissa, de sei fai conh.
I Augiers quan lo vi, donet s'en soing,
E tra[u]quet-lhi l'escut de sus son pong,
E lo pan del ausberc tot lhi desjong.
E Gaces fer si lui de sotz son grong,
Non es ta fortz l'escutz tot no 'l vergong,
Que sa senha e sa lansa pel cors li jong.
Escrevantet-lo mort del chaval long.
En preissa ni en batalha ni en besong,
No fier milhs Alamans, Francs ni Bergong.

Vec-vos per miei lo camp Alon lo filh.
Cavalget un chaval ferran poldrel,
E portet gonfaino ab aur merel,
E vai cridan la senha .K. Martel.
Vec-vos de lai Giraut de Mon-Revel
Cavalget un chaval fort e irnel.
Quant au la senha .K., no'lh fo ges bel ;
E cuh que li us l'autre en contr apel,
Si que cadaus d'els en desencel.

Girautz fo chavalers pros e valens,

Anc avas lo seu cors non fo tangens;
Om fo .G., au comte, e sos parens.
Quant au la senha .K., molt fo dolens,
E vai ferir Alo, mas non ges l'en.
E Alo fer si lui, quan lo colp sen,
Que fauset-lhi la bronha dedins lo sen;
Escrevantet-lo mort en terra adens.
Venjar lo vai Doltrans de Sanh-Laurens.
Venjar tan per qu'en fo pres vengamens.

Doltrans brocha 'l caval e fier Alo
El pihtz sobre l'ausberc, per l'alcoto;
El cors lhi met la lansa e 'l gonfaino,
Escrevantet-lo mort en un sablo.

Vec-vos per la batalha Ugon ensi
Cum auziretz sempreras, se i eus vos o di.
De sobre un pelisso que ac nom ermi,
Ac vestit un ausberc blanc tenoi;
E ac lassat un elme vergat d'aur fi,
E ac sencha l'espaza Geno d'Aigli,
Portet escut e lansa de Sanh-Domi,
Chavalget chaval bai, ab saura cri,
E pezet-lhi d'Alo que ac pres si,
E foh dolens del comte, de so cosi,
E cuh que a Doltran no mesfalhi.

Hugues ferit Doltran en son escut,
Que son ausberc lhi a escoissendut;
Pel cors lhi mes la lansa e 'l fer agut.
Escrevantet-lo mort el prat erbut.
Quan las companhas l'an reconogut,
Viratz tanta asta frange [r] e tant escut
E tan bo chavaler mort chaegut,

Que non a song ni cura qui que 'l remut.
Ben a .K. G. son dol vendut
Pel duc Terric d'Asquana que lh'a tolgut.

.K. venc apoinan ab gran poest,
Vai ferir un dozel franc de tiest
Amon sobre son elme, el ausor fest;
Trencha cur e cabeilhs, ab eis lo Test,
E lo pitz e lo cors, que res no i rest.
E lui e son chaval trastot jos mest,
Doas meitatz n'a fachas latz un genest.

Esta batalha fo a un dimartz.
Lhi Navar e lhi Bascle lansen los dartz,
No i a ta fort escut no'n fassan partz.
Frances fero els elmes, que fetz Gaigartz;
Lo sancs e las cervelas jos en espartz.
Aqui non a mestier nuls om coartz,
Quar el no pot durar ni sos regartz.

So fo els lonsors dias, quant intra estatz,
A un dimartz, quan fo soleils levatz.
Las companhas s'encontren, don fo pecatz.
De ferir ni d'ausire no teno patz.
.M. en viratz chaer, que adens, que blatz,
Que an perdut pe o pong o cap trencat,
Tan vermeil gonfaino essanglentat,
Pels cors dels chavalers menut passatz,
E .c. M. cavals tant esserratz,
Non es om que i tenda ni ma ni bratz;
Quar negus no i pot viure mas quan Diu platz.
.G. venc per l'estorn totz airatz,
.xx. n'ac mortz de sas mas i afolatz,
Que la chara e lo vis lh'en es cangatz;

E es de mal talan cambaterratz,
E fichera sa senha emieh us pratz ;
E escridet als seus : « Era lor datz,
Firetz i aucietz e detrenchatz ;
E se cocha vos es, a mi tornatz,
Quar ieu no me movrai, aquo sapchatz,
Tro que sia pres o mortz o alenatz,
O .K. sera reis o abaissatz. »
E ditz .F. al comte : « Am mi restatz. »
E .F. respondet cum om membratz :
« Totz temps fust fols e fels e forcenatz,
E fo grans dols al segle quar tu fust natz;
E no fos jes almorna, mor, grans pecatz :
Per tu es abaissada crestiandatz.
A fels! no ves los teus tant espanchatz,
Plus de .vij. M. n'i a mortz e nafratz ?
E pero si ls avem ben resausatz,
Que .K. n'a perdutz dels seus assatz.
Mas lo reis es tos senher enpoestatz :
E'l miei luc de sa terra nos a trobatz,
E creisso-lhi siei ome davas totz latz,
En sol una logada er recobratz.
Huimai no i auretz onta, se vos n'anatz.
Senhor franc chavaler, quar lh'o lauzatz.
Se avetz parens ni fraires, si'ls enlevatz
E tot lo petit pas los enportatz ;
E ieu irai dereires e don Dalmatz,
.G. e Bos am nos e gariscatz.
E si re i perdetz, mi o demandatz. »
Quan .G. gurp l'estorn, fetz o forsatz.
El no fo anc plen pe pui encausatz,
E no lh'auza om dire de maire natz.
Facha i fos avolesa ni malvastatz,
Mas el camp resta .K. e sos barnatz.

10

.K. resta lo reis en la batalha,
Vit tan donzel jazer sotz sa ventalha :
Als vieus dara, so ditz, assatz batalha.
Dels mortz no sab pessar que plus lor valha;
Mas chascun son sarciu a cel que talha
Dara .c. sols del seu, ses re que 'lh falha.
Se ditz .i. abas bretz de Sonoalha :
« Ja Dieus no m do relieu de ta toalha! »
E 'l reis lhi dona un fieu, son gan lh'en baila.

Lhi bisbe e lhi abat, nostre doctor,
Fassan .i. cimiteri en Dieu amor.
Aquelh que i so mort, lhi nostre e 'lh lor,
Cascus de lor es mortz per so senhor.
Era o an autreiat tuh lhi melhor.
.M. marxs en det .i. abas a son prior,
D'aqui donc so loiat lhi talhador
Tan cum seran essems gueregador.

.G. s'en es anatz, .K. rema ,
E jac la nuh el camp tro lendema.
D'aqui s'en vai arejres la cit tan pla.
So ditz lo reis als seus : « D'aquo m'en va.
Qui aura gran aver ni aur en pla,
Bon chaval arabit ni castela,
Tot lo cove passar sai per ma ma.
Qui aura cor ardit ni segura,
No trobara e mi ponh de vila ;
Ans serai de donar lo sobira. »

Mentre qu'el reis mante aisi lo do,
Vec-lhi denan vengut le comte Aimo.
« Senher de pres n'avetz auiatz qui so :
Senebrus de Bordels, lo filh Oo,

E Gile lo cosen, lhui e Neblo. »
Per so lo reis lhi ditz : « Molt me sab bo.
So son miei enamic lhi plus felo.
Tro a breu jorn auran tal guerdo,
Ja mais no causaran us espero.
Senher no o potz far ses mespreiso,
Ans deves-vos auzir sempres cum fo.
Cum ilh s'en repairavo en lor reio,
Nos lor mesem agah en Clarento,
Nostre ome de Borgoges e de Borbo;
E quan foren issit au plan gasco,
Salimes-nos detras en un cambo.
Anc negus non estors, neis lhi cusso,
Ni mas que Senebrus e Corbaro.
Venguimes los Sechan dins Corbero,
Aculhit-los dons Aimes, dins sa maisso;
Anc redre no los volc, si ensi no
Que negus no i perdes mas recuso,
E d'aquo lor fesem ben pleviso. »
— « Ieu lor darai, ditz .K., d'aital poiso,
Totz lo plus rixs dira gueritz en so. »
E montet aqui eis, mande e somo,
E pres un parlamen sotz Arlio.

.K. parla als Gascos per gran lezer.
Per enginh de donar lo seu aver,
Los a si conquesutz ab so servir,
Cascus lhi ret e ilh lhivra lo seu maner.
.K. los vai garnir ab gran poder,
Messatge n'ac .G. tro au .v. ser.
Lo coms sotz Rossilho en Belvezer
Fai Gilbert e .F. latz si sezer.
E .B. e Boso e Maneser
De lor armas portar son tenh e ner,

Que foro repairat de Sanh-Sever,
Castel del rei qu'an fah a forsa arder ;
E paraulo de guerra far e sofrir.
Ab tan veus lo messatge que lor ditz ver,
Qu'el reis lhi vol Gasconha tota toler,
Que lhi baro li fan tot son plazer.
« Batalha n'er, ditz Bos, ieu la n'esper.»
— «Vos en auretz, ditz .F., trastot lezer,
Quar vos i gazanhes tan l'autre ser
Que non degratz jes guerra a tort mover.»

En aprop paraulet lo coms .B.
Jovencels fo e fier, grans e galhartz :
« Fraire, si me creetz, vos e .G.,
Non repassara .K. los pons dels Gartz,
Tro farem de castels en Fransa issartz. »
— « D'aquo cui cal, ditz .F., se uns l'en artz?
Quar el nos tol dels nostres las melhors
                                        [partz,
De sai davas Proensa vos treis regartz.
Tans i a Coteros e vers trafartz,
No nos es remasut del milhs lo quartz. »
— Per Dieu! so ditz Gilbertz de Senesgartz,
Ja non er cofundutz lo reis gaigartz,
Si no'l fer colbs de lansa, espaza o dartz.
No m poiria chaler cals fos la artz,
Ab que l'agues auzit uns escobartz. »
— « Ieu l'ausirai manes », so ditz Folcartz.
« Anc no vi re, ditz Bos, que tan me tartz. »

.F. quant o auzit, irasquet sei :
« Gran feunia dizetz, ora vos crei;
Ja no vulh c'om digua que mi deslei.
— « Ieu no vulh, ditz .G., ni no'l autrei;

Mas drehs es e costuma que fols folei,
E qui cre son cosselh que asordei.
Bels nebs, per amor Dieu cosselhatz-mei »
— «Cosseil no i sai, ditz .F., ni no l'i vei.
Tan conose a felo .K. lo rei,
Ja lo seus enamics no lhi mercei.
E pero si es bo que om si plaidei.

«Per Dieu! so lhi ditz .F., molt mi desples,
Quan te donei cosselh, no m'en crees.
Qui non garda de long, mal a de pres.
Tan sai lo rei .K. vas nos engres,
Ja non tenria plah qu'om lhi jutges.
Pero si fora bes qu'om lh'o mandes,
Per un pro chavaler qui lo trobes,
Que de la traisio vos razones.

« Pregatz e comandatz a don Bego
(Que non i sai melhor ni nulh tan bo.
Siei melhor paren so en sa maiso)
Port-vos aquest messatge au rei Karlo,
Qu'ieu lhi darai Valbru contra Dijo.»
— «Ja puis Dieus, so ditz Bec, be no m'en do,
Quant ieu penrai de vos per so nulh do!
Mas ieu lai m'en irai al Caisonjo,
E chava[l]ga apres mi e tiei baro.
Si 'l rei no vol ton dreh e digua no,
Abans que iesca fors de ta reio,
L'hen aurem redut tot lo gaerdo ;
E si om lai te repta de traisio,
Ieu defendrai ton cors e don .F.
E'ls autres, for Folchier e don Boso
E Segui lo vescomte de Besanço.
E en aques[t] metrei tal ocaisso,

No lor remest recieut, tor ni maio,
Tro que det comiat a don Aimo,
Audefrei son cosi e don Uguo,
Qu'elh te meiro agah sot Avalo.
Ieu i fui i o vi e blasmiei o.
Non causara vas mi uns espero,
Que lo reis no fezes tal mespreiso
Abans qu'el tramezes a te Peiro. »
— « Cosi, so ditz .G., aisi cum fo.»
Era fan breu cosselh e cort sermo.
Monta Bec el chaval corren, gasco,
E mena un escudier cortes e bo.
.G. tramet messatges tot enviro,
Que venhan Lohorenc e Bergonho,
E passen a Nivers i a Chalo.
E jagro-se els pratz de Val-Muso.
Ab .K. an fi facha toh lhi Gasco.
El no sojornet gaires en lor reio,
Gironda lor traversa, Nac e Dordo,
Fai tendre en la riviera son pavalho ;
E 'l reis jac sobre un pali de cisclato.
E esgardet cum passen lhi donzelo,
E paraula ab Tebert de Valbeto
I ab Gasce, cel comte, i ab Ugo.
Ab tan Begues dissen, que lor despo
Lo messatge .G. e don .F.

Lai on Begues dissen dels plus presans,
Fo de seit reseubutz sos muls ferrans ;
Intret els pavalhos, entre 'ls dos pans.
Chavalers fo furmitz i assatz grans,
E fo arditz per armas e ben parlans.
E .K. l'apelet, e trais sos gaus :
« Sai vos ren vostra honor e quatre tans. ;

De la mia molher mainon balans.»
—« De tos melhors parens sai en as tans ,
Ja no t deus conortar que t sia dans.»

— « Senher, esta razos que vos aport
Non es descovinens, mas de conort.
Tos bar mal no te fassa ni nos lhui tort »
—«Ja non parletz, don Bec, per aital sort.
Ab .G. ni als seus ja me conort,
Tro sian cofundut tuh lhi plus fort;
Ja n'amarai lo comte, si no 'l vei mort.»

— « Senher, quals pros vos er, si aucizetz
En vostra colpa un comte que es de pretz ?
Abans i auretz onta, si lo perdetz;
Qu'el coms es pros e vixs, aquo sabetz,
E pot vos mai valer qu'elh melhor detz
No fan de totz aquels que vos avetz. »

—«Don Bec, sa grans valor es malvastatz,
E sa riqueza dans e paubredatz.
.C. M. m'a mortz i afolatz,
Mos regnes cofundutz i aermatz,
E per si m'en soi [-ieu] un pauc venjatz.
De tals .c. M. omes de sos chazatz
Cui el a fah grans ontas, quan fo els pratz.
Ieu soi que los retenh e do assatz ,
E tenrai a onor totz, si Dieu platz. »
—«Aquo es tortz, ditz Bec, e grans pechatz;
Qu'el coms non es de re vas vos dampnatz,
Per que n'aia forfah sas eretatz. »

— « E tu d'aquo, don Bec, que me diras ?
Aque se mes .G. el luc Judas,
Manget e bec am mi i ab mos enabs,

Lo jorn aucis Terric cum Satanas :
Ieu lo 'l vendrai molt char, si que 'l veiras.
Un pauc l'ai ja ses aigua tordut[1] e ras,
De dos .cc. M. l'ai mes de tras,
Qu'el non a de Gasconha castel ni mas. »
Don Bec si avancet per mielhs respondre :

« Senher, ans que'l fetsetz de dreh somondre,
Fezes sazir son fieu e pendre e tondre,
Sas ciptatz puis arder, sos castels fundre ;
Mas no'l podet[z] a breu ta leu cofundre
Que ja 'l veiatz de guerra nulh jorn rescondre,
Quar anc no vistes un tal duc a tondre. »

— « Ja non auran tan dur cors ni cairam,
El ni Bos ni Folchiers, lhi trei Satan,
Si m pus de lor aizir, no lor do dan ;
Pero solia-om dir paren iram.
Nos oc, so m'es avis, del ling Adam.
Si'n podia un tener en mo lhiam,
Faria-lo parer cum fort lairan ;
No 'lh valria aurs cuhs son pes d'aram. »

— « Senher, non o fassatz, so respon Begue.
Lo coms .G. es pres que dreh vos segua.
Prenetz-lo, si vos platz, mentre vos pregua. »
— « Quan me trai, ditz .K., si me tenegua.
Pui [s] ditz que fara dreh, son gan en plegua.
No 'lh darai per re dimiei jorn tregua,
No 'lh laissarai d'onor sol una legua. »
—« Pro i auran, ditz Bec, morgue o metgue. »

Adonc parlet Gautiers de Sanh-Romer :
« Una re vos dirai, ditz-el, don Bec.

1 Lisez *tondut.*

Pos que .G. pres guerra, de re no crec,
Qu'el fetz, l'autr'ier, batalha que far non dec.
Combatet-se ab K. en un pla sec,
Be i estet lo jorn tan cum lhi lec.
Sos escutz fon traucatz, s'asta i frec;
Mas ja no m do Dieus part d'aital issec
Col coms e sa mainada el camp retec. »

— « E vos, so respon Bec, que fezes donc?
Vos no i fezos lo jorn gaire encaus lonc,
Ni no i feris manes ni en estonc,
Ni no i prezes aver lo pretz d'un jonc,
Mas que vos eu tornes iratz e bronc. »

Er parlet Audefreis que ten Maanta :
« Vos n'i laisses de mortz .M. e seisanta.
Lo jorn cornet molt bas vostra olifanta.
La traisio .G. don a fah tanta,
Dieus cofunda vaissel on tals vi s planta! »
— « Si nos ploram, ditz Bec, lo quals en
                                    [canta ?
Er s'en traia enan cel que s'en vanta. »

Begues aut Audefrei que si estrucha,
Que apela .G. vil fola ruscha,
Cum s'il era vassals ples de gran ruscha :
« Vos non avetz castel tan aut en tuscha,
Si 'l coms i es tres jorns, que al quart no cru-
Cui el fier escrevanta o s'asta frusche[1].[cha.
Si 'l reis lo part de se e de sa lucha,
Ancmais de son ostal n'ostet tal buscha.

«.G. n'es fels ni felos, tracher ni mois,
Mas arditz e leials, durs coma bois ;

1 Lisez *fruscha*.

Ans que agues pel de gren ni barba en tois,
Ac conqueza la terra de mar au fois.
Anc no vi tan ric ome, si no 'l engois.
Si batalha voletz, tal lo conois
Tro a breu jorn veiretz d'astas tal frois. »
—« Meus er lo camps, ditz .K., e toh lhi trois.
Ieu serai blanc armatz, qui que m conois.

« Trobat vos ai el camp, don Bec, molt prus:
Ieu proarai .G., si en camp lo trus ;
Per lui fo a Paris bastis lo jucs ,
E mes en la quintana l'escutz estrus ;
E mortz lo ducs Terris, don fo gran dols.
A Segui a mestier .i. loncs sa[r]queus,
I al lairo Folchier uns festuxs neus.
Janulhs om no 'ls guerra, qu'eu no 'ls eu treus.
Damidrieu vos en jur e 'ls sanhs d'Angieus,
O el se humiliet entre los sieus,
A me no laissara feus ni aleus,
A lui no remanra vilas ni buos.
Dreh mi fassa .G., plus no lhi reus,
E no 'lh laissarai tau cum val .i. seus. »

— « Senher, dreh vos fara .G. mos sire.
Vos senher lo penret[z], s'o vos auh dire. »
—« Ieu oc, si 'l cors Boso mi ret e lire ;
E pui lhi proarai que es mos traire.
E proiei l' autre jorn, al prim cossire,
Qu'el no s'en pot tornar ni escundire
No fezes del Terric felo martire,
Qu'el fetz en traicio cum fel aucire. »
E don Bec, quan l'auzit, si s'en aira.

« Don [vos] tote ¹ jorn dijatz tracher mo sein-
                                              [dre;

¹ Lisez *tot.*

Mas or s'en tragua enan cel que l'enfrendre:
S'ieu no lo puis salvar hui e defendre,
Donc er lo coms proatz e me fai pendre. »
Ab tan viro Peiro al trap dissendre :
« Senher, esta razo mi fai entendre;
Quar si don Bec es grans, ieu no soi mendre;
E si batalha vol, be la 'lh pus rendre. »
—«Que pros faras, ditz Bec, si me entens,
E que fols de batalha, si a tort la prens.
So soi pres a mostrar, e combatens
(Ieu ai chaval molt bo e garnimens,
O si tu vas a pe coma sirvens)
Quan Terrics fo els pratz mortz e sanglens,
Que .G. no'l parlet ni fo cossens, ·
Ni am lui non fo pres nuls parlamens. »
—« No soi per so, ditz Peires, mos esciens ;
Ja per mi non er dihs fals sagramens. »
E .K. lhi a dih : « Don Bec, tu mens.
De la mort de Terric fon-el jauzens,
E la parlet e volc e fo cossens,
E parti de ma cort cum mescreens,
Que non pres comiat, el ni sa gens.
Puis tenc aqui mezeis mos malfazens,
E lor donet resieut a Sanh-Florens,
Qu'es sos castels dominis en chazamens.
Lai s'en anet Folchiers e mos argens.
.G. trames Peiro, tos oils vezens;
Cel [li] fetz de mos clams escarnimens. »
—« Aquo es vers, ditz Peires, re no i mens;
Ieu proarai .G., si tu 'l defens.»
— « La razos vai, ditz Bec, en autres sens.
Eras auiatz lo fi e lo comens,
E puis gardatz que sia drehs jutgamens ;
Que se ieu en so vencutz e recreens,

Fels sia al reis e tu, si no mi pens.»
—« No i venseras, ditz .K., ni seras vens,
Si 'l coms non es proatz e conoiscens.
A temps i pot venir totz lo plus lens.
Lai on veiras jostar .M. e .vii. c.,
Auras assatz batalba si tan la atens. »

— « Senher, so lhi ditz Bec, lah es de rei
Que a son baro fai tort e no 'lh fai drei.
.G. no ven a cort e ditz per quei.
So non potz escundir ni om per tei,
Non desses comiat don Audefrei,
Aimo i Aimeric que aisi vei,
Que lhi messen agah sotz Mont-Erbei.
Ieu i fui i o vi e blasmei tei ;
E pero si vos quier lo coms mercei,
Que lhi rendatz sa honor e prenjatz drei. »
— « Begue, so ditz lo reis, tol-te de mei,
Qu'el messatge .G. ni lhui non crei ;
E man-lhi be, per te, mor no l me vei,
Que ieu lo farai pendre per sanh Romei. »

Begues au de .K. que no 'l cossen
Que non auia .G. lhui ni sa gen ;
El respondet tres motz iradamen :
« Quan lhi bastis agah, vostre escien,
Que no lh' aviatz fah desfiamen ;
Puis sazistes son fieu, prumieramen
Qu'el mandassetz a plah ni a parlamen. »
E .K. fo iratz de maltalen,
E juret Damidrieu omnipoten :
« Si sai non aguissatz tan ric paren,
Mala vos fos issit fora la den.
Cel non es mos amics que te cossen.»

Albertz e siei amic lai van pongen,
E gieta-lo del camp fors espengen:
Per o so siei amic e bevolen.
Monta Bec el chaval, comiat pren,
E .B. lo guidet cum son paren.

Lai on Begues se part del comte Albert,
La nuh a albergat en un desert,
A un sanh ermita, a un covert;
E d'aqui a .G. son don que sert,
E lo coms lhi demanda que tan profert :
« Molt trobai felo .K., de mal assert.
No t laira onor mais, trop a sofert.»
—« Ans n'aura, ditz .G., lo cap ubert,
No 'lh valra tan negus cum de sai pert.
Ieu e lhi meu lh'an fah ample desert.
D'aisi en Looregne a Sanh-Lambert
No pot trobar fieus franc ni nulh cubert. »
Ab tan vec-vos .F. e don Gilbert.

Bos e .F. e Gilbertz van al cosseilh,
E demanden : « Que ditz .K. lo fel ? »
— « Ja non er be ab vos, ni vos ab el,
Si no 'lh retz Rossilho per lo torrel. »
—« Ans, ditz .G., n'aura lo cap vermeil.»
— « Anc no vistes mais rei de tal orguelh;
Que se iravatz un jorn a son arteilh,
No us denharia sol guinhar al lo silh.
E per pauc no me pres per lo cabeilh,
Quan me guidet Albertz cil son paren.
No i aia de cascu, mas s'aparelh,
Qu'el reis jaira anuh sotz Mon-Aurel.
Dissabde Esvial engal soleilh.

« Al partir de mi fetz irat carah,
Quant ieu lhi repropchiei aicel agah,
E volgui m'en combatre que no 'l as trah ;
Mas una re me dis, don estai lah :
Auzen totz, s'es vanatz, e m'a retrah,
Totz lo milhs de ta gen a lui s'en vah
Per lo mal e per l'onta que lor as fah.

« Cuiatz de chavalier que non pais fort,
Cui sos senher fai mal e mena tort,
Que no vuilha son dan o neis la mort ?
Per tan perdetz la terra tro a Dunort.
Des Aurencha la ciut entro al port
No us laissara, so ditz, qui vos conort.
Vos non avetz chastel, que pretz un ort ;
Tot vos fara faidieu, so troba en sort. »

— « Per mon cap, so ditz .F., aiso sai-ieu :
Per aitan van .G. bausan lhi sieu,
Tan cum pot lor ditz mal e tol lor fieu ;
Pos fan tort a mon ome e dreh lhi vieu,
Aqui meis ai forfah honor a Dieu. »
E .G. sospiret e fo-lhi greu,
E viret s'autra part sus son estrieu.

« .F., so ditz .G., ieu no i sai al.
Dieu en trai a guiren l'esperital,
E vos siatz ostatge e miei captal,
Que jamais no fariei mon ome mal. »
— « Si aguisset, ditz .F., fah atretal,
Era a passatz .v. [ans] aquest Nadal,
Ongan ne cridero tuh lhi reial. »
.F. es vengutz als seus, broca 'l chaval :
« Senhor, garnissetz-vos d'estorn cabal.
Lo coms .G. vos manda, raza leial :

Vos non es jes Gasco ni Proensal ,
Mas baro bergonho, seu natural.

« Lo coms .G. vos manda a totz , senhors ,
Jamais no us fara tort ni desonors,
A comte ni a domeni ni a varvassor,
E ieu so-en ostages al plus menor.»
E responden lhi princep e lhi comtor :
« No lhi coven aver de nos paor.»
Er chavalja .G. ab gran baudor,
Messatge n'ac lo reis al autre jorn.

A .K. an Gasco comiat querit ,
Peitavi e Breto s'en so partit ;
E per o no remas tant escarit,
No sian .xxx. M. vassal elit.
A tan veus lo messatge que .G. vit.
Lo reis mandet sos omes, si lor a dit,
E tramet per totz cels qu'en son partit ,
E pel duc de Peitiers que el los guit.
Doi comte son de l'ost al rei issit.
Lor sors fo la molhers al duc Terric.
L'un clamet Aimeric, l'autre Aenri,
E lor nebot lhi filh que Bos deli.
E pogen en l'a[n] garda, sobre un laric ;
E viren cum .G. sa gen partic,
E cum fetz sas eschalas e los devi.
.K. ieis des alberges, e seu noirit.
Cel qu'a tendut son trap, pauc non desfic.
Enqua nuh i jairem segur e ric.

So comandet lo reis a sos baros,
No i fos destendutz traps ni pavalhos :
« Aisi siatz segur cum en maissos,

Qu'ieu n'ai trames de er tres companhos,
Per lo duc de Peitiers e per los sos;
E vendra Guinars e Salamos,
Ab trastotz los Normans e los Bretos. »
Ab tan viro parer los Bergonhos.
Las angardas perpredo aus gonfainos;
E fo ab los primiers Begerbados,
Folchiers i Agencis, cui fo Chalos.
Frances corren als armas per plas cambos,
E gurpen los mantels e 'ls pelissos,
E monten els chavals bais e gascos.
A deveir las escalas fo la tensos,
Lo quals ferra primiers de lor baros.
Aimes i Aimeris i Aimenos
Iran ferir primier ab .M. dels bos.
De long se son chauzit, qu'el vals fo lonxs.
Lhi chavalier membrat fan orazo.
Al justars dels primiers fon bruhs e sos,
De lansas e d'escutz tals la tensos
Qu'el camps n'es totz jonchatz de purs lo tros.

La batalha comensa en quatre partz.
Cel' eschala on Gilbertz joig e G.
Guida Gaces vescoms, Ugue e Bernartz;
L'autra on es Ageneis, Bec e Folcartz,
Gautiers la guida e Peires, sos fils galhartz.
A la .K. vai Bos, .F. e .B.
Lai no fo soanatz Gasc ni Lombartz
Ni culvertz, se el ies, ni om bastartz.
La batalha comensa lonc l'aigua, al port.
No i ac gardat mezura, agur ni sort;
Tot an mesclat essemps lo dreh e 'l tort.
Non creatz de ferir que uns s'en deport,
Qu'en totz enginhs s'en van cerchan la mort.

Ceilh que tegro lo camp, tuh lhi plus fort,
No i gazanhero tan que .i. se conort;
Quar non i a ta savi gran dol no'n port.

Lo pratz ac nom Sivax, la Veiana
La riviera fon genta, la terra plana.
Lo sols fon chautz e mai, la meriana.
Lai viratz tan donzel, cascus s'afana
De ferir e d'aucire, no d'autra ufana.
.M. en viratz jazer ab color vana;
Lo plus vilhs n'a .xxx. ans ni pel enquana.
Aqui fo remenbrada ben la quintana
E la mortz als dos filhs Terric d'Asquana;
Per que la ira reforsa e lo mals grana.

Veus per lo camp Bego de Val-Olei;
Vai demandan Peiro de Mon-Rabei,
E Peires lhi respon : « Assatz vos vei. »
E brochen los chavals e fero sei,
No i ac ta fort escut totz no pecei.
Dels ausbercs so falsat lhi .iiii. plei,
Ambedui se deroquen en un caumei;
E se Begue muri, so plac al rei.
Peiro en jac .v. ans en un lieh quei,
No montet en chaval ni jutget lei.

Quan Gautiers vi chaer Peiro so filh,
S'en son cor lhi pezet no m meravilh.
Fer Bego contra terra, sotz lo penilh,
Que sa lansa l'hen feira d'oltra parer.
Agenes venc poinhant, Folchiers e il;
E van ferir Gautier lhi dui donzel,
Tot lhi trenquen denan l'escut vermeilh.
Escrevantet[1], lo mort en un sedil.

1 Lisez *escrevanten*.

Anc puis no remontet Begue ni el.

Per aqui son passat dui seu guerier,
Cassat de Mon-Rabei e Estachier ;
Troben nasfrat Peiro e mort Gautier
Lor senhor natural, van lo vengier;
De la preissa lo trao tot tenh e nier,
Puis tornero arcires irat e fier
« Esta mainada a morta mos dons Folchiers,
Mas aisi l'an comprat puis al derier,
Que anc non estorsen .xx. sa ni entier. »

E .F. ac vassal pro e oneste,
E conoc la batalha, causi lo tertre,
E laisset la dejos sutz latz senestre,
E correc los ferir sobr'el latz destre.
Tal crois fan e tal so coma tempeste.
Lai virat tan donzel de fracha gesta
Partir de son chaval e bruc e testa,
Que .i. non recep cosseil de ma de prestre.
Del senhoril barnat que mortz lai resta,
Son desertas las salas quan venc a festa.
Aenrics venc cridan : « Valuc ! Valuc ! »
Cui el fier de sa lansa, anc puis nos viuc.
Clama .G. trachor e malastruc :
« Mala vistes la mort Terric, fal duc. »
.F. lo vai ferir quan lo conuc,
Tot lhi trencha l'ausberc, lo pihtz e 'l brucs;
E no se te ta fort mort no 'l trasbuc.
« Mais hui laissatz estar .G. lo duc. »

Esta batalha fo un lus mandada,
Que lhi vassal s'encontren en una prada :
Lai viratz tan donzel gola badada,

E tan riche baro mort en l'estrada.
A mal jorn comenset e fo pessada
Esta guerra maldicha, de Dieu irada ;
Quar Fransa e Bergonha n'es aveuvada.
Ai Dieus ! qual dol i ac de la mainada
De .K. e de .G. que s fo jurada
A far dampnatge gran de mort presada !
Lo voluntatz es grans, no de Dieu dada,
De movre gran trebailh sus le balada.
Tan lai espan de sanc per lor corada,
Sanglenta en vai Viana una leguada.

Esta batalha fo un lus d'estat,
E duret tro la nuh, tan son irat.
Landris i Auberis son encontrat,
Ferit, escrevantat, a mort nafrat.
S'ieu nomnava totz cels que i ont justat,
E comtava cascu cum se combat ,
No us auria lo mati dih la meitat.
Bos e .F. e .B. fan grans essartz,
E no so que .vij. M. ab els d'armatz ,
Si an .K. ab .x. M. del camp gitatz;
Mas abans que ilh los aian tan reusatz
Cum uns arquiers trairia, ni enchausatz,
En resta morta el camp la una meitatz ,
E lhi F. so molt aclariatz.
Donc ac .K. paor e es viratz,
Quan trei .M. Alaman, estiers son gratz,
Be clamen a un cor que ac recelatz ;
E silh venen estreh e tuh serratz,
E troben la batalha cum son mesclatz ,
Cum [se] son departit e derengat.
Cil que venen serat los an traucatz ,
E si s'en so per forsa oltra passatz.

Alamanh van cridan lor quiries
Folchiers los vai ferir i Ageneis,
E no so que .iii. M. e .xxx. e .iii.
Mas autretan de gen si be no fetz,
Que per .M. e .vii. c. oltra se mes.
Al autre torn d'aques negus non es.
D'aquest camp fon tot jorn a .G. bes.

Ageneis vai poinant sus Branderoc,
So brun chaval moven que ac de Maroc.
No vis un chavalier si trenc ni troc,
El no cosser se lui mort no 'l deroc.
Ac gonfaino vermeil que portet croc.
Lai on fo escrevantatz, peca-lhi poc.
Nuls no lo vi de sus, sus lui no broc.
No lhi val sos ausbercs un pan de foc. [moc.
Tantas lhi son donadas, que anc puis no s

Quan Folchier vit los seus tuh son derot,
E l'Ageneis murir que ac pres Talbot,
E Audefrei venir que dihs lah mot :
« A la fe! don Folchier, no us pretz ni us dot.
Ieu proarai .G. a trachor tot. »
E Folchiers lhi respon : « Mentetz–i, glot ;
E ieu son om .G., au comte prot;
E fauc i malvastat, que tan l'escout. »

Folchier fer Audefrei en l'ausberc blanc,
Que tot loh fetz vermeilh e tenh de sanc;
E trenchet-lhi lo cor, lo fetgue e'l flanc,
E ditz : « Queretz preveire que vos estanc.
Lo parlar del trair no vistes anc.
Ieu en defen .G., lo comte franc. »

Aimes venc apoinan i Aimeris,
E viro cum Folchiers lor fraire aucis.
Cascus s'en vai claman : « Dolen, caitis!
Hui Audefrei, coms fraire e cars amis,
Se sel que vos a mort s'en torna vis,
Ja Dieus no nos ajut ni sanhs Danis. »
Aimeris fer Folchier en l'escut bis,
Que la lansa e la senha oltra lhi mes;
Aimes de sa 'spaza emiei lo vis;
E trencha-lhi la chara e la cervis,
Escrev[a]ntet-lo mort en uns consis.
Aquo fo dols e dans del pro marques,
Mielher vassal no i resta ni tan pervis.

Ui, .G., coms amic, qual amic pertz!
Bos e .B. lo troben jazen evers,
E d'autra part Landris que tenc Nivers :
« Fraire Bos, ditz .B., quar lo requers. »
Van ferir Aimeric e blison pers;
Re no 'lh val sos escutz ni sos ausbercs.
De lor lansas lhi passo oltra los fers,
E trenchen-lhi lo cors, la chara e 'ls ners;
Escrevanten-lo mor en uns desers.
Bos ditz un repropchier que molt fo fers;
Lo repropchier lh 'en ret tal cum desers.

Quan li agron ferit Bos e. B.,
Si venc apongnan .F. e 'l coms Alchartz
E dous Gilbertz, lo coms de Senesgartz,
E de lai venc lo reis e 'l ducs Bernartz,
Gasces, vescoms de Drues, e Oielartz.
Aus de reires escalas la gens s'espartz.
Non estors miga sas, so cuh, lo quartz.
A .K. fo lo dans, l'ira e l'issartz.

Sa seinha es caeguda e l'esta[n]dartz,
Sos dragos e sos traps penhs a lhaupartz.
Si los van esserchan cum fes essartz,
Quan lhi venc apoinan bibes Boscartz,
Uns clergues malacctes, de malas artz,
Que fo parens al rei, fraire bastartz;
E a lhi escridat : « On iras, gartz ?
Vers la ciut de Peitiers vulh que regartz.
Chavalers e chivals ros e lhiartz
I potz vezer venir de moltas partz.
Totz es vencutz ,G., lo fels coartz,
Que t'a tos omes mortz, tos castels ars. »
E Bos ditz, quan l'auzit : « Tu i mens,
Ab tan sorzo lhi lor per uns issartz, [gartz.»
Lo duxs Gui de Peitiers e Guinarmartz,
Uns bar de Normandia, vescoms Richartz.
Era cuh de .G. que trop se tartz.
Lai on lo coms encontra lor escobartz ;
E perdet Bergonhos e pros Lombartz.
De quals senhors lai pert Monbeliartz,
Armans, lo duxs de Frisa, e 'l coms Agartz,
E fo naffratz a mort lo coms .B.;
Per o si fo cofes lo coms galhartz,
E visquet del dissapte tro al dimartz.

Iratz s'en vai lo reis dels seus detras,
Quan lhi venc apoignan lo bisbes Gras
E a lhi escridat : « Reis, criaras.
Gens socors t'es cregutz, er lo veiras. »
E Bos lo vai ferir aut sobr'el bras,
Tan cum pogratz lansar un re de chas,
Longet lo cap de brus, tant prop loh ras.
Pui [s] lhi pre [s] a cantar son seculas.
Ab tan sorso lhi lor plus que lo pas.

.M. en viratz caer per mich los pratz,
Que .i. non quer ni demanda mas terra o jas;
E .G. se clamet peccaire las :
« Que as fah de tos baros , que amenas?
Mais vulh ab els jazer, per san Tomas !
Que el mostier San-Peire dins lo campas. »
E .F. lo clamet fel Satanas :
« Ja i potz jazer mortz, se no t'en vas ;
E qui per te i resta , flama l'abras. »

Ans que vengen Gasco ni Peitavi
Ni Norman ni Mances ni Angevi,
Fon totz lo jorns anatz si a decli
Qu'elh no saubo qui so lor enami ;
E pero si an trah l'estorn a fi.
.G. s'en es issit e siei cosi,
E .K. jac el camp tro al mati.
Lo jorn lhi so vencut[1] .xxx. roci,
Charjat d'aital aver cum esterli ,
Que om lhi ret del traut oltramari :
« Er en prendetz, ditz .K., lhi meu ami.
Anc n'aconhtet .G. si mal vesi.
Tolta lhi ai Gasconha e Caerci,
Alvernhe e Peiregorc e Lemosi
E de lai d'Alamanha entro aisi.
Era a perdut .B. l'autrier Segui. »
Un pauc a Bos lo tracher lo cap encli.

Receubut a .G. gran encombrier,
E fai un dol lo coms aita plenier.
Era plora Guinhart e 'l comte Augier,
Arman, lo duc de Frisa , e Berenguier,
E Bego, qu'el messatge portet l'autrier,

1 Lisez vengut.

E Landrix de Nivers, son cosselhier,
E sobre tot .B. e don Folchier.　　　[quier;
« Per Dieu ! so lhi ditz Bos, plorar non
Quar tuh em-nos noirit d'aital mestier,
Esenhat i apres i acostumier,
Que anc non aguem a paren [un] cavalier
Que moris e maiso ni e solier;
Mas en granda batalha, ab freh acier.
E ieu non vulh portar lo repropchier;
Mas d'aquo tenh mon don a plus leugier
Que mais i a d'els lor mortz a sobrier. »

Hera s'en vai .G., mas mort a pou
De la genta mainada que menar sou.
.B. lo comte meiro en un sarsou,
En una paubra gleisa, de sotz un fou,
En que puis ac de Dieu corona e clou.
.M. chavalers viratz escut a cou,
C'us no l'en porta entier, vermeilh ni blou.
Lhi plus clar so malapte e mes en rou.
Tant es cascus dolens de dol que ou,　　[lou.
Non cuh, s'il reis s'en planh, qu'el coms s'en

Lo coms .G. e ilh s'en van dolen,
E lhi baro de .K. restan ploren,
Quar el camp son aucis lhi lor paren.
Ja no i gazanhera lo reis nien,
Se no fos la honors que fort perpren,
E per enginh de dar lo seu argen.
Cel que ac fort castel al rei lo ren;
E quan .G. vi c[um] om lo 'lh defen,
Toh lhi falho siei ome, mout a pou gen,
Mas quan lhi Bergonho e ilh sou paren.
Castels vai e ciutatz .G. cercan,

No i pot pauca de forsa intrar ni gran.
.K. lor a promes e donat tan,
Que toh s'en so lhivrat en son coman.
Quant vi lo coms del rei s'il vai menan,
Si demandet .F. qual la faran;
E .F. si perpessa en qual semblan
Lhi estengua la ira e'l mal talan.

« Senher, so lhi ditz .F., d'aiso no us cal.
Pos Senebrus fo mortz e 'lh seu captal,
Ieu non crei e Gasco ni Proensal;
E pero lai irai e miei vassal.
Si era en Avinho, dins lo portal,
Carcasona e Beders, Ties e Geval,
Cuh aver conquesut tro a Nadal. »
Era parten lhi comte a Sanh-Marsal.

A Sanh-Marsal se parto tuh lhi baro.
.G. s'en vai, lo coms, vas Rossilho;
Ab se menet Gilbert e don Boso.
.M. chavalers s'en van ab don .F.
Ans que intres en Proensa ni en la reio,
A encontratz messatges de Avinho,
Que laisero de dins la gen .K.
Lhi borses l'an redut per traicio,
La ciptat e lo borc o lo donjo,
Per sa fera justizia e per son do.
E .F. quant l'auzit, dolens en fo.
Aqui viro las regnas lhi Bergonho,
E no fino d'anar tro a Borbo.
Ans que lo jorns paresca ni sols en tro,
Mes la ciptat a fuc i a carbo.
D'aqui vai a Nivers, puis a Borbo.
Aqui apren tals novas don no 'lh sab bo.

A Folque ditz lo bisbes de Osteun,
Que d'un consili mou de Mon-Laun,
Qu'el reis tol a .G. Dun e Condun;
Valcolor a trait e pres Monbrun.
Lai n'es anatz .G. ab un estrun,
Quan pot menar de gen, non lais negu
Folques ausi las novas, mantenen monta;
Chavalers de mainada ac .M. per comta,
E talan que ajut .G. au comta,
Cum venda al rei son dol e sa ira e s'onta.

Molt es dolens .G. quan pert son regne,
Cuiet son dol venjar, mas plus acreigne.
Ans se fo combatutz que .F. venha;
Mas non ac la vertut qu'el camp mantenha.
Lo coms i fo vencutz mutz de sa senha,
Ditz no sab mais d'onor per que la tenha,
Pos Dius no l' ama tan que lh'en sovenha.
.K. alberja el camp, mover no s denha,
E fai tendre son trap, far fuc de lenha:
Ja non cuh d'est orgulh que be lh'en prenha;
Abans en er vencutz que espaza senha.
Non cuietz de .F. qu'el s'en refrenha,
Tro son dol e sa ira sobr'els estenha.

Folques lo coms chavalja aita plena.
.G. o vai comtar Gui de Ravena.
.G. quant au las novas, tiret sa frena;
Quant vi venir .F. per la varena,
Tot oblidet son dol, e joi demena.
Nulhs no i menget la nuh ni no i pres cena,
Ni chavals, tan fos cars, un gran d'avena:
Assatz son costumier de sufrir pena.
Quan vi lo coms del jorn la prima estrena,

Mostret-lor com cobert la nuh s'alena.

Lhi jorn son lonc e mai, paucas las nuhs.
De las armas portar lor fa enuhs.
Voluntiers se durmit qui es vahs e vuhs;
.M. en jazen per pratz, no sus en puhs.
.F. los vai ferir au jorn parven,
.M. en trobet pels plas ses garnimen;
Non an d'armar leser, si 'ls sobrepren.
Bos e Gilbertz los van totz aucien.
Al rei no so d'armat mas .cccc.
Ab cels los cor ferir iradamen.
Quant a conogut .F. ab sa gran gen
E vit sotz las essenhas tant elm luzen,
N[o] pot mudar lo reis no s'espaven;
No i a ta fort caval que tenha alen.
Lo reis no volgues esse en plus corren.
Tro que fo el chastel no se aten;
E quan fo lai dedins, murs lo defen;
E .G. es defors que l'escals pren.

Lo coms .G. chavalga ab sos nebotz.
Quan se fo del encals partitz e rotz,
.C. en trobet tenen a una crotz.
Lo coms los aucis totz ab sos nebotz;
No pot mudar vas lhui Dieus no s corotz :
Per so tornet de guerra .G. de sotz.

En un mostier au pla, sotz Valcolor,
Abat i ac e morgeus e un prior;
.M. chavaler lai intren per la paor,
.G. los ars a fuc i a calor.
Venjat se fo de .K. l'emperador;
Gran tort i fetz a Dieu, son redemptor.

Ne pot mudar don .F. que adonc no plor:
« Que esdevendrem, ditz-el, nos pechaor?
Qui fieltat no porta lo Redemptor,
No pot a lonc durar, ses desonor. »

Escac a pres .G. tan gran cum vol.
Vai s'en a Rossilho, on tornar sol;
E si lo coms ac joi e lo reis dol.
No laisset chavalers tro a Baiol,
Ni tezaur en mostier ni sot arvol;
Tot dona a chavalers quanque a lor tol.
Puis los met de la guerra en tal tribol,
No pot ome bailir savi ni fol,
No 'l penda o no l'aucia o no l'afol.

Cinc ans an pui[s]te[n]guda aisi la guerra,
Que anc no s'encontrero en plana terra.
Soen los vai lo reis ab gran gen querre,
No 'lh laissa borc ni vila ni samitere;
Per o tans a .G. amics enquere,
No 'l pot leugieramen lo reis conquere,
Si en castel no l'enclau o no l'ensere.

.K. vi de .G., no 'l pot trobar
A plana terra, en camp, si cum sol far;
Mandet totas sas gens tro a la mar;
No i remas chavalier, ni nulhs rics bar,
Ni borzet[1], ni sirvens que pusca anar:
Tuh van a Rossilho per asetgar.
Fan alberjas bastir e traps dressar,
E fan albres razir, vinhas trencar;
E .G. e li seu s'en van armar,

1 Lisez *borzes*.

E van los estornir e fors lansar.
E mai i venc lo reis ab son aplieu,
E fo i tro a la festa de sanh Romieu;
No laisa aver en Fransa, bon char ni lieu,
Ni renda en sa honor, ces ni tolieu,
Tot no fossa venir aqui ab sieu.
E juret sobr' els sanhs de Sanh-Romieu,
Non tornara d'estat ni per la niu,
Tro Rossilhos er seus, cui que sia grieu.
Lains ac un portier malaurieu,
Fals crestia felo, plus d'un Judieu;
E gardet la una porta que ac en fieu.
Autra vetz l'an traida, el e lhi sieu
Tramet al rei mesatge semblan romieu :
De lhui poira la porta aver e 'l brieu,
E trai so senhor, e perdet Dieu.

La molher .G. ac una enveiosa
Ancela de sa chambra, vilha diosa;
Pres las claus de la chambra, la cobeitosa,
E det-las al portier l'avols persona.

Lo tracher fo culvertz, veios e clus.
La nuhs fo bruna e negra, clartatz no i lutz.
Cel issi del castel per un pertus,
E venc al rei, e dihs : « No vos traus ;
De la tor vos aport la clau del us. »
E .K. quan la vit, si s'en estrus ;
Pres lo comte d'Angieus e cel de Clus :
L'us ac .M. chavalers, e l'autre plus.
Auiatz d'aquel gloto cum los condus :
Il van aita suau que re i no crus,
Ni paraula ab son par ni grus ni jus,
Tro los ac en la tor, el mur desus.

Quant foro en la tor, crido *trait!*
E .G. residet lai un durmit;
Vi lo castel arder, i au lo crit.
Ab lui foro trei comte a escharit,
D'armas e de chavals se so garnit.
.G. venc a la porta, si la ubrit;
Per cosensa Milo, lo·duc, n'issit,
E vi defors en l'ost tant elm brunit.

Qains fan raubador traina e rap,
No'lh laissen copa d'aur ni bon enap.
Duc Mil parla al portier de sotz un sap;
Sei paren so felo, lo paire e 'l pap.
E duc Mil al portier trenquet lo cap,
E ditz : « Castiatz-vos d'aisi lah gap. »

A miega nuh, abans que cant lo cols,
Fo Rossilhos traitz, que era ab murs clos.
Escudiei van cercan croptas e cros,
Meiro lo fuc el borc cubert de ros.
Dels lardels a dels blatz salh crox e cros,
Dels clochiers art lo fust e cha lo clos.
A son ostal se jatz lo rics coms Bos,
Fai sobre si fermar postis e pos.
Aqui eis s'en armet ab cen dels sos.
Quan fo en bon chaval de sobr' el dos,
No i soana ferir deliat ni gros;
Mielher vassals no fo de carn ni d'os.

Lo fucs e 'l vens e 'l critz fan tal remota,
Que anc non auzis moior e nulha nota.
Escudier e sirven, gens garsa e glota,
No i laissen a raubar autar ni crota.
Don Bos los vai ferir e miei la rota,

Auci e escrevanta cum fust en bota.
Cui el cossec a colb, pui [s] no ugota.
Lai fetz lo coms orgulh e causa estota.
Lo coms .G. s'en ies per una porta :
Dol a de sa molher, quar no la'nporta;
E don Bos laissa'l autre tanta gen morta.
Lhi vila van cridan tuh : « La redorta ! »
Don Bos los vai ferir sencha retorta ;
E no cuietz del comte qu'el se resorta,
Tro que vi la mainada del rei plus forta.

Don Bos los vai ferir, quan los conois ;
El no fer chavalier, que totz no frois ;
Vint n'i a mortz laissatz que mois que lois.
Las maios e 'lh solier giten tal crois
Que ancmais no vistes foc que si engois.
Si Bos maï lai estai, fara que mois ;
Sa 'spaza es peciada e s'asta i crois,
Totz era ples de sanc e de camois.

Don Bos vit la mainada del rei cum intre
E los seus screvantar, murir e ventre,
Los murs e los soliers als lor perpenre,
Las maisos entorn si e'l borc perpenre ;
E lo crit de las donas gran a entendre ;
Vit la molher .G. d'un gras dissendre ,
Si auzisetz la dona ab Dieu contendre
E escridar en aut : « .G., quar senhdre.
Jamais no vos veirai espaza senhdre. »
E don Bos, quant l'auzit, lo cor n'ac tendre ;
Anet la denan se levar e pendre.

Lhi Angles e lhi Breto, una geus mala,
Van rauban e cridan, cornan lor gala ;

No i laissen palafre ni mul ni mala.
Don Bos pren la comtessa sobre la'scala,
Ab pauc de sa mainada l'an desavala;
Iessen per la posterna , sotz la gran sala,
E passa Saina l'aigua au cap del bala.

Auzit avetz co 'l reis pres Rossilho,
E lo portiers en fetz la traicio;
En eis luc n'ac lo merit e'l gaerdo,
Quar lo cap en perdet al bram Milo :
Aisi deu-om menar culvert felo.
.G. lo coms s'en vai a espero,
Totz nutz pes e en langes e ses causos.
Un ausberc a vestit ses alcoto,
E son essems ab lui trei companho ;
E quant foro el brulh sotz Mont-Argo,
Lai encontren Gilbert e don .F.
E quan .G. los vit, molt lhi saup bo :
« Senhor, or esgardatz confuzio.
Ieu vul tornar areire, vas l'ost .K.,
Quar ma molher en meno Franc o Friso. »
E Gilbertz respondet : « Don, aquo no ;
Non plassa Damidrieu Jhesu del tro,
Que ja vos en metatz en tal bando! »
Aisi cum ilh menavo esta razo,
Esgardet sus el destre, en un cambo ;
Vi venir sa molher e don Boso,
Que la tenc denan se sobre l'arso.
I ac per miei l'escut d'asta un troso,
De fors pendo las lenguas d'un gonfaino,
I autre per la testa del saur gasco,
E no s'ac de sa espaza mas quant lo pom.
« Fah m'avez, ditz .G., servizi bo :
Dieus me do que vos reda lo gaerdo! »

Gilbertz de Senesgartz parlet prumiers,
Que es perforsis per armas e bos gueriers :
« Anom¹-en a Dijo los drehs semdiers,
Lo castels es totz forz, murs e teriers;
E mandatz Bergonhos e los Baviers ,
E prendetz gran mainada de soldadiers.
No remanha a donar aurs ni deniers
Ni enabs ni grasals ni candeliers ;
E si .K. i ven ni sos empiers,
Non prezarem asaut dos fals deniers. »
— « Molt estes, ditz .G., bos cosselhiers. »
Tota nuh chavalgero per uns semdiers,
E intren en Dijo pels pons pleniers.
Apelet a la porta : « Ubretz, portiers. »
Cel los conois , et ubre molt voluntiers.

A Dijo venc .G., ab lo clar dia,
E dissen al peiro, lonc la quairia,
E intret el mostier sancta Maria,
E preget Damedrieu que no l'aucia ,
Tro de .K. Martel venjatz se sia.
Cum ac facha orazo e messa ausia,
Issit fors del mostier, quant fo fenia;
E trobet sa mainada, si lor dis ja ;
Mas nou a en talan que vas un ria.

Don trobet sa mainada, e el lor dis :
« Perdut ai Rossilho, chastel de pris.
Ar cer, a miega nuh, .K. lo pris;
E no cuh ja'l bailes , se no 'l trais.
Era m'en venh a vos en cest pais. »
Cilh lhi responden tuh, que uns no gaidis :
« Senher, qui er vos falh sia aunis!

1. Lisez *Anem*.

Er vos cuia aver .K. trastot conquis ;
Mas ans sera passada la Sanhs-Danis,
E .vij. c. chavaler de chap razis ,
Lhi cabelh que avetz negre seran branchis,
Ans que siatz d'onor per lui faidis. »
E .G. lor respon : « Senhor, mercis. »

So fo issen pascor, quant intra mais :
.K. fo a Paris e tenc sos plais ,
Ac mandada sa cort en son palais.
Siei baro lhi demando, e'l lor retrais :
«¿Aquel jorns me fo gens, e .G. lais. »
Conoissen van del comte los seu agais,
De lui dissen l'orgulhs trastotz huimais.

« Era sabran Frances e Bergonho.
.G. fetz de Terric la traicio,
E la ques a Folchier i a Boso.
Ieu l'hen ret tan cum pus lo gaerdo.
Perdut a Rossilho et Avinho,
Falhit lhi so Lemosi e [li] Gasco.
Si vida no mi falh e miei Breto,
No 'lh laissarai d'onor un plen basto.

« La traisios .G. se renoela,
No s'en pot escundir qui l'en apela ;
Batalha en fo campals sot Mont-Amela,
Totz los gitei de camp cui el capdela.

« Batalha en fo campals, una en fit tiau ;
Aqui perdet Folchier, so manescal ;
Proici-lo a felo i a desleiau.
Lo jorn tenc esperos chars o chavau.
Ab tant venc .i. messatges que lhi eschau :
« Senher, dins Rossilho a mal ostau ;

Lo prumiers meis i falh al senescal.

« Senher, Rossilhos a felos vezis,
Gilbert de Senesgart e sos cosis ;
No i intra mercadiers ni om campis,
Lains lor falh civada e pas e vis. »
—« No vulh, so respon . K. , tan m'en declis. »
Davalet, e poiet als gras marbris.
De Cambela vai ab lui Garis,
Gaces , vescoms de Drues , e Baudois.
Anc no finet lo reis tro a Orlhes,
Aqui requier cosselh a sos amis.

.K. si pren cosselh ab sos privatz :
« Garnirai Rossilho davas totz latz ;
Molt sera grans l'avers que i er portatz. »
Belfadieus lo Judieus fo demandatz :
Aquo fetz far al rei molt grans pechatz,
Quar Dieus n'ama Judeu ni so solatz.
E fo empris lo dias que er mermatz ,
E per aquo fo . K. molt abaissatz
E vencutz en batalha e encausatz,
Cum auziretz sempreras, si m'escoltatz.

En la ciptat d'Orlhes ac un Judieu
Que fo filh Benjamin au filh Abieu ;
Ac de .F. lo comte captiehn e fieu ,
.xv. muhs de fromen o char o lieu ,
I atretan de vi, aquo sai-ieu ,
E .c. cers de sazo a Sanh-Matieu ,
E .ccc. vacas grasas a Sanh-Andrieu.
Cel fo dedins la chambra al coscilh sieu ,
E issit de lains, escris un brieu ;
E sas letras que sab en lengua brieu,

Trames–l'en a don .F. per un corlieu,
.G. al comte dia que no lh' enieu.
Rossilho vai garnir .K. e 'lh sieu,
Fara o per la festa de sanh Romieu.
.xv. M. a chaval son i a pieu.
E .F. quant l'auzit, lauzet-en Dieu :
« Enquer tenra al rei mon don l'estrieu. »

.F. o vai comtar comte .G.
Quan lo reis au las novas del rei Ganhart,
Si trames per Boso e per Berart,
Pel vilh Gautier lo ric de Mon-Esgart.
Don Bos lh'adutz un fieu aisi galhart,
.M. chavalers ab elmes, totz de sa part;
Non ane lo mesatges miga ta tart
Qu'el reis tornar s'en pusca ses gran regart.

.G. parla al messatge que fon trames,
E a mandatz sos omes per totas fes;
On que sab bon amic, per lhui trames,
I ac-en .iiii. M. ans que mogues.
Ans que l'alba del dia aparegues,
Los ac totz enboscatz en un defes;
E lo reis vai garnir Rossilhones,
E van-s'en ja lhi char e lhi boreis;
E lo reis venc apres ab sos marques,
Quan .G. lor salhit del bruh espes :
Adonc sab be lo reis que traitz es.

.G. ac mes sos omes totz per agehs,
Puis issit en la garda tot sols de pes;
E 'l reis a Rossilhos vai, so sabetz,
E van-s'en ja lhi char e lhi somes,
Las charetas, las malas e los saumes;
E lo reis venc detras ab sos esletz,

E .G. torna als seus e ditz : « Salhet[z]. »
E puis al autre mot : « Per aici issetz,
Feretz i aucietz o retenetz;
E se voletz aver, pro en prenet[z] :
Jamais no seretz paubre, se vos voletz. »
En aquel jorn retorna .G. en pretz.

.K. ve de sa gen qu'en vai de brieu,
E .F. ab los seus que el adui :
« Traitz soi, so ditz .K., no sai per cui. »
— « Enquera avem, ditz Ugues, mais gen de
No sai autre cosselh, combat o fui. » [lui.
Dementre que lh'o ditz, s'armen amdui.

Mentre qu'el reis s'armot, part-s'en seit .c.
Qu'an vestitz los ausbercs blancs cum argens;
Escutz an nous e fres, elmes luzens
E chavals de gran pretz, adrehs, correns;
E guidet-los Albertz, lo rei parens.
Lai lo trames lo rei, qu'en fo dolens;
Al departir n'ac .F. doblet guirens.

.F. ac cara bruna e cabelh saur,
Anc aital chavaler n'ausi mentaur;
I ac elme i ausberc, que fetz tals faur
Que ja non charra malha que no i restaur;
E ac sencha la 'spaza Gren de Madaur,
E portet un escut d'azur e d'aur;
E ac fer en sa lansa de sicamaur,
D'un chastel de Bigora que es sobre maur;
E chavalget chaval bausan e saur,
Intret en la batalha ab son osfaur,
I eis ab Albert, lo clergue de Vilamaur.

Lo clergues vi .F. del renc issir
E brochet lo chaval, vai lo ferir,
Sobre l'ausberc lhi fetz l'asta croissir;
Mas no 'l pot tant enpenger que jos lo tir:
Non cuïet de .F. que s'en revir.

.F. ferit le clerque en son esgoc,
Ben aut sobre la bocla l'escut lhi froc:
Non es ta fortz l'ausbercs, no 'l trenc el troc.
En cel costal senestre lhi fetz tal boc,
Aqui lo deroquet, mover no s poc.

A Rossilho vai .K. ab gen privada,
Que non ac s'ost mojuda ni lonh mandada;
Pero no fo ta pauca la chavalguada
Que quant el ac sa gen tota ajostada,
E se fo conoguda e remenbrada,
E vira la .G. molt espauchada.
Corregro los ferir de tal brivada,
Tost i ac d'astas frachas una charada.
Son gonfaino pleguat, s'asta baissada,
S'en vai fugen .G. vas sa encontrada,
Quan Bos d'Escorpio venc per la prada,
Ab lui .M. chavalers de sa mainada.
Morestom! Morestom! fo escridada;
La senha de .G. es recobrada,
E la .K. Martel molt abaissada.
Manh bo vassal viratz mort per l'estrada.

Descofit s'en anava lo filhs Drauguo,
Quan lhi venc apoinan comte Boso,
Ab lhui .M. chavaler d'Escorpio;
Venc escridan la senha de Moresto.
E ditz .G. al comte : « Grans colps lor do. »

E lo coms recobret e saup-lhi bo,
E escridet als seus : « Datz-lor, baro !
Mal i garra lo reis e 'lh seu gloto,
Lhi Norman ni'lh Frances ni lhi Breto. »

Don Bos d'Escorpio venc escridan ;
Gran ac la forcadura, dougat pel flan :
Ja maior chavaler om non deman.
I ac elme i ausberc fort e tenan,
I ac cencha una espaza vilha, trencan ;
Un escut a son col d'os d'olifan,
Anc non vistes ta fort ni menhs pezan ;
Chavalget un chaval corsier ferran ;
La senha de .G. venc escridan ,
E la .K. Martel fort abaissan ,
E manh bon chavaler vai crebantan.
Ugue, lo duc de Braies, vai demandan ;
E Ugues quant l'auzi, sal-lhlhi denan,
E sen s'anat ferit de tal semblan
Que trauquen lhi ausberc e lhi auvan.
L'us met la lansa al autre ben prop del gan,
Uns non remas en bai ni en ferran.

Vec per l'estorn Gari de Carabela,
La main[a]da de .K. molt gen capdela ;
Mas nafratz es ta fort de jos l'aisela ,
Sobr' el col del chaval jatz sa boela :
E 'l reis n'a gran dolor, a se l'apela.

« Gari, franc chavaler, non estai gen. [chaen!
A! cum mal vai del ventre que us vai
Qui tal comte mi tol, molt mal m'o ven. »
Garis au la paraula, mas no la enten,
E brocha lo chaval, vai-s'en pongen ,

E vai ferir Ponso de Mont-Armen ;
Tal lhi det en l'escut que tot lo 'lh fen.
L'ausberc que ac vestit lhi escoissen ;
Tant cum l'asta lhi dura, mort lo dissen.
Puis a parlat un mot mout covinen :
« Senher, per esta plaia mi vau moren. »

Vecvos pel camp Tebert de Val-Beto.
En lui ac chavaler moltisme bo,
E fo ben prop de linh al rei .K.
Demanda en batalha comte .F.,
E .F. quant l'auzi, denan lhi fo ;
E so s'anat ferir de tal tenso,
Que trauquen lhi ausberc e lhi blizo.
Ambedui se deroquen en un cambo ;
Mas .F. recobret, e Tebertz no.

Lai on Frances s'ajusten ab Bergonhos,
Aquo fo dans e tala e irasos.
Viratz tanta asta fracha sobre blisos ,
Tant espazas plegadas prop dels arsos ,
Don lhi donzel so mort per los coros,
Qu'an trencadas las golas sotz los mentos.
Aqui fo reteguda la garnisos
Don degra esser garnitz totz Rossilhos.
.K. Martels s'en fui per uns cambos,
Enchauson-lo al dos .c. gonfaino :
De chabrols vos membrera entre bracos.
No dera lo jorn .K. son esperos
Per Orlhes ni per Chastres ni per Samsos
Obs lhi ac bos chavals e Rossilhos.

Vas Rossilho s'en fui .K. lo ser,
E .G. ab los seus el camp jazer.

Asatz ac a donar i a tener,
Jamais no lhi cove sofracha aver;
Mas ben fassa justizia, e digua ver.

A Rossilho s'en fui .K. lo reis,
E .G. ab los seus el camp remeis;
E'l pren sos melhors omes que el agueis :
« Senhor, cosselhatz-mei per totas feis
Vas .K., mos senhor, cum o fezeis,
Per qual guiza vas lui mi contengues. »
Prumiers respondet .F., que savis es :
« Don, prendetz un messatge pro e cortes,
E si mandatz al rei moltas merces;
Tot lhi redrem lo seu, quanque avem pres;
Puis lhi darem del nostre tot lo genceis,
Per que l'ira e la guerra si remazes.
E si faire no vol, no t'en chal jes;
Quar ja no te falhdrai per totas fes. »

.G. creit lo cosselh que ac melhor,
E que 'lh dero siei ome e siei comtor.
No i volc trametre ome de gran valor,
Que trop sab gran la guerra e la iror;
Mas trames al mostier Sanh-Salvador,
E fetz venir dels morgues tost lo prior :
« Morgues, vos m'en iretz a mossenhor,
Au rei .K. Martel, l'emperador,
E dijatz-lhi aiso per gran dolsor,
Torn-nos en sa fiansa e en sa amor. »
E 'l morgues, quant l'auzit, de joi lai cor;
Quar non avia enquers agul paor.

A Rossilho es .K. desotz un orn :
Viratz-l'irat estar e trist' e morn.

Veclhi denan lo morgue e 'l famulorn,
Ditz *benedicite* e pres son dorn ;
Mas lo reis non a cor que mot lhi son,
Fors aitan que 'lh demanda : « Cum avetz
[nom ? »
— « Don, certas ieu ai nom fraire Borbon;
Si m'a trames a tu .G., tos om. »
—« Cum i auzes venir ni si ni cum ? »
— « Don, a vos m'a trames .G. de lonh,
Qu'el vos vendra far dreh gran e preonh ,
Tal cum diran tiei ome ni tiei baronh ;
Masjutgar lo fassatz avena'l donh. » [sonh,
— « De son dreh, so ditz .K., non ai-jeu
Ans lhi toldrai Valensa e molt som pronh ;
No'lh laissarai de terra sol un plen ponh.
E vos que avetz furmit aquest besonh,
Cossiratz-vos el cor cum vos vergonh. »
E 'l morgues, quant l'auzit, volgra esser
[lonh.

« .G. no me venquet per son esfortz ;
Quar se ieu o saubes, pres fora o mortz.
No 'l guarira repaires, que tan fos fortz ,
Ni chastels ni ciptatz, mas quals que ortz.
Sobre vos, cuh, don morgues, charra lo sors.»
E 'l morgues, quant l'auzit, volgra esser
[mortz.

Lo morgues au de .K. que ab lui tensa,
E enten la razo cum la comensa :
Tem que lhi fassa tolre la genitensa ;
No lhi qual qu'en fezes la penitensa,
Parlet cum savis om de gran crcensa :
« Don, lo comiat de Dieu e la lesensa,

Tornatz m'en volgra estre en obediensa. »
E 'l reis si lho afola, no lh'o agensa :
« Morgue, digatz .G., gar no li mensa,
No fara fi am me ni covinensa
Tro que l'afol de guerra e tot lo vensa;
Pero s'il noiri-ieu pauc de naicensa
Tro poc .M. omes paisser de sa garensa,
Quan cugei fes ammi la remanensa.
El me comenset guerra e malvolensa,
Ieu lhi toldrai la terra tro en Ardensa;
Non cub en Rossilho ni en Proensa
Que fassa mais .G. la remanensa.

« D'una re te jur, morgues, Jhesu del tro,
Se tenia .G. ni don Boso,
Ieu los faria pendre, cuma lairo,
Al sordeior garso de ma maiso. »
E 'l morgues, quant l'auzi, no ditz que no,
Mas longatz volgra estre denan .l.

« Morgues, cum i auzes a mi venir?
Milhs vos fora fossetz la messa dir,
O dedins vostra claustra libres legir,
Qu'el messatge .G. a mi furmir.
Si no m'era per Dieu e per perir,
Cor ai de vostra colha faire tolir. »
E 'l morgues, quant l'auzi, no sap que dir;
Mes pres pel poinh son famul, enquas n'issir,
E poiet al peiro, trop cub tarzir.

Era s'en eis lo morgues de San-Judas,
Davalet per la 'scala plus que lo pas,
E poiet al peiro o 'l chaval gras,
E vai s'en la riviera aval bon pas.

Lo famulor lo sec alonh detras,
No lhi ditz una vetz va se iras,
Tro que fo ab .G. no se [re]mas;
E 'l coms lhi demandet : « Que lai fah as? »
— « No cochar, ditz lo morgues, que trop soi
Intrarai el mostier sonar mon clas ;   [las.
E dirai mon *Te Deum* a sanh Tomas,
Que de .K. Martel guerit sa mas.
De nostra genitaria per pauc no m ras.
Tu qu'es evers vas lui, cum o faras?
Que jamais per messatge no m trametras. »

—«Er me digatz, don morgue, cum en par-
                              [tis.»
— « A Rossilho fui, senher, molt escarnitz ;
Dis que lo seus avers er totz quesitz,
Que tu lo'lh trametrias per tos noiritz.
El me fo de feunia totz amarvitz,
Ditz-me que a son paire venguitz petitz :
Anc hom no fo per autre tant gen noiritz.
Puis adobet-vos-el, qu'era sos fitz.
Quant vostre cors fon totz envalantiz,
E el cuget aver vostre servitz,
Vos lhi fos de mal faire pres e garnitz.
No fara fin a vos per ren, so ditz,
Tro cofundut vos aiatot per raitz,
Si que oltra la mar n'iratz faiditz. »

—« Renhor [1], so ditz .G., molt estai lah
Que ieu ma honor perda tot entrazah.
Ja non dira que ieu l'aia trah,
Quar ieu lhi vulh gatgar tot lo forfah,
Depos fui chavaler, que lhi ai fah ;

1 Lisez *Senhor*.

Mas lo blat que semena en son garah,
Aura-lo enabansas culhit e trah,
E puis veirem passar abril e mah,
Que aia mais ab lhui tregua ni plah.

« Morgues, sabs veras novas de don .K. ?»
— « Ieu no, so ditz lo morgues, si malas no.
Ieu lhi auzi jurar Jhesu del tro,
Si penre vos podia ni don Boso,
Que penre vos faria, coma lairo,
Al sordeior garso de sa maiso. »
E .G. se sori sotz son greno :
«Los chavals e l'aver an miei baro,
Ab tot nos en irem tro a Dijo.»

A Dijo s'en tornet el conpaigner,
Lo vi menan e'ls chars pro lhi botier,
Lhi paon e las gruas lai van entier,
Grans soldadas en portan lhi escudier.
Quant an la messa auzida lhi chavalier,
.G. s'en issit fors sotz un laurier;
Fai aportar tant aur e tan denier,
Tan mul, tan palafre e tan destrier.
Aqui foro pagat gen soldadier,
E foro demandat oste a logier ;
E qui non ac maiso, quer charpentier ;
E .G. lor juret un repropchier,
Qu'el moura guera .K. e encombrier.

.K. en Rossilho lo reis restruh :
No vis rei tant irat cum lhui quan fuh ;
E mandet sos Frances, qu'el segon tuh.
Messatge n'ac .G. a l'altra nuh,
E mandet soldadiers ab aquest bruh :
Pro lor dara argen e bon aur cuh.

.G. fai faire breus .c. o seera,
E mandet chavaliers per tota tera.
Cel que vol bon aver, .G. lh'en dera;
Entro .iiii. milhiers en ajustera.
.G. e siei nebot movo tal guerra,
De que seran dolen trastuh enquera.

Lo coms .G. mandet totz sos baros,
E trames tro als mons per Bergonhos,
Baviers i Alamans tro a Saissos;
On que sab bon vassal, aquel somos,
E promet-lor assatz e fai grans dos.
Desotz Dijo viratz, els plas cambos,
Tendutz traps de colors e pavalhos,
Tantas senhas de guias e tans penos.
.G. intra en sa chambra en un rescos,
Aqui pren tal cosselh que no fo bos.
Al comens del cosselh intret don Bos,
Afiblet mantel gris de polpra nos;
E'l fo deljatz pel flanc, e pel pihs gros;
Enquer fo de sa plaia palues e cros;
No miga coartz, mas arditz fos,   [vos:
Quar tos temps fon de guerra sos tala[n]s
« Trop nos te, so ditz el, .K. per mos,
Si a Rossilho a patz ni lonc respos;
Pero si ac paor, quant s'i enclos.
Se no fossa nafratz per miei lo dos,
Li misissa ma lansa entro al clos;
E si mais si cumbat que tant en fos,
A breu jorn er mermatz o grans sos los. »

Aprop parlet don .F., lo coms, soentre :
« Greu pot issir de guerra qui leu i entre.
Cum podetz de batalha mais .K. ventre?

Tot lo melhor cosselh que ieu sai pendre,
Garnissa-se cascus de lui atendre.
Si el nos vol assalhir, e nos defendre,
Tals poiria de sos baros dissendre,
Per que faria plah .K. mos sendre. »

Aprop parlet Gilbert que sis denan :
« Vos en dizetz lo milhs, al meu semblan ;
Quar trop avem perdut en conbatan.
Enquer avem chastels i aver tan
Que be podem suffrir tro a un an.
E .K. a mandat son rei[re]-ban,
E venra sobre nos de mal talan.
Lhi ga son fort, preon, no i passaran,
E perdra-i assatz, ans que s'avan. »
— « Non penria, ditz Bos, petit ni gran
Don preses recuso d'aur son pesan;
E .G. a mainada bona e gran,
Lhi soldadier bavier i alaman,
Que desiro batalha e van cercan.
No i envietz peo ni espian,
Mas chavalgem anuh a sol colgan,
E siam-lor encontra cum el s'espan;
E si podem .K. gitar de camp,
Non presarem sa guerra puis una glan :
Totz er deseretatz e siei efan. »

Esta paraula vol .G. auzir,
E enquet la Boso a esbaudir :
« Senhor, no pus mais guerra far ni sofrir,
Quar non ai que donar ni que tenir.
Perdutz ai los baros que sulh movir.
Ieu vulh mais asemblar e breu fenir
Que menar en temor ni tan languir. »

—« Fazet-en, so ditz .F., tot vostre arvir.»
Ab aquest'mot s'en prendo tuh a issir.

Ab est cosselh darier s'en son issut,
So que Bos en lauzet en an creut;
Quar autra vetz lor ac gen socorut.
.G. monta el chaval bausan, crinut :
Els pratz desotz Dijo ve-los vengut,
Lai on lhi baro an manh trap tendut.
Grans merces ret au jove i au chanut,
E pregua-los per Dieu que .i. non remut
Entro al avesprar, qu'el son mongut;
E passero l'espiessa del boi ramut,
Engal lo jorn en venguen sotz Puh-Agut;
El pla, latz Castilho, son dissendut.

Sotz Castilho albergen engal lo jorn.
En la cort .G. ac un varvassor;
Aquel fo natz de Fransa, de la melhor;
Pres fo en la batalha sotz Valcolor,
On .G. venquet .K. l'emperador.
El non pres autre aver ni monedor,
Ni mas que son servisi cel per s'amor.
La nuh a fah semblan de bauzador;
Apelet un donzel, filh sa seror :
« Nebs, vai, e di a .K. l'emperador,
Sotz Rossilho on te sa gen forsor,
Que .G. a mandat sa ost maior;
Ab lhui si combatra deman al jorn;
E fassa be gardar s'auriaflor,
No sia deseubutz per traidor. »
E cel, quant o auzi, de joi lai cor.

Cel monta el chaval, vai s'en pongen;

Anc non finet d'anar tro al rei ven.
Sotz Rossilho lo troba a parlamen,
On acorda Gascos e'l duc d'Aiglen.
Quan lo reis parla aqui, e cel dissen;
A una part lo trais sor nulhs vezen :
« En la cort .G. as un ton paren
Que te manda per mi celadamen
Que lo coms a mandat tota sa gen,
E a molt soldadier que dona argen.
Aquo sapchas de cert que sai en ven;
Ab vos se combatra hui veramen. »
E .K., quant l'auzit, ac cor dolen ;
E pero si fetz chara bela e rien :
Enquer cuia venjar son mal talen.

.K. garda vas cel, per Dieu preiar :
« Senher, quar me donat hui be venjar.
Di, quans an chavalers ? sabs los numnar ?»
—« No 'ls pogui totz vezer ni aesmar ;
Mas de purs chavalers per achadar,
En a quatre .M., que ieu los vi numnar.
Des ier mati al jorn, que l'alba par,
No finera .G. d'aver donar.
Comanda sa mainada vermeilla armar.
Lhui e Boso auzi ar cer vanar,
Lonh vos cugen a brieu lor gens chassar. »
— « Er me pot, so ditz .K., Dieus ajudar.
Totz temps mi laissara a coronar,
Si no 'l pucs de s'onor deseretar. »
E mandet sa mainada per conortar,
E Peiro e N Aimo e N Aimar.
Ier partiro de lhui, al avesprar.
Apela un chavaler que fetz anar,
E mandet sos baros per cosselhar.

13

Karles mandet sa gen que acosseilha :
* Senhor, er m'ajudatz qu'eu no someilla,
Mal aia lo tesaurs, se ab mi solelha,
Per que n'aia sofracha ma gens faeilla !
Dirai-vos de .G. cum se revelha.
Perdut a Rossilho, don fe corelha,
Qu'el fai sa gen armar : si t'aparelha. »
Oras parlet dons Ugues, ducs de Berilha :
« Don, no fassas aisi so[r]da l'aurelha ;
Mas fai ta gen armar, si t'aparelha. »

— « Senhor, so ditz reis .K., a vos o dic,
Cui tant ai tegut char, e ben noiric.
Ajudatz-me a vengar lo meu amic,
Lo geltil chavaler, lo pro Terric.
Si d'est camp puch gitar mon enamic,
No 'lh laissarai castel a tolre estic. »
Tuh l'en asegurero e vilh e fric,
Que anc no vistes un rei menhs anclic,
Ni que tan tegues car vassal ardic.
Er fai lo coms .G. que fol e bric,
Quar chavalga vas .K. per tal afic.

Quan la nuhs fon passada e 'l jorns pareis,
Lo coms .G. que fo de guerra apris,
Si fetz de chavalers escalas .iii.
E .iiii. de sirvens e de borzes;
E an laissat lo bos e lo defes,
Que no i a baniera sa par n'ades.
E .K. quan los vi, cuh que lhi pes.
Lo rois[1] fai sas escalas e sos conres,
Apelet sos baros e sos marques,
Lo quals ferra prumiers ni avances.

1 Lisez *reis*.

« Don ieu, » so respondet lo Campaneis.
« Senher, so respon .K., moltas merces.
Si d'aqui potz estorser, onors te creis,
Si jamais port corona ni sia reis. »

.G. fon duihs de guerra e d'ira plens,
I apelet Boso que no s'en fens :
« Vos perpenretz la garda e Lohorens.
Ieu farai mas batalhas e mos engens. »
Bos monta en un chaval, l'espaza cens,
E son ab lui .vii. c. ab entresens.
Atretans n'i trames lo re de cens.
Pons de Bretanha guida los prumairens.

Lo jorns fon bels e clars, en mai intran.
Las batalhas s'apropchen per un camp plan.
Lai n'ac trames messatge nulh crestian,
Ni monge ni canonge ni chapelan.
Lo quals que vencutz sia, grans dols seran.

La batalha comensa a ira plena.
Vecvos ab los prumiers Ugon de Brena,
Ab lui Pons de Bretanha que sa gen mena;
Clama .G. trachor e sa progena :
« Hui seretz[z] blos d'onor rei er domena. »
E Bos lo vai ferir e det l'estrena,
Que del chaval lo met lonh l'asta plena.
E Pons refer si lhui que descontena,
Que lo chaval abat en la varena.
Don Bos salhit en pes e tenc sa regna,
Fer Ponso de sa 'spaza, que mal se mena;
Tot lhi trenquet lo cors tro en l'eschena :
« Non diretz de .G. que descovenhe,
Non perdra mais per vos honor ni regne. »

Lo jorns fon clars e gens e ses tempie[r],
E la terra fo plana ses encumbrier.
Vecvos .G. lo comte el camp prumier;
Mal talan ac vas .K. e lo cor fier,
I ac d'ausberc la charn e lo col nier,
E'l en ac un vestit fort e doblier,
E l'elmes de son chap vergat d'aur mier.
Chavalget chaval saur, bausa e nier.
Larga ac la forchadura sotz lo bragier,
E semblet be ric comte e fort guerier.
E partz d'entr'els seus un trah d'arquier,
E vai ferir un comte, don Berenguier;
Tot lhi trenquet l'escut sotz lo polchier.
Non ac forsa lo fers contra l'acier :
Escrevantet-lo mort en un semdier.
Aqui jongo Bergonh e Berrier
E chazat e estranh e soldadier.
Aqui viratz far d'astas tant astelier,
Tan colp ferir de dreh e traversier,
E tan chaval vogan de chavalier.
Bos ac de la batalha lo camp prumier.

Vecvos per la batalha comte .F.
E sa ira ab .K. fort i despo,
Tres en a derochatz, e mort Oto,
E vai ferir de Drues lo pro Gasco.
No i ac contra sa lansa aubercs faiso :
El cors lhi mes trastot lo gonfaino,
Escrevantet-lo mort en un campbo.
Del ponh lhi chai la senha e lo drago.
Adonc tremblet la gens al rei .K.
Del camp los an gitatz a espero.
Totz los agren vencutz ses ochaiso,
Quau venc de sobr'el lo vilhs Aimo,

Peiro de Mon-Rabei e 'l comte Ugo,
Una companha ab els, que mala fo;
E venen escridan : « Estatz, baro !
Issaren en la chara e el greno,
Qui mais hui fugira per Bergonho. »
E quan .K. l'enten, molt lhi sap bo ;
Mas a .G. sab mal i a Boso.

Lhai on venen Frances, lhi seu fiel,
Trop era blos e purs de bon cosseil ;
Veiaire lh'es que Dieus per lhui reveil.
Vecvos pel camp Peiro de Mon-Rabeil ;
Anc no vis chavaler milhs s'apareilh :
Portet lansa e escut blanc e vermeil,
E vai ferir prumier Gautier Maureil ;
Tal lhi donet el pietz, sobr' el forceil,
Que de sa lansa volen lhi gran asclen.
Aqui viratz jostar tan franc donzel,
No i a tan bo vassal no trop pareil.
Tans trenchen ab espazas cap e chabeil,
Viratz tan donzel mort per cel caumeil,
Don resplando lhi elme contra 'l soleil.

Aqui on s'ajosteren per tal agrei,
Gaire no i ac lansa que no pecei.
Vet per lo camp Peiro de Mon-Rabei,
Ab lui .c. chavalers e trenta e trei ;
E fo cascus armatz de ric conrei.
De lai on vi .G., mostret-l'a dei :
« Or podetz vezer comte de gran bofei.
Si'lh plagues que be fos ab nostre rei ;
Mas non troba en son cor que lhi soplei,
Ni que pusca sufrir autre que sei.»
E .G. venc poignan per lo caumei,
E vai ferir Guion de Mon-Secrei,

Denan Peiro l'abat, tot mort e quei ;
E Peires refer lui, fe que vos dei ,
Qu'el cors lhi met de s'asta lo fer tot frei.
Huimai cuh que lo coms .G. folei.

Vecvos poignan Neblo, cel de Bordela.
Peiro de Mon-Rabei per nom apela ;
E Peires, quan l'auzi, no s'en recela,
Mas part de la compagna cui el capdela.
E Neblos lo feri sotz la forcela,
Si que l'auberc lhi trencha e desclavela,
E trauca 'lh lo costat de sotz l'aiscela.
E Peires trais lo bran ab vert lamela ;
Tal lhi donet en l'elme, que totz cancela ;
Los cabeils l' a i ras prop la cervela.
Lai viratz tan donzel longar de cela ;
Set .m. en jasen mort en la vaicela,
Don lo dols s'espan lonh e la noela.
Dieus ! d'aquest camp se planh tanta donzela
E tanta veuva dona e jovencela ,
Que se clamen d'amic paubra mesela!

Quonis venc apoignan, .i. molt pro ber ;
No sembla jes de cor petit valet,
No pot selui que lai volget.
E vai ferir .F. de Monfolet ,
Escrevantet-lo mort latz un golet.
Ab tan .K. G. fors del camp met.

Esta batalha fo el temps de mai,
Que .K. e .G. lo coms la fai
Per plan, sotz Rossilho, e per garai.
Dieus ! tans vassals nafratz e mortz jai lai!
A .G. so lhi dol e lhi esclai;

E quan conoc lo coms mal i estai,
E vit Frances sobrar e'l rei de lai,
E es nafratz eu cors qu'el sancs en rai,
E vit fugir los seus e sai e lai,
Per cofundut se te e per savai.
.F. lo pres pel fre, irat l'en trai.
Ditz Gilbertz e Boso : « Trazetz-vos sai. »
Sil comte son dolen, et al rei plai.

Era s'en vai .G. a dreh bando
E don Bos e Gilbert e don .F.
Fugen per unas planas un plan cambo.
Mol s'en anavo be aquelh baro,
Quan vec-vos a travers lo comte Ugo,
Peiro de Mon-Rabei e 'l vilh Aimo.
Ugues venc atengen comte Boso
Ab lo fer descubert sotz lo bliso;
Ab lui l'en an ferit siei companho,
Escrevanten-l'a terra fors del arso,
Aqui l'an manes mort en un sablo.
Entre Gilbert lo comte e don .F.
Lai preiro de lor fraire tal venjazo,
Aqui meis an aucit lo comte Ugo.
Tan sobrero las gens al rei .K.
Qu'enchausen-los de torn e de viro
Lai ausiro Gilbert, preiro .F.
Tuh lo volgren aucire, fors don Peiro,
Que lo menet al rei per guerizo,
.G. s'en es estortz a espero.
Dieus! cum es grans la rota que ab lhi s'apo!
La via lhi an tolta, que es de Dijo.
De nuhs s'en es anatz a Besanço,
E 'l reis dissen els pratz sotz Rossilho.
Aqui se presentero tan ric priso;

E'l juret Damidrieu, lo rei del tro :
« Dema pendrai .F. sotz Mont-Argo. » [no.
—«Per mon chap, so ditz Peires, don reis, vos
Quant as pres en batalha ton ric baro,
Si 'l menacetz far pendre coma lairo ;
Mas si aver non vols sa reenso,
Ben lo podes far metre en tal preiso,
Jamais non chausara jorn d'espero. »
—«Per mon cap ! ditz lo reis, garnit en so.»

Era se vai .G. molt solamen,
Quar i son remasut siei bon paren ;
Tal dol en a al cor, per tot s'en cen.
Sobr' el col del chaval blesma soen,
E ven a Besanço al jorn parven.
.K. sotz Rossilho, els pratz dissen ;
De manh riche priso lhi fan pre[se]n.
El apelet Artau, e ditz-lhi gen :
« Vescoms es de Dijo : vai, si 'l me ren ;
Ieu te darai tant aur e tant argen,
Tuh tiei paubre amic seran manen;
E se encui non i ei lo mandamen,
Fels sia e malvatz se no te pen. »
—« Far m'ave, ditz Artaus, vostre talen. »
Prumiers parlet dons Ugues cel d'Orien :
« Don prenetz en ostatges .c. mantenen. »
E lo reis si fetz bos e sagramen.
Artaus monta aqui eis, vai-s'en pongen,
Dels borzes de la vila ab lhui .v. c.,
Qu'el reis sols de preiso per eis coven.
.K. chavalga apres son man tenen,
Lo castel lhi redero tot veramen.
D'aquels que lai intrero prumieramen,
En i ac un donzel, .G. paren :

Demanda la comtessa e vai queren,
Dedins un monestier la troba oren,
On preia Damedrieu omnipoten
Que guerisca .G., lhui e sa gen.
Lo donzels de bon aire pel bratz la pren :
« Comtessa, mou d'aqui viassamen.
Est chastels es traitz, lo reis lo pren.
Vencut son en batalha nostre garen ;
.G. s'en es estortz, no sai comen ;
A Besanço anet ar-cer fuen. »
E quant la dompna l'au, blasmada esten.

La dompna esblasmet sus marme blau.
Vec-vos dins lo chastel un comte Artau,
Eviro lhui borzes, tuh bon e mau.
Cascus porta sa apcha o sa destrau
O lansa o gasarma o arc manau.
La dompna auzi la nova e 'l batestau,
E sab la traicio, e fo lhi mau ;
Apelet Ugonet, Folque i Artau :
« Cascus meta sa cela a son chavau
Issam-nos-en la-fors per cel portau,
E laissem la chariera tenhain lo çau.
Si .G. pus aver, re no quier au. »

La dompna auzit la noiza e 'l dol e 'l critz
Que lai fan las borzezas per lor maritz,
E enten de .G. cum es malditz.

. . . .

Tal donet a Naimar qu'el cap en res;
E Lohorenc tornero lo dos de tres.
Bergonho los enchausen ades ades ;
Pero .v. en an mortz e .iiii. pres.

Entro que a un puh duret l'encaus

E Guinamart s'en fuh per unas vaus,'.
Troben .xx. chavalers de lor reiaus;
Fo-en guitz e capdels .i. coms Giraus,
Que fraire [fon] Ugo del camp mortaus.
El lhi a escridat : « Donatz estaus,
E comtarai-vos novas, auziretz quaus.
Don .G. encontre m'es, e sos vassaus :
Anem-los ferir, e ilh nos taus,
Que anc negus non estors ni bos ni maus;
Mas pur ieu que m'en vengui per uns esclaus,
Vostre fraire jatz mortz en un pradaus. »
E Girautz escridet: « Era ad chivaus. »
Vec-los-vos adobatz desotz us faus,
E Guinamars los guida als lor esclaus.
Si .G. ac anc dol, er lhi creis taus
Que anc non ac maior nuls om mortaus.

Era fai be .G. lo coms que fol,
Que a pe discendet sotz un arvol.
Volia se disnar d'un fogasol
E d'aigua ab un elme, no d'autre ercol ;
E quan se regardet per un poiol,
Si vit Giraut venir, que ac gran dol
De so fraire que es mortz el plan pradol :
« Senhor, era manjuc qui mengar vol ;
Mas gar que si defenda aisi cum sol, [vol.»
Quar ieu non quier mais viure, pos Dieus no

.G. los vi venir iratz de brieu,
E son .xx. chavalers ; cascus ac fieu
O chastel o mercat, fiera o tolieu.
Girautz venc denan totz trah d'un arquieu,
I a lhi escridat don Canineu :
« Mon fraire m'avetz mort, aquo sai-ieu,

E cuh que al montar auretz relieu.
Anc lhi vostre ni vos n'agro tan grieu. »
E .G. lhi respondet : « So sia en Dieu. »
Or s'es montatz lo coms per son estriu,
E correc–los ferir, el e li sieu :
Vec[-vos] l'asemblar mal e'l partir grieu.

Lhi .vij. jongen ab .xx., no son egau.
.G. jois ab Beto e det-lhi tau
Que escrevantet–lo mort en un pradau;
E se el l'a aucit, d'aquo [que] quan?
De tot en tot .G. en avenc mau.
Non estorsen que doi plus a chavau ;
E sa molher la tersa, per un egau,
Que s mes en una gliesa sanh Nicolau.

.G. es en Ardena ab lo seren ;
Non es la chauza el mon don aia ben.
Vi son chaval nafrat, que pert l'alen ;
Pres-lo per miei la regna del daurat fren,
E issit fors del bocs¹ al mostier ven.
Sos companhs er nafratz, no ten alen ;
L'ermitas lhi a fah bon lieh de fen,
Colget-se lo nafrat, si cum coven,
Vec-lhi de vermelh sanc tot lo ple sen.
Demandet si gueria : « Ieu non per ren ;
Jamais no verrai ome de mon terren. »
.G. en fai tal dol cum aperten.

.G. issit del bocs², venc al mostier,
Lo chival aregnet a un laurier.
Ab lhui fo Enois , boda Rainier,
Que ja e nulha terra gensor non quier.

¹ Lisez *bosc.* — 2 *Id.*

Demandet se en est luc avia clergier;
E 'l ermitas respon : « Ni escolier. »
E pero si l'an fah cofessionier,
E l'arma s'en parti del chavalier.
.G. en fai tal dol, mentir non quier,
Qu'en tira sos cabelhs, e so vis fier.
Aqui non a candela ni encessier,
Mas la crotz e lo fuc e lo brasier.
La nuh vengro garso, lairo furtier,
Que lh' amblero sas armas e son destrier.

Quan la nuhs es passada e 'l jorn es grans,
Sapchatz del chavaler fon dols pesans,
Quan lo coms pert sas armas e'ls alferans;
Molt en fora lo coms greus e pezans.
Lai remas Enois a Dieu comans;
Pui la pres a molher lo coms Bertrans.
Qui trop manten orgulhs, non pretz .j. gans:
Per .G. vos o dic qu'en mantet tans
Que fon dezeretatz .xx e ij. ans;
Mas pui fon tals la fis, so ditz lo cans,
Que anc melhor non fetz nulhs om vivans.

Quan la nuhs es passada e 'l jorns esclaire,
E .G. a perdut, no sab que faire;
Mas clamet-se dolens, chaitius, pechaire;
E l'ermitas lhi ditz : « No fassatz, fraire;
Mas preiatz Damedrieu, lhui e sa maire,
Que us ajut e us cosselh, que o pot faire.
Vec-vos aisi la via dreh a Rancaire,
E passaretz d'Ardena un brulh detraire;
Trobaretz l'ermita, ans que anet[z] gaire.»
—« Per Dieu! so ditz la dompna, lai vulh-ieu
Cel nos cosselhara que poirem faire. »[traire;

Mol fai be l'ermitas que lor essenha,
E d'aquo que prodom, que det-lor cena
De pomat que el ac fah, e pan d'avena;
Puis lor mostret la via, que tant los mena
Que passero un lai del bos d'Ardena,
Venen al ermitatgen de Maradena.
El non ac drap vestit, mas pel chabrena ;
Trobero lo sanh ome que per Dieu pena,
Nutz coides, a genolhs a plana terre (*sic*),
E preget Maria la Magdalena,
Que cel prec lhi do far que pro lor tenha.

Lo sanhs om, quant ac facha sa orazo,
Tronet-se vas .G. de Rossilho,
E venc-s'en apoinan sobre un basto :
« Don estes vos, amic? de qual reio ? »
— « Senher, so ditz .G., de Rossilho.
Mos paires e mos avis fon om auso ,
El me redet Bergonha i Avinho.
S'il ac vas mi bon cor, e ieu felo,
Tot per une mesclanha de sa maiso,
Que Bos aucis Terric: per qu'el mals fo,
Sobre me en mes .K. sa onchaiso ;
E pero no sofri anc traicio.
.K. me moc gran gerra e fort tenso.
Ieu lo gitai de camp per tal tenso,
No dones per Paris son espero.
El m'en a si redut lo gaerdo,
Que ma honor m'a tolta e ma reio ;
En Ongria anam au rei Oto.
Mos chavals m'an amblatz anuh lairo,
Er nos cove anar coma peo.
D'esta dompna me pesa que mala fo.
Per Dieu ! si vos requier cosselhazo. »

E l'ermitas lhi ditz : « Molt l'auretz bo,
Mas que anuh prengatz alberjazo. »

Vec-los-vos alberjatz e remazutz
Entro a lendema que solels lutz.
Que'lh donet penedensa lo sanhs canutz,
E lhi det tal cosselh, si'l es creutz,
Jamai n'aura paor que sia perdutz..
.G. pres sos cabelhs, si 'ls a condutz,
E juret Damedrieu e sas vertutz
Que jamais no sera ras ni tondutz
Desai qu'en sa onor er revengutz,
E de Bergonha sia dux conogutz.
Est sacramens fo aitant atendutz,
Que fo .xxii. ans coms abatutz.

Quant la nuhs fon passada e 'l dias enquansa,
Lo sanhs om lhi a fah de ben trenpansa :
« Amics, si vos avetz drecha creansa ? »
— « Senher, ieu ai en Dieu bona esperansa, »
— « S'e fezestes au rei onquas laiansa ? »
— « Senher, oc, per nocen e per enfansa. »
— « Era aiatz de bon cor la repentansa. »
— « Senher, ja non penrai jorn penitansa
Entro que lhi farai de mort trempansa.
Si jamais pus aver escut ni lansa,
En qualque luc penrai de lhui vengansa. »
— « Qrans[1] pecatz, ditz lo bos om, et
                              [de[s]anansa »

—« Bos om, cumen te cuiatz jamais venjar ?
Quan tu cras rics om, de que be par,
Si t'a .K. conquis, so t'auh nomnar. »
— « Senher, so ditz .G., non quier celar :

1 Lisez *Grans.*

Si tro al rei Oto m'en pus anar,
E si chaval ni armas pus recobrar,
Ieu pessarai en Fransa del repairar,
E de nuhs e de jorns a chavalgar.
E 'l reis .K. gran pas ira cassar.
E ieu sai ben las fossas on sol venar ;
Lai me cuh de son cors felo venjar. »
— « Pechatz, ditz l'ermitas, t'o fai parlar. »

Quant l'ermitas l'auzit, vec-l'irascut ;
Molt fo savis de letras, tant a lescut :
« Bos om, er sai qui t'a si descubut.
Cel orgulhs que troberen [a] quel cornut
Que jos del cel en foren pui abatut ;
Angel foren el cel de gran vertut,
Per orgulh son diable tuh devengut.
De lai on eras reis de gran vertut,
Pechatz t'a e orgulhs si cofundut,
Que non potz aramir mas que as vestut.
Enqueras m'as-tu dih e conogut,
Si potz aver chaval, lansa e escut,
Que auciras to senhor el boi folhut :
Pechatz e l'enamics t'a deceubut ;
Adonquas t'aura quite tot conquesut. »
Quant la dompna au parlar lo vilh canut,
Ela lhi chai al pe, baia lo'lh nut ;
Aqui parlet assatz, ans que remut :
«Senher, merce, per Dieu, delmal vengut.»
E l'ermitas la'n leva, a respondut :
« No vos sai cosselhar, Dieus vos agut !
Quar aquest segle e l'autre avetz perdut.

« Bos om, ditz l'ermitas, quar n'as paor,
Qu'en ton joven as fah tanta folor,

I as en mal usat tota ta flor :
Enquera vols ausire ton dreh senhor !
Ja puis non trobaras clerc ni sanctor,
Ni asvesque, ni apostoli, ni nulh doctor,
Que te do penitensa a negun jorn;
Que la divinitas e li auctor
Nos mostro en la lei au Redemptor
Qual justisia deu far de traidor :
Desmenbrar a chivals, ardre en chalor.
La polvera de lhui lai on chai por,
Ja puis non creistra erba ni altre labor,
Albres ni res que i traia a gran verdor. »
No pot mudar la dompna que adonc non plor:
«.G., per que fazetz tan gran folor ?
Perdonatz tota gen mala iror,
E .K., nostre rei emperador. »
—« Domna, o ieu, si fauc, per Dieu amor.»
E 'l ermitas respon : « Dieu en aor,
E de sa part me clam ton cofessor;
Que, s'il fas de bon cor e ses domptor,
Enquer auras barnat, terra e onor. »

Era lh'a fah .G quan que lhi quis.
Lo savis om n'ac joi, e si s'en ris,
Que .G. lhi autreia quan que lhi quis,
Que pur chaval i armas lhi degurpis,
Entro au jorn e 'l terme que lhi a mes,
Que aura sotz pechatz totz penedit;
Col llo en sos bes fahs e en sos ben ditz.
Aqui ploret .G. quan s'en partis;
E l'ermitas lo senho e 'l beneditz,
Essenhet-lhi la via per gas antis.
Mercadiers encontret ans que n'issis,
Que veno de Baviera e d'Ongresis :

« Quaus novas de .G. en cel pais? »
E cil lhi responderen: « Don, non es vis.
.K. lo reis de Fransa l'a entrepris. »
La dompna ac paor e si lor dis :
« Ieu fui lai on .G. en carn es mis. »
Lhi mercadier en redo a Dieu mercis :
« Gran guerra nos fazia e mal totz ditz. »
E .G. quant l'auzi, si s'agrenis ;
E si tegues la 'spaza, un en feris.
Cilh o distren en Fransa rei Lozois.
.K. en ac tan joi, totz s'esjauzis.

Lhi mercadier o comto en Fransa als lor,
Que .G. era mortz totz de frescor :
Gran joi en fai lo reis, qui que s'en plor,
E tuh siei enamic, gran e menor,
Mas quan cilh noble ome ancianor,
Que cilh en an gran dol per sa valor ;
E la reina en ac sus totz maior,
Qu'el coms non ac eret de sa seror,
Que aprop sa mort tenha la soa honor.
Or laissarem del rei, de sa baudor;
E parlem de .G., que a gran dolor.

En eis luc que parti del mercadiers,
Intren en unas vias, malvatz semdiers,
E troben molt mal pas e encumbriers
De romes e d'espinas e d'aiglentiers,
E troben sobre una aigua dos paucs mostiers
E un sanh ermita que ac nom Garniers,
Qu'els alberget la nuh mol voluntiers.
La nuh si jatz .G. e sa molhers ·
Entro a l'endema qu'el jorns escliers.

14

Era s'en vai .G. enga'l soleilh
Per un estreh semdier, lat un caumelh,
E trobet una fon de sotz un telh,
E colget s'i al umbra per lo soleilh,
E volc se cum durmir, que ac somelh;
Mas non cugetz del comte gaire dormel.
Abans plora dels oilhs, tira 'l cabelh,
Ditz que mais volgra estre mortz e un cam-
Qu'el reis l'agues aucit e siei feilh.   [peil
E sa molher lhi ditz : « No fas donzel,
Mas preia Damedrieu que nos cosselh. »

D'aqui s'en son anat a un repaire,
Don son mort de la guerra lhi fil e 'lh paire.
Lai auzissatz maldire lo filh la maire,
E maudire .G., cum se fos laire.
Entre lo dol e l'ira e lo mal traire,
Si no fos sa molher no visques gaire.
Ela es savia e corteza e de bon aire,
E no paraula milhs nulhs predicaire :
« Senher, laissa lo dol, si t'en esclaire :
Tostemps fust orgolhos e gueregaire,
Batalhiers, e engres de mal a faire;
I as plus omes mortz no sabs retraire,
E los as paubrezitz e tot lor aire :
Era en pren Dieus justizia, lo drehs jutgaire.
Membre-te del prodome del bos de chaire,
Que te det penitensa'de mal retraire :
Enquer auras ta onor, si la vols faire. »

D'aqui son albergat aus ortz dauratz,
On parto lhi cami d'aquels comtatz.
Lai aprendo tals novas don fo vertatz :
Aqui es us messatges tres ier passat;

.K. n'ac .c. trames davas totz latz.
Qui trobara .G., si l'amenatz,
D'aur e d'argen lhi er .vij. vetz pezatz.
« Senher, ditz la comtessa, quar me creatz,
Esquivem los chastels e las ciptat[z],
E totz los chavalers e 'ls poestatz,
Que faunia es grans e cobeitatz.
Quar senher, vostre nom si lo camgatz. »
Et el lhi respondet : « Si cum vos platz. »
Aqui mezeis s'apelet Jolcim Malvatz.
Ab un lucrier felo es alberjatz.
Fels es ; mas sa molhers es plus assatz.
Lai lhi pren maludia, don fon greiatz,
Que de .lxxx. dias non fo levatz,
Tro la nuh de Nadal que Dieus fo natz.
L'osdes lo fetz gitar de son palatz
En l'arvolt d'un celier, de sotz us gras.
Aqui ac la comtessa dolen solatz.

.G. jac en l'arvolt, no i ac sirven,
Mas sa molher, que l sierve molt dossamen.
Ab tan veus un digiet que a lui ven ;
Dieus lo lhi a trames tot veramen.
Cel lhi portet un drap, denan lo 'lh ten :
« Dompna, per amor Dieu omnipoten,
Que nasquet per tal nuh en Besleen,
Me talhasetz d'est drap un vestimen. »
Ela ditz : « Voluntiers. » Sempres lo pren ;
Talhet-lo e 'l coset de mantenen.
Al osde o comtero ci 'lh seu sirven :
« La pautoniera cos mol vistamen. »
El lhi trames vestir d'un seu sirven,
Mandet que 'l cozes tost e non jes len.
Ela ditz al messatge molt umilmen :

« Amics, ieu en cos a un plus manen,
E puis peurai lo seu, si tan m'aten. »
E cel o recomtet tot aisamen.
Il s'en venc pels degras viassamen,
A lei de Satanas, iradamen,
E gitet-los de tot son casamen.

Aita mal crestia no vistes anc,
Quar gitat-los a fahs foras en fanh.
La comtessa non ac ni carn ni sanc,
Lo coms non ac vertut ni carn ni sanc (*sic*);
La comtessa lo pres per miei lo flanc,
Ela fo febla e cassa, de carn estanc.
Ambedui son coheh de dins lo fanh.
Us prodom los gardet, que ac lo cor franc;
Fetz de costa son fuc ostar un banc,
E fetz-lhi faire lieh molet e blanc,
Puis lhi det venazo e peish d'estanc.

E quant foren cach amdui el brac,
Lai esblesmet la dompna de dol que ac.
Lo prodom l'esgardet, si cum Dieu plac,
E fetz-l'en aportar tot freh e flac,
Fetz far de latz son fuc un lieh un jac,
Puis lhi det carn de bos e peis de lac,
E tenc-lo tant ab si tro guerit l'ac.

.G. se regardet e jac evers,
E non ac mas les os e 'l cur e 'ls ners :
« A Dieus! ditz'el, tant iest vas mi envers!
Las obras que ai fachas mol lah me mers.
.F. e Landrix m'o dis, cel de Nivers.
.B., Folchier, Segui, Bos e Gilbers,
Pos visquiei apres vos, molt fui culvers. »

E la soa bona dompna lo cap lhi ters : [pers ;
« Quars senher , laissa estar la honor que
Quar si 'l mal culhs en grat, melhor desers.»
E puis despon del salme David tres vers ,
E comtet-lhi de Job cum fon desers.

S'ieu vos comtava totz los encombriers
E las fams e los setz totz per entiers,
Aisi cum ditz l'escrihs que es els mostiers,
Vint e .ii. ans fo si lo fortz gueriers,
Que non ac de sa terra .iiii. deniers.
Un jorn intra en us gas grans e pleniers ,
Et auzit una nau de charpentiers ;
E seguet tant la via, per los ramiers ,
Que trobet a un fuc dos charboniers.
Li us fo grans e lahs e tenhs e niers ,
I ac nom Garis Bru, l'autre Rainiers ;
El apelet .G. e ditz prumiers :
« Amics, digatz, don es penedensiers?
Quar portatz est carbo , siatz coliers ,
E siatz de gazanh drehs parceriers. »
E .G. respondet : « Don , voluntiers. »

Ab .G. son lhi dui, trei companho ;
Cascus a pres son faih, e 'l coms lo so ;
E son issit del bocs per un cambo.
Veno a Orliac, sotz Troilo ;
Cascus seten denier ven son carbo ,
Cilh non an plus de lhui miga un bilho .
.G. vit le gazanh e saub-lhi bo.
Er lhi do Dieus ostal e tal maiso
Per que pusca venir a gariso !

E las ruas d'Orliac, en la sobriera,

En una maiso pauca e estremiera,
Es albergatz .G. latz la sauniera,
Las una bona femna, Dieü almorniera;
De lhies feiro sirventa e chamberiera.
.G. saub ben d'Ardena la gran chariera,
El ac bona vertut, fort e pleniera,
E portet maior fais d'una saumiera,
E vai soen la rua de la ostaliera.
Aqui fo la comtessa pui corduriera,
Que anc non vistes de mas ta fazendiera.
No i a tan richa dompna no la requiera,
De sas obras a far no lhi profiera;
Don dizo lhi donzel e gens lichiera,
Parlen tot son auzen e en dereira :
« Esgardatz qual beutat de carboniera!
Si 'l vilas del carbo no la fes niera,
N'agues ta genta dompna troa Baviera;
E dona pros e savia e bona obriera,
Per que pres a marit charbo faziera? »
Ela respon, que fo savia parliera :
« Senhor, merce per Dieu e per sa miera!
Trobet-mi a molher, Dieus o desierva!
E puis mi fetz apenre a corduriera.
No sa plus gentil ome de lhui enquera
Qu'el non es de sai mar ges en sa tera;
Non i a ta felo ni de mal eira,
Ab sa dolsa razo tot no 'l conquiera. »

Lo gaanhs del carbo venc per talan :
Ilh lo fan, cil lo porta e si lo van.
XX et .ij. ans s'en van aisi vivan
Entro a una festa, karesme intran,
Que om basti quintana gran, esforsan;
Fai-la lo coms Goltelmes e 'l duxs d'Aiglan.

.G. la vai vezer ab l'autra gan ,
E fo lonhet dels autres en son jazan ,
Entr'els bratz sa molhers , que char lo tan.
La dompna los vassals vit burdissan,
E membret-lhi de lonh del noirimen
De .G. que solia far issaman :
Tal dol n'a a son cor, per pauc no fan ;
L'aigua lhi chai dels oilhs e lhi dissan ,
Sus la barba .G. lhi vai chazan.
E lo coms l'an dresset, ditz son talan :
« Dompna, er sai de ton cor que si repan.
Quar t'en vai, dompna, en Fransa e mante-
E ieu te jurarai suls sanhs vertans ,   [nan ;
Jamais no m'i veiras ni tiei paran. »
—«Era auh, so ditz la dompna, cen de jovan.
Ja Damidrieu non plassa omnipotan
Que ja vos degurpisqua a mo vivan !
Certans abans salhdria en fuc ardan. »
—«Senher, perque parlatz ta malaman? »
E lo coms la baizet de mantenan.

« Senher, se mos cosselhs en fos auzitz,
Nos tornassam en Fransa on fos noiritz.
Ier ac .xxij. ans qu'en fos issitz,
E es totz de mal traire rotz e frunitz ;
E si podetz trobar l'emperairitz,
A cui vos fustes ja amics plevitz,
Ja non er ta fels .K., lo seus maritz,
No vos en quiera plah don er garitz. »
E .G. respondet : « Ben avetz ditz,
E ieu lai m'en irai, totz soi garnitz. »

Lo coms .G. en pren son cosselh brieu.
El ac la messa auzida a Sanh-Andrieu,

I a preiat sancta Maria e Dieu :
« Reis del cel, met en cor al senhor mieu
Que m perdone sa ira, el e lhi sieu,
Per que m renda m'onor e tot mo fieu. »
Puis se met el cami, molt o fai grieu,
Al dijos, a la cena, semblan romieu ;
Albeget a Orlhes, al ost Arvieu.

Arvius li ostaliers fon ben antis,
El apelet .G. e si lhi dis :
« Don estes-vos, amic? de qual pais?
Quar anatz a la cort, si es esmis ;
E preiatz la reina que vos vestis. »
— « Per Dieu ! so ditz .G., non soi apris. »
— « Senher, ditz la comtessa, siatz pervis,
E no vos esmaguetz, cars dos amis ;
Parlatz ab la reina per qualque gis. »
Lai n'es anatz lo coms molt a envis,
Entr' els autres romieus .G. s'asis.
Ab tant vecvos Aimar, clerc de Paris ;
E quant el vi .G., fet un fin ris :
« Vezetz aicel truan ab cel cap gris !
Ben pogra gazanhar don el visques. »
Donc ac paor .G. qu'el conoguis,
E no fo ges segurs qu'en anes vis.
Lo clercs si trais vas lui, pel ponh lo pris :
« Don vila pautonier, sai que quesis?
Si no mera (sic) per Dieu, ieu vos feris. »
E levet-lo del renc e lo partis.
Gran joi en ac .G., quan lo gurpis ;
El venc a la comtessa, e si li dis :
« Pechat nos a menatz en cest pais. »

—«Senher, ditz la comtessa, sabs que dirai?

Per Dieu ! no te qual metre en tal esmai,
Quar ieu ai bon cosselh que te dirai.
Dema sera divendres, que om per Dieu fai.
Encanuh la reina en cercha vai.
Quan sera au mostier, anatz-en lai,
Bailatz-lhi est anel que ieus pessa ai :
Ela lo vos donet vezeu Gervai,
Ab tot sa drudaria de cor verai. »
—« Senher, bailes-lo-mi. »—« Ieu lo gardai,
Per nulh bezonh que agues no lo laisai. »
E .G. respondet : « Meravilh n'ai.
Quan vos l'anel avetz, lai m'en irai. »

Lo jorns es espasatz, e 'l sers vengutz.
Quan la nuhs fo venguda, l'escurs cazutz,
Adonc fo grans la noisa e lo rabust (*sic*)
De monges, de canorgues, de clercs menutz.
La reina au mostier en va pes nutz ;
E .G. se levet, lai n'es vengutz
A un altar, desotz us arcs voltutz.
Lai la trobet oran, ab pauc de lhutz ;
Ben prop de lies si trais, no se fetz mutz :
« Dona, per amor Dieu que fai vertutz,
E per amor dels sanhs que avetz quesutz,
E per .G. lo comte, que fon tos drutz,
Dompna, te quier merce que tu m'aiutz. »
La reina respon : « Bos om barbutz,
Que sabetz de .G.? que es devengutz? »

— « Dompna, per totz los sanhs que vos
E per amor del Dieu que adoratz, [preiatz,
E per aquela Verge don el fo natz,
Si vos .G. lo comte si teniatz,
Quar me digatz, reina, qu'en fariatz? »

La reina respon : « Bos om barbatz,
Molt fazetz gran pechat que m conguratz.
Donat i volgra aver quatre ciptatz,
Per que lo coms fos vius i agues patz
E tota la honor don fo gitatz. »
Donc (*sic*) s'es lo coms de lhies fahs plus pri-
E bailet-lhi l'anel, e ditz : « Veiatz ! [vatz,
Ieu son aquel .G. don vos parlatz. »
E quant ela lo tenc, conoc-lo assat.
Adonc no i fo venres sanhs redopdatz,
En cel luc fo .G. c. vetz baizatz.
I apelet Aimar, clergue letratz :
« Cest om es de ma terra noiritz e natz,
I apertenc al meu sos parentatz.
Queretz-me Benacis, ci l m'amenatz. »
Cel ditz : « Voluntiers, dompna. » Lai n'es
Fet sas donzelas traire totas a un latz. [anatz;

La reina pres .G. per lo col
E baiset-lo soen, que amar lo sol.
Trais-lo a una part, de sotz l'arvol,
E demandet-lhi tot que auzir vol ;
E, cum el lh'o comtet, acjne gran dol.

« Senher, on es ma sor? »—« Dompna, lai
En l'ostal de Arviu l'albergador.   [for,
Anc mais om no vi dompna de sa valor.
De .M. vidas non agra jes la menor;
Mas ela m'a guerit per sa dolsor,
E per son bon cosselh e per s'onor,
E m'a sai fah venir ab gran paor. »
— « Don no vos esmaguetz, qu'eu ai la flor
Del cosselh de la cort l'emperador.
Tan bon aver de pretz e monedor

Lor ai donat que m'amen tuh lhi melhor.
N'en queiratz ja vos autre mantenedor,
Se ieu ad est besonh no vos socor
Tot aital cum ieu vulh iei mossenhor. »
Apelet Benacis lo cantador :
« Albejatz est romieu, lhui e s'oisor ;
De ma terra fo natz, de la melhor,
E foro d'un lhinatge nostre ancessor.
E fazetz-lo per mi tan celador,
Que no 'l sapchan la fors cilh gabador,
.Chavalers ni sirven lauzenjador. »
E cel ditz : « Voluntiers. » De joi lai cor,
Dins sas cambras lo mes en la melhor.
Lai intret la reina ab sa seror,
E remairo de fors siei menador.
No vos quier ja comtar lo dol ni 'l plor ;
Non parti la reina tro vi lo jorn.

Adonc fo lo divendres que Dieus tramis ;
La reina apelet lo bisbe Augis :
« Senher, preiatz lo rei e sos amis,
Per Dieu, que aia merce d'aquels caitis,
Qu'el a deseretatz e fahs meschis ,
E perdone totz cels e mortz e vis. »
E l'avesques si fetz a son devis ,
E parlet au rei .K. cum om pervis.
Ans que ores la crotz on Dieus fo mis,
Lhi autreiet lo reis quan que lhi quis,
E perdonet aisi cum el lhi quis.
Er pot tornar .G. sos plors en ris :
Enquer er de sa honor poestadis.

Lendema fon dissapdes, dias pascaus,
Que lo reis fon tondutz, bainatz e raus ,

La reina vestida de palis taus,
Anc non vistes melhors, vermelhs ni blaus.
Ela venc costa 'l rei, ditz-lhi suaus :
« Senher, auiatz mo somi, que totz es faus.
Anuh m'era avis aut senhs jornaus
Qu'el coms .G. venia per us charaus,
E intrava sains per es portaus,
E jurava sus sanhs, cum om leiaus,
Jamais cum el fos vius, cum om carnaus,
No vos vengues per lhui ni dans ni maus.
El era de ta cort rics senescaus. »
— « E Dieus! so ditz lo reis, quar fos-el taus!
Ieu volria que fos e sas e saus ;
E pero si me fetz guerras mortaus,
I a me i als meus .M. dols coraus. »

— « Senher, ditz la reina, donatz-me un do :
Que trameta saber se es vius o no,
Que l'autr'ier auzi dire al vilh Draugo
Qu'enquera es-el vius el regen Oto.
Reis, laissa-l'en venir en ta maiso,
E per Dieu e per mi fai-lhi perdo.
El te servira be a espero ;
Quar tos om es, lo mielher de ta reio. »
De son estan se mes a genolho,
E pres-lo per lo pe e pel talo,
E tochet-i sa bocha e so meto ;
E lo reis la 'n dresset, e no 'lh saub bo,
E de tot quan lhi quis no 'l dihs de no.
E per aitan lh'a fah l'autreiaso,
Qu'el cugava fos mortz sotz Rossilho,
On fo nafratz el pihtz, sotz lo mento,
Entro a lendema que l'acortz fo,
Que so repenti molt d'esta razo.

Lendema fo la patz qu'el coms a quis,
E 'l reis a Sancta-Crotz la messa ausis.
Quant ac portat corona, en fo issis.
Ilh demandero aigua o son acis;
E cum agren menjat, passet mieidis.
E miei la sala offren dos nous tapis
De sus dos fadestols ab aur sarcis.
.K. lo reis de Fransa sus l'un s'assis,
Josta lhui la reina qu'el somonis.
Lhi comte son vengut e lhi marquis.
Lo reis se dressa em pes, a totz lor dis :
« De .G., aquel comte que fon faidis,
Ben avetz toh auzit qu'el es fenis;
Senhor, perdonatz-lhi que anc forfis :
Plus salva en sera s'arma en paradis. »
Toh lhi an autreiat quan que lor quis,
Estiers lo comte Aimers i Amris,
Cui venquet en batalha, lor fraire aucis;
Al un lo destre ponh volar en fis.
Aquel lhi perdonet molt a envis.
La reina apelet clerc de Paris :
« Prenetz drap de cancil e var e gris,
I anatz tost corren a'N Benacis;
Lo romieu e sa femna mi revestis,
Lhui m'amenatz sai–sus. » Et el si fis
Als degras de la sala en aut acis.
La barba l'es creguda e blancha acis,
I avenc-lhi molt be sobre la cris,
E no cuget ja om lo conoguis;
Mas lo reis si fetz tost, al plenier vis.
De maltalan qu'el ac, totz negrezis;
Lo perdo que ac fah, de Dieu maldis,
E clamet la reina enjanairitz.

Quant lo reis vit .G., si s'en irais,
Apelet Otoer e Bertalais,
Lo comte Aimar e don Estais;
A una part les trais de son palais :
« Senhor, es be .G. fols enjanais?
Sus me s'es abatutz est glotz punnais,
E no cuh que e ma cort gaire engrais :
Dema lo farai pendre sus Mongelais. »
La reina cenet un comte Bertalais,
Et el ven-i corren sempres d'elais,
E pren lo rei pel ponh, vas se lo trais :
« Ai ! senher rei de Fransa, amics, que fai?
.G. s'en ven a vos, no sab on mais.
Reis, si tu vols, lo pen o lo desfais ;
Pero si jurara suls sanhs Gervais,
E dara .M. ostatges qu'en ta cort lais ,
E ieu o plevirai e don Estais
E tuh lhi chavalers que aici ais. »
En eis luc la reina lo bec lhi frais ,
Que tot lhi fai lo reis quan vol e mais.

« Don , quan lh'as perdonat ira e orgulh,
Redut lhi as plan borc e sanh capdulh.
Puis non aura en Fransa , so cuh, regulh.
Qui metria lo setge de fors au sulh,
Tenetz-mi per malvaza, c'el cap no'lh culh.»
E lo rei respondet : « Aisi o vulh. »
Lai lhi ret terra plana per un ram fulh.

Lo coms pel ram del rei recep so fieu,
Enclinet-lhi pregan en au pui ,
E 'l reis non es ta mals que no l'en lieu :
« Senher, de ma honor es .F. e lhi sieu,
E d'aquesta ciptat tuh lhi Juzieu.

De la enor, si la tes, no m'es ies grieu;
Mas pur .F. mi ret, per amor Dieu. »
— « Per mon càp ! ditz lo reis, non ies ta
. [lieu. »
Ab tan novas lhi venc per un corlieu.
Cel lhi ditz las paraulas, que lih lo brieu.

Lo reis s'en ieis lonc Liere en un sablo,
E son ab lhui siei comte e siei baro,
Lhi dui filh Audefrei e 'lh trei Aimo
E lhi quatre Aimeric que tenc Noio,
E lhi autre Bernarz que ab els sapo.
Moven del duc au rei mala raso :
« Ai! senher reis, cum fas gran mespreizo !
Nostres paires an mortz lhi Bergonho,
E tu redes .G. e fas perdo. »
— « La reina, senhor, me fai aiso ;
Pero non es mos om ni puis no fo,
Que me fetz de ma gen occizio. »
Prumiers parlet Augiers que tenc Medo
E tres ciptatz lonc mar e Port-Audo :
« Vostra boda, la rossa, de franc alo,
Que fo filha Terric au ric baro,
Que per la mort son paire vos ques .F.
Que siei fraire aucizo en traicio,
Quan cugem qu'en prezes la venjazo,
Ela amet son cors e sa faiso ;
Si s'en fugit ab lui en Aurido.
Fetz-lhi bugas d'argen, no de lato.
Aqui l'a puis gardat en tal prizo,
Plus suau lo noiris qu'e aigua peisso ;
I ama mas de lhui un avoltro
Qu'el ric comte de Rems o cel Breto.
Acui no t'en fezem per vos lo do,

Que era nos en movo guerra e tenso.
Mandatz-lhi qu'el vos renda ; e si ditz no,
Nos lh'asaldrem de torn e d'eviro,
Quar si ela era ajostada ab cel felo,
Dans e onta seria de gran reio. »
E .K. respondet : « Ie us abando ;
Mas de .G. no vulh far traicio,
Tan cum er ma cort ni en ma maiso ;
Mas pui qu'en partira, qui gaerdo
Lhi redra de so mal, ieu lho perdo. »
Bertrans de Val-Olet, lo filhs Aimo,
Cosis germas .G. e don Folco
(N'ac milhs enparentat en la reio,
Ni tan bon chavalers co 'l paires fo),
Quant auzit las paraulas, no 'lh saub jes bo ;
Partit de lor suau i a lairo,
E es vengutz en la chambra on .G. fo,
E so que sai auzi lai lor despo.
No laisset en la chambra mas que si quo.

La reiana trais a part e don .G.
« Si era no prens cosselh e gran esgart
(Quar tuh siei enamic son d'una part,
E lo reis en cre be lo plus ganhart),
A Aupais per Folco mouran regart
Del setge metre brieu, e non jes tart. »
La reina respon : « Dieus los en gart
Emdo de guerimen e ginh e art ! »

.G. quant o auzit, ac gran paor ;
La comtessa del cor e dels iuilhs plor.
La reina la conorta per gran valor :
« Dompna, n'os esmagetz, per Dieu amor !
Si mi donet Belclar per ma seror,

Dijon e Rossilho, castel e tor,
Castilho, Mont-Argo e Valcolor;
Ieu los ai si garnitz, tuh lhi plus sor
Sou replet, so sapchatz, de gran ricor.
En aquest non avetz contradictor.
E darai-vos chaval tan corredor,
Outra mar ni de sai non a melhor.
I ai essems, ab mi, un venador
Que fo del noirimen vostra seror :
Cel vos [en] guidara ab la brunor.
Ieu segrai-vos mati engal lo jorn,
E menarai Bertran e ma seror. »
Aqui meis lo mandet, e cel lai cor,
Ab totz los quatre filhs que ac de s'oisor.

La reina apelet lo vilh Draugo :
« Sabes anar per bocs a Rossilho? »
— « Ieu oc, de miega nuh tro a Dijo. »
— « Er me guidatz est comte per gaerdo. »
— « Abans serai sos om, e ist frico
Que son miei .iiij. filh, chavalier bo. »
E .G. los recep, promes-lor do ;
Quar del plus paubre fetz pui[s] ric baro.
« Si no cove, ditz Drogues, longua razo.»
Fan-lhi vestir gouela e chapairo,
E fan venir Bausa l'arabio,
E lo coms i montet fors, au peiro,
E pres un gran espiet latz son arso :
Eras anatz a Dieu ben[ei]sio,
Qu'el reis demanda fresca venatio ;
Mas aquesta que quer es for[s] sazo.
Van-s'en per la ciptat tot a bando ;
E quan foren au bocs vas Sanh-Fago,
Chavalgen tota nuh tro dias fo.

A una fon, el bocs, latz un peiro,
Fet menjar los chivals e los baro,
E durmit un petit, e saub-lhi bo.
Ab aitant son anat a Rossilho.

El brulh, sotz Rossilho, en un vergier,
Es dissendutz lo coms de son destrier :
« E qual la farem era, miei companhier?
Si atendrai Bertran e mi molher,
O trametrai lains un messatgier
Per saber de la gen lor cossi[ri]er;
Quar de .F. socorre ai desi[ri]er. »
— «Aquo, so respon Drogues, vos a mestier,
E ieu irai-m'en lai mo fil Auchier
Que vos renuncier so que lai quier. »

Drogues intra el chastel sobr' el chaval,
.M. en trobet a tre[s]chas i au gran bal,
E tres .M. borzes per la charal,
Que de joi e de joc son cominal.
E quan viro Drogo, paraulen d'al :
« Di-nos quals novas sabs de cort reial. »
— « Novas sai de .G., lo bon leial. »
— « Ves-nos-tu escharnir? e fas o mal. »
— «Abans vos dic tot ver, per sanh Marsal. »
E fetz ligir lo brieu bigo bigal,
E lo brieus ditz a totz : «Que Dieus vos sal !»
De part .G. lo dux e 'l ric captal,
Cui lo reis a redut s'onor cabal ;
E la reina manda al senescal,
Cilh que son el chastel venho aval
E delhivro .G. al duc osdal.
Aqui agron tal joi que anc n'agro tal.

Quaon auziro parlar de lor senhor,

Non i a ta felo per lhui non plor :
« Senher , quan lo veirem ? di-nos lo jor. »
—« Venha 'l vezer qui l'ama, qu'ieu vau a lor;
E vos, canonge e clerc Sanh-Salvador,
Fazetz processio en sa honor;
E vos venretz am mi , cavalgador. »
Aprop lhui son issit davas pontor,
I Auchiers totz prumiers a .G. cor
E comtet-lhi qual joi fan per sa amor.
.G. monta el chaval, vai contra lor :
Lhi domine lo baizen e 'lh varvassor,
E borzes e sirven, gran e menor;
No i a paubre ni ric Dieu non aor.

Cels chavalers baizet e los plus drutz,
E donzels galaubiers e encregutz;
E quant los ac baizatz e conogutz,
Ab la processio fo receubutz,
E profers son aver a las vertutz.
E quant fo fors issitz dels arcsvoltutz,
A totz lor ret merces grans e salutz ;
[E] cil lhi dizen : « Don, ben es vengutz;
Totz avem tos trachors mortz e vencutz,
Per que .K. vas vos fos irascutz :
Ja no seras per ome mais conquesutz. »

— « Bona gen, ditz .G., anc tals non fo ;
Totz jorns m'avetz servit coma baro.
Ja no fossa conquis pel rei .K.
Se no fos del portier la traicios.
Un servizi vos quier per gaerdo ,
Que trametatz viatz tro a Dijo,
Que venho chavaliers e li peo
De Mont-Argo e cilh de Castilho;

E vos, lhi meu amic de Rossilho,
Era me ajudatz, qu'ie[u]s en somo,
Aisi a gran besonh cum per Folco
Mo nebot delhivrar de gran preizo. »
E cilh lhi respondero tuh a un so :
« Ja non trobaretz un que diga no. »
E lo reis sas comunas a fort somo,
Per anar metre setge ad Aurido.
E la bona reina a fah manh do.
E per .G. s'alegro lhi Bergonho,
Que Dieus lor a redut, molt lor sab bo.

Abans que lo reis parta de son cossel,
En que sab la reina vassal donzel,
Si 'l trames bon argen i aur vermelh.
De donar son sas tors e siei dentelh.
Ja d'aquo nulha dompna no s'apareilh.
Tan bels uulhs cum los seus i a davan cil,
Ni tan bel cap non cubren cum siei cabelh.
Il preia a cascu que s'apareilh
Si cum d'anar ab lhies engal soleilh ;
E comanda Bertran mati s'esveilh :
« Or veirem qual seran nostre fielh. »

Nou comte son al rei, tuh trei lor paire
Foro nebot Terric e german fraire,
E van esta razo al rei retraire :
« Senher, Bertrans vos er or guerreiaire ;
De vos si vol partir cum fetz sos paire,
Quar de la cort somo quanque pot traire.
No i rema chavalers de gran afaire. »
La reina respon : « No s tenra gaire.
Ieu vulh menar ma sor en son dotaire. »
E dins juret lo cors de sanht Ilaire :

« Si de mon enamic si fa guidaire,
Quan poirai lhi serai contrariaire »
La reina respon : « Non digatz, fraire. »
Adonc parlet Pepis, sos fils l'amaire,
Us donzels de .xv. ans, am bo veiaire,
E savis e cortes e bos donaire :
« Cel qui vol aontir mi dons , mi maire ,
Si gar de mi son cors e son repaire ! »
Ab aquest mot se tazen per l'emperaire.

Anat[z] son tuh au rei prince e comtor ;
Abans que .G. torne en sa honor,
Lhi faran, si cum dizen, de mort paor.
Merce Dieu, e Bertran lo venador
E'l reina, que sab chauzir la flor,
Ben son garit de mort e de paor.
Bertrans fon chavalers non sai melhor,
.XX. e .v. nebotz ac de gran valor
(De fraires e de sorors no son longor),
E .diij. (sic) chavalers, ric varvassor ;
Si son de sa mainada bon ferido[r].
Las novas entroit, ab els lai cor :
« E vos, que demandatz .G. senhor ?
Cuiatz l'aver trobat coma pastor ?
Quant reis l'ac retengut en eis lo jor,
Lhi an cerchat la mort am so senhor.
Non cove a cosselh d'emperador
Que om lo 'lh do tal de que se desonor.
S'ilh an mortz vostre paire e vos los lor,
Non devetz refrescar tan vilha iror. »
—« Bertran, ditz la reina, n'aiatz temor.
Pos lo reis non o vol ni lhi plus sor,
No us fassatz de .G. duc guidador ;
Quar ieu redrai son oscle a ma seror ;

E si lo coms i ve en Dieu amor,
Ela l'alberjara cum son senhor.
E ieu l'en guidarai deman au jorn,
E menarai am mi mo. filh maior. »
—« Per mon cap ! ditz lo reis, ni lo menor.
E ieu m'en ai Bertran que me socor,
Que te per ton comiat de me s'onor. »
E lo reis d'ira moc de sa color ;
Mas no volc descubrir sa gran iror.

Odis trais lo rei dels autres long,
Apelet son cosi, et el n'ac song :
« Aqueh mestis Frances , dimici Bergong,
Nos fan sai aparer lo gulh d'un cong.
Reis, de parlar ma dompna tant par vos oing
Que tot vos a tornat en autre cong.
Trop a gran do del renc entro au grong;
Ben fai semblan d'onor que non a song,
Qui si gran terra geta fors de son pong. »

— « Per mon cap ! ditz lo reis, si fan alcu,
Apres lo vi fo fah , ieu non ai cu.
Ieu non vulh perdre .c. ni M. per .i.
Mas de .F. vulh ben siatz ufru
Qu'el me trameta Aupais a Monlhau ;
E si faire no vol , ieu do cascu
Comjat de son chastel que om lhi destru ,
E sa tor e so mur fragua e esgru. »
Trastuh redo merces essems a lu.

La reina levet quan jorns pareis,
Monten, ela e sa sor, els palafres ;
E .v. c. chavalers issen d'Orlhes
(Totz lo sordieger fo vassals cortes),
Donzelas e piuzelas tan cum obs es.

E passen los agahs que om .G. mes,
E son issit del bocs e d'Orlhenes.
La reina alberget en Eurepeis,
Et a dih a Bertran que no lhi pes
De chavalgar la nuh, que cocha es :
« Portatz Aupai est brieu e siatz mes
Qu'eu lhi darai Folco, qu'o lh'ai promes.
Per lhui mi vol mal gran l'orgulhs frances.
Per tota ma onor, si m'ajut fes,
No vulh qu'el tenha Odis ni nostre reis.
E dijas-mi .G. que ades esples,
E no remanha om que armas ades. »
E Bertrans lhi clinet, e ditz merces ;
E quant se part de lies, si s'esdemes.
Molt trobet be garnit Rossilhones
De .v.c. chavalers, ab bos arleis[1],
De .x. M. sirvens e de borzes ;
De quan lor quer .G., res no sofres.

Bertrans parla ab .G. e ditz Drogo :
« Portatz Aupais est brieu i a Folco,
Que fassan tot aquo que lor despo.
Ieu irai aprop vos vas Orido ;
Venran essems am mi miei companho
E cilh d'aquesta honor e de Dijo.
Fai guidar Baudoi e 'l comte Oto
Doas leguas de pla del bos d'Arto,
E d'aqui a las barras prop d'Argenso.
El bocs remandran tuh aquelh peo. »
—« Ieu irai, ditz .G. ; senher, vos no,
Que lo reis nos aprenda a ochaizo.
La reina vos manda, e ieu dic o,
Que ela te est afar trastot per so. »

1. Lisez *arneis.*

Era s'en vai Bertrans a espero,
Bertalai de Brian ac a guio;
E Drogues vai pongen ad Aurido;
Mas abances i fo lo mes .K.

Lo messatges .K. ditz ad Aupais :
« .K. lo reis te manda que anes lais,
Qu'el te dar' a marit cel dux D'Aais
O aquel dels Bretos que es pros e gais,
Que lhi mou per re guerra don sera pais ;
E tu lhi retz .F., no 'l tener mais. »
—« Malditz sia qui 'l ret de tot est mais! »
— « E lo reis t'en moura ira e pantais ,
E te metra lo setge ans que sol bais.
Quan tu veiras trenchar vergier e plais ,
Ja non auras talan que Folque bais. »
—« Messatgier, vai d'aqui, trop me fas lai.»
E Bernarz Brus s'en torna, ab lhies se irais,
E montet el chaval, vai-s'en de lais ,
I anet contra Odin cui el retrais.

Quan lo mes de[l] rei ies, lo .G. intra.
Cela que fo en aut lo vi dissendre ,
E vit venir Bertran do lonh soentre :
De paor si treblet lo cor el ventre ;
Fai las portas fermar, vai las claus pendre:
« E qual la faret era, .F., char senhdre ,
Que las ensenhas veh los gahs perpendre?
—« No sai, so respon .F., al que defendre,
Cum cel que es totz sognos de mort a pendre.»
Fai sas bugas trenchar, vai l'escut pendre,
E vai ausberc vestir, espaza senhdre ;
Mielher vassals no fo per autre atendre.[dre.»
So ditz : «Mais vulh morir que m lais vius pen-

Folque vit las essenhas que aura s venta :
« Era euh de ma dona que ele[1] no s menta. »
—« Folque, trop ai en vos fah longe atenta;
Perdut i ai mon temps e ma joventa,
Per vos me fo ma gens ta malvolenta
Que non ai de ma onor aver ni renda ,
Ni non ai los vassals don vos defenda.
Cum vos veirai morir, lassa, dolenta ! »
Ab la paor que a si se tormenta.   [genta.
Drogues crida a la porta : « Lais-me intrar,
Aitals salutz t'apor que joi presenta. »

Quant a auzit Drogo son conoissen,
La porta lh' vai ubrir, pel ponh lo pren :
« Drogue , quals novas sabs de nostra gen ?
La mainada .G. que per te veu,
Que tramet la reina, que nos aten,
On es ? » — « A Rossilho, el mandamen.
Ten est brieu que t'aport e te presen. »
De joia l'a baizat , quan lo brieu pren :
« Dis-tu ver de .G., se Dieus t'esmen ? »
— « Ieu oc, si Dieus m'ajut omnipoten. »
Ela vai a Folco chara rien :
« Folque, novas t'aport a ton talen,
De part .G. lo duc, ton bon paren. »
— « Trop m'escarnis, donzela, e malamen.»

Quant .F. o ausi, ab lies s'irais :   [fais.
« Quar m'escharnis , donzela , gran pechat
Mortz es lo coms .G., no 'l veirai mai. »
Bailet-lhi lo sagel, et el lo frais ;
E quant el l'esgardet , ris lh'en lo cais :
« Aquest brieus ditz molt be, si es verais.»

1. Lisez ela.

—« Don, grans valors te creis e joi me nais,
La reina chavalga mentre tu jais,
Que de .G. e 'l rei cercha la pais.
A Rossilho on es, dins lo palais,
Aqui te dar' a mi, si a lies te vais ;
Abans me juraretz per sanh Marsais [mais. »
Que m prengatz a molher ans que iesca
— « Ieu t'o afi, donzela, en fe t'en bais. »
Ab tan Bertrans s'en vai sus per relais ;
E .F. quant lo vi, tal joi n'ac mais.

Bertrans lor demandet : « A-i dotamen ? »
— « El oc, so respon .F., d'un sagramen. »
E la chapela intra, los sanhs en pren ;
Sobre un texte entablat d'aur e d'argen,
Lhi an jurat quant vol a son talen.
Ela embrasset Bertran e ditz rien :
« Ieu m'en vauc a marit tot paubramen.
No port aver am mi, aur ni argen,
Pali, samitz ni polpra ni ornamen. »
E Bertrans lhi respon cortezamen :
« Vos si faitz gran beutat e cors molt gen.
Anem-nos-en viatz, non fassatz len.
Messatges m'es vengutz cochadamen
Que per ton dan chavalgo tuh tiei paren. »
Aqui ploren donzelas, clerc e sirven :
« Nos, era que farem, chaitiu, dolen ? »
E .F. quant o au, pietatz lh'en pren :
« Est chastel vos autrei en chazamen ;
E si perdetz aquest, melhor von ren ;
E venretz tuh ab mi seguramen,
Quar ja no vos falhdrai, a mo viven. »
Bertrans l'a pres pel bratz, si la'n dissen,
E monta en un chaval amblan corren,

E pres Bausan pel fren, .F. lo ren :
« De part .G. lo duc cest vos prezen ,
Anc non vis mais tan bo ni si corren. »
.F. i salh del pla, estrieu no i ten ;
E dizen chavaler e l'autra gen :
« Cest a gardas agudas a son talen ,
Non a pres en prisso afolamen. »

Qa[r] Bausans fon chavals ferraus e bais ;
Demiehtz fo arabitz , dimietz morais ;
Non ac tan bon chaval de Roma a Ais.
E lo vassals tan bos reis no i sofrais ;
E lo matis fo clars e lo temps gais ;
El ac de pessamen perdut l'engrais ,
D'alegransa e de joi fai un eslais.
« Ieu vei tres gonfainos , ditz Bertalais.
Viatz , franc chavaler, passat huimais. »
.F. ditz a Bertran : « Quar me retrais
Si avem chavalers per sofrir fais. »
— « Anc non vistes melhors per totz asais ,
I atretans agahs el brulh de glais,
E .xx. M. peos, so cuh , e mais.
Lo passatges es fortz e graus lo pais :
Si' lh passen aprop nos, graus jois nos nais,
I a lor, se Dieu plat , ira e esmais. »
Set chavalers trameten contra los trais,
E tolen-lor la garda, quar foren mais.

Viro-los lor armas el poi espeis ,
Son vengut a .F. tuh esdemais :
« Au doble son de nos en quan pareis. »
Bertrans dit a .F. : « Passatz anceis ,
E menatz la donzela tro el defes ;
E parlat ab aquels de Dijones,

Que i son chavalers e tuh borzes.
Quant vos auran veut, grans jois lor creis,
E seran plus membrat ce l' estorns es ;
Quar be se tornaran aquelh Frances.
E pero ne son gaire lor chaval fres,
Quar bin [1] lonc cors an fah de sai Orlhes.
Gardatz n'isqua lo gahs del brulh espes
Entro que augatz mou corn per doas fetz.
Digatz que n'aucian pas totz los pres,
Quar per ric prisonier plaideia-om gent ces.»
.F. passet los gas e los mare ;
E 'l plan [en]tro, el bos on l'agahs es.
Aqui gardet Aupais, Drogue e Gofres.

Quan .F. venc aus faus, non es folutz ;
On l'agahs dels donzels es dissendutz.
Anc aital joi non fo mais om veutz
Cum fo .F. quant es altr'els vengutz :
« Ai ! senher coms, cum te iest si contegutz
En ta longua preiso, don iest issutz ? »
— « Merce Dieu i Aupais.............
Anc lai no perdiei gaire de mas vertutz.
Or prenetz tuh las armas e los escutz ;
E si cascus vassals aperceubutz,
Us tals encaus nos es aparegutz
Don lo plus paubres er totz ereubutz.
.Odins e'lh seu nos an tan persegutz
Que an passatz d'Argenso gas e palutz. »
— « Senher, pot esser vers, jen as veutz ? »
—« Gardatz no i sia fahs critz ni ramutz
Entro que auiatz d'un corn motz conogutz.
Puis issetz e feretz dels fers agutz ;
E gardatz n'auciatz los retengutz,

1. Lisez ben.

Quar per los pres ven-om de guerra alhutz.»

.F. venc als geldos, gen los castia,
Ret merces e salutz e los convia :
« Francha gens naturals, bona et ardia,
Quan per mi es venguda tals cumpanhia,
Dieus me do far e dire que be vos sia. »
Tota la gens per lhui s'es esbaudia :
«Senhor coms, qui t'a dutz Aupais t'amia
Que t'a trah de preisso e dada via?
Ela es en cel bocs sot[z] la folhia. »
— « Gran onor fai a mi, qui la'n mercia ;
Mas Odis nos persec, que a gen menia.
E gardatz no fassatz bruh ni salhia
Entro qu'auiatz [d']un corn la voiz ouia :
Donc issetz e prendetz gran manentia,
Que Odins sa merce sai nos a guia. »

Quant ac parlat ab els, e lhi vassal
Lhi an asegurat tuh cuminal,
No lhi falhdran per ren d'estorn cabal,
Ab .iiij. filhs Drogo ies del bosdal,
Que foro chavalers pro e leial ;
E chavalget vas l'aigua per una val,
E viren d'autra part la gen reial,
E son .M. chavaler per un costal.
Bertrans lor ve del pui tro en la val,
E .F. lhi mandet pel senescal :   [mals. »
« Quar no'ls laissatz passar, molt faitz gran

Bertrans ten lo passatge ab sos nebotz,
E parlet ab Odin en alta votz :
« Torna-t'en, Odins coms, faras que protz,
E ton dan, si traspassas del gua la dotz ;
Quar nos avem agah el brulh de sotz. »

— « No vos pretz, so ditz Odis, miga una
Ans vos descofirai e us penrai totz. » [notz,
— « Odins, so ditz Bertrans, fai nos cocensa.
Si .F. pren Aupais, so nos agensa.
Quinse ciptatz en oscle, estier Proensa,
Lhi dara e Viana, Arle e Valensa. »
— « Non farai, ditz Oditz, ja covinensa
Entro vos aia pres e totz vos vensa.
Dahaitz aia chavalers que ab autre tensa ! »
E brocha lo chaval, salh en Argensa ;
E quant Bertrans o vit, l'enchaus comensa.

Odins parlet prumiers e lh seu certan,
E puis lhi autre aprop, que us non rem[an];
E Bertrans lor laisset corre del plan.
Odins lai abatet un chastela,
Trenta n'an abatuh lhi prumaira.
« Odins, cridet Bertran, tuh estes va ;
Vos seretz hui mai lebres, nos serem cha.
No nos falhdra e[n]chaus hui ni dema,
Ni non tendretz .F. e la puta.
Er son nostre vassal lhi segura.
.F. lai s'apareis fas cabausa :
« Vos los veiretz, ditz-el, ses aperma.

« Bertrans, qui es aquel senher Odins ? »
—« Lo mielher e 'l plus rixs de nos cosis. »
— « Pauc me pret, so ditz .F., e mos vezis,
Se hui mai se part de mi no sovenies
Qui Aupais apelet mais drutz ni amis.
Huimai sonatz lo corn, Bertran cosis. »
E el si fetz mol fort, que lo refris
Fai tendir la montanha e 'l brulh floris
En que ac en agah .v. c. meschis.

Celh perprendo los plas e los chamis.
Huimais er lo ches lebres, e lebres chis.
E [la] gens reials salh del brulh sazis,
E guidet-los coms Otos e Baudois,
E ilh tendran huimai datz lor enamis.

Folque es duhs de guerra i assaiatz,
E de gran cocha faire fo ben membratz.
Sos chavals fo molt bos i abrivatz,
E sos cors fo ardis entalantas.
E vai ferir Odis, cui es iratz;
Tal lhi det e l'escut sobre lo bras,
Qu'el destres de sotz lhui es peciatz.
Puis n'ac .v. abatutz tornet vias,
E fai Odin levar d'aqui on jas.
Ab tant es sobr' els autres lo brutz levatz.
Bertalais pres Aimo, Bertrans Dalmaltz.
Quatre comtes an pres, non jes palatz,
E .v.c. chavalers dels plus prezets,
E los autres gueri bos e pleissatz;
Las armas e 'ls chavals lor an laissatz.
Assatz fo qui 'ls a pres totz encelatz.
Huimai s'en van segur, qui qu'els menatz.

« Bertalais, ditz .F., un do vos quier,
Don tota vostra gens a grant mestier :
Ab mi alberjaretz, e 'lh companhier.
Tuh sirven e borzes e chavalier
Avetz-i-vos trames? » — « Ieu oc tresier. »
La nuh los alberget lo filhs Folchier,
Que lor fetz de conduh estal plenier;
E foren e sa garda lhi prisonier.
Gen fetz Aupais servir e sa molher.
Lo ditmar, al mati, lor reprofier,
Van-s'en a Rossilho ses encombrier.

Ans que Folques intres en Rossilho,
.G. venc contra lui per un cambo;
Prumier baizet Aupais e pui .F. :
« Senher, ieu lo vos ren per gaerdo
Qu'el me donetz a par e companho. »
— « Per mon cap! ditz .G., molt me sab bo.
E vos, qual n'avetz facha divizio? »
E .F. respondet ses ochaizo :
« Tot lhi do et autrei melhis per so;
E mandatz la reina, per don Drauguo,
On lhi plaira que sian mes lhi priso,
En tor o en sala o en maiso. »
E quan la reina l'au, respon que no :
« Faitz al borzes gardar cascu lo so,
Tro que prenguo cosselh de reenso. »
Ab tan .F. dissen fors al peiro.

Dissendet au peiro de sot un lor;
De sot ac trasgitat d'argen un tor.
.F. recep Aupais, que amet de cor,
D'entr'els arsos dauratz que son trifor.
La reina lai is, ela e sa sor.
Ambas baizen Aupais ab lo pel sor.
En una cambra pencha d'azur e d'or,
Estan a las fenestras davas le sor;
Paraulet de prisos e de lor for
E de Odin lo manen, que a gran tezor.

Folque e G., Bertrans e Bertalais,
La reina o sa sor, Berta et Aupais,
Celh foren en la chambra, no n'i ac mais.
.G. ditz a .F. : « Dels pres que fais? »
E .F. lhi respon : « Que mi dons plais,
Que te guerit de mort e mi en trais. »
Bertalais peraulet, e Bertrans tais;

Onques au duc .G. ne fo esmais :
« Odis dara a lhui d'aur sos .x. fais,
E lhi autre daran aitant o mais. »
A .G. de joi qu'ac lh'en ris lo cais :
« Bar, tu fust filhs Folchier [e] nebs Estais;
Mes cozis germas iest, ben i retrais;
E ieu so recreutz trop e malvais,
Si per paor de guerra tal aver lais. »
Per un pauc la reina no s'en irais ;
C'ora qu'en sia guerra si coven pais,
O jamais no vendri' a Paris mais. »

— « Aquest cosselh, ditz .F., non a valor,
Que nos metam ma dompna en tal error,
No i remandra princeps ne nulhs comtors
Ni chavalers de pretz ni varvassor. »
E .G. respondet per gran dolsor :
« Aqui perdrai lo sen e la vigor
Quant aurai contra lhies chastel ni tor. »
E Bertrans respondet : « Ieu sai la flor,
Si ma dompna o vol e vos, senhor,
Qui fiansa en aiatz bona e forsor,
Si poden concordar lhi nostre e 'lh lor
Que fassen patz del rei l'emperador;
E si no 'l poden far, nomnatz lo jorn
Que tornen en prisso en esta tor. »

La reina respon : « Ben ditz Bertrans.
E si 'lh no fan la patz las treguas grans,
Gran amor pot noirir de dins .vij. ans ;
Que ma sor, se Dieu platz, aura enfans.
Vos saziretz honor que auret[z] apans,
Recobraretz Bergonhs i Alamans,

16

.E .F. de s'onor non er vogans [1].
Mos filhs er chavalers pros e prezans,
Que fara, se Dieu platz, de mos talans. »
— « E nos, so respon .F., totz sos talans.
Emperaire er de Roma, cum poirem ans ;
Puis no nós er del regne nulh contrastaus. »
— « Senher, anatz mangar, » so ditz lo mans.

Lendema son mandat dins lo mostier
Tuh lhi prison, borzes e chavalier ;
E .G. de Bertran fai paraulier :
« Lo dux non a d'aver tal desier
Cum de l'amor del rei, que vol e quier.
Vos que estes siei drut e cosselhier,
Si fazetz patz de lui e del empier.
No vos quier de razo valhan dinier ;
Per mi dons, vos ostatge molt voluntier,
Tro que aia coms .F. pris sa molher.
Lo dux a bon cosselh e drechurier,
E non a jes vas vos mal cossier. »

Aisi an devisat, e lendema
La reina Aupais pres per lo [2] ma,
Et apelet Odin que sap germa :
« Vai, don' a ta cosina aquel tosa. »
— « No m'en metrai en plah, dit-el, en va;
Quar no moc jes per mi ni non rema.
Pesa a fetz de lhui son chastela,
E lhi apres a far lo gent sobra. »
.F. ditz a cosselh al capela
Que los sanhs lhi aporte sa fors el pla,
E cel los lhi aporta sobre un faia.

1. Lisez *vagans*. — 2. Lisez *la*.

.F. quant vi los sanhs , sa ma i ten :
« Si m'ajut Dieus, ditz-el , omnipoten
E aquest sanh que son aisi parven
E tuh lhi autre que son a Dieu sirven,
Anc Aupais que aisi es tot en prezen ,
Mos cors al seu no jac tot carnalmen ,
Per que onta i agues ni siei paren ;
Ni onques re no 'lh fih descovinen. »
— « .F., ditz la reina, a me enten ,
E ieu la te darai e miei garen. »
— « Dompna, moltas merces.» E el la pren ,
Lai l'espozet lo coms a totz vezen
De son cors e d'anel d'aur e d'argen ,
E det-lhi tot en oscle son chasamen
E quant que conqueria a son viven.
Aquel jorn adobet chavalers.c.
Que cascus ac destrier e garnimen.
Quintana lor fetz far, el prat naissen,
D'escut bon e d'ausberc fort e lhuzen ;
E corrent-i donzel , celh de joven,
E van-los esgardar la autra gen.

Odins si fo al juc e ditz orgulh :
« Qui aquest plah a mogut, gran mal esquil !
Dels chastels son al rei tuh lhi capdulh
E totas las ciptatz , tro a Metulh. »
E .G. respondet : « Ieu que lhi tulh?
Mas ieu farai be plah de tot sun vulh. »
La reina au los motz, ab els s'acuilh :
« Laissatz , Odin, es motz, pos ieu no vulh.
Des que veirai lo rei, mon don, de huul (*sic*),
Sempres serai ab lhui tam be cum sulh,
E tornarai lo plah en autre fulh.
Ja no m'en issuguetz , se ieu m'en vulh. »

.G. vi dels contraris la comensalha,
E peset-lhi molt fort en sa coralha.
A la quintana vai gens cominalha,
E donzel i an fah, que cop, que falha.
Anc negus no i fauset del auberc malha.
Lo coms demanda espiet, Drogues loh
Un que aportet Artus de Cornualha, [baila,
Que ja fetz en Bergonha una batalha.
E 'l coms broca 'l chaval que del renc salha,
Si ferit en l'escut que tant en talha,
Que passet en volan oltra una malha.
L'ausberc falsa e romp, sotz la ventalha.
Non es nuhls chavalers tan de lhui valha,
Ni us no poc sufrir a lhui batalha.

Tant fort i fier lo coms que l'una estacha
Peciet al empeindre e l'autra a fracha,
E tenc si son espiet que fors l'enchasa ;
Anc non pres de sa guerra berbitz ni vacha.

Lo coms fo entr' els seus gent esgardatz,
E fo molt gent vestitz e afiblatz.
Gran ac la forchadura, ben fon chausatz,
E fo entr'els estranhs als seus privatz
Tan bels e covinens i aesmatz
Cum entre aucels menutz austors mudatz.
Ab tant es remazutz chambaterratz,
Qui lhi veguo doi clergue ric e letrat.
Per cels lhi fo avers grans presentatz.
Quant lo coms los conoc, si 'ls a baizatz.
Aicel lhi comto novas davas totz latz,
Don molt es esbauditz i alegratz ;
Tornet-se vas los seus, e ditz membratz :
« Ja no vulh de m'onor c'us me menatz, »

I a dih a Folco : «Sai escoltatz.
Qual vol lo reis, si prengua o guerra o patz.»
E .F. respondet : « Aquo celatz. »

Adonc parlet prumiers lo filhs Guigo :
« Don, ieu venh de Viana e d'Avinho.
Cum auziren de te lhi Bergonho
Que Dieus t'avia trames en Rossilho,
Donc feiro als Frances envaizo
Que garden los chastels de part .K.
Ja contra els non agues .i. guerizo
En chastel ni en tor ni en maio,
Quant ieu los en adutz a gran tenso.
Atretal de Lhaon e de Masco
Giteren las gardas de Barsalo. »
E .G. se somris e ditz .F. :
« Lai volgra fos Odins de part .K. »

— « Senher, ditz Andicas, nos em vengut,
Que t' avem desirat e molt quesut.
Anc poble no vis mais tant irascut
Cum lo teu, quar t'avian aisi perdut.
Gran presen t'aporto e gran salut ;
Vint .M. marcs d'argen i a, so cut. »
E .G. ac gran joi, si a respondut :
« Dompna, vos los penretz, se Dieus m'ajut
Quar [ja] per vos em-nos tuh ereubut,
E vostre cors si m'a Folco redut.
Ja no forem per re mai cofundut. »

Ab tan escriden l'aigua e van lavar.
Assatz agren dentatz, beure e mengar.
.M. sols det lo jorn F. a bon joglar,
I a tot lo peior en fetz .c. dar.
E .G. s'en issit al avesprar,

Una donzela vit lo seu pogar
Ab petita companha de gent afar;
E'l demandet qui es. Quant l'au nomnar,
De joi que n'ac lo coms cor l'enbrassar.
Dissen-la dels arsos del mul lhiar;
Venen-s'en en la chambra. dis al intrar :
« Vet comtessa Enois, que sols amar. »
Ela de molt gran joi la cor baizar :
« Se Dieus m'ajut, senher, so deus-tu far.
Era pessatz per Dieu del cosselhar,
Quar se laisset per vos dezeretar.»

Anc a .G. al duc no fo oblitz,
Ni anc qui be l'amet ni lo servit,
Que segon sa valor no lh'o merit :
« Dompna reina, auiatz que aquesta fis.
Ela fo filha Auchers de Monbelis.
En silva fo per mi de guerra aucis.
Cesta s'en venc ab nos quan fom faidis,
E laisset son comtat e son pais
Entro a un ermita on ieu la mis.
Bertran, franc chavalers, pren Enois :
Ieu te darai la terra que tenc Seguis,
La renda de Sanh-Lis e de Salis,
Mongen e Geneveis e Molt-Senis. »
--- « Senher dux, grans merces, quar molt
Aqui recep l'onor e pui la pris. [ben dis. »

La reina apelet comte .G.
I acenet Folco de l'autra part :
« Messatges m'es vengutz al vespre tart.
Quan reis auzi parlar del bru Berart
E dels tres comtes pres e de Odin quart,
Tan gran ira a , per pauc de dol non art;

E mandet chavalers de manhta part.
Lhi pres faran de mi lor sanh Leonart ,
Qu'eu toldrai a cascu de vos sa part ;
Mas Odin vos lairai, cui s'agalhart ,
Qu'el non engenh lo rei per so mal art. »
—«Dompna, so respon .F., a vostre esgart.
Ja non farem ren au, Dieus nos en gar[t]! »

Aisi o an devisat , e lo mati
Fan totz los pres venir de sotz un pi.
Elh an fah eschivier Bertran meschi :
« Vos juraretz est comte lo palaisi ,
A .G. et a Folque, a son cosi ,
Cascus tener la tregua , o patz o fi.
Querretz-la a .K. i a Pepi.
Se non podetz aver del rei la fi ,
Tornaretz en preiso tot en aisi ,
Dins aquesta clausura de mur causi ,
A garen comte Odon e Baudoi. »
E cil lh'o an jurat tot en aisi ,
E .x. borzes que son tuh siei ami ;
Demanden los chavals e puis cami.

Odins mandet al rei per messatgier
Que 'l tragua de preio e d'encombrier :
« Mai vulh qu'aia mon tezaur que son guer-
.F. demanda on so lhi reial gardier : [rer.»
« Quan tornaretz areires ses encombrier,
Vos seran delhivrat mur e terier ;
Los chastels e las tors , totz vos profier. »
E cilh responen : « Don , non a mestier ;
Quar non avem sirven ni arcbalestier
De cui n'agen fah monh o escasier.
Bergonho so felo i aversier.

Si la van per senhor ni per legiei,
Ja Dieus no m lais vezer filh ni molhier ! ›
.G. ditz a cosselh : « Ni ieu non quier. »

La reina montet e s'en issit.
De tals n'i a que ploren quan s'en partit ;
Mas no vol que lo dux gaire la guit :
« Fazetz so que veiretz per mon escrit. »
— « Dompna, ja non sera res contradit. »
E lo reis se atraiet, que so mouit ;
A chaval i a pe grant ost a guit.
La reina no i fo tro negrezit ;
E intret en la sala, e 'lh seu noirit.
E lo reis s'enbronchet, quant el la vit,
E fetz chara irada ; ela s'en rit.
Intret-s'en en la chambra ab escharit,
E despolhet sos draps, melhors vestit.

Ela trais son vestit e pres melhor
D'una polpra subtil que ac bona odor.
Ela ac blancha sa cara, e sa color
Tan bela e covinen coma una flor ;
E vai estar denan l'emperador :
« Dompna, tornatz m'avetz e gran sostror.
— « Senher, si m'ajut Dieus, mas en sobror.
Mariat ai la filha de ta seror,
E s'en ten de Bergonha chastel e tor ;
Mas no i volgran. . . . .
E si son. . . . .
Comte. . . . .
Per que. . . . . tot lhi melhor
Cels. . . . . lhi fan paor
. . . . Salvador

E cerchatz plah del duc a vostre onor,
Aisi cum lauzaran tiei jutgador. »

Lendema son vengut al rei palais.
Lo reis los apelet ses tot empais,
Asis lonc se Daumatz que lhi retrais :
« Anc de tan pres cum vos non auzi mais. ›
E Dumatz l'en juret per sanh Gervais :
«Bertrans lo dis Odin que lo agais
Estet el brulh d'Argo, el gua del plais;
E Odins de chausa se fetz trop gais.
D'aques[tz] de Rossilho moc lo relais,
De que forsa lor crec e nos sofrais.
.F. abat Odin, que 'l bras lhi frais.
Pres es lai remazutz, so vol Aupais;
Son tezaur te dara, si tu l'en trais. »
«Trop tost m'an mes en guerra e en pantais.
Dolens so de .G. se honor lhi lais. »

L'avesques parla au rei per grant saber :
«Don, no devet[z] mais guerra jorn mantener.
Tals .x. M. mostiers as fahs arder,
Don son fugit lhi morgue e lhi prover.
Si vols a te los comtes mais retener,
Ilh te serviran be per patz aver. »
— « Abans, ditz la reina, o dic per ver,
Qu'ieu los farai venir a son plazer
E servir, se lhui platz, a lor poder.»
Tost en fos patz abans que pas lo cer,
Quant cilh intre que la fan remaner.

Celh intro el palaitz que son mandat;
E son ab els vengutz .xxx. malfat,
Sirven, arbalestier desfigurat.

Cascus d'els ac lo pe o 'l ponh trencat,
O chap tondut o ...... tranchat.
Venen denan lo rei tuh.....
« Senher, per to servize em aontat.»
— « Er dijatz qui vos a ta... trenchatz. »
E lo reis s'enclinet i a'lh pezat,
Que non a de gran pessa un mot sonat.
L'avesques paraulet, que ac cor senat :
« Reis, no fai bon parlar ab tei irat,
Quar non as jes ton cor en poestat,
Quar no t membra de re que a Dieu agrat.
Cosselha-te segon ta volontat,
E sian lhi mesfah tuh perdonat. »
A set ans las treguas ben definat
E plevit e jurat e ostatgat.
La reina fetz far brieus a celat,
E trames a .G. un sanht abat;
E li comte an fah quan que an mandat.
E puis torna cascus en sa cretat,
E foro receubut a gran barnat,
I aver e chavals bon presentat,
E tant cum om lor det ilh an donat.

De dins aquels .vij. ans que an trevas pris,
Quatre filhs [ac] lo coms .F. de Aupais,
E .G. en ac dos, don no s jauzis;
Quar l'us fo mortz petitz, e l'autre aucis.
Lo primiers de .F. ac nom Terris.
La reina mandet qu'el tramezis.
Ela preguet lo rei que lo tenguis;
E el si fetz abans que om lhi disses
Cui es filhs ni donc venc, de qual pais.

Quant ilh l'agro tengut e bateiat,

La reina pren cels que a milhs amat :
Aquelh son lhi melhor e 'lh plus prezat ;
E son ab lies li avesque e li abat.
Per aquels a al rei merce cridat
De son petit filhol deseretat,
Que lhi renda d'Asquana tot lo dugat,
De cui moven d'Ardena tuh lhi comtat;
«Quar filhs es de ta boda, cui fo lauzat
Qu'el tramezes a te per sa eretat. »
— « Regina , tantas vet m'as enganat. »
E respondo lhi avesque e 'lh plus senat :
« Abans requer t'onor e fai bontat,
Qui cercha patz cum sia en to regnat;
E quant as saucta Gliesa pres e raubat,
Ela a quan pot redut e restaurat. »
No pot lo reis gandir, tan l'an preiat.

[E]l lhi redet s'onor, per un besan ,
Terriet, son filhol, quan sabra tan
Que la poira tener d'aqui enan.
A la reina venc us mes celan ,
Que lhi ditz a cosselh, pel rei que blan ,
Que sa sor a un filh , molt ben efan.
Ela a fah aparer ben per semblan
Que anc mais de nulha re n'ac joi tan gran,
Al messatge donet d'aur son pesan ;
E comtet o son filh en cosselhan.
Merce .K. ditz, el e Diu lausan.
De trenta .M. escutz e d'atretan
Creis hui la cors del rei en pur coman.

No pot mudar Odins que non parol :
« Pro trobarem escutz, si lo reis vol.
Quan que ma dompna ditz c lo reis col,

Que la onor mon oncle a tort me tol. » [fol,
—« Trop parlatz, ditz Pepis, tos temps cum
Que ela ret sa onor a son filhol :
Cesta 'lh moc de part maire e per aviol.
Lo paire no sabetz miga ta mol.
Un an avetz portat lo bratz al col.
Er a mi dons son joi e son joiol ;
Quar sa sor a un filh, qui que n'ah dol,
Cui ma dompna ama molt, e ieu si vol. »

Anc reina no vis de tal valor,
Ni comtessa que valha soa seror,
Que tant am Dieu e paubres e son senhor·
E Damedrieus lhi fetz tan gran onor
Que lhi det de sas sanhtas la plus melhor,
A cui mostret en terra maior onor.
Per sancta vizio, en un pascor,
Lhi enviet tres morgues e un prior,
Que passero la mar ab gran paor
Cilh la traistro del regne pagenaor,
A Verzalai la meiro sul puh ausor ;
Lai lhi feiro mostier seu servidor.

E quant lor ac donat cela Maria,
La sancta Magdalena, la Dieu amia,
Celh prendo cosselh cum sia servia.
La comtessa l'ama tant, senes falhia,
Que Dieus i fai miracles grans en sa via.
Un ser .G. somjet gran manentia ;
Mas lo coms no cre pas de quant que dia,
Tro qu'el-mezeis la vi quant se dormi[a],
E mai, la meriana, per un jos dia.
Quinse .c. .M. marxs d'aur i avia
E tant d'argen que conte non sabia,

Que tota la .G. chavalaria
Fo manenta d'aver e replenia.

Lo coms .G. trobet cela fortuna
Meravilosa e gran , tals non fo una.
El l'en trais de clar dia, non jes a luna ,
Puis lo depart lo coms sa gen comuna.
Non ac bon chavalers d'Espanha a Tuna ,
Que no aia sa part ses nulha afruna.

Est tezaur amasset gens sarazina.
La comtessa lo sab , que s'en aizina ,
I an fah bona part gen pauberina.
E .G. los deniers depart a mina ,
Vint .M. marxs trames d'aur la reina ;
Ela 'n dona a tals .M., cascun s'enclina,
I au rei la meitat, per que s'afina.

De .c. chavals fetz .F. al rei prezen ,
Que anc. .j. d'aques[tz] non ac roci paren.
Per so n'an ajostat un parlamen ,
Que volian cerchar acordamen ;
Mas Odis o desfai, e siei paren,
E celh que son au duc siei malvolen.
.G. mandet Pepin privadamen ;
La reina lo 'lh trames , pel rei cossen.
.G. l'en mena a Roma , ab molt gran gen ;
Lai fan de lhui tan ric coronamen
Que anc mais d'emperador non vis tan gen.
Roma l'an receubut per tal coven
Qu'elh lhi portarau dreh senhoramen,
E'l garda la onor ben e defen.

Pel cosselh Andicas e Bedelo ,
An mandat a .G. i a Folco

Que adugo l'apostoli en lor reio,
Per faire patz de lor e de .K.
El i venc voluntiers e saub-lhi bo,
Quar parens fo .G. de part Drogo,
E .K. en recep ben so sermo;
Mas non o vol Odins e lhi felo.
Tub lhi paren Terric, au ric baro,
Non an cura del plah d'acordazo,
Ni negus no s'en mov de sa maiso.
Autre cosselh a pres lo reis molt bo,
Que totz los a mandatz per ochaiso
Per faire gran batalha ab Bergonho :
Don s'esmoven Frances e lhi Breto
E Norman e Flamenc e Braimanso.
La reina mandet a Rossilho
.G. que se garnisca cum per razo,
Per dreh e per justizia e per son do.
.xx. M. chavalers ac ses Folco,
Que n'adutz tals .x. M. que foren bo.
En la ribiera aval sostz Castilho,
E per plas e per pratz de Rossilho ,
Lai son tendut lhi trap e pavalho;
E lo coms lor a fah gran lhiurazo
D'argen e de deniers, e lhi peon
Amenen lo mercat de garizo.

Lo coms issit parlar a son barnat ;
E quant los ac baissatz e merceat,
E cilh lhi an promes tot a son grat,
Si montet el chaval cor alegrat.
Als estars del palaitz ve-lo s pogat.
Lo coms gardet aval on son lhi prat,
E vit tan pavalho tendut e trap
E tant bo chavalers lai albergat ,

E d'armas relhusens tan gran clardat :
« Avals de Rossilho , tant lonc e lat ,
Tant chavaler i ai veut armat ,
Que son mort e finat , e lor filh nat !
Gens vals , cum vos vei hui enlumenat !
Autre tezaur non preiz un ou coat !
Dieus ! per que vol rixs om estar privat
Ni albegar en son cor escasedat ?
Ben a cor replevit de malvastat ,
Qui son grat se partis d'aital barnat.
A envit m'en partrai , pos l'ai cobrat ;
Ab un pauc nom an rei fah coronat. »
Lai vit venir son filh , que a molt amat ;
Blondet vestit bliaut , nou , de cendat ;
Non a mas que .v. ans enquer passat ;
Anc om non vi tan bel de son etat ;
Tot semblan de .G. del vis format.
Pres-lo entre sos bratz , si l'a baizat.
A Dieus ! per que 'l perdet ? per qual pecat ?

Esta lo coms .G. en son palatz ,
E tenc son petit filh entre sos bratz ,
E juret Damedrieu e sas bontatz
Que ja non er nulh dia deseretatz ,
E qui morgue'l divina molt es malvatz :
« Ieu am molt chavalers i ai amatz ;
E farai , quan morai , lor voluntatz ;
E darai voluntiers , qu'icu ai assatz.
Trop me so longamen humeliatz.
Mos enamics n'es mai per mi prezatz ,
Ans cofundrai glotos oltracuiatz. »
Gest motz fo char tegutz e recomtatz ,
E per joi de son filh s'es alegratz ;
Mas el no sap lo dol que pres lhi jatz.

Aqui ac un baro, Gui de Risvel,
Que .G. plus tenia a son fiel;
Sos sers fo, senescals de manh castel.
Quant auzit la paraula, no lh' es jes bel;
Paor ac de la guerra que renoel,
E tem qu'el dux en fassa al rei revel;
E promes al efan d'aur un aucel;
Pres-lo entre sos bratz, sotz so mantel,
Portet-lo el vergier, sotz un ramel;
Estendet-lhi lo còl cum ad anhel,
E trenchet-lhi la gola ab un coltel.
Gitet-lo, quant l'ac mort, el potz parrel.
Montet en son chaval, vai-s'en renel;
E quant fo fors issitz sotz un olmel,
Remas-se e gardet dreh vas lo cel,
E clamet-se trachor felon fradel:
« A las! cum ai hui fah malvat masel!
Pieiors son de Caym, que aucis Abel:
Ieu lhivrarai mon cors a mort per el. »
Vai dissendre au palaitz, sotz la capdel;
Lo dux troba en sa chambra latz un fornel,
Estendet-lhi la 'spaza per lo pomel;
E comtet-lhi son dol e lhi espel,
Cum a mort ab sas mas lo franc donzel.

Lo jorns fo traspassatz e fo lo sers
Qu'el coms devia mati e l'ost mover.
Gui lhi esten la 'spaza per lo tener:
« Coms, fai de me justizia a ton plazer;
Quar milhs eu vulh morir, pendre o arder,
Que fassas esta guerra mai remover. »
Lo coms no pot mudar no s desesper:
«Fuh, tracher; denan mi no t pus vezer. »
El s'en vai, que non auza plus remaner.

Son chambarlenc apela don Manacer :
« Fai la gen fors issir tota e tazer. »
La comtessa lai intra cum per jazer,
E vit lo dux irat e triste e ner :
« Senher, noqua te sols si contener. »
—« Dompna, dona-m'un do que vulh aver.»
— « Tot t'autrei quant te platz; mas di-me
No faire de ton filh dol aparer.   [ver.
El potz Peire jatz mortz, fai-l'i querer
E fai-l'aval portar au monester. »
No pot son cors sufrir ni sostener;
Vulha o no, la covenc a [de]chazer.
E lo coms la'n levet, fetz-la seser :   [ne]r.
« Dompna, non deus est dol mais mante-
Quan Dieus no vol senher mo filh sufrir,
Nos fassam, se lhui platz, de lui nostr'er ;
Mais vol a lui donar que a nos tener,
E Damidrieus t'en do forsa e poder! »

Ab tant .F. la fors es dissendutz,
Que a sa ost laissada els pratz erbus ;
E es privadamen al dux vengutz,
E intra en la chambra, a los veutz :
« Senher coms, cum estas si esperdutz? »
— « Bels nebs, si cum dolens e mal ven-
E comtet-lhi si cum es avengutz; [gutz. »
E .F. s'en senhet totz irascutz :
« Si aquest dols es long, faras saubutz.
A totz tos enemics es jois cregutz.
Totz jorns ti est de dos dans ben contegutz :
Era o deus milhs far quant iest canutz.
De la reina t'es us bricus vengutz :
Auzirem que dira, quant er lescutz. »
El baiset sa molher de son dol mutz.

17

E ditz la comtessa : « Chars amics dos,
Per Dieu ! laissatz estar totz ses[t] coros.
Tans as perdutz amics e chars nebotz,
Que anc tans non perdet negus om pros.
E ieu preiarai Dieu que auia ma votz,
Qu'el te do patz del rei e dels seus totz. »
E lo coms part de lhies ab [a]quest motz,
E ela fetz son filh traire del potz
E portar al mostier clergues e crotz ;
Mes-lo el pavimen desotz la crotz.

Lhi comte del chastel son davalat,
E intreren amdui al .F. trap :
Lai troben lo messatge que lor a dat
Lo brieu de la reina, e saludat.
E .F. lhi a dih e recomtat :
« Aisi cum ditz lo brieus so t'a mandat.
Tiei enamic an gran gen amassat;
.xx. M. chavaler son aesmat,
Dema seran a Traies tuh ajostat.
Era manda ma dompna ta voluntat. »
L'apostolis parlet, que ac cor cenat :
« Fai tan que cueia n'agen lhi plus irat. »
— « Dirai-vos, ditz .G., que ai pessat :
Vint abadias faire tot de mon grat. »
— « E ieu .x., so ditz .F., de ma eretat,
De mos quites alos, per parentat. »
Tot aisi o an escrit e sagelat,
E donet al messatge, quan pres comjat,
De que lor sopleguet e sab bon grat.
Lo mati son per l'ost graile sonat,
E chavalgen garnit ab gran merchat.
Els pratz de sotz Islei son albergat ;
E'lh reial son a Traies, fors la ciptat.

Lonc Saina la ribiera tendo manh trap.
Set .M. n'issen de l'ost, ses rei comjat,
Orgolhos, bobancier, outracugat;
E van a l'ost .G. mal cosirat :
No sai quans n'an aucitz, e mais nafrat.
E cilh son estornit i airat,
E chavalgen a fort quant son montat.
Grans forsa vens justizia e pais lo prat.
Tan creisso lhi .G. qu'els an sobrat,
E trastotz mes per forsa dins la ciptat.
Lo reis s'en fo issitz, cui a pesat
Qu'elh seu o an comensat, non per son grat.
El ac ausberc vestit, elme lassat;
Montet en un chaval ben afeltrat.
Cuget los captener, quant l'an oltrat.
Bavier i Alaman l'an encontrat,
E son chaval aucit, lhui aterrat.
Se Folque no i vengues, mal fora anat ˜

Folque lai es vengutz a espero,
.M. chavaler lo sego per lo cambo.
Folque dissen a pe denan .K.
Presenta-lhi bausa lo Barsalo.
Met lo pe el estrieu, pren-s'a l'arso ;
E Folque tenc l'estrieu e saup-lhi bo,
E menet-lo d'aqui a guarizo.
E .G. fetz venir son pavalho
E la gelda que mena la garizo.

Cesta ost fo en setembre apres aost :
Aquo fo la deriera qu'el coms ajost,
E non es jes aquela que raubes crotz.
Lo reis fo retengutz, que .F. escost ;
Jamais d'aital paor .K. non gost.

La gelda venc ab arxs i ab sagetas,
E menu lo conduh e las charetas :
« Bertalai, ditz .G., lonc l'aigua es metas. »
— « Senher, so volo tuh que lor prometas;
Jamais no t serviran si er no t espletas,
E'l rei e sos felos no deseretas.
Lains son las gens de vianda destreitas :
Jamais no sias pros, se no'ls en getas. »
— « Leiaus gens, ditz .G., e ben adreitas.
De Dieu siatz senhadas e beneitas ! »

Gran mestier a justizia a leugiers sens :
Per cel o diseriei que fetz sos fols jovens.
N'i ac mortz e nafratz e de sanglens
E de pres retengutz tro a .vij. c.
Albergen els reials albergamens.
« Cui que pes, ditz .G., ieu soi jauzens
Que eras iei aontitz mos malvolens.
Grans valors baissa orgulh cum pluga vens.
Totz los avem enclaus coma jumens;
Qualque plah mais lor fassa, assatz m'es gens.»

Lo coms veit de sa gen que sobrecreis,
E'ls lor intrar de dins que us non pareis :
« Ieu serai, ditz lo dux, en est planesc,
Bertalai ab gelde per cel maresc,
E de sai sobre destre nostre Tiesc. »
Ab tan .F. lai venc per lo caumesc,
E discendet a pe del brun moresc ;
Trais .G. a cosselh, cren que folesc.

Folque apelet Bertran, que es de bon aire,
E demandet .G. : « Don, que vols faire ? »
— « Mos felos enamixs de lains traire.

Totz jorns solo de guerra brugir e braire.
Hui son de lor orgulh tuh dreh lichaire.
Era garda que a te n'a gen repaire,
Quar Dieus es vertadiers e drehs jutgaire. »
E Folques lhi a dih : « Non fassatz, fraire ;
Quar lo reis es tos senher e tos compaire,
La reina nos es en loc de maire ;
E se de lhies te membra, dreh es que paire. »
E .G. de Boso pres a retraire,
Que anc no fo ni ja n'er tals guerregaire :
« E vos, Bos, mas trop es fortz predicaire.
No me movrai a nuh, per la Deu maire ;
Mas lo mati farai tot to veiaire
E tot quant que dira nostre emperaire. »
—« Son talan, ditz Bertrans, lhi laissatz faire.
Molt lhi sap bo al cor, quant s'en esclaire.

« Delhivras dementres los lor que as pres. »
— « Lo mati, ditz .G., seran trames. »
— « Ieu n'ai un, so ditz .F., Ugo de Bres,
No cuh ait en .M. lucs melhor Frances.
Cossehliers es au rei lo plus cortes.
Fai-lo venir avan. » E el si fes :
« Senher Ugue, ditz .F., siatz-nos mes,
E darai-vos semprera aquest mores.
Digatz au rei, per Dieu, trop no lhi pes,
Totz lhi redrem los seus, se mortz non es ;
E per aquels redrem per cascun tres,
E de tot quant que avem vas lhui mespres
Nos metrem, si lhui platz, e sas merces.
Metetz i de part vos so que milhs es. »
Ugues lai n'es anatz on fo lo reis,
E comtet-lhi los motz aisi cum es :
» So fon trop grans orgulhs que ta gens fes.

Qui 'ls anet assalhir, cuh que fols es :
Per que fo comensatz lo mals de res.
Anc lhi comte no viro re tan lor pes ;
E ieu dic de ma part, si m'agut fes,
Coms que rei ren deu ben trobar merces. »

Karles lhi respondet : « Trop as dih lah.
Cument ieu soi assis e fassa plah,
Ja puis Jhesu de me merce non ah,
No me gardave¹ jes d'aquest agah.
Autre engin lhi cove aquel mesfah. »
E Ugues renunciet so que el ac fah.
Fan per l'ost remaner e crit e brah,
Mati son en lor terra areire trah :
« Els pratz de sotz Eslem al chastel frah,
E delhivren los pres totz, qui que 'ls ah.
Us no i perdet aver que om no lhi pah. »

Detras venc l'apostolis, engal lo jor,
Quar lo ser moc de Sans, ab la freidor;
Trais .K. d'entr'els seus un pauc en por :
« Reis, non creire cosselh gucreiador,
Orgolhos, bobancier ni belfador,
Que aisi non an mestier lausenjador.
Ieu te conjur de Dieu, ton creator,
Que m diguas ton cosselh, ton celador ;
Quar ieu non te pus far plus gent onor,
Que de ton filh Pepi emperador. »
E lo reis respondet : « En Dieu amor,
Ieu creirai ton cosselh, cum mon doctor;
Mas no volen la fi tuh lhi plus sor,
E nos preiarem Dieu que hui labor. »
La papa manda al dux que a so senhor

---

1. Lisez *gardava.*

Venha , cum cel que quier patz i amor,
I a Folque que 'lh membre de sa valor.
E .F. det cosselh qu'el sap melhor,
E 'l reis es fors els pratz, ab sa vigor.
Lai son mandat lhi princep e lhi comtor,
Lhi duc e lhi domine e' lh varvassor ;
No i son jes oblidat bon ponhaor.
L'avesques del mostier Sanh-Salvador
Ac fah escadafals al papa ausor ;
E quant el i montet e gens lai cor,
E tenen-lo per satge , bon parlador ;
E el parlet ben aut e de vigor :
« Escoltatz-me , ditz-el, gran e menor.
Nos em de sancta Gliesa lhi dreh pastor,
Don Dieus fetz de sanh Peire son jutgador ;
Mas lone temps a estat en lonc error.
Guerras e malas gens e raubador
Las an arsas a fuc i a chalor,
Qu'en son fugit lhi morgue e lhi prior.
Lo dreh Dieu an tornat en gran sostror,
E paubra gen an messa en gran dolor,
E de totz crestias aucis la flor :
Don son tornat lhi luc en desonor ,
E lo pobles menutz en trist de plor.
Ieu vos en ai a dar cosselh melhor :
De part Dieu vos coman, lo redemptor,
Per sanhta penitensa que vos socor,
Que dona la meizina al pechador.
Ostatz-nos totz de guerra e de cramor,
De vilha ira e d'orgulh e de folor,
E tornatz-nos en patz e en dolsor.
Enlumenatz de clar la tenebror,
E sera a vos profitz i a Dieu onor,
I auran-i gran pro vostre ancessor ;

Quar om no pot morir en vilha iror,
No 'l covenha de s'arma aver paor. »
De la papa se gaben tuh lih plus sor.
El se tornet vas el, e ditz a lor :
« Vos sai vengues per guerra e per folor,
E lhi comte per patz e per amor ;
E pero son be rix e donador,
Ja no s'en fassan congre li vantador,
Ni 'lh donzel galaubier perviador,
Qu'en Domnidieu m'en fi, lo creator,
E en sanhta humilitat tota sobror :
Ja contra lei n'aurctz chastel ni tor.

« A totz vos manda .F. e 'l coms .G.
De lor aver daran cargatz .xx. chartz
Pels mostier restaurar que foren ars ;
E de quites alos que an de lor pars,
Faran .xx. abai[a]s per nos esgars,
Per las armas dels paires que agues cars,
Que foren mort a glai i a fers d'ars.
Aquest plah deu cerchar lo plus guaignart.

« Gricu[1] sermo vos farai de veritat,
Dirai-vos que Dieus fai en maestat :
Orgulh baissa, e ten char umilitat. »
Ab tant viren los comtes venir pel prat,
E foren .M. de lonc e .c. de lat,
Baro, princep e comtor e rix chasat;
E vengren tuh a pe e deschausat.
Quant foren prop de lor, tuh son restat,
.G. e Folquet denan, lo'cap clenat;
Ambidoi son prumier al rei anat.
.G. lhi ten sa 'spaza pel pom daurat,

1. Lisez *Brieu.*

E puis lhi a son cors a pe plaissat.
Lhi franc noble baro an pietat,
E 'lh felo orgolhos en son irat;
E pero no n'i a un tan auzat
Qui lai disses orgulh ni estragat.
E lo reis l'en levet, si l'a baisat,
E puis aprop .F. que sap senat;
E fan-lhi omenatge e fealtat,
E 'l reis lor ren lor fieus e la eretat.
Aprop s'en son amdoi humiliat
Vas lo Terric d'Asquana la parentat,
Ses mal enginh lor fan lor voluntat
E omenatges tant cum venc a grat.
E l'apostolis o a tot devisat;
Per nom de penedensa, a comandat,
Que las mas e los bratz an tuh levat;
Per nom de patz tener son acordat.
Pus a celui maldih e devedat
E tot partit de Dieu e desurat,
Per cui sera jamais recomensat.

L'apostolis parlet cum om leiaus :
« Reis, enquer, si tu vols, seras ben saus.
.K. Martels, tos avis, si fo mais maus,
E tu de ton joven fust atretaus :
Per aquo aguist nom Mar[t]el, si no m faus.
Era ama Dieu e patz e pren repaus. »
E lo reis fai molt be, que cre sos laus,
E fetz puis no sai quans mostiers reiaus.

So dizen lhi baro tot en trazah :
« Non er mais d'esta guerra bastit agah,
Ni chavalers ferut ni escut frah.
Vil en seran tengut tal n'an mal trah. »

—« Ja per aquo, ditz .F., nulhs no s'esmah.
Per manjar e vestir, se miels no fah,
Lor darai voluntiers e de [bon] grah.

Folques parla ab .G. i ab .K. :
« Era prenetz cosselh cum cascus do,
Lhi comte e lhi domine e lhi baro;
Als paubres chavalers lor garizo,
I amen'els cascus a mostrazo
Quans en volra, cascus en sa reio,
Per defendre l'onor, se om l'en somo;
E se i a ric avar ab cor felo
Que no vulha sufrir conduh ni do,
Om lhi tola sa terra e do-la au bo,
Quar tezaurs estoiatz no val charbo. »

Karles te lo cosselh .F. valen :
« A totz vos dic, baro, que es manen.
Amatz mais chavalers que aur ni argen,
E tenetz en segon lo chasamen
Que cascus a de me, qui .xx. qui .c.
Qui sufrir no 'l poira, ieu le emen;
Darai-lhi voluntiers del meu soen.
I aduzetz-los totz a mostramen,
Que cascus ait chaval e garnimen.
No nos trop desgarnitz pagana gen.
Reials om es perdutz que no s defen;
E cel que s'en fenhdra, a son viven,
Ieu lhi toldrai sa terra per jutgamen
E darai-la au melhor e miei garen. »
E lhi comte l'autreio tot aissamen.
Aisi an afermat aquest coven,
Que fah en an fiansas e sagramen.
D'aqui son departit cela gran gen,

E 'l reis retenc los comtes privadamen ,
E mena-los ab sei del parlamen ,
A Rems, on la reina totz los aten ,
Qu'els recep a gran joi , alegramen.
E lo reis , per so filh , a Folco ren
Tot lo dugat d'Asquana , si cum apen.
A .G. volgr'en dar manh ric presen ,
Mas lo dux non a sonh , ni re non pren ,
Sinon aucel volan o cha corren.
De la comtessa sai que Dieu ser gen ,
E el lhi fai miracles en a parven.

Quant .G. fo anatz , lo coms , en Fransa ,
E la comtessa part de sa pesansa ;
Per l'arma de son filh , fai gran enpransa
De son aver donar e sa sustansa.
Puis vai a Verzalai bona esperansa :
A sancta Magdalena , on a fiansa ,
Fai son mostier fundar ; cum pot l'enansa.

Quan la comtessa vai a Verzalai ,
La paubra gens del regne per lhies s'i trai ,
Per la gran caritat e 'l be que fai ,
Que Dieus gar son senhor lai on s'en vai ;
E Dieus , que ben conoc son cor verai ,
Lhi mostret per semblan que no s'esmai
D'amar lhui e servir , que molt lhi plai.

Esta dompna no ama ome que men
Per cobeitar d'aver de jutgamen ;
E non chavalja jes celadamen ,
Abans o fai saber d'un mes serven
Que venhen al cami la paubra gen.

A Verzalai en venc, aqui dissen.
La nuh somjet un somi en son durmen,
Que vic un Satanas, semblan serpen,
Que de so mal vere, en luc de vin,
La volia abeurar, quant la defen
La grans vertutz del cel que i dissen.
Lendema o comtet monge Garsen.

« Monge, auiatz mon somi, de que pot
Anuh vi un Satan senblan colevre, [movre.
Que de so mal vere me dava a bevre.
Metia-lo m davan en vas de coire,
Quant Dieus davas lo cel pre[s] a se movre.
Lo Satans s'en fugit de sotz un roivre (*sic*).»
— « Dompna, molt lhi desplatz esta sanhta
[obre
E lo grans bes que faitz a la gen paubre :
Dieus t'en gar, que te pot lhiar e solv[r]e!»

Quant ac dat charitat gen pauberina,
Pan e charn [o peisson], vi e farina,
Si s'en vai als obriers d'obra chaucina.
En l'obra del laurier, a la rocina
S'en vai ab lhies Garcens i Asselina;
Un romieu a veut d'obra no fina,
Porta peira e mortier e aigua ab tina :
« On jatz aquest romieus, domna Asselina?»
—« Dompna, en una maiso vilha que cliua,
Que no vol alberjar e ma perina,
Mas ab una contracha molt meserina;
E cel de son gazanh pais la meschina.
No i a drap ni lieh que s'esclavina.
E non parlaria hui ab la reina,
Entro que la ora es que la obra fina. »

La comtessa lo manda obra laissan;
E quant lo vit venir, drecet-s'enan;
Trais-lo a una part, ditz son talan : ·
« Senher, quar amas Dieu e el certan,
Te dirai nou cosselh que van cerchan.
Ieu vulh portar ab te al fundaman
Aigua, peira o sablo, o pauc o grant;
Darai-te, si tu vols, aur o argan. »
— « Dompna, no vulh per re aver que dan. »
— « Senher, e tu o fai per Dieu lo gran
E per la Magdalena cui amas tan,
E ieu per soa amor fauc ton coman;
Mas diguas-me qual ora e cum ni chan. »
— « Denan la miega nuh, ans que gals chan,
Merai mon chapela, un vilh ferran. »

Era o feiro aisi cum an empris :
Aporto lo sablo davan lo dis,
E'l sac sobr' el tinal, quant si an mis.
Aisi o an tegut ben prop dui mes,
Tro que venc us mesatges qu'el dux tramis,
E mandet-lhi del plah que ben lh'es pris.
Ab se l'en mena en Fransa, tant l'ama'l reis;
E la comtessa en ret a Dieu mercis.
Aquel messatges ac nom Adais,
Chamarlenx fo au dux e totz sos lis.
La nuh jac en la chambra ab sos cosis :
L'us ac nom Baudois, l'autre Crespis.
La comtessa levet quant sers fon pris,
Amis pres lo cire que fo aisis,
Devalet denan lies, per gras marbris.
Lai fo lo chapelas e 'l pelegris :
« Tornatz-vos-en areire, bels dos amis,
E dormetz a segur tro sia matis;

Quar no vulh que sa m sapcha om ni vezis.»
E lo garsz s'en tornet iratz, enclis;
Apelet Crespinet e Baudois.
Cel li comtet aquo totz fels e gris :
« Cascuna nuh la 'nmena .i. om tam pis,
E cuiatz-i tal re que no i es jes. »

Quant la comtessa es lassa puis al matina,
Si s'en torna jazer sotz la cortina.
Adais la servit, que s'en aizina;
E quant la vit colguada, el lieh sovina,
E fo en sa chami[s]a delguada, lina,
I ac genta faiso e color fina,
E tant blaucha la cara cum flors d'espina,
Lo gartz pauzet so ma sus sa peitrina.
E sa bocha blancha, quant l'esgrafina :
« Mala vos o pesses, gartz de cosina. »
—«Ieu me guabava, domna, qui es pelegrina.
Aquel romieus de lonh jatz sus l'eschina. »
Ela apelet Garsen i Asselina :
« Ostatz-me est romieu que m'ataina. »

Lo gartz fo orgolhos, enqua a esprendre :
« Ieu no sai de ma dona per que me fendre;
Mais valh-ieu qu'el romieus cui vai soentre.
Per quei vai aital ora so fai entendre. »
— « Fels gartz, a vos que n'ai razo a rendre.
Si jamais en parlatz, farai-vos pendre. »
E lo gartz pels degras pres a dissendre,
E vai a son ostal sa 'spaza senhdre,
E mont'el en son chaval, e vai apendre
Al dux .G. tals novas don degra pendre;
Que feunia e messonga lhi fetz entendre.

Lo dux a encontrat que repairet,

E trais-lo a cosselh, e lhi comtet
Gran messonga per ver, si cum cuget.
E lo coms quant l'auzit, molt lhi pezet,
Per un petit ab lui no s'irasquet :
« Si messonga me dis, Dieus t'en devet;
Quar ieu m'en meravilh, si o pesset. »

— « Senher, sobre un romieu a mes son sort :
La nuh s'en vai ab lui, quant la gens dort,
Aval sotz lo chastel, on so lhi ort.
Se ieu non pucs proar, donc ai ieu tor[t],
E si en dei morir a mala mort. »
Al comte, quant l'auzit, pezet ta fort
Que ancmais non ausi novas, si'l desconort.
Puis no manget lo jorn, ni la nuh dort.

Mati levet .G., que anc no fo lens ;
Quant chavalget, si ditz entre sas dens :
« Ai ! comtessa amigua, bels cors e gens,
Humils e amoros e dols e covinens,
I adrehs cors cortes e sapiens,
En qual trebalh fon ja lo teus jovens ?
Anc no me repropchiest tos rixs parens,
Ans me fos cosselhiers e bos sirvens.
De paubredat me trais lo teus porpens,
E'n tornet me on honor tos esciens ;
E si anc t'o peseis o fo tos sens,
Ja Dieus no m ait merce d'aquelas gens
Que me son enamic e malvolens !
— Gartz, tu perdras la testa, se tu i mens. »
Andicas l'apelet, que es sapiens :
« Senher, don es vengutz aquest tormens ?
Ta chara es negresida cum airemens.

Apela Bedelo e tos parens,
Que t'an acossellar, si tu cossens. »
— « Senhor, que vos dirai ? ieu sui sufrens. »

— « Senher, ditz Bedelos, mentir non quier,
Trop as sen de joven e cor leugier,
Quant tu cres un garso de ta molher.
Dirai-vos que comtet a mi l'autr'ier
Quant de Sancta-Sophia fetz reis mostier :
Defendet a la gen de son empier
Que us d'els no i meses valhan denier ;
Mas una paubra femna n'ac desier.
De son paubre gazanh, que ac drechurier
De coser, de filar de son mestier,
En comprava de l'erba que lhi saumier
Mengaveu quant estaven de sotz l'umbrier.
La nuh, quant gens dormia en son jasier,
Aportava de l' aigua sobr' el mostier.
E quant fon totz bastitz e li emper,
Si demandet a Dieu lo vertadier
Qual gaerdo n'auria e quan sobrier ;
E Dieus si lhi mandet per messatgier,
La paubra femna aura maior logier
Que lo reis per lo do de son aver ;
E en aquo ma dompna a cossier.

« Eu ai veut mostier Sancta-Sophia,
E no cuh que anc tals fos ni jamais sia :
Aquo es noms de Dieu, on om se fia. »
Quant ac dih la paraula, ilh la n'auzia.
Lo coms si ac somelh, quant fo fenia ;
Discendet e dormit en la beria.
Aqui somjet un somi quant se resia,
Montet el palafre, ditz-lor per via.

« Sai vos traetz, ditz-el, miei dui ami,
Dirai-vos que ai somjat aquest mati :
Que la comtessa era sotz un vert pi,
Seu vestimen tan blanc cum pargami,
E plus cubert de flors d'un albespi ;
E tenia un calice de mier aur fi,
Ab aquel me abevraba d'aquel sanh vi
Que Dieus fetz d'aiqua (sic) a nossas Ar-
Senher, aquo es bes, so te devi.   [chitecli.
Grans jois te nais de lhies, ieu t'o desti. »
Un pauc lo fan disnar, lat un sauci,
D'empastatz de peissos e de pousi :
« Amics, ditz au messatge, venetz aisi. »

Adain apelet lo coms .G. :
« Di·me cum lai irai ni de quals partz. »
—« Senher, no menaras mas que te quarz,
E fai anar tas gens vas Senesgartz. »
E vai sai e dissen en us issartz,
Tro ve la nuhs escura que tol esgart.
Sotz lo chastel dissendet emieh us jartz,
Estachen lor chavals lonh e espartz.
Aquel gartz era rix hui de .M. marxs,
E lendema non ac mas pur esjartz.

Lo fels gartz los en guida a la maiso,
Que guacha no'ls i sen, que no i fo.
Aqui los fai ostar en un gepto,
Tro que vit la comtessa e'l clerc Guio ;
E'l romieus tenc lo sac e lo basto ;
E ilh lo van seguen, lo pauc passo.
La comtessa s'aresta en un cambo,
E ilh son remasut tras un boisso.
Una clardatz plus grans que de brando

18

Dissen sus la comtessa davas lo tro.
.G. vit lo romieu que met sablo
El sac que ela lhi te a genolho ;
E quant .G. o vit, molt lhi saup bo ;
Apelet Andicas e Bedelo :
« Senhor, molt ai lo cor mal e felo
Quan creiei de ma dompna fol ni garso. »
— « Coms, er potz ben vezer ta vezio.
A bon dreh te do Dieus cofusio
Se ja causas per guerra mais espero ! »
—« No farai, so ditz-el, se Dieus me perdo. »
E lo gartz s'en amblet tot a lairo,
Abans fugit au bocs que a sa maiso.

.G. era si gartz en son agac :
Una clardatz i veno, si cum Dieu plac,
De que lo coms e' lh seu an gran esmac ;
Vic sa molher Berta que tenc lo sac,
E el i mes lo sablo que trais del brac.
E .G. quant lo vic, gran joi en ac :
« No i penretz mais, romieu, cop ni gamac ;
Abans ai en talan que gen vos pac. »

Lo sablos fons pesans, e grans lo sacs ;
Cil lo te prop de se e vai detras.
E la comtessa vai lo petit pas,
Del pe destre marchet sobre sos draps ;
E si cazec adens a terra bas,
Lo tinals antrenan totz drehs remas :
« A fel ! quar la socors, » ditz Andicas.
.G. lai vai corren e ditz : « Hui las !
Ai ! comtessa amigua, cum bon cor as,
E ieu mal e felo cum Satanas !
Era as, a mon veiaire, tot cel fron cas. »

—«No, senher, Dieu merce. Tu si cum vas? »
— « Amigua, ditz .G., ben o sabras.

—«Laissa m portar, romieu, quar a mi tauh,
Qu'ieu vulh esser del fais mi dons compah,
E parceriers ab lhies d'aquest guah.
Ieu vos darai assatz que vos sofranh,
Menjar pro e deniers e draps e banh. »
—«Vos oc, senher, ditz-el, se ab vos retranh;
Ans servirai selui don no mi planh.»
Lo coms pres lo tinal, non ac desdenh,
E la comtessa.... sos cap fenh;
Intro-s'en el mostier, e sono senh.

G. vit la clardat resplandissan
E 'l tinal que estet drehs atrenan,
Aisi que no se baissa ni tan ni quan :
Donc ac lo cor pitos humilian.
El lo portet de tras e te'l denan.
Intrat son el mostier lor fais portan.
Lhi cle[r]c en fan entr' els de laus un chan,
Per la vertut de Dieu que viro gran.
Lo coms au lo servizi quant jorns espan.

Lo coms au lo servizi mati, e briu
En una chambra volta blancha cum niu
S'en es intratz lo coms e pri ce sieu :
« Comtessa, ditz lo coms, ben es a Dieu.
Gran vertut fai per te, aquo sai-ieu. »
—«Senher, non jes per mi, mas pel romieu
E per la Magdalena on fa son priu,
Per cui resucitet Dieus lo Judieu. »
— « Ieu mandarai, ditz-el, Bertolomieu

Pel miracle escriurc e mentre[1] en brieu.»
La comtessa respon : « Non plassa Dieu!
Tost veiriatz de gen si gran aplicu,
No vulh i aia aver, for vostre e mieu,
E tos de purs alos, non jes de fieu. »

— « Comtessa, dirai-te cum soi vengutz.
Adais me comtet que aviatz drutz. »
— « Ieu oc, la merce Dieu, tant l'ai quesut. »
— « Ieu si vulh, ditz .G., se Dieus m'ajut;
E sap me bon al cor, quar l'ai veut,
Lo labor de vos dos e la vertut
Que Dieus vos a trames per grant vertut.
Jamais non bailarai per guerra escut.
Fai venir lo garso fol, mescreut. »
— Senher, ditz Andicas, tu l'as perdut,
Quar ieu l'en vi fugir pel bos ramut. »
— « Er m'amenatz lo blanc romieu canut;
Molt sembla ben prodome aperceubut,
Que del servisi Dieu faïre no s mut. »

La comtessa apelet Garsen lo monge :
« Donsel, er potz vezer de nostre songe,
Que anc non vistes un que milhs s'aponge.
Lo Satans es lo gartz e la messonge
Qui m vol mesclar au duc e far vergonge
E so qu'el se cuiava que nos eslonge.
Don preiatz au romieu que ab nos s'aponge,
Quar Dieu ama de cor e no i fai conge. »

Intratz es lo romieus, en fon bon grans;
La barba lh'es creguda c 'l caps ferrans :

1. Lisez *metre*.

« Romieu, so ditz lo coms, traetz-vos enans.
Per amor de ma dompna, cui es amans ,
Vos darai de mon aur .v. c. besans. »
E il lhi respondet : « Non aurai tans.
Pur manjar me do Dieus, ab mos afans,
E en terra de vita retribuans,
Quar el es drechuriers e guerdonans. »
E .G. l'esgardet e sos semblans :
« Romieu, so ditz lo coms, per vos balans. »
E ditz al autre mot : « Tu iest Guintrans,
Mos parens e mos om, coms alamans,
Bos parliers en ties e en romans,
I adrchs chavaliers e combatans.
Per mi fezes estorns ieu no sai quans. »
— « Er en soi penitens e gravissans,
Quar en fust en t'onor ben repairans. »

.G. baiset Guintran e tenc-lo char,
A cosselh ditz Uguo o Guinasmar :
« Queretz-lhi a vestir e gris e var. »
Ab tant lhi pres sa vida a enquistar :
« Senher, on as estat ? »—«Don, oltra-mar,
Aniei al sanh Sepulcre ; al repairar
Pres-me us mescreens que m fetz menar,
Ab .M. autres caitis, per afanar,
A chastels i a murs peira portar.
Mais de .xx. ans m'avenc el luc estar,
Quant Dieus sa Magdalena me fet lhivrar.

« Cel que gitet Jonas de la balena,
Me trames delhivrar sa Magdalena :
Per aquo soi sos sers e fauc sa pena. »
—«Ben t'a Dieus espirat per qualque vena,
Quar denhct alberjar en aquest regne;

E ieu la servirai, quar nos es bone (*sic*),
E vos cuh donar molt gente estrene ;
Mas comta-nos del regne on Dieus t'amene.»

— « Don, lo[n]cs comtes faria e vos enui.
On que m'aia estat era si sui. »
— «Vos no[u]s partretz de mi jamais pos hui ;
Ans vos darai de lai la honor del Pui
E trastota la terra tro a Mercui.»
—«Non plassa Dieu jamais honor remui,
Mas tant cum en tendrai en un sarcui,
O sert .G. de cor Deu e cel sui ;
Per aquo prec la sancta ab els s'apui
Que an ploratz lor pechatz de laigres mui.»

Lo coms .G. comanda chara rien :
« Aportatz a vestir a mon paren. »
E cil an l'obeditz, no feiro len :
De chansil, de sendat lhi fan presen,
Pelhisso e mantel ric e valen ;
Mas el los geta jos, neis re non pren.
E lo coms en juret son sagramen :
« A vestir vos coman, s'o vos coven
Que vos fassatz per Dieu a mon talen,
Qu'ieu non ai mais amic ni bon paren
Qui sapcha dar cosselh ric ni valen,
Fors Bertran e .F. a cui apen ;
E ma honors est tan grans que lonh perpren,
Que no poden tornar a mi soen.
E vos non es meschis de leu joven,
Que aiatz pretz ni orgulh per vestimen.
San Bertolmieu vos en trai a guiren,
Qui e molt char vestir servic Dieu gen. »
—«Cel o fai si cum vol, no l'en desmen.»

Prumier lo fan banhar e tondre e raire,
I autres draps vestir, e los seus traire;
E semblet beu baro de gran afaire.
.G. l'acis lonc se, totz s'en esclaira :
« Ere me [1] cosselh cascus a son veiaire ;
Ieu vos comtarai so que ieu vulh faire
De la onor que ieu tenh, tan Dieu repaire,
Don vivran .v. c. morgues e .M. cofraire.»
—«Senher, ditz Andicas, so nou s'es gaire
En vas la guerra gran don fos pechaire,
Don .C. M. ome issiro de lor aire.
Atretans n'as aucis, tu e tos paire ;
Mas pos Dieus t'ama tant qu'el te desolaire,
Que te e ta molher vol a si traire,
Ret ton cors e t'onor lhui e si maire,
Non tener mais ciptat ni mur ni chaire :
Non volria sufrir nostre emperaire
Que perdria 'il servici qui om lh'en deu faire.»

En aprop demandet a Bedelo :
« E vos que m'en lauzatz d'aquest sermo ? »
—« Don, si faire lo vols, tenc-lo per bo.
Pos Dieus t'en a mostrat tal signazo
I autre t'en mostret en Val-Beto,
Que ta senha mis à foc i a charbo
Per lo tort que avis en vers .K.
No te laisses d'onor tor ni donjo,
Pos Dieus lo t'a redut, merci l'en do. »

— « Cosin Guintran, e ieu vos en somo
Que vos me detz cosselh ses lonc razo. »
—« Per coman Dieu David sempre despo :
Beati sunt qui gardo judicio,

1. *Lisez Era m.*

E qui justizia fai tota sazo ;
Drecha justizia val ben bona razo,
E ieu la laissarai a don .F.
Per gran terra tener, non sai tan bo.
Anc n'agren patz ab lhui trachor felo,
Ni fals ni messongier ni mal lairo ;
Anc n'agron chavalier tal companho,
Qui si char los tengues ni que tant do.
Quatre filhs a que son gen mancipo :
Quan reis tenra sa cort, ses nulh somo
Portara l'us la 'spaza, l'autre 'l basto,
E lo terz causara son espero,
E lo quartz portara son gonfaino.
E lo ferir primier teno Breto
De mei e de mon paire lo vilh Drauguo,
E tot l'autre mestier de la maio ;
Quar aitan son lhi fieu de Rossilho.»

Lo coms laisset aquels, torna a s'oisor :
« Domna, ab vos palarai, en Dieu amor,
Quar vostre cosselh m'an estat melhor ;
Tornat m'an en riquesa e en honor. »
— « Senhor, se ren i val, Dieu en aor ;
E vos lhui que daretz de vostra honor? »
—« Totz mos quites alos que ai d'ancessor.
Mas sai qui fo Boso al ponhador,
Au melhor chavaler torneiador
Que anc fos ni que sia mais a nulh jor.
Membra-vos cum vos trais de la chalor,
Quant reis pres Rossilho per traidor.
E preiaran per lhui morgue plusor ;
Trenta mostiers farem per Dé amor,
En cascu ric abat ab lo prior,
En la val Rossilho, on Saina cor.

Lai jaira nostre filhs, e nos enpor.
Chavaler e borzes e varvassor
E tuh aquelh que son laborador
Si preiaran per Dieu l'emperador
Que lor autreie .F. defendedor.
Per gran terra tener non sai melhor.
Ab la forsa del rei nostre senhor,
Fara orgulh baissar, jaser sostror ;
Estaran chavaler en gran sojor ;
E saran de sazo che et austor,
Falco e falconier e venador ;
E tal la faran ora escarnidor,
E donzel gualaubier chavalgador.
Qui vol proar son cors e sa valor,
Si auzen gueregar gen paianor ;
Quar trop l'an mantegut lhi nostre e'lh lor.
Si cum ditz el escritz del Redemptor,
Damidrieus gic montar tant pechaor
Cum si era sul pui de Libanor ;
Puis davala plus tost que aucels de sor.

« Dona, vecvos los meus que son traitor,
Fors .F. que ama patz e Dieu de cor.
Quatre filhs a, que son blonde e sor,
De la neboda .K. que fo sa sor ;
No partiran de lhui a negun for.

— « Guintrans e Bedelos i Andicas,
Prendetz de mon aver cascus .M. mas.
Ieu trobarai l'aver e lo compas,
E si irai denan e vos detras,
E bastiretz mostiers e tors e clas. »
— « Senher, nos farem so que tu volras,
Quar no i a mais mestier orgulhs ni gas.»

Las obras son enquadas, e 'l camp remas.
La cansos es fenida, totz en soi las ;
E se chara la tes qui la diras,
Assatz en potz aver vianda e draps.

Era es fenitz lo lhibres e la cansos
De .K. e de .G., los rixs baros,
E de .F. e de Bos, los Braimansos.
Lhi cop si foro fer e engoissos,
Que de sai que de lai remanen blos.
A la fi venquet .K.G. e 'ls sos.
.xxij. ans n'estet pels bos erbos,
Amassan lo carbo ab dols, ab plors ;
Puis cobret son dugat, fe que dei vos,
E fo molt om benignes, religios,
E basti ne mostiers, sapchatz, pluros :
Versalai l'abadia es us dels bos.
Plus de .cccc. gliesas, ab orazos,
Fetz far .G. e Berta, la dona pros ;
E dotero-las totas de fortz rixs dos,
De chastels e de vilas e de rixs maios ;
Per totz meiron personas, abatz, priors.
Tant quant te la Bergonha, on es Dijos,
I a be pauchas gleias mas de lor dos.
Grans bes e grans almoinas e grans perdos
Fai-om en sancta Gliesa per ambedos ;
Quar ilh l'an eretada, ben es razos.

Si .G. fetz gran mal tot en prumier,
El s'esmendet molt be tot en derier,
Qu'el fetz gran penedensa en un mostier
Qu'el-meteis fes bastir molt bo e chier ;
E mes-i .c. donzelas e i fetz mongier.
Nulha re no fan clers mas Dieu preier

Per lui e per Na Berta, soa molher.
.M. marxs lor det de renda ses tot gabier ;
Cel o pot be vezer que i vol alier.
Na Berta la duguessa deu fort amier
Totz om que ama Dieu Jhesu perclier,
Quar ela set tan be e fai enquier :
Deu preiem tuh essem n'aia loier
La bo[na] dona chera ses tot empier,
La mielher que anc fos ni ja non er.

Verselai sotz l'abadia son sebelit
Lo dux e la duguessa, si cum om dit.
Auien tuh la chanso, gai e marih :
Lhi gai per las proesas que an auzit,
Que de tota proesa sian plus ardit ;
E lhi marih en parlen plus issernit,
E garen de far guerra ni tant raubit,
E al u et al autre es issernit.
En aquesta chanso tot es escrit
Comen puscha far guerra ni son oblit.

Set .c. ans en avia que Dieus fo natz
Qu'esta guerra fo facha....
Si cum fo per mols omes lo fahs proatz,
E duret be .lx. e plus assatz.
Dels mors. . . . Jhesu, si 'l platz.
Si que . . . . . salvat.

. . . .

. . . . . lho . . . . .
. . . . . s'ennula . . . .
. . . . scriptoris . . . . .
Requiescat fessa laboris.

LE ROMAN

DE

GÉRARD DE ROSSILLON

. . . .
Dex. lor mostre miracle qui fu castiz :
Flambe lor chiet del ciel, qui'es enbruniz ;
Li gonfanon .G. est toz bruiz,
E le Karlon, qui fu à or escriz.
Totes les chars en tremblent as plus hardiz
En terre soz les piez, dès la raïz.
Ce dist li uns al autre : « Siecles est feniz.»
Donc fu li quens .G. espaoriz,
.K. entre les siens forz esmerriz ;
Donc s'esloignent des autres e sunt partiz ;
Pois n'i ot cop donat ne cop feriz.
Esteirent tote noit hauberc vestiz ;
E quant li jors paraist, bien fu joïz.
Viraz terre porprise d'escuz voltiz,
De blans haubers e d'iaumes à or sarciz.
Donc resplent li cristax e l'aumatriz,
De gonfanons o lances tal plaissadiz,
Des morz vasax qui gisent par prez floriz
Fu toz li camps coverz e roveziz.
Bos et Folque e .G. l'amaneviz

Rajostent lor compaignes, quant jor clarziz.
Un des premiers, iraz parla Daviz,
Freire germain Helau qui tint Pontiz;
Quens ert de Valençon e de Vautriz :
« Ré partiz de Dieu, com es maldiz !
Par ton orgoil nos as aserventiz,
Tei-meisme com fous nos as traïz.
Enquor vus est .G. li quens foïz;
Ainz que il seit vaincuz ne desconfiz,
I aura plus perdu, d'ice soi fiz.
Tant i avez perduz de voz norriz,
Jamais li dels d'icez n'en iert obliz.
Perdu i ai mon paire e mes deus filz :
Veiz-les là morz, ou jazent desoz çà viz;
E ge ai par le cors tels deus espiz,
Jà par mi[r]e qui seit n'en iert gariz;
Par oc, si n'en serai trop escharniz,
Loereie que plait eu fust quesiz,
Par l'ame del baron al cors deliz. »
A un mult bon conseil qui fu choisiz,
Cent barons des meillors i sunt coïlliz.

Premiers dist Galerans qui tint Sainz-Liz :
« Reis, quer crei tes barons e tes norriz
Tresqu'en seie del conte un plaiz oïz. »
E .K. en jura la Genetriz :
« Ge voldreie mielz estre ensepeliz
Que jà par plait qu'en quierge seie honiz;
Quar se .G. vos quelt par ses malviz,
Trop sereie ahontaz e vilaniz. »
— « Sire, .G. ne l' velt, si com tu diz,
Donc iert lo tort de là à dreit guenchiz;
Si auras vos talanz toz acompliz,
E qui par tei morra n'en iert periz. »

Li manz fu otreiat, li més choisiz.
Tiebert de Val-Beton est viel floriz,
E saive de parole e avertiz :
Par lui sera li més faiz e forniz.
Comment que li plaiz seit mais hoi oïz,
Molt remaint Val-Beton de morz garniz,
Cent mile dames veves de lor mariz.

Tiebert mena o sei Garnier de Blaive,
Cosin germain .G. e niés Oraïve ;
Mais hom .K. fu, liges del fieu son àive.
Sist el cheval gascon à l'Amoraive,
Trespassa mil danziax ocis à glaive.

Estait .G. iraz e pesanços,
Veit iluec les meages ester andos.
Garnier parla premier con danzel pros :
« .G., quere fai dreit e pren de nos. »
E li quens respondi toz aïros :
« Ge vos en jur le Paire le glorios,
Se çà venist mesage autre que vos,
Que del pié le féisse ou del poing blos.
Il m'a mon paire mort, reis de Sotos,
Or me mande un plait tant encombros,
En icel camp méisme où fui dampnos :
Ainz s'en tornera l'un toz vergondos. »

Or parole Tiebert, après Garnier,
A guise de baron u qui amor quier.
Ne respont mot d'orgoil ne traversier :
« .G., quar pren conseil à ton espier.
Ci vei estre Folcon ton conseillier,
Landric e Aenri e don Aucier.
E quar li loaz tuit, franc chevalier. »

— « Conseil, ce dist Landris, i a mestier.
Aval en çà ribeire, soz un ombrier,
Se gist Euldres naffraz, li quens, dès ier.
Ainc ne vi tal baron ne tal parlier,
Tant saive ne si proz ne tal gerrier.
Quens, va parler à lui, conseil li quier,
E ce qu'il te dira fai volentier. »

Guerart vait conseil querre à Eudelon;
O sei mena Gilbert e dan Folcon,
Landric e Aenri e dan Gigon.
Aval en çà ribeire, en un campon,
Jut Eldres soz un paile de ciclaton.
L'ordre saint Beneeit velt qu'en li don,
Quant là vienent li fil e si baron,
E .G. devant lui à genouoillon :
« Oncles, conseil te quier; done-le bon,
Tal qui ne tort à honte n'à traïson.
.K. me mande plai fin e pardon;
Çà m'a tramis Tiebert de Val-Beton
E Garnier mon cosin, le filz Aimon. »
— « Biaus niés, graces en rent Jhesu del
Ci a gente parole, sanz achaison.   [tron ;
Pois qu'ele muet premiere de vers Karlon,
Si la fai volenters sanz contençon. »
— « Ge comment amerai rei tant felon,
Tierri son conseillier de sa maison,
Qui m'a ocis mon peire, le viel Dragon,
E méismes ton cors qui m'a resfon?
Jà terre ne tendrai del rei Karlon,
Se tal plai ne me fait qui sie bon,
E Tierri mete fors de sa maison. »
— « Ge t'en ferai, dist Eldres, un brief sar-
Quar se creire me vels e ma raison, [mon :

Jà ne seras retaz de mesprison
Vers ton lige-saignor de traïson,
Ne en après ma mort mon filz Folcon,
Qui ne dera conseil jà si ben non. »

— « Jà ne crerrai conseil que l'en me die,
Se Tierri ne gerpist e sa parie;
E puis me face dreit de la boisdie,
Qui à tort a m'enor prise e saisie,
E m'a mon peire mort, ma gent laidie.
Se cest plait ne me fait et ne l' m'otrie,
Jà ne sera mis sires jor de ma vie. »

Eldres, quant il l'oï, molt s'en aïre :
« Niés, molt as poi de sens e fol arvire.
Pois Dex fu mis en croiz e prist martire,
Ne fu mais par un home tant grief concire,
Assez graignor pechié que ne sai dire,
Si qu'on ne l' puet conter ne clerc escrire.
Ce ne puez-tu neier ne escondire,
Ne soies sis hom-liges, et il tis sire;
Ne l' puez chacier de champ ne desconfire,
Ne forfaces ton fieu, qui en velt veir dire.
L'ordre saint Beneeit e saint Basire
Voil prendre e requeillir : pensez-en, sire. »
E .G., quant l'oït, de dol sospire.

« Saignors, ce dist .G., molt m'est-ce fort,
Vers Karles, rei de France, comment m'acort,
Qui mon enor me tolt, mon peire a mort. »
Premier respondi Gale cil de Niort :
« .K. en face dreit qui 'n a le tort,
Al jugement e conte qui est de Monfort,
O un autre baron qui ne l' deport.

Il n'a soig de t'amor, s'il s'en resort. »

Or parole Landré de son estage :
« Gale, ce que vos dites semble folage.
Tuit li saive de Rome ne de Cartage
Ne jugereient dreit solonc damage.
Eissi con la meir clot tot le rivage,
N'a baron chevalier de nul parage
Qui n'i ait perdu home de son lignage.
Pois que Dex nos a mis en bon corage,
Qu'il n'a fait demostrance à son barnage,
E .K. quert amor par son mesage,
Ne responez orgoil, mal ne outrage.
.G. fu sis hom-liges, qu'en vi l'omage ;
E prist de lui en fieu son heritage,
E en reçut henor e saignorage :
Si s'en retort li quens en son homage,
Karles li reis li rende son heritage
Si com fu devisat al mariage. »
— « Bien parole cestui, dient li sage ;
Molt a en lui grant sens e vaselage. »

Guerart ot des barons qu'il fu blasmez,
E entent de son oncle qui fu ainz nez ;
Vient devant lui ester li quens en pez :
« Oncles, merci ! por Deu, ne vos irez.
Plai ferai veirement, pois que l' volez. »
— « Biau niés, ce dist li quens, ce me plegez
Que d'iquest convenant ne vos istrez.
Bos e Folque e Seguin, avant serez,
Par iquest convenant le m' otriez ;
Gilbert de Senegart cil i metez,
Bernier mon petit-fil n'i obliez,
E gardaz-lo-mei bien e norrissez.

Mesure e senz, chier filz, genz retenez,
Amaz vostre saignor, fei li portez :
Jà ne perdrez honor tant com vivrez.
.G., vos e Folcon, au rei mandez,
Tot li rendrez le suen, quanqu'en tenez ;
Acordaz-vos à lui, bien le servez :
Ce sera vostre preu, proece e prez. »

Guerart part del conseil , li quens iraz.
Es venguz les mesages toz d'autres laz :
« Donc manderai à .K. ce que vos plaz ;
Plait ferai veirement, pois me loaz ;
Mais ge vos en jur Deu e ses bontaz...
S'avant n'en est Tierri del plait gitaz,
Si que n'aie vers lui mais amistaz.

« Grant tort en ot li reis e ses Franceis,
A sa cort, à Orliens, quant g'i veneis ;
Ne m'i fu consentu ne dreiz ne leis.
Sanz dreit que li veasse, ne tort li feis,
A porprise ma terre e mon pageis,
E mon paire m'a mort, mon fieu porpreis ;
Mais poi qu'Eldres mon oncle l'a si enpreis,
E li baron le loent de mon pageis,
Plait ferai veirement, se l' dux enveis. »
Là s'en vont li mesage où fu li reis,
Entor lui si baron e si marqueis.
Tierris i ert d'Ascane, naffraz esteis.
Il n'i a nul tant saive ne tant corteis ;
E quant li dux parole, ne fu mespreis,
Li mesagier descendent tuit demaneis,
E .K. lor demande : « Dites cum eis. »

—« Seignor, ce dist Tiebert cum om irat,
Sanz tort qu'il t'éust fait, ne dreit veat,

As porprise sa terre e s'eritat;
Son paire li as mort à grant pecat,
E Eudelon son oncle à tort naffrat;
Mais por amor Jhesu de Trinitat,
Qui nos en a semblance grant demostrat,
E li baron le loent de son regnat,
Si fussent li meffait tuit pardonat,
E à cest mot se sunt tuit acordat;
Mais au desraain furent tuit encombrat,
Qu'il jure dam–le-Dé de Trinitat,
Jà n'en iert tes feels ne ton privat,
S'avant n'en est li dus de pais gitat,
Si qu'il n'en ait vers tei mais amistat. »

—«Par mon cap! dist li reis, par quanque
Ne voldreie aveir fait si grant deslei, [vei,
Par quei ait Tierri guerre nule sanz mei.»
E Tierri respondit : « Sire, mercei!
Ne place dame-le-Dé, al magne Rei,
Que jamais por mon cors nuls hom guerrei!
Cent anz a que fui naz e mais, ce crei,
Tot ai flori le peil e blanc com nei;
De France fui gitat à grant beslei,
Passai un braz de mar à mon navei,
Set anz fui en essil à Mont--Caucei.
Aimes e Aimeri o Audefrei,
Mes filz, seront au rei, e nos tuit trei;
E là nos en iron, Diex nos avei!
Quant sera bien .G. li quens au rei.
Mi ami e saignor, preiaz por mei,
Kar del tot me voil metre en sa mercei. »

Karles, quant l'a oï, a grant dolor :
« Mi feeil, mi ami e mi contor,

Li bibe e li abat e li doctor,
Qui m'aveiz à gardar, mei e m'enor,
Par la fei qu'en deveiz e par l'amor,
Hoï doneiz teil conseil vostre saignor
Qu'il ne me tort à honte n'à desenor.
Jà ne faldrai al duc à negun jor,
Ne voldrie aveir fait ce au menor
Qui o mei fust en bataille ne en estor. »
E li dus respondi par grant amor :
« Ne place à dam-le-Dé, au Redemptor,
Que par mei seient mal li vostre as lor !
Ainz qu'al dux féist guerre l'emperador,
Me voleient grant mal si anceisor :
Or me volent li fil, ce sai, major. »

Galeran de Sain-Lis premierement
En a parlé au rei molt cointement :
« Ge sai que Dex en velt l'acordement,
Quant sor vos enveia le feu ardent.
Tant baron i remeistrent mort e sanglent,
Noalz en iert en France dont sunt venent;
Mais facent plai au duc paraument :
Cil qui à tort gerreie trop longuement,
A tart vient lo gaaig, e pert sovent;
Chier compeire qu'en a e mal lo vent.
E si rendez au conte son chasement. »
—«Fait iert, ce li dist .K., votre talent;
Mais de Tierri ai molt le cuer dolent,
Se .G. ne pardone son maltalent. »

Un autre plait en velt li duc cerjar,
Qu'il velt le duc al conte molt cordar;
Mais .G. ne le velt onc otreiar,
Ne Bos de Carpion ne Seguins far,

E li dux prent congé. A sen annar,
Là verreiz tant baron por lui plorar.
Or devon la parole à tant laissar.
Tant mainent la parole e bibe e par
Qu'il firent les compaignes sens desarmar.
E .G. vait de pais au rei parlar,
E font-li son homage arafiar,
Guerpir male voillence e abaissar;
Le hainge des morz font pardonar,
E les vis qui sunt pris font delivrar;
E commandent le camp bien à gardar,
Les morz à enfoïr, vis à sanar.
Tanz barons i laissierent morz, duc e par,
Dont li dels s'espant loig au repairar.
Asseiz ont lors amis mais à plorar,
E dames e danzeles à regretar.

Onc de plus fort bataille n'oï retraire,
Kar n'en fu nule tax pois le tens Daire.
Folque e .G. i pert chascuns son paire.
E ne me chalt des morz hoi mais retraire;
Les armes aient Dex, li cors suaire!
Quant la gerre fina, al mien viaire,
.G. en fait mostiers ne sai quanz faire,
En quels mist assaz moines e saintuaire.
.G. à Rossillon tost s'en repaire;
En Provence s'en vait Folque e son fraire;
.K. li reis en France, n'i tarja gaire.

De Draugon ne remeist filz que Guerarz,
A Euldres en remeist de molt gaillarz:
Ce fu Bos e Seguin, Folque e Bertraz
E danz Gilberz li quens de Senegarz;
E se Tierri s'en vait par lor regarz,

E por ce que il velt que guerre tarz,
Ne velt estre clamez fels ne coarz.
Tant preierent as contes d'ambedeus parz,
Qu'à cinc anz l'en mist un plait Guerarz,
Par quei fu pois li quens clamaz coarz :
E por oc il n'en sot engins ne arz;
Mais Bos de Carpion fist que gaignarz.

Gilbert tint Senegart e Mont-Argon,
E Seguin la contat de Besençon,
E danz Bos tint l'onor de Carpion,
E Bernart la contat de Tarascon,
E Folque le ducat de Barcelon,
Aoste e Seuse e Avignon :
Ce fut tot de l'enor au viel Draugon ;
E le conte .G. tint Rossillon ;
Mais paiens l'en tolirent e Esclavon
Plus de quatre jornades tot environ.
Cum oïrent le doel e le reson
De l'estor qui fu fait en Val-Beton,
Où furent mort li conte e li baron,
Cil passerent les porz sanz contençon,
Tresqu'à Gironde vindrent tot à bandon.
Por secors querre vindrent quatre Gascon :
Dui avant à .G. e à Folcon,
Li altre dui en France au rei Karlon.
Li reis est à Paris, en son danjon,
Ici requiert conseil del rei frison,
«Qui molt me font grant guerre, e li Saison».
Li mesager descendent à un perron,
E entrent el palès où Karles fon,
E dient-li noveles qui ne sont bon.

Premiers parla uns quens, danz Anséis :

« Ahi ! Karles Martel, com mal féis
Quant tu en Val-Beton estor préis
E Draugon, ton baron, i océis !
Quant quidas enforçar, si afeblesis :
Perdu avon les marches que l' dux conquis,
De çà resont venuz Amoravis,
E de lai refont guerre e Saisne e Fris.
Se .G. ne t'ajue, toz es conquis. »
Li reis de maltalent s'engreinezis.

Après parla Tenarz, qui tint Girónde.
« Sire reis, ge ne sai que ge responde.
De çai devers Espaigne m'a fait esponde.
Assaillent-mei paien de tot le monde.
Ne pois volar en France, ne soi aronde,
Ne n'os saillir en l'aigue : trop est parfonde.
Tot lo vostre secors Jhesu confonde !
A .G. me tendrai, par Dé del monde. »
Li reis est tant iriez, ne seit que gronde.

Anséis de Nerbone parla com bar :
« Danz reis, jà un de nos ne deit loar.
Quidez-vos por mal faire vos ait gent car ?
Ne somes pas isleis d'outre çà mar.
Quant tu vas en Espaigne ton ost gnidar,
E l'en porte t'enseigne, por cadelar,
En tot le pejor leu que puez trobar,
Assaillent-mi l' paien d'oltre la mar ;
Mes portes m'ont fait clorre e enterrar :
Onc ne fustes si proz ne si ric bar
Que m'aillissez de France là ajudar.
Ad .G. me tendrai, si Deu me gar. »
Li reis fu tant dolenz, ne seit que far ;
Mais son cheval demande e vait montar.

E ci est montez Karles par is secors,
Onques ne fist nul reis graignors valors ;
E tramist ses mesages tantost les cors,
E manda ses barons e vavasors,
E en a quinze mile en quatre jors,
E furent ajostat à lui, à Tors.
Enveie por .G. à is secors :
Orgoil fu e folie e male amors,
Que sanz lui commença li granz estors,
E par oc si en fu soe l'onors.

Es biaus lons jors de mai que tens aonde,
Que Karles se combat sebre Gironde,
A paiens d'Esclaudie, une gent blonde,
E à cez Aufricans neirs com aronde.
Segurans de Surie fist Mapemonde
Amener cele gent que Dex confonde !
Des paiens desleiax tant li abonde,
N'i volsist estre Karles por tot le monde.
Ne trove de s'ensaigne qui le responde,
Quant li quens .G. sorst de Val-Parfonde ;
Lance porte trenchant, targe reonde.
S'eschiele joint premiere o la segonde.
De sanc que vei aunar vermeille l'onde.

Onc ne veistes rei qui si rancur,
Quant .G. a josté les siens as lur ;
Onques ne vi baron si proz, si dur.
Tote jor se combatent tresqu'à l'obscur.
A l'aube apareissant vaincuz sunt Tur,
Paien e Aufrican à maléur.

La bataille est vaincue, li camp finaz ;
E .G. de l'estor est repairaz,

E tal mil chevalier de ses privaz,
Qui ont perdues les lances, les branz oscaz.
Espiez portent toz nuz ensanglentaz.
Ne seront estoiez, s'ierent lavaz
E forbiz à cainsil e resuiaz.
Par le conseil Folcon, qui est molt senaz,
Fu li gaainz à .K. seus presentaz;
E il dist : « .G. conte, tot le prenaz
E donaz à voz homes que mielz amaz.
Par le conseil d'is conte serai preisaz
E serviz e cremuz e redotaz;
Plus vos amerai mais que home naz,
Se en vos ne defaut cest amistaz. »
Quant Bos d'Escarpion les a sevraz,
Çœ fu fès granz dels e lès pecaz;
Kar il en fu pois morz e afolaz,
E danz .G. li quens deseritaz.

Tant par est bien .G. li quens del rei,
Qu'o lui l'enmaine en France, à Saint Romei;
Toz li dist ses conselz, tant l'aime e crei;
E .G. puet en France tort faire e drei :
Il n'i a tant riche home vers lui s'alei,
Qui n'ait forfait sa terre e son pagei.
Li quens en prent, s'il velt, de tor la lei.

Tant par est bens amis li quens al reis,
N'en a baron en France n'en Vermendeis,
S'il a fait tort vers .K. ne aneleis,
Qui n'ait forfait sa terre e son pageis,
Ad dan .G. la rendent, le ric marqueis.
Eissi sont bien ensemble seisante meis,
C'onc ne li fist chose dont il li peis;
Ainz li fist ses batailles as paiens treis.

Li termes est venuz que Tierris meis,
E .K. de son duc merci li queis,
E .G. li pardone quanque li feis.
Donc fu mandaz Tierris sempres maneis.
A Saint-Denis en France .K. esteis,
Quar mal torna le duc en son pageis :
Par tant l'estut morir par veir anceis,
Faite en fu grant boisdie en feleleneis.

Karle mande sa cort, e fu bien grant,
De barons loherens e alemanz,
De Tieis, de Franceis e de Normanz.
Fu-i Tierris d'Ascane, li dux poissanz,
Li saives dreituriers, li vielz ferranz.
Onques [ne] juja tort ses escianz,
Ne onc ne prist loier le pris d'uns ganz;
E ac ensemble o lui ses .ij. enfanz.
.G. les prist à homes e à commanz.
Le jor les ocist Bos con souduiant :
Par oc recommence li dels si granz
E la guerre mortals maire que anz.

Li dux Tierris repaire del lonc eissil,
Del poi de la montaigne de Mont-Causil.
.K. manda sa cort à Merevil ;
Vait là Bos e Seguins e li danzil.
Se guerre orent li paire, si auront li fil.
Bos commença la guerre e le bestil,
Morz en furent barons plus de trei mil,
Carreies d'astes fraite à un tornil ;
E .G. enchauçat par un caumil :
Se ne fust Roissillons, mort i fust-il.

Oï avez la guerre e la tençon

Qu'ot .K. à Guerrart del Roissillon,
E con les mesla Bos de Carpion,
Kar il retint Folchier le Marençon,
Qui embla les chevals .K. sor Mont-Argon,
Quant li reis fu à siege à Rosillon,
E de Tierri le duc, le ric baron,
De l'estor qui fu fait en Val-Beton,
Où il ocist Draugon e Windelon.
L'un fu paire .G., l'autre Folcon,
E li enfant refurent chevalier bon,
E taus jà refurent mal mancipon ;
E resont tant cregu, chevalier sont.
A un lunsdi de Pasque Surrection,
L'encontra à la cort au rei Karlon.
Que vos en mentireie? ocistre l'on.

Ce fu à une Pasque, ce m'est avis,
Que Karles tint sa cort grant à Paris.
Tierris, li dux d'Ascane, là fu ocis ;
Dan Bos de Carpion la lance i mis
E por paire e por oncle venjance em pris :
Por ce remut la guerre icest dis.

Ce fu à un lundi, prins jor semane,
Que .K. tint sa cort grant e fortane,
En la sale à Paris, qui est viele ançane.
Quant li reis a manjat, dort meriane ;
Li danzel vont bordir à la quintane
Aval soz la citat, lonc la fontane.
Grant doel i ot mogu par la folane,
Entr'els i ot levat une mesclane.
Mort ont Tierri le proz, le duc d'Ascane
(Danz Bos de Carpion, qui tint Jordane,
I mist tote sa lance par mie l'entrane),

E tels seisante d'autres, nus ne s'en vane;
Mais pois s'en venja Ugues de Monbrisane,
Par le conseil Gautier, au fort de Brane,
Qui ne fait laide chose ne citolane,
Ainz fu faite en bataille bien grant campane.
Plus de mil en i jurent mort par la plane,
C'uns de ces n'en a quer ne teste sane.

Soz Paris la citat, en un campon,
Quintaine i ot basti par traïson;
Fait-la Bos e Seguin de Besençon.
Li filz Tierri là vont, li mancipon.
Li uns porte une verge, l'autre un bozon.
Cil vait à la maisnade que Dex mal don.
Bos tolt chascun la teste soz le menton :
Par tant renchiet la guerre, donc fins ne fon
Tresque morz fu dan Bos de Carpion.
.K. chaça .G. de son reion,
Maint grant sac porta pois plain de charbon.

Li fil Tierri là porte verges pelades,
La mais[nad]e Boson targes ovrades.
Soz lor goneles ont broignes saffrades.
A Saint-Germain ont faites lor recelades;
Aiqui lor ont les testes del bu sevrades.
Guerres en commencierent tant aïrades,
Cent mil homes en eissirent de lor contrades;
Si en i ot ocis cin cenz carades,
Dont gastés sont les terres, enermitades.

Li fil Tierri là portent bliauz fronciz,
La maisnade Boson haubers vestiz;
Soz les goneles ont bliauz tresliz.
Cil vont à la maisnade qui's ont traïz.

Bos tolt chascun la teste, soz la cerviz ;
E pois ocist lor paire li Deu-mentiz,
Le duc Tierri d'Ascane, dont fu haïz.

Karles entre en sa chambre por reposar.
Li dux Tierri d'Ascane s'en velt aunar ;
Ne seit la meschaance qu'il oï far,
Ne de ses petiz-filz, qu'il tient tant car.
Là est aunaz li dux por desmeslar.
Bos e Seguins l'encontrent, qui l' vont ques-
E baissarent les lances, e vont-li dar. [tar ;
Là oïsseiz croissir e euanscar,
Par mie le cors al duc menu passar,
Que l'ame del baron ne puet durar,
Qu'ainc ne l' vit nul des siens qui l'éust car.

Karles oït la noise e ist al crit,
Demande son hauberc e l'a vestit,
Trova en mie sa veie le duc delit ;
Ainz qu'il fust à Boson, s'en sont foït.
Es-vos à Rossillon .G. vertit ;
Jà ne verra avant un meis complit,
Le fieu qu'il tient de .K. aura saisit.
Premiers prent-le Folcon e agastit.
Ne quidez de .G. qu'il s'en oblit ;
Avant l'en fera guere, si com il dit.

Mort ot le duc Tierri, le ric baron ;
E dient çà en France la region,
C'ocis l'ont en la cort Bos e li son.
Dan Bos s'en est aunaz à Carpion.
Aiqui a deus castiaus de Mont-Argon,
L'un commande Seguin, l'autre Folcon ;
E quant .K. l'oï, ne li fu bon :

Por ce rencrut la guere e la tençon.

Mort out Tierri le sage, le duc d'Ascance.
Danz Bos de Carpion i mist sa lance,
E por peire e por oncle en prist venjance,
De quei vint pois à .K. teil eschivance
E .G. en eissi de sa garance,
Que tals vint anz dura la malvoillance,
Qu'ainc ne s'osa veeir au rei en France,
Tresqu'en furent chanu icil d'enfance,
E poi en fist Boson de mort temprance.

Car li peire Ugon fu fraire Tierri[e],
E Bos e Ugue furent molt enemic.
S'encontrent en bataille si com vos dic,
Anneiront sei ferir de tal affic,
Cil arestut el foc qui jus chaïc.
Ugues venjat son oncle com son amic.

Aimes e Aimeri, ob Audefrei,
Nevo furent Tierri, norri ensei.
Li quens lor dona armes toz en conrei,
E vait cridar merci Karlon lo rei :
« Laisse-mei ta maisnade mener o mei.
Vengié avrai mon oncle demain, ce crei. »
E .K. li respont : « Ge le t'otrei. »
Ice est la parole qui mal estei.

« Mesagiers m'est venuz duiz d'Avalon,
Que noit vendra .G. devers Dijon.
Ge metrai mon agait en Clarençon ;
Quar se dan Bos s'en entre en Carpion,
Ou se Seguin s'en vait vers Besençon,
Ne se Folchier s'en torne vers Mont-Argon,

Liquex des treis que Dex avant me don,
Ge prendrai de mon oncle la vengeison. »
E .K. li respont : « Ge l' t'abandon. »
Ice est la parole qui male fon.

Aimes e Aimeris e Audefreis,
O la maisnade au rei, montent maneis ;
E furent quatre contes de purs Franceis.
El bois de Carpion nus ne s'est meis,
E cil sunt remontat as genz le reis ;
E .G. quant l'oït, quit que li peis :
« De feeltat me gite, dist-il, li reis,
Quant il sanz deffiance m'a agait meis. »

La noit lieve, Folchiers li Marençons
Mena ensemble o lui ses compaignous
E les a fait vestir comme garçons ;
En la cit à Paris vait à larrons.
Quant la noit est vengue, li jorz rescons,
Poierent en la sale par escalons.
En la chambre qui es volte, très lo crotons,
Teil aveir embla .K. qui molt fu bons :
Treis cenz henas emportent de tals façons,
De l'obre que fist faire rei Salemons.
A .K. fu contade iste razons,
Ad un main que venie des oreisons.
.K. jure le Deus qui fist le trons,
Qu'i[l] confondra coarz e cogoons
E quens .G. par non, e ses glotons.
S'il ne rent son aveir e ses larrons,
Ne remandra Val-Nubes ne Besençons.

D'oreir repaire Karles ainz le soleil,
E a oï la messe à Saint-Marceil.

E pois est eissuz fors desoz un teil.
Enz la chambre qui est volse o apareil,
Qui fu de marbre taint vert e vermeil,
Là est intraz li reis e ses feeil';
De .G. lor demande à toz conseil.

Li reis intre entre (*sic*) en la chambre,
               [onc ne vi tau;
Tote est vouse e coverte de ben metau,
E est paint à musec gent par egau,
Plus reluist que esteile d'emmi jornau,
Li pavement de marbre tailliez de mau.
Là est intrat li reis e si vasau,
Conte, visconte e bibe e ric cartau.
Li visquens de Limoge qui a nun Girau,
Qui fu niés Audoin e niés Folquau,
Cors a vasal e proz, fort e jurnau;
Assaz dona conseil fort e leiau.
D'ice parla li reis dont plus li cau;
De vus se conseille, qui il velt mau.

Karles mande ses princes toz de sa gent,
E il vindrent à lui de si à cent,
E furent en la cambre par paviment.
Li reis lor dist à toz communalment :
« Saignor, qui seit de dreit rien ne entent,
Si me conselt par fei, son escient;
Qu'en ceste cort m' ont fait teil honiment.
Mort m'ont Tierri le duc, un mien parent,
Mon or cuit m'ont emblé e mon argent.
Soubre .G. n'ai mais mon chasement;
E d'iqui ont parlé e ge l' consent,
Se par non de bataille ne s'en deffent,
Jà un meis ne verra, si com g'entent,

Que saisirai le fieu que de mei tent. »
Li baron, quant l'oïrent, responent gent.
« E cil qui seit conseil ne l' me dont lent.»

Premiers parla uns quens, danz Emois :
« Or ne sai, saignor rei, por quei mentis.
Se Bos de Carpion Tierri ocis,
E .G. ne lo sot ne consentis,
S'il s'en puet escondire, ce m'est avis,
Il n'en deit perdre un aune son païs. »
—« Par mon cap ! ce dist Karles, qui tal oïz,
Ge ne demant au plus que se garis ;
Mais il ne lo puet faire por tot Paris.»
—«Donc ne sai, ce dist-el que plus en dis,
Que d'iceste razon en ai mespris. »

—« Conseillaz-mei, baron, por Dieu amor :
Por .G. le vos di, mon boiseor,
Qui selt vers mei avoir tant grant amor.
Quant ge ne me gardoe de sa folor,
Si m'a fait tant grant honte e desenor :
Mort m'a Tierri d'Ascane, mon dru meillor ;
Par tant vos en requier conseil meillor,
Quar je l'ai trop provat à traïtor.
Ne laisserai à toldre chastel ne tor,
Jà ne li remaindra point de s'enor.

« A toz vos pri, mi home qui çaienz son,
Por Deu, qui seit conseil qu'il le me don
De .G. iqueste conte de Rossillon ;
Quar le jor qu'ot mangié en ma meson,
Si consenti la mort de mon baron,
Del duc Tierri à faire la traïson,

Qu'en ma cort le m'a mort le fel Boson.
Il n'en a chevalier, ne mal ne bon,
Que se il en desdie un mot que non,
Que vos le provaz sempres à mal felon. »

Premiers parla Armans de Bel-Monsel,
A lei de bien genure home, de preu consel :
« Don, se .G. vos boise ne m'en mervel.
Ses paires e ses aives fu toz dis fel.
Or mandaz vostre gent tresqu'à Carmel
E de Gienne en France tresqu'à Croel,
E chevalchent trestuit en tropcel.
Se trobent fort chastel en plain caumel,
Si facent la bataille par teil mazel
Qu'il facent camp de sanc trestot vermel.
Qui trobera .G., gart non somel ;
Mais rooint-li la teste soz le capel.
Pois aillent herbergier à Mont-Espel,
Tolon-li Rossillon e Saint-Maurel.
N'en feras oan fin, par mon consel,
Très l'aies confundu, lui e Aimel. »

— « D'ice sai, ce dist .K., molt bien la flor.
De mei ne de .G. ne sai lo jor ;
Mais or revendra mai après Pascor,
Que iert l'erbe cregüe sobre la flor.
Vendront çà li forrier, cil vantador,
La maisnade .G. par lor folor.
Quant movront les chevals fort corador,
Ge me fi tant en Deu, le rei ancor,
Se nos venon egal li nostre as lor,
Sempres i auront cil de mort poor.»

Ales de Val-Beton, le filz Tiebert,

Fu laianz al conseil, qui bien parlet :
« Qui dera bien conseil, bien seit creet.
Se .G. dan Boson çà amenet,
Quant Bos ocist Tierri, .G. peset ;
Il ne l' sot n'il ne l' volt ne l' consentet,
Ne poist iquest mesfait ne l' recetet :
Non deit perir .G. se Bos pechet. »
E li reis quant l'oït, s'irasquisseit ;
Dist : « Dahé ait la barbe qui l' sepenseit !
Mon aveir a .G., que il m'embleit ;
Il tramist le larron qui l'emporteit,
E de lui mut le lairron, à lui torneit. »
Ales de Val-Beton plus ne parleit.

Puis parla li visquens de Saint-Marciau
A lei de bien franc home, qui Diex bien sau :
« A Karle, gentils sire, reis naturau !
Retien ton bien baron, ton ben vasau,
S'il te velt faire dreit, s'il t'a fait mau,
E laisse estar lo double, pren le catau
E fai ton cuer haliegre e fai joiau.
Mielz aldra le servise de ton feau,
Ne fai d'argent carquié quatre chevau. »
— « Dahé ait, dist .K., qui de lui chau !
Filz à putain, parjures, fel, desleiau,
Me m'estortra .G. se pois atau. »

Gazel visquens de Droes le prist à dir :
« Don, dirai-vos un poi de mon avir.
Hom qui dreit seit jugier non deit mentir,
Non pas de ton lige-home qui velt servir,
De guerre esconmoveir ne abatir.
Mande-le à ta cort à tei venir ;
E s'il se puet salver ne escondir,

Ne deit mie .G. par ce perir,
Ne ne l' deis, en ta colpe, de tei partir. »

Gazel visquens de Droes en piez levere,
E maintient sa razon e essaucere;
Kar c'ert uns chevaliers molt ben parlere,
E la parole Alon dira enquiere :
« Quant Bos ocist Tierri .G. peseire,
Il ne l' volt ne ne l' sot ne l' consentere,
Ne poist icest meffait n'el recetere,
Non doit perir .G. se Bos pechere. »
E li reis quant l'oï, molt s'irasquere :
« E vos d'ice, dan Gace, qu'en direiz ere?
.G. a mon aveir, que il m'enbleire;
Çà tramist le larron qui l'emportere,
É de lui vint li laire e là tornere;
Mais il m'en fera dreit ainz que ge muiere. »
— « Ici a, ce dist Gasce, parole fere.
Il est toz dis costume en ist empeire,
Là où l'en seit conseil, que l'en le quere,
E prenge l'en l'avoir de là où eire,
E là le mete-l'on où il non eire.
Se vos retez .G. e il non feire,
S'il s'en puet escondire, que mal non meire,
Tot par non de bataille, s'est qui li queire,
Non devez à is conte guere movere,
Ne ne li deveiz toldre plain pié de terre. »

Lainz fu en la chambre quens Enjorranz,
Cil qui tint Abevile, les vaus de ranz,
Engelberz e Erranz e quens Guinanz.
E Karles tient aïres cum Alemanz,
Par .G., dont ne puet far ses talanz.
« A reis ! por quei t'aïres? dist Galeranz.

Jà n'est dreiz à cest conte guerre commanz,
Quar se Eudres est morz, qui fu Mons-Branz,
E Tierri l'a ocis, li dux d'Ascanz,
E pois en seit venjat par ses enfanz,
E .G. ne le set, li dux, abanz,
S'il s'en puet escondire veiant tes janz,
Ne l'en deiz moveir guerre ne maltalanz,
Ne ne l'en deveiz toldre vaillant uns ganz. »

Danz Garins de Cable, li paire Evrat,
Tienge bien covenant, s'il parle tart.
« Donc trameta a Guion de Mont-Agart,
Cel tramet' à Folcon e à Bernart
E à Gilbert, le conte de Senegart.
Cist trei nos amerront conte .G.
E s'il te puet dreit faire oiant Richart,
Au Galeran ton conte ou au Folcart,
Ne deit perdre en ta colpe conte .G.
Ne l' deiz partir de tei par negun art. »

Molt les en crut bien Karles, fait faire
E tramet ses mesages e ses corlieus, [brieus,
E manda por Guillaume, quens de Peitieus,
E Richart de Combort, Folcon d'Angeus,
Viengent à la cort .K. sanz nul tresteus.

Tuit cil i sunt vengut por qui trameis,
Folques, li quens Guillaume e quens Joffreis.
Adons fu li conselz de noef represi.
En la chambre qui est volse, al chief del deis,
Qui fu encortinade de pailles freis,
Siet en un faldestue .K. li reis;
Conselt quert de Boson, que molt haeis.
Premier parla Bernart de Looneis :

« Sire, .G. mandastes qu'à vos veneis,
O sei amaint Boson, que féist dreis ;
E se fere non velt, ne te chaleis ;
Mais mandaz vostre gent sempres adeis,
Asegiez Val-color tot demaneis :
Mar i remaindra tor ne mur c'avoeis.
Se Boson poon prendre, iquist marqueis,
Si en faites tal justise com jugereis. »
E .K. respondit : « Saigner, merceis.

« Conseilliez-mei, saigner, que ge ci vei,
Dan Gascon, cel visconte, e dan Joffrei,
E, si voleiz, Perron de Mont-Rabei. »
.K. les fait venir seus devant sei :
« Saigner, à Rosillon m'estuet qu'envei ;
E me direiz .G. qu'il vienge à mei,
E si m'amaint Boson, que face drei ;
E se faire nun velt, en meie fei,
Jà ne verra passar de mai le mei,
Que li mosterrai d'elmes teil esbanei
Que n'i remaindra vigne que n'estrepei,
Ne fontaine ne poiz que ne chaucei : [rei.»
Onc mais n'ot tant grant guerre nus quens à

Après parla danz Aimes de Val-Gruage,
Peire fu Carbonel de Mont-Brisage :
« Ne mandeiz à .G. teil effreage ;
Mais mandez tot em pais vostre mesage,
Qu'il vos vienge dreit faire, à vostre estage,
Si com firent li homme de son lignage ;
E se siegre le velt par ben ostage,
Ne perdez pas del conte vostre homenage,
N'il ne perde par vos son heritage ;
E se li quens le lait par son folage,

Si mandez vostre gent par grant barnage.
Bien vos savrai mener tot le veiage;
E porperneiz sa terre, plain e boschage;
Jà ne vos en movez por enuiage.
De quanque vos ai fait vos doig ben gage;
Mais cil qui là ira nun ait folage,
Ne n'aie coardie ne goupillage,
Mais proece e valor e vasclage. »

Après parla Tiebaut de Val-Beton;
En lui a chevalier moltisme bon;
Cent anz a porté armes, bien le seit-l'on,
E fu près de lignage au rei Karlon :
« Une rien, sire rei, sai, qu'i n'est bon
Qu'entre tei e .G. ait contençon;
Quer se tu à tort retes ton ben baron,
Entresque saches primes la mesprison;
Mais creez la parole sire Naimon
E à ce que te loent tuit ti baron,
E trametez al conte, à Rossillon,
Qu'il te vienge dreit faire en ta maison,
Ausi com ses lignages le fist au ton,
E amaint par ostages conte Folcon
E Boson e Seguin de Besençon
E tals cent chevalier qui seient bon;
E si faire ne l' velt e die non,
N'en creirre pois conseil que l'en te don,
Tresque maneis lo tienges en ta prison. »
E .K. quant l'oït, molt li fu bon;
E apela à sei li quens Perron,
Lo fil Gautier, au saive, al freire Alon :
« Pierres, tu m'en iras à Rosillon,
A dan .G. conteir iste razon. »   [mon,
— « Ge movrai, ce dist Pierres, à brief sar-

Le matin, quant parra l'aube del tron. »

As-vos à son ostal Perron tornat.
Solement cele noit a sojornat,
E est reis e tondu e gent baignat.
Lendemain, ainz que jor fust esclairat,
Gentement s'est vestu e conreat,
A la guise de France s'esteit calçat ;
E quant vos aurai dit e acontat,
Vos ne le tendreiz mie à paubretat.

Brages vest e chemise de ben chainsil :
Onc ne veistes drap, tant fust delgil,
Vers cestui tenisseiz autres à vil ;
E furent li chauçon d'autreteil fil.

Chauces chauça de paile, d'un aufrican,
Sollars vermelz à flors resplendisan,
E desus unes hoses de cordoan,
E esperons d'argent à or luisan :
En la cort à cel conte, lai où iran,
Nul tant bien conreat ne verra l'an.

Un peliçon vesti molt ben, hermin,
Bien entaillat à bestes de marmorin ;
Affublat un mantel freis, sebelin,
La volsure d'un paile alyxandrin ;
Les ataches en furent de ben or fin.
Vait oreir au mostier bien par matin,
E escolta la messe de ben cuer fin,
Pois s'en est eissuz fors desoz un pin.

Pierres ist del mostier, quant ot orat,
E a la messe oïe del ben abat.

Es-li Gautier, son peire, le viel senat,
E prist-le par le poing e l'a menat
Sor un perron de marbre bien entaillat ;
Chastie-le à guise d'ome senat.

Gautier de Mont-Rabei, peire Perron,
Est venu à la cort à Venelon,
A un conte prodome qui tint Seisson,
E contat del message tot le sarmon :
Que Pierres deit aler à Rossillon ;
Prist son filz par le poing comme le son,
E trait-le belement sor un perron,
E dist-li soavet une razon
Qui bien fait à entendre à danzillon
Qui vait parlar al conte al cuer felon.
Se fil fait com son paire lo li despon,
Ne semblera à nul fol ne felon :
« Filz, j'ai chanue barbe e le guernon,
Ne fui en cort mespris par ma razon.
Chastie-tei, biau fils, ce te preion.

« Biau filz, ce dit Gautiers, là en irez ;
Cest mesage de .K. i porterez,
Que n'en seiez blasmaz quant partirez.
Li quens est fels e plains de mal pensez :
Filz, par icele fei que me devez,
Jà, par rien qu'il vos die, non irasquez ;
Quar jà por rien qu'il die mains ne valdrez. »
—« Jà por ce, dist-il, peire, nun chastiez ;
Se tant bien ne li di, oncor l'orrez ;
Jà mielz forni mesage mes non saurez. »

Quant dan Gautiers, son paire, l'ot castiat,
E Pierres l'a, son filz, bien escoltat,

A guise d'ome saive e bien membrat,
(Il ert proz e gentil e bien preisat
E saive de parole e enraisnat),
E .K. li dist : « Pierres, molt es senat.
Or me diras Guerart, d'umilitat,
Qu'il me vienge dreit faire à ma postat :
Ge li ferai tos dis sa volentat,
Jà ne partira mais nostre amistat;
E se faire nun velt par dreit esgart,
Jà ne verra de mai le meis passat,
Mosterrai-li tant helme forbi laçat
E tant ben chevalier de nof chauçat,
Ne garra en chastel ne en citat.
Ferai-le fors eissir estre son grat. » [contat.
— « Par Dé! ce respont Pierre, bien iert

« Par la lei Dex, dist Pierres, que prosdom
Ge ne me presereie un oriol,   [col,
S'en la cort ne loeient e sage e fol,
E dan Guerart premier, se il se vol,
Qu'à .K. en sa cope son dreit ne tol. »

Ès-vos Perron molt bien entalentat
Qu'il fera son mesage molt bien à grat.
Ne semble pas norri de pobretat,
Bien pareit à son sens où ot estat.
Sor palefrei ira amblant soat,
Cheval merra en destre molt acorsat.
En un perrin s'en est Perron poiat,
Il demande ses armes, pois est armat.

Quant il furent montat en un solier,
Iloques s'arma Pierres com chevalier.
Vestent-li un hauberc fort e entier,
Que Karles aporta de Mont-Disdier;

Il fu ovré d'argent e d'or cuit mier,
La ventaille à eschas e de quartier ;
Il fu ovré en Inde, celer nun quer :
Là le firent par art dui habergier,
En France l'aporteirent dui mercadier ;
Ne peise gaires plus d'un oreiller,
Il ne dote quarrel d'arbalestier.
Il a ceinte l'espade au senestrier,
Ne véistes teil arme à cel mestier.
Une targe à son col qui fu d'ormier,
La bocle d'or d'Araibe vermeil e chier,
E hanste fort e rade à cel mestier.
E nun mena o sei nul compaignier,
Fors Ascelin, son niés, le filz Aschier :
Icelui menera son ben destrier,
Un cheval sor, bauçan, fort e legier.
Non a en tote France tant estradier
Qui o lui péust corre plus c'un somier ;
I a tal frain el chief, meillor nun quier.

Cheval a fort e ben e garnement
Qui valt d'autres chevals mult plus de cent.
Pierres entre [au mostier,] où molt a gent,
Des barons de la terre plus de set cent.
D'un evesque e d'un conte font jugement.
Li reis en faldestue seit noblement.
Pierres fu à genoiz molt covinent :
« Or voil que diaz vostre talent,
Que mandarez al conte, vostre escient. »
— « Volentiers, ce dist . K., tot maintenent.
A ce que te dirai molt bien entent :
Mesagier ne valt rien quant il mesprent.

« Pierres, vos me direz à dan Guerart

Qu'il me vienge dreit faire ad mon esgart,
A Rains, à Orliens, à Saint-Maart,
Au jugement au conte sire Ricart,
Ou de Gacon de Droes, ou de Brochart.
Amaint o sei Seguin e dan Bernart :
Miel ne's puet nus conduire, de meie part,
Que puez faire, se velz, sanz nul regart.

« Ce me direz al conte que ge li mant
Qu'il me vienge dreit faire à mon talant.
Trop me vait malement del tot menant.
Met t'en, Pierres, dist . K., poi mei engrant.»
— « Ge m'en vois, ce dist Pierres, apareil-
E me donez conjat d'or en avant. »   [lant,

Pierres parla au rei, congié en prent,
E des autres barons tot ensement ;
E eissi de la sale e s'en descent,
E a fait son paire brief parlement,
E le filz lo baisa tot ensement.
Le peire lo commande de ben talent
A Deu le redemptor omnipotent,
E montent chevalier entresqu'a cent.
Cuident aler o lui, il lor defent ;
E li paires en jure son serement
Qu'il ne l' sievront de terre un sol arpent.
E cil s'en repairierent tristre e dolent,
E Pierres se part d'els, sa vie tent.

Lo grant chemin tient Pierres le plus ple-
Il ne puet encontrer un sol guerrier,   [nier;
Por qu'il chanjast un dor de son sentier.
Les jornades qu'a fetes, conter ne quier.
Entra en Rosillon par pont premier,

E descent à l'arvol, soz un clochier.
A ses armes corurent cent chevalier.
S'espade commanda à l'esquier,
Pois est entré orar en un mostier.

Enz el mostier fait Pierres brieve oreison,
E tant com il i dist fu asaz bon ;
Sanctam Mariam prie e Dieu del tron
Qu'il hoi cele parole dire ne don
Par quei por fol ne l'tiengent ne por bricon,
Ne que Guerart ne l'tort à mesprison.
E a saignat son cap à cest sarmon,
E trobé hors, à l'us, son compaignon,
Torna s'espade el fuerre aiqui où fon,
E vient par mie la place lo plain passon,
E encontra le conte Atevenon
E Robert e Guillaume e Aenmon
E Ranol e Tiebaut e danz Ascon ;
E quant il le quideirent metre à razon,
Guerart parle à Doitran e à Folcon
E ad Boson le conte de Carpion.
Il a laissaz toz cez quant vit Perron,
E s'est drecié en piez, mist l'à raizon.

Guerart dreça en piez, quant Perron vit,
E prist-le par lo poing, leiz sei l'asist,
E demande de .K. quant en partit
E se il seit tals noves qu'en ait oït,
E mal aie d'ice qui l'en mentit.
« A Paris lo laissai, ce li a dit.
Il te mande par mei, bien seies fit,
Que ton cors le parla e consentit,
Del duc Tierri d'Ascane, quant il morit.
Onc nus ne l'porparla ne ne l'oït,

Ne cil sobre son cors là ne ferit,
Se ne l' fais de sa terre trestot faidit,
Que li reis ne te moeve guerre e estrit. »
E .G. quant l'oï, molt se marrit,
Torne sei vers Folcon, mot ne li dit.

« Pierres, seiz altres noves de par lo rei ? »
— « Iteiles con ge sai celar nun dei ;
Car mon saignor te mande, ge l' di à tei,
Que li vienges dreit faire à sa mercei,
A Saisons, ou à Rains, à Saint-Romei.
E maines de tes homes meillors o tei ;
E ne quidaz-vos mie si vos plaidei,
Com l'en deit faire conte de vostre lei.

« Guerart, .K. vos mande iste raison,
Que li vienges dreit faire, en sa maison,
Eissi com tes lignages le fist al son.
Menez ensemble o vos conte Boson
E Seguin, le visconte de Besençon,
E menez par ostages conte Folcon
E tals cent chevaliers qui seient bon,
E menez dan Folchier le Marançon ;
E là seront si home e si baron,
Qui orront de ton dreit, si l'as ou non.
E ne dieiz-vos mie par mesprison
Que mon saignor en face jà traïson,
Qu'il nel' sepensereit, par Deu del tron,
Por autretan d'or cuit, por tant mangon,
Comme l'en porreit metre en cest danjon. »
— « Pierres, va herberjar o Aimenon,
E le matin revien, ge t'en semon :
De l'aler te dirai ou o ou non. »

O Aimenon herberge Pierres la noit,

O un home bien sage, cointe e leidoit.
Bels mès li dona Aimes bien dis e oit,
Piment e vin e nieles e pain bescoit.

O Aimenon va Pierres sei ostelar,
O tal home qui seit gent conrear.
Son cheval e son mul vait establar,
Son hauberc e son hiaume fait estoiar.
Quant tables sont garnies, si vont manjar
Bene char de chevroel e de senglar,
E mainte voletille, peisson de mar:
Dont-li piment à beivre e ben vin clar.
E Pierres fu toz las del chevalchar;
E quant li lit sont fait, si vont colchar.
Amaine-li danzele à tastonar.
Cele noit se jut Pierres tresqu'al jor clar,
Que il se vit vestir bien e chauçar;
Pois en vait al mostier messe escoltar;
E .G. ses barons a fait mandar.

Guerart entre en la cambre de mur caucai-
A mandez les barons toz d'icel raigne, [ne,
Ne seit ben chevalier qu'o lui ne maine :
« Saignor, qui seit conseil gart ne se faigne,
Vers .K. mon [saignor] cum mi contaigne.
Il me quide chacier en terre estraigne. »
Dan Girarz d'Ostéun celar ne daigne :
« Va, fai dreit ton saignor ainz qu'il s'en plai-
A Rains, ou à Sesons, ou à Compaigne; [gne,
E se par son orgoil prendre nel ' daigne,
Ne prise pois sa guerre une castaigne;
Mais prie dam-le-Deu qu'il te maintaigne,
E il t'aïdera sanz rien qu'enpraigne. »

Girart fu en sa chambre, por conseillar,
E fist ses meillors homes o sei intrar.
Adonc les prist le conte à conjurar :
« Mi ami e mi home e tuit mi par,
Savez-mei d'une rien conseil donar?
Karles mande que dreit li aille far
Ad Reins ou à Sesons, à son estar;
E maint les meillors homes que pois mandar,
Qui ostagent le dreit, se n'el pois far. »
— « Sire, vos n'irez mie, dist Bos l'abar,
Par tot icel conseil que vos sai dar,
Ne par negun conduit de bachelar.
Ier me vint un mesage à l'avesprar,
Icil parti del plait de Mont-Gunar.
Karles le rei de France vos velt traiar;
Faire li fait Harmanz cil de Bisclar
E Asce d'Avignon, Gui de Biauclar,
Par duc Tierri, que .K. aveit tant car
(Onc home ne pot autre jor tant amar). »
—« Par mon cap ! dist .G., m'en voil gardar.
Mal aie, si ge ore i quier aunar. »

—« Tesiez, Bos, dist Folcon, mal le direz;
Jà à .K. cest blasme sus ne metez;
Ne le se pensereit por vint citez,
Ne por tote l'onor que vos avez;
N'à .G. nostre sire ne l'conseillez,
Que à la cort n'en aut quant est mandez.
Dan .G., alez-i, ne demorez.
S'ostages i covient, vos li livrez;
E se aveirs i coite, vos li donez.
Se .K. a damage, vos si aurez;
Se vostre saignor plore, vos n'en riez.

« Tot le meillor conseil que ge en sai,

Veirement, ce dist Folques, le vos dirai.
Li reis tendra sa cort en mai ;
E ses barons i erent meillors, ce sai.
Pois que .K. nos mande, alons-en lai ;
E se .G. i va, ge le siegrai.
Se ostage i covient, ge le ferai ;
E se aveirs i coite, ge li dorrai.
Se bataille i covient, tu la li fai ;
Quar meillor chevalier de tei non sai.
Se .G. a damage, ge si aurai. »

Gilberz de Senegarz, filz Eudelon,
Freire Boson esteit e danz Folcon
E Bernart e Seguin de Besençon,
Cosins germains .G. e niés Draugon ;
Orrez con il a dit sa raizon :
« E par Deu ! fraire Bos, non crei Oton.
Conjur-tei par cel Deu qui fist le tron,
Non loés à .G. iste razon,
Que il n'en aut dreit faire au rei Karlon :
Tendreient-le cil autre à mesprison,
Bientost le tornereient à traïzon ;
Mais or li aut dreit faire, pois que le semont,
E le reis le retrenge comme le son,
Car sis bom est, li mieldres de son reion.
E se faire ne l' velt e dit que non,
E pois nos aut menant par achaison,
Ge t'en aïderai sanz rien del ton ;
Tendrai mil chevaliers en ta meson,
Sen ce que jà t'en quiere pris d'un mangon. »
E .G. li respont : « Garniz en son, »
Quant dan Bos saut avant, e dist que non.

Dan Bos sailli em piez à une part,
E a parlé li quens par iteil art :

« Dirai-vos, dan Gilbert de Senegart,
Se dam-le-Dex t'aït e il te gart,
Conseille miex à dreit sire .G.
De .K. rei de France, icel gaignart,
D'Ugon, duc d'Agiane, e de Berart,
Qui me quident confondre lui engignart. »

Dan Gilbert quant l'oï, vait sei seeir ;
Bernart dreça em piez, dist son plazeir :
« E per Dé ! sire Folque, ge dirai veir ;
Ge dirai bon conseil, qui l' volsist creir.
Hom non a hoi cest jor si grant poeir
Que .G. ne lo poisse greignor aveir ;
Que s'il mande ses homes tot par leizeir,
Ne quit qu'en en bataille li contresteir.
Ne quier jà en sa terre est noit jazeir ;
Ne por oc qui crerreit cest mien saveir,
L'en movreit à la cort demain à seir ;
La guerre porreit faire si remaneir,
Jà n'en orreit un mot ramenteveir. »

Danz Landris, icel conte qui tient Nivers,
Fu laienz au conseil levez toz drez,
E parole à .G. com hoem senez :
« Danz, ge voil une rien que vos fazez. »
— « E ge voil, dist .G., que vos diez. » [lez.
—« Volentiers, dist Landris, puis que l' vo-
Quant à voz meillors homes conseil querez,
Or vos dirai, .G., toz mes pensez ;
E n'i dereie gaires se vos irez,
Kar ce est vostre preu se me creez.
Dreit ne lei ne justise vos ne tenez ;
Ainz qu'il se claint à vos, l'escharnissez.
Ce est la piere teche que vos avez ;

Mais par icelui Deu par qui vivez,
Se l'orgoil ne laissiez qu'enpris avez,
Lo tort e la bataille que vos tenez,
E dam-le-Deu del cuer n'amentevez,
Qu'il vos tienge en enor tant com vivrez,
.K., vostre saignor, mielz ne servez,
Vos perdrez les henors que granz tenez ;
Que de cent milie hommes non aurez dez,
Ne cité ne chastel ne porserrez. »
— « Par mon cap ! ce dist Folque, c'est veri-
Mal aie se d'un mot menti avez !   [tez.

« D'une rien, ce dist Folque, soi molt
Oez e escoltez, e riens n'entenz.   [dolenz :
Diz que .K., ton saindres, est mescreenz,
E qui traïr nos velt, se faz e senz.
Ore mande tes homes e tes parenz ;
E done-lor chastiax e chasemenz
E haubers e chevax e garnemenz,
E ne laisse por ce dreit ne presenz.
E se prendre ne l' velt par son bobenz,
Cil qui pois te faldra seit recreenz !
Quar se Dex ne t'ajue e non consenz,
Ne puez .K. confondre ne ses granz genz. »

E dan Bos quant l'oït, prent-li pesar,
E est drecié en piez, prent à parlar :
« Folque, laissaz cest plait trestot estar ;
Quar ice non est proz à conseillar,
Ne mon saignor ne l' deit jà escoltar ;
Mais une rien voldrie molt bien loar,
Se .K. se voleit çà aprochar,
Que alisson à lui à plain parlar,
E ireie mei sire desencopar.

Non i quit chevalier jà s'en empar,
Qui m'en ost par son dreit en l'escudar. »
— « Eissi puet, dist .G., molt bien restar.»
Li consel fu donaz qui l' volsist far ;
Les tables sont covertes, que vont manjar.

Quant mangié ont, si pristrent à eissir,
El plain devant la sale vont por bordir.
Qui seit cançon ne fable, là la puet dir ;
E chevaliers s'asient, vont-la oïr.
E .G. se commence à esbaldir
Entresque le seir prist à refreidir.
Li quens demande vin e vait dormir.
Il leva le matin al esclargir,
E si danzel là vindrent à lui vestir,
E pois vait al mostier la messe oïr ;
Pois a fait lo mesage à sei venir.
Ce que velt mander .K. li prent à dir :

« Pierres, tu t'en iras à ton saignor,
A .K. rei de France, emperador.
De meie part li dies en Dei emor,
Peise-mei que me tient por sordeior,
Mais qu'al fraire mon peire soi anceisor,
Que deia cadelar son ost francor,
E porteir en bataille son oireflor,
E doner en la chambre conseil meillor ;
Mais si le m'ont tolu si traïtor,
Li culvert, li malvès, li beffador :
Par quei ne pois aveir lui ne s'amor.
Por hoc m'en combatreie o le meillor,
A cels qui faiz se sunt vers lui doctor,
E fait de lui vers mei losenjador,
Quant Bos ocist Tierri, son malfaictor,

Qu'il n'en parla à mei, ne ge as lor,
Ne recet ne dona, chastel ne tor,
Par quei seie forfait vers mon saignor,
Ne qu'il m'en déust toldre point de m'enor. »

— « Si m'aït Dex, dist Pierres, or oi biau
[plait,
Quant tu diz que au rei nun as tort fait.
Pois que tant biau le dites, alon à Ait,
E seront-i si conte e si abait. »
—« Mal aie, dist .G., se sole i vait !
Ainz en seront encore mil escu frait,
Set cenz danzels de seles par terre trait ;
Jà ne garont les helmes sort ne carait,
A venjar-mei de .K. del tort qu'a fait.

« Pierres, non pois mudar ne t'en apel,
Quant .K. vait en guerre où en cembel,
A assaut de citat ne de chastel.
Naffré aurai la char e ceste pel
Ou de lance ou d'espade où de quarrel ;
E se g'i ai ami, don m'en est bel.
Or me mande mon sire un plait molt bel,
Le fieu qui fu mon paire non contr'apel ;
Il le me velt torner en lonc cadel,
Plumer me velt li reis con fait oisel.
Jà ne verra la feste saint Michael,
Que li mosterra d'armes si grant tropel,
Si corront par sa terre con lous isnel.
Ce me dirrez, dan Pierres, Karles Martel :
Ainz coveret sa boche de son mantel
Qu'il m'osast envaïr plus, s'ere aignel.

« Pierres, que dei mander au rei Karlon,

Qui m'a ocis mon oncle quens Windelon,
E si m'a mort mon paire le duc Draugon,
Qu'ocist le duc Tierri en Val-Beton?
De foltat nos araisne, mei e Boson,
E porprent nostre terre sanz achaison.
Se ne me fait tal plait qui me seit bon,
De nostre part li porte deffieison. »

E Pierres, quant l'oït, molt s'en irance,
E sembla-li orgoil, ire e pesance,
Malvestat, felenie e fol estance :
« Que mandes ton saignor teil deffiance?
Ne por quei muez teil ire au rei de France?
Quar il en firent plait e engignance,
En Val-Beton où firent la concordance,
Quant de la mort Tierri au duc d'Ascance,
Qu'ocist nostre saignor Bos o sa lance,
Fu de la guerre la commençance,
E sera del damage la majorance;
Oncor li fereiz dreit tot à balance.»

Oncore li dist Pierres à cor gaignart,
Cors a d'emperador e vis gaillart,
E parla à la guise conte Bernart:
« Une rien vos dirai, conte .G.
Non facez à la guise al rei Folcart,
A un conte felon de Saint-Maart,
Qui traï treis saignors e pois al quart.
Cil li gueredona qui vint plus tart,
Qui l' gita de s'enor par dreit esgart.
Ci vei ester Auchier e dan Gimart,
Hermanz le duc de Frise e conte Acart;
N'en i a un tant proz ne si gaillart
Que ne m'i combatisse à une part,

Que nus ne deit le rei clamer boisart,
Qu'il ne l' se pensereit, par negun art,
Qu'om qui aut à sa cort de lui se gart.»

Quant ce oï, dan Bos fu pesanços,
Pesa-li de Folcon qui est si parlos;
E jure dam-le-Dé le glorios,
.G. ne sa maisnade ne sunt si pros,
S'eissi Pierres s'en torne, ist orgoillos.
E Perres li respont toz amoros,
Con bons vasals e saives e fianços:
« Qu'en direz, sire quens? mais taisiez-vos,
Quer mal estait de conte tant pooros
Qui a talent legier e sens de tos,
Quar par cel dam-le-Dé qui est sobre nos,
Ge ne pris vostre orgoil ne vos un tros.
Se crian andui ès praz là-jos,
E fusson de bataille garniz nos dos;
E ne fusson par home iluec rescos,
Se Bos là me fereit, si fol ne fos. »

E dan Bos quant l'oït, molt s'en aïr,
Non pot mudar, par ires, que non sospir;
E est levaz del renc où deit séir,
E velt aler Perron sempres ferir,
Quant dan Folque, son fraire, le cort tenir:
Ne sai, ou à l'orgoil ou à l'aïr,
Molt i dut grant folie sempres coillir.

E Pierres fu iraz e à li dit:
« Bos, tu m'as bien mostré com es hardit,
Par un pou que ne m'as molt lai ferit;
Mais Dex e li quens Folque m'en a garit.
E as .K. Martel avilanit,

E .G. ton saignor molt escharnit,
Qui eci, veant lui, m'as aatit;
Mais ne quidez-vos mie li reis l'oblit :
Jà ne verrejz avant un meis complit,
Que plus de cent mil homes sobre vos guit.»

E dans Bos s'irasquit, à Perron dis :
« Se à .G. ne fussés eci tramis,
E dan Folque, mon fraire, no m retengis,
Teil vos éusse dat en mie cel vis
Que li oil de cel cap hors en saillis.
D'ice sie ton saindre e tu bien fis,
Jà n'en istra lo tens que prez floris,
Que maint bon chevaler en iert ocis. »
E Pierres l'esgarda e si s'en ris :
« Vos que savez, danz quens, si sereiz vis
Ne se adons corra li vostre bruis ?
Non est Mons-Amelis itant fraïs,
Se sor vos n'amainc tant de mes amis.
Des chevalers dedins plus enforcuis,
Que vos avez molt proz amanevis,
Par mie les chans corra de sanc li ris ;
E ge me clamerai malvais, chaitis,
Se avant non est fait que past au ris. »

Dans Bos de Carpion dreça eu sol,
Non puet adons mudar que non parol :
« .G., molt par te tient .K. por fol,
Qui tant nos a torbez e tant fait dol.
Nos peires nos a morz, t'enor te tol.
Membre-tei del proverbe que dist Maiol,
Quant afola Elmon le fil Turol ;
Lai-mei pendre is mesage que ge l'en crol,
Ou ferir de m'espade teil par le col,

Tenez-mei por malvais se cap non tol. »
—«Toz dis parlez, dist Pierres, dan Bos, en fol.

« Bos, vos parlez, dist Pierres, comme le mendre
Trop donez lonc conseil fort à entendre.
Chevaler aduré ne deit aprendre,
N'à son lige-saignor loeir ne rendre.
Nus ne vole si haut, se velt son fendre,
Que il ne l' face aval bien bas descendre.
Mais ne morrez mais hoi à vos contendre.»

De l'autre part sestait li quens Seguis,
E parla à Perron com hons pervis :
« Pierres, molt par vos faites ores eschis.
Onques mais chevalers ce ne nos dis,
E iert molt grant merveille se t'en jois
E se tu vis t'en vas de cest païs.
Jà ne sera avant cissuz estis
Que seron à Orliens ou à Paris,
E seron à la porte devant treis dis
Qu'à l'emperaire dies que fors eissis.
Ne vestirai avant peliçon gris
Qu'o lui nos combatron, s'il ne guenchis.»

Danz Pierres parla bien e sanz mentir :
« Seguin, ceste parole que vos oi dir
Fait dan .G. au conte bien à taisir.
Quens qui à tort prent guerre par son aïr
Vers son lige-saignor que deit servir,
Mal est e felonie, ce puez véir,
Par l'orgoil de la force que puet movir ;
Mais qnant il veit sor lui graignor venir,
E ses vignes trenchier e esracir,
E sa terre gaster e aermir,

E veit ses castials prendre e asaillir,
E ses gens craventar, fossez emplir[1]....

« Par Deu! ce respont Pierres, cest plain coil,
E li reis le tendra à grant orgoil,
Que conduit li demandes en son cadoil. »
A iqueste parole passe le soil,
Monte el cheval e broche devers un broil.

Pierres part de .G. iradement,
Bien a fait son mesage son escient,
Vait-s'en à Saint-Denis où reis l'atent.
.K. a messe oïe à Saint-Vincent :
Atant Pierres en l'ombre defors descent.

Karles ot les matines, jorz esclarzis,
L'arcevesque Hervieu la messe dis.
Quant .K. l'a oïe, qu'en fu eissis,
Desor un faldestue li reis s'asis,
Entor lui li baron d'iquel païs,
E n'en i a negun bien ne vestis   [gris.
Qui n'en ait piau de martre, garnement
« Saignor, escoltaz-mei, .K. lor dis.
Enoit ne fu nul hore que ge dormis,
Por le meillor vasal que connoguis,
Perron de Mont-Rabei que lai tramis;
Mais par iquel Saignor que ge requis,
Se tant a fait .G. que l'a feris,
Jamais jor n'aura pais tant com soi vis. »
Atant respont Gautier de Mont-Senis,
Qui fu paire Perron e ses amis :

1. Ce vers, qui termine le folio 24, laissant le sens sus-
pendu, on est autorisé à penser qu'il manque un feuillet ici,
Voyez ci dessus, p. 119-121.

« Tal li dorreie el chief, sans en eissis.
O lui me combatré tant qu'il iert pris,
E en vostre prison .G. iert mis,
Si que vos le tendrez quatorze dis. »
— « Ge le sai, dist li reis, non soi parvis,
Ne idonques non eire mon enemis.
E Draugue de Borgoigne fu poestis ;
E si mais lo teneie, serei fis. »
— « A tart le tendrez mais, » Gauter li dis.
Atant Pierres descent, e .K. ris.

«Pierres, seiz veires noves de dan .G.?»
— « Oïl, com de felon e de gaignart.
Maldit seit-il, ce dist, de saint Maart,
Se la meitié de France tote ne art,
Del mielz que a dedenz ne prent sa part. »
— « Il i menti, dist .K., come coart ;
Car se ge l' truis dedenz, par saint Bernart,
Onques n'ot en sa vie tant grant regart. »

Karles veit son mesage qui est venguz,
Nul dreit ne li est fait ne convenguz,
Aveirs, chiens ne oisiax n'est trameguz :
Il a mandez ses homes e semonuz ;
Mais il ne's i a mie toz atenduz,
E en a bien trei mile toz à escuz.
Ainz que li jorz pareisse ne soleil luz,
Sont soz Mont-Amele toz descenduz ;
E ne fu onc castel mielz requefuz.
Devant la maistre tor est descenduz.

En la cambre a un conte, dan Manasseir ;
Icel a pris le rei à mainteneir [1]....

1. Il manque ici un vers. Voyez ci dessus, p. 122.

« E la noise à quoisar e remaneir ;
E pois faites Perron eci seeir.
— E si Dex t'ajut, Pierres, di-en le veir ;
Mal en diras mençonge par mal voleir. »
— « Non ferai-ge, dist Pierres, au mien es-
[peir,
Se Dex me laist entrar en cest mosteir. »

Or escotez les noves que Pierres diz :
« Saignor, ce fu josdi, bien seiés fiz,
Que fu de bones armes mes cors garniz,
E menai mon cheval al cuer hardiz,
E chevalchai un mul bons e esliz.
Mes escuiers fu proz e mal traitiz.
Entrai en Rossillon par pont voltis,
E descendi à l'orme desor la viz,
E entrai el mostier que vos bastiz,
Preiai sainte Marie Deu genetriz
Que ne fusse engignaz ne escharniz.
E dan .G. parlot à ses norriz :
Folque i fu e Doiltrun l'envaladiz,
« E fui à lor conseil sempres coilliz.
.G. demanda noves ce entroïz :
« Pierres, eissi t'ajut Sainz-Esperiz,
« De .K. reis de France quels noves diz ? »
« E ge respondi toz amaneviz
Que ailleiz à sa cort si bien garniz
Que n'i seiez blasmez n'avilaniz,
Eissi com tes lignages toz tens le fiz.

« Or escoltaz les noves que là disere,
Ice sont les paroles que là contere :
« .G., .K. vos mande, ne vos menteire,
« Qu'ailleiz à sa cort, saut guiere.

« Menez Boson, le coute, en iceste eire,
« E dan Carcon Folchier, quens de Bieire.
« Quan que là t'iert forfait, tot amendeire.»
— « Par mon cap! dist .G., non voel cest
[eire
« Tresqu'el mal que m'a fait chier li vendeire.
« Pierre, va-t'en hoi mais por herbergeire,
« Li seneschals te quierge bien à mangei-
[re,
« E lieve lo matin quant tens en eire. »
« E oiés la parole que entendeire,
Lo mesage au rei .K. que me mandeire.»
—« O mei venez, dist Aimés, conduit vos
[ere;
« Por amor del rei .K. te herbergeire. »

— « Aimés, ce dist .G., fai-li herberc. »
— « Si ferai-ge, dist-il, sain e enterc .
« Non ai dreit en mon fieu si por oc perc.»
« Li jorz falt, la noit vient, e fait tenerc,
E Aimés me mena par lo colderc,
De maintes granz daintaz me presenterc.

« Que por la vostre amor, mon escient,
E par bien que li fis e mi parent
E que l' feras oncore à ton vivent,
Bien me conrea Aimés, à mon talent:
Colcha-mei en un lit molt richement,
E dona-mei danzele tant covinent,
Ne véistes plus bele ne plus vaillent.
Chaucié fui e vestu au jor parent,
E alai au mostier cointadement;
La messe qu'on chanta oï e entent,
E après vinc al conte al parlement.

« Quant oi la messe oïe que dona Dex ,
Eissi fors del mostier e fui toz liex ;
Trobai .G., cel conte, entre les siex ,
E dis une parole qui fu bien liex :
« Quens, ne seïes iraz, tristre ne griex,
« Si com est Sarrazins ou fel Ibriex ;
« Concorde-tei à .K., si t'aït Diex :
« Auras de dreit tes terres e toz tes fiex. »
—« Pierres, tant par m'afole Karle e les siex,
« Il me pert en sa colpe, fait qu'ennoiex,
« Avant le comperra que seit her nex,
« Ne que seie passade la Sainte-Romiex.

« Pierres, li rais me maine tant male-
« De feelté me gite à escient;   [ment,
« Que deveie mener la seie gent,
« E ferir en bataille premierement,
« E donar en la chambre conseil vaillent,
« Eissi com firent tuit li mien parent ;
« Mais si le m'ont tolu cil son sirvent,
« Li cuvert losengier e recreent,
« Por quei non poi aveir s'amor neient.
« Por oc si em combatrie sempre à present
« Que de la mort Tierri non faz consent,
« Ne o mei Bos n'en prist nul parlement,
« Com ala à la cort ne com en vent,
« Por quei aie forfait, mon escient,
« Que reis m'en deie toldre mon chasement.»

« Carles Martel me tient trop vil e lait[1].
—« Guerart tu par tiens, .K., trop vil e lait,
De feelté lo gites tot entresait,
E sanz colpe de tort que t'eust fait,

1. Cette ligne est biffée dans le manuscrit.

Li féis al desert bastir agait.
Ne vendra à ta cort ne à ton plait,
Tresque vende lo mal que li as fait.
Molt se contient segur, qui que l'esmait.

« Ce lor dirai, dist Pierres, tot à briés moz.
Toz tens aura .G., ce dist, corroz,
Se Dex sauve ses homes e ses neboz,
Tresqu'el rei ait vaincuz e les siens toz.
Pois portera d'Orliens la sainte croz. »
— « Iqui menti, dist .K., comme fels gloz.
Se g'el trois herberjat el non desoz,
Onc n'ot si mal ostage à negun jorz. »

— « Bien forni le mesage ad mon talent,
Vi Aucier e Guinart, Odon, Arment
E Seguin e Boson e dan Guintrent.
Quant oi dit mon mesage e ton comment,
Si connui bien lo conte à son semblent,
Soi bien qu'il ne t'amot ne tant ne quent;
Ainz ala ma raison contralient.
Ge dis une parole qui l' pesa tent
Com qui l' ferist par neis o un vergent.
Dis : « Quens, si faites guerre, mal vos en
« Compereie l'aureie avant un ent. » [vent,
« E là me voil combatre tot pié estent
Que tort e la boisdie e tot l'enjent
N'ot .G. chevalier nul si vaillent,
Borgoignon ne Baivier ne Alement,
Qui en volsist contre mei faire semblent;
Mais Bos de Carpion fu en estent,
E ot mot fiere caire e aïrent,
E a clos son poig destre e traist son guent;
E si Folque non fust, donast-mei grent;

Mais ge li dis tal chose par maltalent,
Tuit l'en tindrent por fol e por effent.

« De feelté le gites e faiz-li tort,
Qui son paire e son oncle li avez mort.
Conrei-tei de guerre con puez à fort,
Qu'il s'en est toz garniz com la deport.

« Oiant toz dist .G. iste razon,
Que restar non deveie le rei Karlon
Tant que fust à ta cort e ti baron;
Kar n'as fait felenie ne mesprison
Vers .G. ne as siens ne à Boson.
E ge m'en voil combatre en sa meson.
Onc n'i ot chevalier ne neir ne blon,
Alemant ne Bivier ne Borgoignon;
N'i trovai si hardi qui mot me son :
Par tant esmut la guerre de dan Boson;
E ferreie-mei sempres c'un non dist non,
Quant Dex tramist iluec sire Folcon.
Por tant dis mon mesage e ma razon,
Qu'il te vienge dreit faire en ta maison,
Et amenast Folchier e dan Boson
E dan Seguin le conte de Besençon.
E .G. respondi del tot que non;
Requert la mort son oncle, conte Eudelon,
E cele de son paire le duc Draugon,
Qui par tei furent mort en Val-Beton;
E se tu ne l'adreces, tei e li ton,
De la lor part lor di deffiançon.»

E quant .K. oï del deffiar,
E fu de si fier cuer e si amar
Que [ne] pot vers Perron un mot sonar,

22

E son vis d'altre part prent à tornar :
« Danzel de ma maisnade, tenez-vos car ;
Qui voldra d'iste guerre mei ajudar,
Toz dis à mon aveir puet recovrar. »
Li chevalier s'en pristrent à leeçar,
E l'un envaïr l'autre e à vantar.
A .K. fu molt bon qui's ot gabar.
E li jorz fu tornat à l'avesprar,
E demanderent l'aigue e vont manjar,
E vont par tens gesir por main levar.
Cele noit se jut .K. tresqu'al jor clar.
Quant la messe a oïe, vient del mostar
E fait dire à chascun qu'il s'alt armar.
Qui a son bon cheval, fait l'enselar ;
Qui a osberc ne hiaume, ne l' volt laissar ;
Mais li rais a s'ensaigne fait aportar,
E prent primes sa gent à cadelar,
Sobre .G. aquelt à chevaulchar,
Felenie li velt a par man far.

A tant s'est conreé .K. li reis.
Non a o sei ses homes ne ses marqueis ;
Non a ades barons, fors ses pledeis.
Ne quide de .G. guerre en fazeis.
.K. n'a que trei mile de pur Franceis ;
Mais mielz adobaz homes ne vit onc reis,
Des granz broignes saffrades, des apareis,
E li alquant d'alberc viel vianeis,
Lances e gonfanons, escuz de Blois,
E granz chevals corsiers e espancis.
A iquestes compaignes intrar là-eis
.G. fera folie ; mais bien li peis.
A guerre muet reis .K. e à encreis.
Sobre .G. les guide quens Albereis ;

On li tolt Mont-Amele, que tenc Londeis,
Chastials vaillanz e bons e forz maneis.
Toz ont porpris les bors e le pageis :
Dolenz en iert .G., Bos le marqueis.
A tal en vendra mal qui ne la queis,
A tort en iert blasmez Folques e Landreis.
Quart jor i ont esté, puis si l'ont preis,
C'onques negun de l'ost rien ne soffreis.
A vintain jor .G. e à un meis,
Idonc se combatirent e quens e reis.

Sobre .G. a .K. quar jor géu,
E tant que Mont-Amele li a tolu.
Au vintain jor .G. quant l'a segu,
Qu'il dit de Mont-Amele qu'il l'a perdu,
.K. li reis de France l'en a fait nu,
Ais-le-vos tant dolent et irascu
Que il ne puet parler à rien qui fu,
Entresque veit venir Folcon, son dru :
« Folque, conseille-mei, si Dex t'aiu,
De .K. qui me tient por recréu.
Tolu m'a Mont-Amele, le poi agu,
Quide mei aveir tot confondu ;
Mais ge ne l' voil oncore mie, ce qu.
Set anz voldreie aveir mon fieu perdu,
Par quei nos en fusson tuit combatu
E que .K. en fust maz e vaincu. »

Donc sejornot .G. à Oirvent,
Un castel qu'ot de .K. en chasement.
Li chastiax est tant forz qu'il se deffent.
Lai furent plus de mil si bon sirvent
E chevalier à coite plus de set cent ;
E li borgeis sont riches e bien manent

De chevals e de mul, d'or e d'argent.
E .G. en un ombre, defors al vent,
E parole à ses homes et à sa gent,
E tient à ses barons un jugement.
A tant ès un mesage qui là descent,
Qui dist de Mont-Amele que reis le prent.
Ais-le-vos tant irat e si dolent,
Que li quens ne parole à rien vivent
Entresqu'il veit Folcon à qui s'atent :
« Folque, si Dex t'aiut, conseil me rent
De .K. qui me tient por recreent.
Et a jurat li reis son serement,
Non irai sanz bataille, se ge l'atent ;
Mais ge t'en jur Jhesus omnipotent,
Se Aleman ne faillent e'l desertent,
Non ira sanz bataille, s'oit jorz m'atent. »

Or oiez la parole del quens Folcon :
« Que quides de conseil c'um le te don ?
Quar tu crez ainz le mal, ne faiz le bon.
Cest demandot mon fraire, conte Boson,
E Seguin le visconte de Besençon,
Qui toz i conseillierent de lor razon
En la chambre qui es painte, en Rosillon.
Jà ne dora conseil d'ome felon,
Que tu jà te combates vers rei Karlon ;
Quar tu es ses hom-liges, de son reion,
E tu n'as chasement nul fors le son ;
Mais va, si li fai dreit, pois t'en semon,
A Paris ou à Rains ou à Seson.
Se Dex ton cors garist de mesprison,
Que tu retat non sies de traïson,
Tresqu'à quarante jorz met la razon
Par visconte e par conte leial e bon

E par riche arcevesque de sa maison.
Quant li averas fait dreit, quer-li le ton ;
S'il faire ne l' te velt e dit que non,
Et il vos vout menant par achaison,
Dès pois t'aïderai e ti baron :
C'om qui à tort guerreie, par Deu del tron !
Son damage quert grant e son pro non.

« Jà n'en dorai conseil, al mien viaire,
Par quei tu seies fol, fel ne boisaire,
Que nus hom pois te poisse en cort retraire ;
Mais va, si pren Auchier de Saint-Machaire,
Qui est frans chevaliers e debonaire,
E si mandez au rei dreit l'ireiz faire,
Ou qu'il s'en voist en France, à son repaire :
De ce donez ostage moi e mon fraire. »
—«Folque, ce dist Seguins, ne l'amez gaire,
Quant plait li conseillaz à honte faire.
Ainz éust-il perdue la cit de Caire
E mil mars de l'enor que tint son paire,
Que .K. la trespast u sanz contraire. »

Guerart entent Seguin, o lui s'apont,
Et oït la folie, molt li fu bon :
« Jà Dex, ce dist dan Folque, bien ne me
Se ge jà jor vos crei d'iceste razon !   [don
Se li reis la trespasse e si geldon,
Li Normant, li Franceis e li Breton,
Se bataille demande, se ne li don. »
E Folque, quant l'oït, tant dolent fon,
Conseil ne done emprès ne mal ne bon.

Or a mandez ses homes li quens Guerart
Tot par non de bataille vers Mont-Espart.

E vient à lui Auchiers e quens Girart,
Qui tint en Alemaigne Mont-Beliart;
Doze mil homes maine de si gaillart,
Jà n'en a nul malvais, lent ne coart.
E ne quidez d'is conte que gaire estart;
Combatra-sei à .K. premier dimart.

Quant .G. veit de .K. si le scommeis,
Que for porprent sa terre e son pageis,
Son meillor castel a robat e preis,
E prist trente mesages proz e corteis
E forz muls ambladors et espaneis.
Là où sot bons amis, por es trameis;
Manda les Caorcins, cels d'Ageneis,
Tosanz e Barzelans e Roergeis
E Baschques e Gascons e Bordeleis; [preis,
E tresqu'as porz d'Espaigne onc fin non
Li Navare e li Bascle vienent espeis [1]....
Se ge en cest estor ne l'arazon. »
E brocha le cheval fic esperon.

Audefreis escride : « Or çai, Folchier!
Damage me féis e destorbier,
Qui m'oceis mon o[n]cle Tierri l'autr'ier :
Or me pesera molt se ne l' te mier,
S'o ceste meie espade tal non te fier
Que tot te trencherai desqu'al braier. »
—«Tot i avez menti, glot losengier;
A torner vos en quit à mençongier. »
E brochent les chevals, l'un l'autre fier;
E ne remeist li cols mie en Folchier.
Toz li trencha l'escu soz le pogier.

1. Quatre feuillets ont été coupés ici, après ce vers, qui
termine le folio 51 recto. Voyez ci-dessus, p. 132-139.

Et Audefrei s'iraist, e si le fier
Qu'il li false la broigne al pan doblier.
Ambedui se desroquent en un gravier :
Par icest eop se meslent mil chevalier.

Ambedui s'entr'abatent en unes prades,
Si que sunt ses compaignes tost ajostades.
Verraz tanz escuz fraiz, hanstes froisades
E tant hauberc rompu, broignes saffrades,
E tanz cobes ferir o les espades,
Tantes testes o hiaumes de bu sevrades,
Bien en i trovast-l'en quinze quarades.
Par le tort qu'a .G. tantes feiades,
A perduz les barons de ses contades.

Onc de forçor bataille mais nun oïz,
Que méismes li reis i fu feriz.
[E] mut de sa bataille cil qui o fiz,
Filz fu au viel Giros, si a nun Daviz ;
Del rei parti par guerre e fu faidiz.
A dan .G. le conte est revertiz,
Qui li dona granz dons e granz païs.
Par icel fu li reis forz envaïz ;
Si el feri en l'escu qui est d'or floriz,
Outre en passa la lance li fers burniz.
Pois torna ad .G. en un calmis,
E prist-le par le frain com hom forniz :
« A fel ! com si estais toz esbahiz !
Jà est ci si li cans des tuens garniz,
Eissi te laisses prendre com escharniz. »
— « Amis, ce dist .G., porquei m'o diz ?
Ge t'en jur par la Virge Dex genetriz,
Mielz voldreie estre morz ensepeliz
Que li reis me retraie seie foïz :

Alon-les donc ferir, g'en soi garniz. »
Très idonc fu l'estor bien envaïz.

As vos par camp Perron le filz Galter.
Se il encontre Bos enz en sentier,
Il se ferront andui molt volentier.
Il encontra Seguin, un suen guerrier :
Donc membra à Perron del reprovier
Qu'il dist à Rosillon soz l'olivier,
Quant li reis li tramist por mesagier ;
E dit c'um l'entendra à mal parler,
Se or ne l' vait ferir en l'escu ner ;
E broche les chevals, l'un l'autre quier.

Andui se portent guerre, ire gravor,
E brochent les chevals, l'un l'autre cor.
Seguin le fiert si haut desus la flor
Qu'il li falsa l'osberc al pan forçor,
Treis des costes li taille donc à dolor ;
E Pierres refiert lui de tal vigor
Qu'onc ne reçut tal cop par vavasor.

Pierres brocha cheval qui molt trebail,
E vait ferir Seguin que pas ne fail,
Qu'il li trencha l'escu sos le pogail,
E trencha-li l'osberc à menu mail ;
Emmie le piz li fist tel fenestrail
Que deriere e devant li sans li sail :
Ne deseie en sa vie mie un sol ail.

Gace e viscons de Droes maintenant join ;
Or veit la maior presse n'i fait resoin,
E vait ferir Alchier de Mont-Saint-Droin,
Qu'il li trenche l'escu desus le poin

E le pan del hauberc tot li desjoin.
E Gasce refiert lui haut sus le groin :
Non est tant fort l'osberc, tot non vergoin,
Que l'ensaigne e la lance par col li oin,
E gravente-lo mort del cheval loin.
Onques ne en bataille ne en besoin
Ne fiert mielz Aleman, Saisne, Borgoing.

As-vos par camp Alon le filz Ansel.
Hauberc ot jazaran dès le capel,
Et ot lacié li heaume Raimon Borel
Et a çainte l'espade Milon d'Urgel,
Lance porte et escu qui est de Bordel,
E chevalche un cheval ferrant podrel,
E porte gonfanon, à or mantel,
E vait criant l'ensaigne Karles Martel.
As-vos de là Girart de Mont-Revel,
E quit que l'un d'els l'autre en contrapel
E si que l'un des dels se desensel.

Gyrart fu chevalier proz e vaillenz,
Onc cors de chevalier ne fu plus genz;
Hom fu .G. au conte e ses parenz.
Quant ot l'ensaigne Karle, molt fu dolenz,
E vait ferir Alons; mais non fis lenz.
Et Alon fiert si lui, quant le cop senz,
E li false la broigne de Saint-Maissenz,
E cravente-lo mort à terre adenz
Veiant les euz Durant de Saint-Lorenz,
E par icelui en fu pris vengemenz.

Doitran broche cheval e fiert Alon
El piz desoz l'auberc, par auqueton;
El cors li met la lance al gonfanon

E cravente-le mort enz el sablon
Trestot veiant les euz al conte Ugon,
Veiant teil qui en a pris la vengeison.

As-vos par la bataille Ugon assin.
Desor le peliçon qui fu hermin,
A vestu un hauberc blanc osterin ;
Et a lacié un hiaume verjaz d'orfin,
Et a çainte l'espade Genon d'Aiglin,
E porte escu e lance de Saint-Domin,
Chevalche cheval bai, o un sor crin,
E peise-li d'Alon qui a pris fin,
E fu dolenz del conte qui est de son lin.

Ugon feri Doitran en son escut,
Que son hauberc li a tot desromput ;
El cors li met la lance tot nu à nut,
E cravente-le mort el pré herbut.
Quant les compaignons sont reconnegut,
Verraz maint haste fraindre e maint escut,
E tant franc chevalier mort abatut.
Bien a .K. Guerart si revendut
Par duc Tierri d'Ascane qu'il a perdut.

Karles vient apoignant à grant poest,
Vait ferir un danzel de molt grant gest
Amont sobre son hiaume, en l'aucor fest ;
Trenche coir e chevel de si qu'al test,
E lui e le cheval tot agravest.
Le jor remeist le chace en la forest.

Iste bataille fu à un dimarz.
Li Naval e li Bascle lancent lor darz :
N'i a tant fort hauberc ne face parz.

Franceis fierent'ès hiaumes, que fist Gimarz ;
Le sanc e la cervele il en esparz ;
E ci non a mestier nus hom coarz,
Quar il n'i puet durar ne sis regarz.

Ce fu à un lonc jor que entre estaz,
Un marsdi, que soleil fu cler levaz.
Les compaignes s'encontrent, dunc fu pecaz.
De ferir e d'ocire ne tienent paz :
Mil en verreiz gesanz morz enversaz,
Qui ont perdu pié, ou poig toz detrencaz,
Tant vermeil gonfanon ensanglentaz,
Par cors de chevalier menu passaz,
E set mile chevals tant enserraz,
N'i a hom qui estende ne pié ne braz ;
Mais nus n'en i puet vivre fors quant Dé plaz.
Girart vient par l'estor toz aïraz,
Si en a vint ocis et affolaz,
Toz le vis e la caire li sont chanjaz,
Et est de maltalant jambe aterraz,
Et a fiché l'ensaigne en mie uns praz,
Et escria as siens : « Or lor aidaz,
Ferez e ociez e desrocaz ;
E se mestier nos est, à moi tornaz ;
Car si me troverez si reperaz.
Ne jà m'en moverai, ice sachaz,
Ainz serai pris ou morz ou detranchaz.
E Karles sera reis ou abaissaz. »
E dist Folcon al conte : « O mei restaz. »
E Folcon respondi si com membraz,
Com corteis chevalier e com senaz :
« Toz tens fus fols e fels e forsenaz,
E fu grant duel al siecle quant tu fus naz.
Ce ne fu pas almone, mais grant pecaz :

Par tei est abaisade crestientaz.
A fel! non veis les rens tant empeiraz,
Plus de set mil en gist morz e naffraz?
E per hoc si 's avon bien reusaz,
Quar Carles r'a perduz des siens assaz.
Li reis est ton saignor, riches postaz :
El mileu de sa terre nos a trobaz,
E si home li creissent devers toz laz,
En sol loeie seron cobraz.
Hoimais n'i aurez honte, s'os en tornaz.
Saigner franc chevalier, car li loaz.
Qui a parent ne fraire, quar l'enlevaz
E tot le petit pas les emportaz ;
E ge irai derie e dan Dannaz,
Bos e Gilbert o nos e Garindas.
E se rien i perdez, mei demandaz. »
Quant .G. lait l'estor, molt fu iraz.
Onques n'i fu plain pié pois encalçaz ;
Onc ne l'osa hom dire de meire naz
Faite i fust malvestiez ne vilanaz,
Mais le camp receit Karles e ses barnaz.

Karles remaint li reis en la bataille,
Vit tanz danzels gesir soz la ventaille,
E tant hauberc saffrat, sanglente maille :
A vis dora, ce dit, asaz vitaille.
Des morz non sai pensar que plus l'en vaille :
A chascun un sarqueu dorra sanz faille.
Ce dist uns abé brez de Cornoaille
Que il n'ait jà relief d'autre toaille.
Li reis li done en feu sanz entrefaille.

Le bibe e li abat, nostre doctor,
Façent un cimetiere à Deu enor.

Tuit cil qui ci sont mort, e nostre e lor,
Chascun seit enterrat par son saignor.
E donc l'ont otreié tuit li meillor,
Mil mars en dont li abés à son prior,
Sanz ce dont sont loat li tailleor,
Tant com furent entr'els guerreiador.

Guerart s'en est alez, Karles reman,
E jut la noit el champ tresqu'al deman.
De ci s'en vait à Rains la cit à plan.
E dist li reis als siens : « De ce me van,
Qui qu'ait eci l'aveir ne or d'Espan,
Boen cheval arrabi ne castelan,
Tot estovra passar par mie ma man.
Qui a bon sens e hardi coer soveran,
Ne trobera en mei rien de vilan,
Mais d'onor à donar le soveran. »

Cel jor meismes mande li reis Odon ;
Ais-li venu devant li le conte Aimon :
« Saigner, prison avez rique baron,
Senebruns de Bordele le filz Ion,
E Giles li Tosanz, lui e Neblon . »
— « Par mon chief! dist li reis, molt me seit
Ce sont mi enemi li plus felon.   [bon.
A brief terme en auront tel guerredon,
Jà nus n'en chalcera mais d'esperon. »
— « Saigner, ne le puès faire sanz mespri-
Anceis devon conter lor achaison.   [son,
Con il s'en reperoent en lor reion,
Nos feimes agait en Clarençon,
Noz homes de Boorges e de Borbon ;
E quant furent eissu hors à bandon,
Nos saillimes derriere à esperon.

Onc nus n'en estorst, nis bien le savon,
Ne mais que Senebruns e trei baron ;
E nos les enbatimes en Corneillon,
E coilli-les Girarz en sa maison.
Ainc rendre ne les volt, se issi non
Que quite s'en ireient par raençon ;
E de celi feimes bien plevison. »
—«Ge lor dorrai, dist .K., de tal poison,
Li plus rique dira garniz en son. »
Pois prist un parlement soz Albion.

Karles parle as Gascons par grant lezéir.
Par engin de donar e par sabeir
Les a si conquesuz à son aveir,
E chascun d'els li livre son grant maneir.
.K. les vait garnir à grant poeir,
Mesage en a .G. dès le quint seir.
Li quens soz Rossillon, à Biau-Veeir,
Fait Gilbert e Folcon leiz lui seeir,
E Bernart e Boson e Manasseir.
De lor armes portar sont taint e neir ;
Il furent repairat de Saint-Seveir.
Le castel le rei fait à feu ardeir,
E parolent de guerre faire e soffreir.
A tant ès le mesage qui lor dist veir :
Li reis li vait Gascoine tote toleir,
E li Gascon li font tot son plazeir.
« Bataille en iert, dist Bos, al mien espeir. »
— « E os en aurez, dist Folques, trestot lezeir ;
Car vos i gaaignastes tant l'autre seir,
Or puet .G. e nos à euz vooir
Que nus ne i ot de guerre à tort moveir. »

En après parola li quens Bernart,

Ce fu uns jovenciaus proz e gaillart :
« Fraire, se me creeiz, vos e Guerart,
Non respassera Karles le pont de Gart
Ne la terre en quei gist saint Leenart ;
Et il nos tolt des noz la meillor part,
Deçà devers Provence non erient regart ;
Tant i a coveitos, fel e gaignart,
E .K. lor tramet à son canart,
N'en i est remasuz del mielz le quart. »
— « Par Deu ! ce dist Gilberz de Senegart,
Jà n'en iert confonduz li reis gaignart,
Se ne l' fait cop de lance, espade ou dart ;
Il ne porreit caleir, se Dex me gart,
Fors que l'éust ocis un escubart,
Or eissi com morut li reis Cesart. »
— « Ge l'ocirai malvès », ce dist Folquart.
« Onc ne fu rien, dist Bos, qui tant me tart. »

E Folques, quant l'oï, irasquit sei :
« Grant folie parlaz entre vos trei.
Jà n'amerai qui die que me deslei. »
— « Ge ne l' voil, dist .G., ne ne l'otrei ;
Mais dreiz est e costume que fol folei,
E qui ercit fol conseil si 'n a sordei.
Biau niés Folque, por Deu, conseille-mei. »
— « Conseil ne sai, dist Folques, ne ne li   [vei.
Tant connois à felon .K. le rei,
Jà nus son ennemi ne li soplei,
Ne qu'il pot sormonteir, non a mercei ;
E por oc si est bon que se pledei.
Qui hom de traïson en cort mescrei,
Jà ne deit herbegier tal ret o sei :
Donc l'en face son eir mostreir al dei.

« Quant te donai conseil, ne me crecès.
Qui ne garde de loig, ne jot de près.
Tant sai le rei vers nos fel e engrès,
Jà ne graera pais qu'en li envès ;
E por oc si fust bien qu'en li mandès
Par un preu chevalier, tal qui l' trobès,
Qui de la traïson nos raisonès.

« Preiaz e conseillaz à don Begon,
(Quar ge n'i sai meillor ne nul tant bon.
Si parent son meillor en la meson)
Por nos guerpe son fieu del rei Karlon :
Ge li dorrai Val-Brune, e tu Dijon. »
— « Ja pois Dex, dist Bos, bien ne me don,
Quant jà prendrai s'enor ne rien del ton ;
Mais ge m'en irai là, e te semon
Que vienges après mei e ti baron.
Se li reis ne velt dreit e dit que non,
Avant que isse fors de son roion',
L'en aurai-ge rendu le guerredon ;
E si l'en là te reite de traïson,
Ge defendrai ton cors e dan Folcon,
Es autres fors Folcher e dan Boson ;
E d'icez i metrai tel acheson,
Ne lor dona recet, tor ne danjon,
Tresqu'il donat conjat à dan Aimon,
Audefrei son cosin e dan Ugon,
Qu'il te metront as guez soz Avalon.
Ge i fui e la vi e blasmai l'on.
N'enchalcera vers mei son esperon,
Que li reis ne féist tel mesprison
Avant que tramesist à tei Perron. »
— « Cosins, ce dist .G., fai or razon,
Ore fai brief conseul e cort sarmon. »

Monte Begue el cheval sanz compaignon,
Ne mais son escuier pur son blison.
.G. tramet mesages tot environ
Que viengent Loherenc e Borgaignon,
E passent à Nevers et à Chalon,
Et assemblent ès praz de Val-Muçon.
A Karlon ont fin faite tuit li Gascon.
Il ne sojorne gaire en lor reion,
Gironde a traverseie o bon noon,
E fait tendre à la rive son paveillon.
Li reis jut sor un paile de ciclaton,
Esgarde con passeirent si danzillon,
E parole à Tiebaut de Val-Beton
Et à Gascon le conte et à Ugon.
A tant Bege descent, qui lor despon
Le mesage .G. e le Folcon.

Là où Begue descent, des plus preisanz
Fu de set réceu ses mulz ferranz;
Et entra el paveillon entre deus panz.
Chevalier est forniz et assaz granz,
E fu hardi par armes e de roman.
E .K. l'apela, e traist ses ganz :
« Çà vostre enor vos rent e quatre tanz
De la meie meillor, mais non balanz. »
— « De tes meillors parenz çaienz as tanz,
Jà connoistra l'en qu'en seie danz.»

— « Saigner, iste reson que vos aport
N'en est desconvenanz, bien mi recort
Que ton beir mal te face ne tu lui tort. »
— « Gardaz n'en parlaz, Bec, par negun
A .G. ne as suens jà me racort,   [tort;
Ainz seront confondu tuit li plus fort.

23

Jà n'amerai le conte si ne l' vei mort. »

—« Seigner, quant preuz vos est, si l'ociez ?
Avant aureiz grant honte, se vos perdez
En vostre colpe un conte de ses bontez.
Li quens est proz e riche, bien le savez,
E plus vos puet servir que meillors dez
Ne font de toz ices que vos avez. »

— « Dan Bec, sa grant valor est malvestaz,
E tote sa richece est povretaz.
Cent mil homes m'a mort et afolaz,
Mes regnes confunduz e desertaz ;
E por oc si m'en soi un poi venjaz
De tals cent milie homes de ses casaz
Cui il fesoit grant hontes, quant ert en paz.
Ge fui ce qui 'es retig e doig assaz,
E tendrai à enor toz, se Dex plaz. »
— « Ice est tort, dist Begue, e granz pecaz,
Que quens ne seit de rien vers vos dampnaz,
Par quei il ait forfait ses heritaz. »

— « E tu d'ice, dan Bec, que m'en diraz ?
Eci se mist .G. el leu Judas,
Manja o mei e bite o mes henas,
Lo jor ocist Tierri cum Sathanas :
Ge li rendrai molt chier, si que l' verras.
Un pau l'ai jà sanz aigue tondu e ras,
E de deus cenz mil home les armes tras :
Ne li est de Gascoigne chastel remas. »

E Begues se hauça por mielz respondre :
« Saigner, ainz que l' féisses de dreit semon-
Féis saisir sa terre, le suen repondre, [dre,
Ses citaz porardeir, ses chastials fondre.

Ne l'poez à briés termes tant griés confondre,
Car non véistes hom tant dur à tondre. »

— « Jà n'auront tant dur coir ne cordoan,
Se truis Bos ne Folchiers, li trei Satan,
Se pois de lor atraire(?), ne lor enjan :
Per oc solion dire cosins eran.
S'en poeie un tenir en mon lian,
Ge le fereie pendre com un larran ;
Ne li valdreit or cuit son peis d'aran. »

— « Seigner, ne le faraz, ce respont Bege.
Girart a pris le quens que dreit vos siege.
Pernez-le, s'il vos plaist, mete-vos plege. »
— « Quant m'a traï, dist .K., e me reniege,
Pois dit que fera dreit, son gant me pliege.
Ne corrie por rien de moi lor triege,
Ne lor lairai d'enor pesant d'un liege. »
— « Pro l'auront, dist Begue, e prestre e
                                    [miege. »

Après parla Galters de Saint-Romec :
« Une rien vos dirai, dist-il, dan Bec.
Pois que .G. prist guerre, de rien non crec;
Que fist, l'autrier, bataille quant fair non dec.
Al rei se combati en un plain sec.
Bien i estut le jor tant com li lec,
Ses escuz fu trenchat e s'anste i frec;
Mais jà Dex no m dont part en cel eschec,
Que quens e sa mesnade en champ resesc.»

— « E vos, ce respont Bec, que fesis donc?
. . . . [1]

---

1. Il y a ici dans le manuscrit une vaste lacune, qui
s'étend, dans le texte provençal, de la page 153 à la
page 207.

« Ne vos sai conseillar, Dex vos ajut!
Car cest siecle e l'autre aveiz perdut.

«Bons hom, ce dist l'ermite, que n'as poor;
Qu'en ton jovent as faite tante folor,
Et as en mal usat tote ta flor :
Onquore vels ocire ton dreit saignor !
Jà pois ne troberas clers ne doctor
Qui te dont penitance à negun jor,
Que la divinitat e li actor
Nos mostrent en la lei au Redemptor
Quel justise l'en fait de traïtor :
Desmenbrar à cheval, ardre à chalor ;
E qui la poldre en met en un destor,
Jà pois n'i creistera herbe por nul labor,
Arbre ne rien qui traie pois à verdor. »
Non puet muar la donne qu'ele non plor :
« .G., por quei fazez tant grant folor ?
Pardone à tote gent mal et iror
Et à Karlon, ton sire, l'emperador. »
— « E donne, e ge si faz, por Deu amor. »
E l'ermite respont : « Dex en aor,
E de sa part me claim dreit confessor.
Se de bon cuer le faiz e por s'amor,
Oncor auras barnage, terre et enor. »

Or li a fait .G. quanqu'il a quis.
Li sainz hom, qui 'n ot joie, e si s'en ris,
Que .G. li otreie quanque li dis,
Que cheval e les armes li deguerpis,
Tant que il vienge al terme que il li mis,
Que aura ses pecaz espenadis ;
E coil en son bien fait tant com iert vis.
Iqui plorat .G. quant s'en partis ;

E l'ermite les saigne e benedis,
Et ensaigna la veie per gax antis.
Marcadiers encontra ainz qu'en eissis,
E demandent dont sont : « Don, de Paris,
E venon de Baiviere e de Hongris. »
— « Quels noves del rei .K.? de queil païs?»
E cil li respondirent : « Don, toz est vis,
E enveie mesages e ses espis
Por dan .G. le duc, si l'a vengis.»
E la donne d'is moz s'espaoris :
« Ce fui là où .G. en terre mis. »
Li marcheant en rendent à Deu mercis :
«Granz guerres nos a faites e mal toz dis. »
E Guerarz quant l'oït, si s'engremis ;
E s'il tenist s'espade, si l'en feris.
Bon gré ait li sainz hom qui l'en plevis!
Et il le distrent au rei de Saint-Denis.
Karles en a tel joie, molt en soiris.

Li marcheant li content en France as lor
Que .G. estoit mort tot de frescor :
Grant joie en a li reis, qui que s'en plor,
E tuit si enemi, grant e menor,
Ne mais ces nobles hommes ancienor,
E cil en ont grant duel por sa valor ;
E la reine en a sor toz major.
Li quens n'en a nul eir de sa seror,
Qui après sa mort tienge dor de s'enor.
Or laisseron del rei, de sa baldor,
Si diron de .G. qui a grant valor.

En cel leu quant parti des marcadiers,
Entra en unes veies, malvès sentiers,
E trobent molt mals pas et encombriers

De ronces e d'espines e d'aiglentiers,
Devalent en uns vals qui ert granz e niers;
Desor un aigue trobent deus paus mostiers
Et un molt saint hermite qui a non Rainiers,
Qui 's herberja la noit molt volentiers.
Ne lor dona deintaz n'autres ploiers,
Mais pain d'orge pestri aleisiniers
Et aigue freide e dolce de fonteniers.
La noit se jut .G. e sa moïlliers
Entresqu'à lendemain qu'est al sentiers.

Ore s'en vait .G. egal soleil
Par un estreit sentier, leiz un rameil,
E trove une fontaine desoz un teil,
E velt sei endormir, qu'il a someil;
Mais non quidaz del conte gaires dormeil.
Avant plore des euz, tire cabeil,
Dist mielz volgre estre morz en plain campeil,
E l'éust le rei mort e si feeil.
E sa moïllier li dist: « Non far, danzeil;
Mais preiez Damledex qu'il nos conseil. »

E d'iqui herberja à un repaire.
Donc sont mort de sa guerre e fil e paire,
Et oïsseiz maldire e fille e maire.
Entre le duel e l'ire e lo mal traire,
Si non fust sa moïllier, non vesquist gaire.
El' est saive e corteise e debonaire,
E si parole mielz c'un predicaire :
« Saigner, lasse le dol, si t'en esclaire.
Toz tens fus orgoillos e gueirreiaire,
Batailliers et engrès de ton affaire,
Et as plus homes morz non sai retraire,
E lor ers apovris e tot lor aire.

Or en prent Dex justise, lo vrai jujaire.
Menbre-tei del saint home, del sarmonaire,
Com il te conseilla del mal retraire :
Oncor auras enor, si la vels faire. »

E d'iqui herberja as porz miraz,
E passe le chemin de set contaz.
Aiqui aprent tels novels qui sont vertaz :
Par iqui est mesages très-ier passaz,
Que .K. a mesages tramis toz laz,
Qui trobera .G., seit-li menaz :
D'or e d'argent li iert un neis comblaz.
«Seignor, dist la contesse, quer me creaz.
Eschivon les chastiax e les citaz
E toz les chevaliers, les poestaz.
Biau sire, vostre non car le chanjaz. »
Et il li responeit : « Si com vos plaz. »
Aiqui-ès l'apeleit Jocel Manjaz.
Chiés un lucrier felon s'est herberjaz.
Felonesse feme a, et il malvaz.
Là li prent enferté e mal assaz,
Que de quarante jorz non fu levaz
Très la nuit de naal que Dex fu naz.
Il le fist devaler de son palaz
En l'arvol d'un celier, soz uns degraz.
Aiqui a la contesse dolent solaz.

Guerart vit en l'arvol, n'i a servent,
Fors sa moillier, qui el sert molt bonement.
A tant ès Migael qui à lui vent,
Que Dex li a tramis tot veirement;
E li aporte un drap, devant l'estent :
« Donne, por amor Dé omnipotent,
Qui nasquit à tal noit en Bethleent,

Me taillez e cosciz is vestement. »
Ele dist : « Volentiers. » Sempres le prent,
E tailla e cosit molt vistement.
A l'oste l'ont conté de maintenent :
« La pautoniere cost molt isniaument. »
Il li tramet vestir d'un sien parent,
Mande-li qu'el' le cose tost e non lent.
Ele dist al mesage molt humblement :
« Amis, ge en cos un à plus manent,
E pois prendrai le sien, si tant m'atent. »
E cil li reconteirent tot ensement.
Il en vient par degrat aval corent,
A lei de Sathanas iradement,
E gita-li del tot son bastiment.

Itant male moïllier non vistes anc,
Com ele a fait .G. foler el fanc.
Li quens non a vertu ne char ne sanc ;
La contesse le prent par mie le flanc.
Un prodome l'esgarde, qui a le cuer franc ;
Fait dejoste son feu costar son banc,
Done-li veneison, peison d'estanc.

Quant il furent caeit andui el brac,
Si se pasme la donne del doel qu'el ac.
Un prodome l'esgarde, si com Deu plac,
E fait-l'en aportar tot freis e flac.
Lors li fait leiz son feu un lit, où jac ;
Done-li veneison, peison de lac.

Guerart se regarda e jut envers,
E non ot sor les os fors cuir e ners :
« Las! quels ovres ai faites, tant lai me mers!
Folsques, Landris, Tiebert cil de Nevers,

Bernarz, Folchier, Seguin, Bos e Gilbers,
Pois vesqui après vos, molt fui culvers. »
E sa bone moillier le cap li ters :
« Car seigner, lesse estar l'enor que pers;
Kar se tu quelz en grat, meillors conquers.»
Pois li despont des saumes David treis vers,
E conte-li de Job qui fu Dex sers,
E son sarmon où dist saint Rogebers
Que ce fu un miracle granz et apers
Que Dex fist por ceste conte qui tant fu fers;
Quar s'il ne fust faidis e tant desers,
Jà ne partist del mal ne fust convers.

Qui vos aoutereit les encombriers
E les fains e les seis, les destorbiers,
Eissi com dit l'escrit qui est as mostiers ,
Vint e dels anz fu pois li fors guerriers
Qu'il n'en a de sa terre quatre deniers,
Ainz est en Alemaigne donc fulchiers.
Un jor entre en un gaut granz e pleniers ,
Et oït une noise de carpentiers ;
E soït tant la voiz, par les ramiers,
Qu'il troba à un feuc dels carboniers.
Li uns fu grans e laiz e tainz e nierz,
Et a non Garin Bruns, l'autre Rainiers.
Cil fu uuz petitez, uns ramponiers :
« Amis, dijaz, don es espenadiers ?
Quar portaz is carbon, seiaz coliers,
E seiez del gaaig dreit parçoniers. »
E .G. respondit : « Don, volentiers. »

O .G. sont li dui, trei compaignon;
Chascun a pris son sac, li quens le son;
E sont eissu del bois par plain campon.

Vienent en Aurilac, soz Troïlon;
Chascun sisain denier vent son carbon.
.G. veit lo gaaig, semblat-li bon.
Cil n'en ont plus de lui mie un boton.
Or li dont Dex ostal e teil meson ;
Par quei poisse venir à garison!

Es rues d'Aurilac, en la sobriere,
Aveit une meson pauque estramiere :
Là herberge .G. chiés la sauniere.
C'est une veve feme, bone almosniere.
De lui firent servent e chamberiere.
.G. seit bien d'Ardene la grant charriere,
Il a bone vertu forte e pleniere,
E va sovent la rue où herbergiere.
Iluec fu la contesse taillandiere,
Qu'onques ne fu de mains teil fazendiere.
N'i a donne tant riche ne la requiere,
De ses ovres à fere ne la profiere ;
E dient cil danzel e gent legiere,
Parolent son oient et en deriere :
« Esgardaz la biauté c'a carboniere!
S'es vilains de carbons ne la fausniere,
N'éust tant bele donne dedinz Baiviere.
Corteise e proz e gente e bone ovriere,
Por qu'as pris à mari carbon faisniere? »
Ele respont, qui fu feme parliere
E qui bien le sot estre e mençongiere :
« Saigner, merci por Deu e por saint Piere!
Troba-mei orfenine, povre bregiere,
E prist-mei à moillier, Dex le li miere!
E pois me fist aprendre à costuriere.
Ne sai plus gentils hom de lui où quiere
Qu'il n'est pas de çà mar d'iste ribiere ;

N'i a un tan felon de male tiere,
O sa dolce reson tot ne l' conquiere. »

Li gaaig del carbon vient par talent :
Cil le font , il le porte e si le vent.
Vint e dels auz se tint cissi vilinement,
De si qu'à une feste , quarem-pernant.
Vasal qui deit quinteinne , le jor la rent.
Vait là li dux Jociaumes, li dux d'Aiglent.
.G. la vait veeir e l'autre gent ,
E fu loignet des altres en son gisent,
Entr'es braz sa moillier, qui car le tent.
La donne les vasals vit bordissent,
E membre-li de loig del norriment....

. . . . 1.

« Trobé ai bon conseil que te dirai.
Demain sera disvendres, par Deu le sai.
Enquenoit la réine en cerche vai.
Quant sera al mostier, annaz-en lai,
Baille-li cest anel que te dorrai,
Que ele vos dona de cuer verai
O tot sa druerie , veiant Gervai,
El gonfanon de France e Bertelai. »
— « Sire , tu el me baillas, ge l' te gardai ;
Par besoing que usson, onc ne l' laissai. »
E. G. respondeit, quar bien le sai :
« Pois que vos le volez, là m'en irai. »

Icel jor est passaz, e seirs venguz,
Que la noit fu meiade, lor loi chaüz.
Idonc fu grant la noise e le tambuz
De moines , de chanoines, de clerz menuz.
La réine à mostiers vait piez toz nuz ;

1. Il manque ici un feuillet entre le 41e et le 42e.

E .G. se leva, là est venguz,
E la réine orot soz l'ars voluz;
Bien prof de lie se traist, ne se fist muz :
« Donne, por amor Dé qui fait vertuz,
E por l'amor des sainz qu'avez quesuz,
E por l'amor .G., qui fu tes druz,
Donne, te quier merciz que tu m'ajuz. »
La réine li dist : « Bons hom barbuz,
Que savez de .G.? qu'est devenguz ? »

— « Donne, par toz les sainz que vos preiaz,
E por l'amor de Dieu que aoraz,
E par iquele Virge dont il fu naz,
Se vos .G. le conte ci veiaz,
Quar me dijaz, réine, qu'en feriaz? »
La réine respont : « Bons hom barbaz,
Molt fazaz grant pechié qu'en conjuraz.
G'i voldreie aveir mis trente citaz,
Por quei li quens vesquist et éust paz
E trestote l'enor dont fu gitaz. »
Donc s'est li quens de lie fait plus privaz,
E bailla-li l'anel e dit : « Veiaz !
Ge fui Guerarz, cel conte dont vos parlaz. »
E quant el tint l'anel, connut-l'assaz.
Onques là li divendres n'i fu gardaz,
Maintenant fu .G. set feiz besaz.
Apela Aimar, clers bien letraz :
« Iquist est de la terre dont je fui naz,
Et apartient à mei ses parentaz.
Querrez-mei lieu aese, se l' m'enmenaz. »
E cil dit : « Volentiers. » Là est annaz,
Font ses danzeles totes traire à un laz.

Ore baise .G., pris-lo par col :

E fu-li bon asaz, qu'amer lo sol;
E trait-l'a une part desoz l'arvol,
E demande-li ce que oïr vol;
E, si com il li conte, ele en a dol.

« Seigner, où est ma suer? — « Donne, là
En l'ospital Hervieu l'esberjador.   [puor,
Je non vi onques donne de sa valor.
De mil vies n'oguisse pas la menor;
Mais ele m'a gari par sa dolçor
Et o son bon conseil et o s'amor.
El' m'a fait çà venir o grant poor. »
—« Don, ne vos esmaiez, quant ge ai la flor
Del consel de la cort l'emperador.
Tant bon aveir de pris e monador
Lor ai donat, que m'aiment grant e menor;
E ne querez jamais maintenador,
Se a iquist besoig ne vos secor :
Tot iteil com ge voil ai mon saignor.
Apelez Bien-Assis, lo contador
Del mostier de la croiz al Salvador.
—Herbergiez ist romieus, lui e s'oisor;
De ma terre fu nat, si 'n ai tendror,
E furent d'un lignage nostre anceisor.
E si el faites eissi por meie amor,
Que ne l' sachent là fors cel gabador,
Chevalier ne servent losenjador. »
E cil dist : « Volentiers. » De joie i cor,
De ses chambres les met en la gentor.
Là entre la réine e sa seror,
E remeistrent defors li mentador.
Ne vos i voil acontar le doel, le plor ;
N'en partit la réine ainz vit lo jor.

Adons fu li divendres que Dex tramis.
La réine apela lo bibe Ogis :
« Seigner, preiaz le rei e ses amis,
Por Deu, que le mesfet d'iquest chaitis
Qu'il a deseritat e fait eschis,
Pardont malevoillance ses enemis
A toz cels qu'il volt mal e morz e vis. »
E li bibes lo fait à son devis,
E parole o le rei com hom pervis.
Ainz qu'aorast la croiz où Dex fu mis,
Li otreia li reis quanque li dis,
E pardona eissi com li requis.
La réine manda ses Bons-Assis :
Or puet .G. tornar son plor en ris,
C'onquor iert de s'onor poestadis.

Lendemain fu dissades, dies pascaux,
Que li reis fu baigniez, tonduz e raux,
La réine vestue de pailes taux,
Ne véistes meillors, vermelz ne blaux ;
E vient devant le rei, dist-li soax :
« Seigner, oiaz un songe, qui toz est faux.
Enoit m'estoit avis, as ainzjornaux,
Que quens .G. veneit par mie uns vaux,
Et entra çà dedenz par ist portax ;
E juroe sor sainz, com hom leiax,
Jamais tant com il fust uns hom carnaux,
Ne nos vendreit par lui noise ne maux.
Portendue ert ta sale de nos dossaux,
De pailes, de tapiz e de bancaux,
Et estoit de ta cort chiés seneschax. »
— « E Dex ! ce dist li reis, quar fust-il taux!
Ge voldreie que fust vis, sains e saux ;

E per oc si me fist guerre mortaux,
E fist mei les siens mil dels coraux. »

—«Seigner, dist la réine, donaz-m'un don :
Que tramete saveir s'est vis ou non,
Quar l'autr'ier oï dire conte Draugon
Que oncor est toz vis el regne Oton.
Reis, laisse-le venir en ta meson,
E por Dex e por mei li fai pardon,
Et il te servira à esperon ;
Quar tes hom est, li mieldres de ton reion.»
De son estant s'est mise à genoillon,
E prist-lo par la jambe e par talon,
E tocha-i sa boche e sa façon ;
E li reis l'en dreça, ne li fu bon,
E de quanque li dis non dist que non.
Par itant l'en a faite l'otreicison,
Qu'il quida qu'il fust mort soz Rosillon
(E fu naffrat el piz, soz le menton),
Entresqu'à lendemain qu'acordé son,
Que molt se repenti d'iste razon.

Lendemain fu la pas, que l'en s'esjois.
Le rei à Sainte-Croiz la messe oï.
Quant aporta corone e fu assis,
E quant il ot manjat, passe midis.
En mie la sale estendent un noés tapis
Desor un faudestuc à or massis :
.K. li reis de France s'i est assis,
Joste lui la réine qui l' semonis.
Les contes ot mandez e les marquis,
E li reis drece en piez, à toz le dis :
« De .G., d'icel conte qui fu faidis,
Bien avez oï toz qu'il est feniz ;

Or li pardont chascun qui rien forfis :
Plus soeif en sera son ame en paréis. »
Tuit li ont otreié quanque lor quis,
Fors li quens Aimar et Aimeris,
Qu'il vainquit en bataille, lor fraire ocis ;
Enrri del destre poing moignon li fis.
Celui li pardona molt à envis.
« Aimar, dist la donne, clerc de Paris,
Prenez drap de chainsil e vair e gris,
Et aunques tost corant chiés Ben-Asis.
Le romain e sa feme me revestis,
Amaine-le çà sus. » E cel si fis
E l'amaine el palès par marbre bis,
As degrez de la sale, au deis l'asis.
Créue est molt la barbe e blanchesis,
Et avient-li molt gent sobre le gris,
E ne quida jà hom lo connegris ;
Mais lo rei lo connut al plenier vis.
Del maltalant qu'il ot tot negrezis ;
Lo pardon qu'il a fait, de Deu maldis,
E claime la réine enganeris.

Quant le rei veit .G., si s'en irais ;
Apela Otoer e Bertelais
E lo conte Aimar et En Estais,
A une part les traist de son palais :
« Seigner, est bien .G. fel e malvais ?
Sor mei s'est embatu cest gloz pugnais.
Ge non quit qu'en ma cort gaires estais :
Demain le ferai pendre à Mont-Gelais. »
La réine en guigna cons Bertelais :
Il vient à lie corant sempres d'eslais.
Prist le rei par lo poig, vers sei le trais :
« A ! seigneur rei de France, amis, que fais ?

.G. vient çà à nos, non seit-on mais.
Reis, si tu vels, si l' pent ou le desfais,
Por oc si jurera sor saint Gervais,
E dorra mil ostages, qu'en ta cort lais,
Que jamais ne vos faille por rien qui nais ;
E ge lo plegerai et En Estais,
E tot li chevalier de si à Ais. »
En cel leu la réine lo bec li frais,
Tot ce li fait li reis que velt e mais.

Adonc sont pardonat ire et orgoil :
« Rendez-li terre plaine, borc sanz cadoil ;
Pois non aura en France, ce quit, regoil.
Qu'en metrie lo siege de fors al soil,
Tenez-mei al malvaise, se camp non toil. »
E li reis li respont : « Eissi lo coil. »
Là li rent terre plaine per un raim foil. »

Li cons per raim del rei receit son fieu,
E clina-li parfont d'entresqu'al pieu.
Li reis non est tant fel qu'il ne l'en lieu :
« Seigner, de m'enor est Folque e li sieu,
E de ceste citat tuit li Judeu.
De l'enor, s'il la tient, non m'est à grieu ;
Mais sol Folcon me rent por amor Dieu. »
— « Par mon cap ! dist li reis, non gins tant
[lieu. »
A tant noves li vienent par un corlieu,
E cil dist les paroles, qui list lo brieu.

Cil reconte les noves, qui lo brief lez :
« Elinant e Golgas e Guingenez,
Jaguz et Enissanz et Agenez
(Li sires de Bretaigne od icez ez)

24

Vos tolent Saint-Michel e feront pez,
Se ne garnis le port par les destrez. »
A tant monta li reis e ses consez.

Li reis s'en ist lonc Leire enz el sablon,
E sont o lui si conte e si baron,
Li dui fil Audefrei e conte Aimon,
E li quarz Aimeri qui tient Noon,
E li autres Bernart qui o ès s'apon ;
Movent del duc al rei male tençon :
« A saigner ! com i faiz grant mesprison !
Nostre paire ont mort is Borgaignon,
E tu retiens .G. e fais pardon. »
— « La réine, seigner, me fait içon ;
Par oc non est mes hom ne pois ne fon,
Qu'il me fist de ma gent ocision. »
Premiers parla Oldins qui tient Noon
E treis citaz lonc mar e Port-Andon :
« Vostre niece, la rosse, au ranc talon,
Qui fu fille Tierri au ric baron,
Qui por la mort son paire vos quist Folcon,
Qui si fraire aveit mort en traïson,
Quidastes qu'en presist la vengeison.
El aime tant son cors e sa façon,
Si s'en foï o lui en Auridon,
En une tor bien haute, en un coron.
Es gaus d'Ardene siet sobre Argueuçon.
Fait-li boies d'argent, non de laton.
Iqui l'a pois gardé en tal prison,
Plus soeif le norrist qu'aigue peisson ;
Et ama assez plus icel gloton
Que le conte d'Ausis ou cel Breton
A cui vos en féistes par nos le don,
Qui ore nos en muet guerre e tençon.

Mandastes qu'el rendist, el dist que non.
Non laisseron d'entor ne d'environ,
Çà seront ajostat iquil felon ;
Damage e hontes iert de grant reson. »
E .K. respondit : « Ge 's abandon ;
Mais de .G. non voil retraction,
Tant com iert en ma cort n'en ma meson ;
Mais pois s'em partira. Qui guerredon
Li rendra de son mal, ge li pardon. »

Bretanz de Val-Olec, le filz Begon,
Cosin germain .G. e dan Folcon
(N'ot mielz enparentaz en cel reion,
Ne mielz emparentaz, que paire fon),
Quant oit les paroles, non li fu bon,
Partit de l'ost soeif et à larron,
Si es venguz en la chambre on .G. fon,
E ce que là oï ce lor despon.

Don laissa en la chambre fors que sei quart :
« Réine, pren conseil e grant esgart,
Car tuit si enemi sont d'une part,
E li reis en creit bien cel plus gaignart.
Alpais por dan Folcon movront regart
Del siege mettre à brieu, non mie à tart. »
La réine respont : « Dex les en gart
E dont de garison enging et art ! »

E .G. quant l'oït, ot grant poor,
E la contesse ç'oï qui ot freor :
« Ne vos esmaiez mie, suer de valor.
Quant li reis nos gita de nostre honor,
Si me dona tot l'oscle à ma seror,
Dijon e Rossillon, castel e tor,

Casteillon, Mont-Argon e Val-Color;
E g'es ai si gardaz o grant vigor,
Repleni e garni de grant ricor,
En icez non avez contraditor.
Ge vos dorai cheval tant movador,
Oltre mar ne deçà non cuit meillor;
Et ai ensemble o mei un venador
Qui fu del norriment nostre anceisor :
Cil nos enginera à la brunor,
E meneron Bertran e ma seror. »
Aiqui es le manda, et il là cor
O toz ses quatre filz qu'ot de s'oisor.

La réine apela le viel Droon :
« Qui seit annar per bois à Rossillon,
D'iloc anne noit tresqu'à Dijon.
Or me gardaz is conte par guerredon.
Oncor serez ses hom, il vostre don,
Qui sont quatre milliers, chevaliers bon. »
E li cons le receit e pramet don,
Quar del plus povre fist rique baron :
« Ci ne covient, dist Droe, longue razon. »
Font-li vestir gonele e chaperon,
E fait venir Balçan l'arabion,
E li cons i monte fors al perron,
E prist un berserez triés son arçon :
« Or en annaz à Dieu benéiçon,
Dites que reis demande venation ;
Mais iquiste que quier est fors saison. »
Vont s'en par la citat tot à bandon ;
Et quant furent al bois al sens Droon,
Chevalchent tote noit que die fon,
E passeirent Iona au gar Salon.
Pain e vin e cibade prist à foison,

Aünent-sei el bocs laz un perron,
Fait manjar ses chevals e li baron
E dormir un petit, qui li seit bon.
A itant sont annat à Rossilon.

El broil soz Rossillon, en un vergier,
Est descenduz li quens de son destrier :
« E qual là feron ore, mi compaignier?
Si atendron Bertran e ma moillier,
Ou trametron laienz un mesagier,
Por savoir de la gent lor desirier;
Car de Folcon secorre a grant mestier. »
—« E dons, respondi Droes, ice vos quier.
Ge irai, merrai mon fil Auchier,
Qui çà vos noncera ce que là quier. »

Droe entra el chastel sor son cheval,
Mil en troba as tresches e mil au bal,
E trei mile borgeis per lo carnal,
E treis cenz chevaliers, tuit proz vasal,
Qui de joie e de geu sont communal;
E quant virent Droon, parolent d'al :
« Di noves, si tu seiz, de cort reial. »
—«Volentiers, de .G. bon e leial. »
—«Va, tu nos escharnis e fais grant mal. »
—«Anceis vos di tot voir, par saint Mical! »
E fait lire lo brieu Begon bigal;
E cil briés dist à toz : « Que Dex vos sal
De par .G. le duc, le ric vasal,
Cui li reis a rendu s'onor cheval !
E la réine mande al seneschal,
Cil qui sont au chastel aillent aval
E delivrent .G. al duc estal. »
Ici ot si grant joie c'onc n'oï tal.

Quant oïrent parlar de lor saignor,
Non i a tant felon por lui non plor :
« Seigner, quant le verron? di-nos lo jor.»
— « Vienge encontre qui l'aime, qu'il vient là
[por.
Es vos e moigne e clerc Saint-Salvador,
Font-li procession com à saignor :
E vos venez o mei, chevalchador. »
Après lui sont eissu devers pontor,
E ses filz premerains à .G. cor,
E conta-li quel joie font por s'amor.
Li queus monte el cheval, il contre lor.
Li demaine le baisent e li contor
E borseis e servant e vavasor ;
N'i a paubre ne rique Dex non aor.

Cels baisent à cheval e les plus druz,
E danzels galobiers et encreguz.
Après descent à pié o les menuz ;
E quant les ot baisaz e fu venguz,
A la procession est recebuz ;
E quant fu forz eissuz des arsvoluz,
A toz lor rent mercis e granz saluz ;
Et il li dient tuit : « Bien es venguz,
Quar toz nos as gariz et erobuz.
Les traïtors avon morz e vaincuz,
Por quei li reis fu vers nos irascuz.
Jamès non ies par home jor conquesuz. »

— « Bone gent, dist .G., que tal non fon,
Toz dis m'avez serviz comme baron.
Jà ne fusson conquis par rei Karlon,
Si n'éust fait Richiers la traïson.
Un servise vos quier par guerredon,
Que trameteiz viaz tresqu'à Dijon,

Que viengent chevalier e li peon,
E cil de Mont-Argon, de Casteillon.
E vos, li mien ami de Rossillon,
Mandaz trestoz icelz par quei semon
Et à si grant besoig cum per Folcon
Mon nevo delivrar de sa prison. »
E chascun li respont : « Ce amisson,
Jà n'en troberez un qui die non. »
Et Odins e li soen a fort semon
Por aler mettre siege à Audridon.
A Maante tramist et à Noon,
D'ambes parz l'ont empriz par contençon ;
E la réine bone en fait son don.
Par .G. s'esjoïssent li Borgaignon,
Car Dex lor a renduz, mot lor sat bon.

Avant que departist de son conseil,
Où que réine sot vasal danzeil,
Tramet-li son argent et or vermeil.
De donar sont ses tors e si damteil,
Jà de ce donne à lie non s'apareil.
E preia à chascun que l'apareil
Si com d'anuar o lie egal soleil ;
E commande à Bertran matin l'esveil :
« Or verromes quau sont nostre feeil. »

Nof conte sont al rei, e lor trei paire
Nevo furent Tierri e germain frere,
E vont iste razon au rei retraire : [reiaire,
« Seigner, Bertran velt estre vostre guer-
E cuit que part de vos com fist son paire.
Quar semon de ta cort quanque puez traire,
N'i remaint chevalier ne guerreiaire. »
La réine respont : « Ne durra gaire,

Que merrai ma seror en son doaire. »
Et Odin en jura ber saint Hylaire :
« Se de mon enemi est or guaire,
Ge li iere, quant porrai, contraliaire. »
La réine respont : « Non dites, fraire. »
Idons parla Pepins, ses filz li maire,
Com danzels de quinze ans, de bon viaire ,
E saives e corteis e debonnaire :
« Cil qui corrocera mi domna ma maire,
Si gart de mei son cors e son repaire. »
Por iquest mot se targe li emperaire.

Annaz sont tuit al rei conte e contor ;
Anceis que .G. tort en son henor,
Li feront, si com dient, de mort poor.
Merci Dé e Bertran le venador,
La réine qui sot choisir la flor.
Bertran fu chevalier, non sai meillor ;
Quint e cinc nevoz de grant valor
(De fraire e de seror, non sont loignor),
E dels cenz chevaliers, bon vavasor [1] ;
De sa mesnade sont bon fereor.
Quant les noves oï, sempres là cor :
« E vos, que demandez .G. seignor ?
Cuidaz l'aveir trobat comme pastor ?
Li reis l'a retengut, hoi est lo jor.
Vos porparlaz sa mort, tuit li meillo[r] ;
Ne convient à conseil d'emperador.
Franceis ne Borgaignon n'en ont amo[r].
Se il ont morz noz paires, e nos les lo[r],

1. A partir du folio 49 recto , où nous sommes arrivé,
jusqu'au folio 52, le volume est rogné de telle manière que
la fin et le commencement d'un grand nombre de vers ont
été enlevés.

Ne devez refreschir tant vielle iror. »
— « Bertran, dist la réine, n'i ait gramor.
Pois que li reis ne l'velt ne li meillor,
Ne vos faz de .G. plus guiador ;
Mais ge rendrai son oncle e ma seror ;
E se li quens i vient en Dé amor,
Il le herbergera com son saignor.
E ge la guiderai demain au jor,
E menerai o mei mon filz major. »
— « Par mon cap ! dist li reis, nis le menor ;
E ge merrai Bertran qui me secor,
Qui tient par ton conjat de mei s'enor. »
E li reis d'ire mut de sa color ;
Mais non velt descovrir sa grant folor.

Odins a trait li reis des altres loing,
Apela ses cosins e cels que soing :
« A ces mestiz Franceis, demie Borgoing,
Nos fait ce apereir l'orgoil d'Autoing.
Reis, de parlar mi donne tant vos ai[ng],
Que tot vos a tornat en altre coing.
[Trop a g]ran dont del run entresqu'al groig ;
[Bien fait semblant] de terre ne d'el n'eit
[soing,
[Qui si grant] enor gite hors de son poig.»

[La réi]ne leva quant jor parès,
[Mon]te, lie e sa suer, ès palefrès ;
[E .v. ce]nz chevaliers issent d'Orlès
([Toz le so]rdeires fu vasal cortès),
. . . plusors a donc conquès.
[E passen]t les agaiz que .G. mès,
[E sont iss]iz del bois e d'Orlenès.
[La réin]e herberge en Herupès,

[Et a dit à] Bertran que ne li pès
[De chev]alchar la noit, quar mester ès :
« [Portetz A]upais is brief e siaz mès
[Qu'eu li da]rei Folcon, que lui pramès.
[Par lui] me velt grant mal la gent francès.
[Per tota m]on honor, si m'aït fès,
[Ne voil] que l' tienge Odins, doné lor ès.
[E dites-m]ei .G. que n'i augès,
. . . ison i a ge i tramès,
[E non] remaindra un c'armes adès,
. . . t clerc ou moigne ou viel borgeis. »
[E Bertrans] li clina, e rent mercès;
[E quant se] part de lui, s'est esdemès.
[Molt tro]be bien garni Rossillonès
[De cinc c]enz chevaliers, o hiaumes frès,
[De .x. m.] que servant que bons borgès;
[De quanque lo]r quier .G. rien ne sofrès.

[Bertra]nz parle à .G. e dist Droon :
« [Port]az Alpais is brief e dan Folcon,
Que facent tot ice qe il despon.
Ge irai après vos à Audridon;
Ensemble o mei iront mi compaignon
E cels de cest honor e de Dijon.
Fai guidar Baldoin al conte Odon
Deus ligueies molt grandes del bois d'Aro[n] :
En cel bois remaindront tuit li peon.»
— « Irai-i, dist .G.; sire, vos non.
La réine vos mande non est sazon,
Que li reis ne le torge à achaison;
Ele tient ist affaire trestot por son. »
E si ont ajostat e font razon
Bertelme de Brivant et à Guion;
Icil fu filz Folchier à ric baron.

E Droes vait poignant à Andridon ;
Mès devant ce i fu li mès Karlon.

Li mesagiers Karlon dit à Alpais :   [Ais,
« Karles, tes oncles, mande que viens à
Qu'il te dora marie le duc d'Ausais,
Ou li quens des Bretons qui est proz e g[ais],
Qui li mut par tei guerre donc sera pais ;
E tu li rent Folcon, ne l' tenir mais. »
—« Dehé ait se l' vos rent oncor Alpais ! »
—« E li reis te movra ire e pantais,
E t'enveiera siege ainz que sol bais. »
— « Mesagier, va de ci, trop me fais lais. »
E Beraz Bruns s'en torne, o lui s'irais,
E vait dreit à Odin qui le retrais.

Con li mès del rei ist, li .G. ent[re].
Cele qui fu en haut le veit descendr[e].

. . . .

[De paor] li trembla le cuer el ventre ;
[Fait les] portes fermar, vait les cleis pren-
                                              [dre :
« [E qual le f]erez ore, Folque, chier sendre,
[Que l'ensa]igne voi jà les pois porprendre ? »
—« [No sai, so] respont-il, auquel deffendre,
[Com cel qui] est segurs de mort ou pendre. »
[Il vait] vestir osberc, espade cendre ;
[Meilhor]s vasals non fu por autre atendre.
[Ço dist : «] Mielz voil morir que lais vis
                                              [prendre. »

1. Il paraît manquer ici une ligne au commencement
du folio 50 verso, aussi bien qu'en tête des autres, qui ne
renferment que vingt-neuf vers et paraissent avoir été at-
teints par le ciseau du relieur. Une autre main semble avoir
pris à tâche de réparer cette imperfection, en traçant au
pied de l'original des vers, reconnaissables à la pâleur de
l'encre.

[Folques] voit que d'ensaignes qui en haut
　　　　　　　　　　　　　　　[vente :
« [Dam]e, quidez-vos mie que ge vos
　　　　　　　　　　　　　　　[mente ? »
— « [Trop ai,] Folque, en vos faite malvaise
　　　　　　　　　　　　　　　[atente ;
[Perdut i ai] mon tens e ma joventé.
[Per v]os me fu ma gent tant malvoillente
[Que non a]i de m'enor avoir ne rente,
[Ni non a]i les vasals dont vos deffende. »
[Ab la paor] qu'el a dont s'espoente. [gente.
[Drogues cri]e à la porte : « Lai m'intrar,
[Telz saluz] vos aport, joie presente. »

[Quant a auz]i Droon son connoissent,
[Li vai]t la porte ovrir, per poing lo prent :
[«Drogues, quel]s noves seis qui sont çà gent ?
[La mai]nade .G. qui por tei vent,
Que tramet l]a reïne, qui vos atent,
[Où es ? »— «A R]ossillon, el mandement.
[Tien cest] brief de sa part, que te present. »
[De joie] le baisa, quant le brief prent :
[«Dis-tu v]oir de .G., si Dex t'ament[1] ? »
. . . .
Ele vient à Folcon caire rient :
« Folque, noves t'aport à ton talent,
De par .G. le duc, nostre parent. » [ment. »
— « Trop m'escharnis, dauzele, vilaine-

---

1. Au bas du feuillet 50 verso, on lit ces vers, écrits par une main postérieure, probablement du XIV° siècle :

Si veit venir Bertran de loig soentre,
De joie li tranbla le cuer el ventre,
Fait les portes fremair, vait les c.

E quant Folques l'oï, trop s'en irais :
« Trop m'escharnis, danzele, grant pe[chat
fais].
Morz est li quens .G., ne l' verrais mais. »
Bailla-li le seel, et il le frais ;
E quant il l'esgarda, ris l'en li cais :
« Iquest brieu dit molt bien, s'el est ve[rais].»
— « Don, grant valor te creist e joie à fais.
La réine chevalche, vient à eslais,
Qui de .G. au rei cerge la pais.
« A Rossillons, où est, dins lo palais,
Là te dora à mei, s'à lui t'en vais.
Avant me jureras par saint Gervais [mais.]»
Qu'à moillier me prendras ainz qu'isses
— « E ge l' t'affi, danzele, par fei te bais. »
A tant monte Bertran sus par relais,
O lui cent chevaliers tels com li plais ;
E Folques quant lo veit, teil joie n'ot mai[s].

Bertran lor demanda : « A-i content?» [ent];
— « Nenal, ce respont Folques tot queiem-
Mais ele me demande un saigre[ment].»
— « Seigner, s'el en quiert un, si l'en faice[nt].»
En sa capele entra, un salter prent
Et un texte entaillat d'or resplende[nt].
Là li jure quan velt à son talent.
El embraça Bertran e dist rient :
[« Ieu m'e]n von à mai itant povrement,
[Aveir no]n port o mei, or ne argent,
[Pali, s]amis, ne porpre n'aornement. »
[E Bertrans] li respont, qui bien entent :
[«Vos si fait]es grant biauté e bon cors gent.
[Anem-]nos-en viaz, non faites lent.
[Mesage]s m'est venguz cointadament

[Que por t]a damage vienent tuit ti parent.»
[Aqui pl]orent danzeles e li servent :
« [Nos, ore] que feron, chaitif, dolent? »
[E .F.] quant l'oït, pitié l'em prent:
« [Cest ch]astel vos otrei en chasement ;
[E si perde]z icest, meillor vos rent ;
[E venre]z tost à mei segurement,
[Quar je n]e vos faldrai à mon vivent. »
[Bertrans l]a prent par braz e l'en descent,
[E mont]e en un cheval amblant moven,
[E prent] Balçan par le frain, Folcon le rent:
« [De part .G.] le duc le vos present ,
[Anc non] vi mais si bon ne si corent. »
[.F. i] saut de plain, qu'estrieu ni prent ;
[E disent] chevalier e l'autre gent :
« [Cest a ga]rdes eues à son talent ,
[Non a p]ris en prison affolement. »

[Car Bal]çan fu chevals balçans e bais ;
[Fu de]mis arabis, l'autre morais ;
[Non a ta]nt bon cheval de Rome à Ais.
[Li vassals]est tant bons, rien n'i soffrais ;
[E li mati]us fu clars e tens de mais,
[Du soloi]l resplendist sor els li rais ,
E li cans des oisiax, e vit Alpais ,
Et a de pensement perdu l'engrais ;
D'aligrance e de joie fait un eslais :
« Ge vei treis gonfanons, dist Bertclais.
Viaz, franc chevalier, passaz hoimais. »
Folques dist à Bertran : « Que m'en retrais?
Si avon chevaliers, poi soffrir fais. »
— « Ne véistes meillor par toz essais,
Et autretant d'agait el broil de Clais,
E dez mile peons, cè quit, e mais.

Li passages est fiers, e granz li plais :
S'il passent après nos, grant joie nos fais,
Et as lor, se Dex plaist, ire et esmais. »

Set chevaliers trametent contre cels treis,
E tolent-lor l'angarde, e furent meis.
Virent les lor armar el val espeis,
A Folcon sont venguz mesagiers treis :
« A doble sont de nos ce qu'en pareis. »
Bertran dist à Folcon : « Passez anceis
E menaz çà danzele très Audefreis,
E parlaz à icels de Dijoncis,
A cels de Rossillon rendez merceis,
Qu'i sont li chevalier tuit e borgeis.
Quant véu nos auront, joie lor creis,
E seront tuit membrat si à toz eis.
Bien sai où nos tendront iquist Franceis,
E nos enchalceront iquist corteis.
E por oc ne sont gaires de chevals freis,
Quar bien ont fait grant cors très Orlencis.
Gardaz n'isse l'agait del bois espcis
Très qu'il auront mon cor oï treis feis.
Dites-lor qu'il manaient les lor genz preis,
Kar par ist prisonier plaident genceis. »
Folques passa lo gau e lo mareis
E lo plain tresqu'au bois où l'agait eis.
Iqui garda Alpais, Droe e Geffreis.

La forest fu de fox noviax foilluz,
Où l'agait des danzels est descenduz.
Onc mais hom tant joïz ne fut véuz
Com est Folques quant fu entr'els venguz :
« A seigner quens, com t'es si contenguz
En ta longue prison don est eissuz! »

—« Merci Dieu et Alpaïs, à qui soi druz,
Onques n'i empirai ne ma vertuz ;
Mais pernez tuit les armes e les escuz,
E seit chascuns vasax apercebuz :
Uns tals assax nos est aparéuz
Dont li plus povres iert toz erobuz,
Qu'Odins e suens nos ont tant perseguz
Qu'il passent d'Argençon guez e paluz. »
— « Seigner, puet estre voir ? » — « Ge's
[ai véuz ;
Mais gardaz non seit faiz ne criz ne huz
Devant qu'aiez deus moz d'un cor éuz.
Pois isaz e ferez des fers moluz ;
E gardaz n'ociez les retenguz :
Par les prisons trait l'en de guerre aluz. »

Quant Folques vient à els, biau les chastie,
Rent merciz e saluz, molt les convie :
« Franche gent natural, bone e hardie,
Qui por mei est vengue tal compaignie,
Dex vos dont faire enquore qui bien vos sie ! »
Tote la gent por lui s'est [es]baldie :
« Sire, qui t'a conduit Alpaïs t'amie ? »
— « Qui m'a trait de prison e gari vie. »
— « Ele o est ? » — « En cel bois soz la jarrie. »
— « Grant honor fait à mei, qui la mercie ;
Mais Odins nos persielt, qui a gent movie.
E gardaz non fazaz broil ne saillie
Tresque aurez la voiz d'un cor oïe :
Donc issaz e prenez grant manantie. »

Com il parlat o els, e li vasal
Li ont asseguré tuit communal,
Ne li faldront por rien d'estor campal,

As quatre filz Droon ist del boschal,
Qui furent chevalier proz e leial ;
E chevalchent vers l'aigue parmie un val,
E virent d'autre part la gent reial,
E sont mil chevalier par un costal.
Bertran lor vient lo pas par un canal,
E Folques li mandat per seneschal
S'il ne chevalche à ait, molt fait grant mal,
Tot li tolt son gaaing d'iquest jornal.
E Bertran li respont n'atendre al.

Bertran tient lo passage o ses neboz,
E parla à Odin à haute voz :
« Torne-t'en, Odins quens, feras que proz ;
Quar nos avon agait el broil desoz. »
— « Ne vos dot, dit Odins, mie une noz,
Ainz vos desconfirai e prendrai toz. »

—« Odins, ce dist Bertran, fai-nos consence.
Se Folques prent Alpais , ce nos graence ;
Quinze citaz en oscle, estre Provence,
Li dorai en Viane, estre Valence. »
— « N'en ferai, dist Odins, jà convinence
Tresque vos aie pris e toz vos vence.
Dahé ait chevalier qui o autre tence ! »
E broche le cheval, qui tost se lence ;
E quant Bertran s'en vait, l'enchalz com—
                                    [mence.

Odins passa premiers e si certan,
E tuit li autre après, c'uns n'en reman ;
E Bertran lor laissa l'aigue e lo plan.
Odins a abatu un castelan,
Trente en ont abatu al premeran.

Odins crie à Bertran : « Tuit estes van ;
Ne vos faldra enchalz hoi ne deman,
Se ne rendez Folcon e la putan.
Où sont vostre vassal li seguran ? »
Folques là s'apareist, sist en Balçan :
« Vos le verrez, dist-il, tost à parman. » .

E Bertran crie en halt : « Seignor Odins,
Le meillor, le plus rique de noz cosins. »
— « Pois tant pres, ce dist Folques, est noz
                                        [veisins,
Se mais se part de mei, non soi engins
Si Alpais seie mais druz ne amis.
Hoimaiz sonaz li cors, Bertran, ensis. »
Et il si fist maneis dès qu'il l'ot dis,
Fait tentir la montaigne, le broil foïs ;
Et il ot en l'agait cinc cenz meschis.
Au contant de l'eissir fu grant hustis
Des escuz e des lances o fers fresniz,
O gonfanons vermelz, blans e porpris.
Cil porprenent les chans e les chemis ;
E la gelde resalt del boil sauzis,
E guida-les cons Odes e Baldoïs :
Cil tendront mais hoi corz lor enemis.

Folques fu duiz de guerre et essaiaz,
E de grant coite faire duiz e membraz.
Cheval ot grant e fort et abrivaz,
E ses cors fu hardiz e talentaz.
E vait ferir Odins qui est iraz ;
Tal li done en l'escu desoz le braz,
Li destrés sor quei chiet est peceiaz.
Treis en a abatuz, torne viaz,
Fait le prison lever d'iqui où jaz.

Donc est sobre les autres le hu levaz.
Bertelais pris Aimon, Bertran, Dalmaz,
Celui qui fu Noon e Mons-Claraz.
Quatre contes ont pris qui sont palaz,
E cinc cenz chevaliers des plus preisaz,
E les autres gari bois e plaissaz;
Les armes, les chevals lor ont laissaz;
Assaz fu qui's a pris toz enselaz.
Hoimais s'en vait segur, qui qui's menaz.

« Bertelais, dist Folcon, un don vos quier,
Dont tote vostre gent ont grant mestier:
O mei vos vendreiz sempres tuit herbergier,
Tuit servant e borgeis e chevalier.»
La nuit le herberja le fil Folchier,
Qui lor fait de conduit ostal plenier.
En sa garde sont tuit li prisonier;
E fait Alpais servir à sa moillier,
Lor disnar al matin apareiller,
E si fait après sei riere-garder.
Vont-s'en à Rossillon sanz destorbier.

Avant que Folques entrast en Rossillon,
Vient .G. contre lui par un cambon;
Primes baisa Alpais e pois Folcon:
« Seigner, ge le vos rent par guerredon
Que l' me donjaz à peir, à compaignon. »
—«Par mon cap! dist .G., molt me sat bon.
Comment aveiz-vos faite devision? »
E Folques respondi sanz achaison:
« Lie me doig et otrei e tieng por son.»
E mandent la réine per dan Droon
Où li plera que seit l'asembleison,
En tor ou en chastel ou en danjon.

La réine quant l'ot, respont que non,
Face as borgeis saveir ne s'en move hon
Tresque prenge conseil de raençon.
A tant Folques descent forz al perron.

Descendent al perron desoz un lor,
Desobre tregetat d'arain un tor.
Folques receit Alpais, qu'ama de cor.
D'entre ès arçons doraz qui sont trifor,
La réine là vient, lie e sa sor.
Folques baisa Alpais qui a lo peil sor.
En une chambre painte d'azur e d'or,
Sont venuz as fenestres devers les sor;
Parolent de prisons e de lor for
E d'Odin lo manent, qui a grant tresor.

Folques, .G., Bertran e Bertelais,
La réine e sa soer, Berte et Alpais,
Cil furent en la chambre, n'en i ot mais.
.G. dist à Folcon : « Des pris que fais ? »
E Folques li respont : « Que mi don plais,
Qui t'a gari de mort e mei en trais. »
Bertelais a parlé, e Bertran tais;
Onc en .G. lo duc n'en ot esmais.
Odins a de l'argent e d'or mil fais,
E li autre doront bien tant e mais. »
E .G. de la joie un ris le fais :
« Quar tu fus filz Folchier, niés En Estais;
Mon cousin germain ert, bien i retrais;
E ge soi recreant trop e malvais,
Si per poor de guerre teil aveir lais. »
Par un poi la regine que ne s'irais :
« Commencier volez guerre, ci covient pais. »

— « Iquest conseil, dist Folques, non a valor,

E ci metez ma done en tal error,
Non çà ne remaindront conte e contor
Ne chevalier de pris ne vavasor. »
E .G. respondi par grant dolçor :
« Jà perdé-ge lo sen e la vigor,
Quant j'aurai contre lie chastel ne tor. »
E Bertran respondi : « G'en sai la flor.
Si ma donne le velt, e vos, saignor,
Que fiance en aiez d'elz e des lor,
Se acorder nos poent, c'iert grant valor
Cun facent pais à .K. l'emperador.
Jà pais non i auront ostageor ;
E si non poon faire, à mez lo jor,
Qu'il torgent en prison en iste tor. »

La réine respont : « Bien dit Bertranz,
E s'il ne font la paiz, les trieves granz,
Grant amor puet norrir dedinz set anz.
Ma seror, si Dex plaist, aura enfanz.
Vos saisirez l'enor qu'avez molt granz,
Conquerrez Borgoignon et Alemanz,
E Folques de s'onor non est voianz.
Mon filz iert chevalier proz e savanz,
Qui fera, se Dex plaist, de vos talanz. »
— « E nos, ce respont Folques, de ses com-
Il iert empereor de Rome abanz,   [manz ;
Pois ne li iert del regne nus contrestanz.»
Eissi com ele dist le font enanz ;
Pois aleirent manjar petiz e granz,
Quar li quens le manda e li escanz.

El demain sont mandat dinz le mostier
E prison e borgeis e chevalier,
E .G. dan Bertran fait parolier :

« Li dus non a d'aveir tal desirrier
Com de l'amor sis sires, don vos requier,
Qui estes son chier dru e conseillier.
Se li faites [la paiz] de lui e de l'empier,
Ne quiert de raançon un sol denier.
Ma donne vos ostage molt volentier,
Tresque Folcon aura pris sa moillier.
Li dus aura conseil molt dreiturier. »

La noit fu devisat, e lendemain
Que la réine Alpais prist par la main.
Premiers apele Odins cosin germain :
« Va, done ta cosine aquest tosain. »
—« Ne m'en metrai en plai, dist-il, en vain,
Quar il n'est fait par mei ne nus remain,
Pieça que fist de lui son castelain
E qu'il aprist à faire le joc humain. »
Folques dist à conseil al capelain
Que les sainz li aport là fors al plain,
E cil li aporta soz une plagain.

E Folques quant les veit, ses mains estent :
« Se Dex m'aït, dist-il, omnipotent,
Et iquist saint qui sont ci aparent,
E tuit altre qui sont à Deu servent,
Que ne jui o Alpais onc charnalment,
Par que honte i eust ne si parent,
Ne ge ne fis à lie descovinent. »
La réine respont : « Tu diz molt gent,
E ge la te dorai, trai-m'à garent. »
—« Donne, moltes merciz, de vos la prent. »
Là l'esposa li quens lor euz veent
De son cors e d'anel de blanc argent,
Si li a doné oscle en chasement,

E quanque conquerra en son vivent.
Icel jor adoba chevaliers cent,
Done à chascun destriers e garnimens ;
Quintaine lor fait faire ès praz d'Arsent,
D'escu noef e d'osberc fort e luisent,
E corent-i danzel, cil de jovent,
E vont por esgarder cel autre gent.

Quant Odins vit la joie, si dist orgoil :
« Qui cest plait a mogu, grant mal escoil.
Des chastiaus sont au rei tuit li cadoil
E totes les citaz, tresqu'à Mergoil. »
E .G. respondi : « Ge que li toil ?
Mais ge ferai bien plan de tot si voil. »
La réine ot les moz, ob els s'escoil :
« Laissaz, Odins, ice, pois que non voil.
Desque verrai mis sire li reis del oil,
Sempres serai o lui, si bien con soil.
De çai totrai lo plait en altre foil,
N'ai soing que me venjaz, si ge m'en doil.»

Guerart ot des contrailes la commençaille,
E pesa-li molt fort en sa coraille.
A la quintane vait grant communaille,
Cent danzel i ont fait cop juaille,
Onc neguns n'i falsa de l'osberc maille.
Li quens demande espade, Droes li baille ;
Si la porta Artus de Cornoaille,
Qui jà fist en Borgoigne une bataille.
Li quens broche cheval que del renc saille ;
Si fiert si en l'escu que tant en taille,
Que passast-i volant oltre une quaille.
L'osberc rot e trencha, soz la ventaille.
Non est un chevalier qui miex i vaille,

Ne nul o lui ne puet soffrir bataille.

Tant fort i fiert li quens que l'une estache
Peceia à l'empaindre e l'autre esrache,
E tient si son espié que fors l'en sache.
E dient ce li sien : « Com cist le brache ! »
Onc ne prist de sa terre berbiz ne vache ;
Ainz selt ses enemis tenir grant frache.
Des cors lor a del sanc trait maint esclache,
A grant tort l'a traï Richiers lo trache.

Li quens fu entr'es siens bien esgardaz,
E fu molt gent vestuz et affublaz,
Grant a la forchéure, bien fu calçaz
E fu entr'es estranges e les privaz
Tant biaus e covinenz et acesmaz
Cum entre oisiax menuz est fax m[u]az.
A tant là est Raimon jambe-aterraz,
Qui dels clers li amaine bons e letraz
Par qui li fu avers granz presentaz ;
E li cons les connut, qui 's a baisaz,
E si li content noves de maintes parz.
Donc molt s'est esbaldiz et haliegraz,
E tornent entre seins e diz membraz :
« Ge ne voil de m'enor c'uns m'en menaz.»
Et a dit à Folcon : « Çai escoltaz.   [paz. »
Que il que voille, si prenge ou guerre ou
E Folcon li respont : « Ice celaz. »

Saigniers, parla premiers le filz Gigon :
« Don, ge vieng de Viane e d'Avignon.
Cum oïrent de tei li Borgoignon
Que Dex t'aveit tramis en Rossillon,
Iloc font as Franceis invasion

Qui gardoent Cadoil de par Karlon.
Jà contr'els n'en auront un garison
En castel ne en tor ne en danjon.
Quant ge ai là oï grant contençon,
Altretal de Loon e de Mascon,
Endesi que nostre oncle e Bedelon
Amenez les gardens de Besençon. »
E .G. s'en sozris e dist Folcon :
« Volgre là fus Odins de par Karlon. »

— « Seigner, dist Endecas, nos est venguz,
Qui t'avon desiré tant e quesuz.
Onc pople ne vit mais tant irascuz
Com li tuen quant t'aveient eissi perdu.
Grant present t'aporton e genz saluz,
Vint mile mars d'argent, nos deus chanuz. »
— « Sire, vos les prendrez, si Dex m'ajuz ;
Jà n'en aurai vaillant un abatuz ;
Quar bien savon que Dex t'a erobuz,
E vostre cors qui m'a Folcon renduz.
Jà ne seron por rien mais confonduz. »

A tant escrient l'aigue e vont lavar.
Assaz a grant daintié, beivre e mainjar ;
Mil solz dona Folcon à bon juglar,
Et a tot le peior en fait cent dar.
E .G. s'en eissi à l'avesprar.
Une danzele vit amont poiar
A petite compaigne de gent afar,
E demande qui est ; quant l'ot nomnar,
E descent des arçons del mul liar,
Jambeterrat le quens vait embraçar,
E mena en sa chambre, dist al intrar ·

« Veiz, comtesse, celie que selz amar. »
E cele de grant joie le cort baisar.
« Se Diex m'ajut, saigner, si deiz-tu far,
Quar por nos se laissa deseritar :
Or repensez de lie bien conseillar. »

Onc en .G. le duc ne fu oblis,
Ne hom qui tant l'ama e le servis,
Que solonc sa valor ne li meris :
« Dame réine, oiaz que ceste fis.
Ele fu fille Auchier de Mont-Belis,
Ensi mal fu par mei de guerre ocis.
Ceste s'en vint o nos quant fui fuitis,
E laissa sa contat e son païs.
Bertran, franc chevalier, pren Engoïs :
Ge te dorrai l'onor que tint Seguis,
E grant rente de Sallons e Salis,
Mongeu e Geneveis e Moncenis. »
— « Seigner dux, granz marceis, quar bien
                               [ou dis. »
Iqui receit l'enor e puis l'a pris.

La réine apela conte .G.
Et acena Folcon de l'autre part :
« Mesagiers m'est venguz al vespre tart,
Que reis oï parlar de Brun Berart
E de treis contes pris e d'Odin quart.
Tant grant ire a, por pei de doel non part;
E mande chevaliers de mainte part.
Li pris feront de mei lo Leonart,
Quant toldrai à chascun de vos sa part;
Mais Odins vos lairai, qui seit gaignart,
Que non tolist le rei par son mal art. »

— « Donne, ce respont Folques, à vostre
[esgart,
Vos n'en orreiz jà el, se Dex me gart. »

La noit [ont] devisat, et al matin
Font les prisons venir desoz un pin,
E les ont fait livrar Bertran meschin :
« Vos guieraz is conte, dan palaïn,
E cergerez de Karle e de Pepin.
Se ne poon aveir del rei la fin,
Que tenez en prison iceste aisin
Dedenz iste closture de mur caucin,
A garant conte Odin e Baldoin,
E li borgeis qui sont tuit si amin. »
E cil li ont jurat trestot eisin,
E demandent chevals e pois chemin.

Odins manda au roi par mesagier
Que l' traie de prison e d'encombrier;
Mielz velt gart son tresor que si guerrier.
Folques demande où sont reial gardier :
« Toz tornereiz ariere sans destorbier.
Vos seront delivrat mur e terrier;
Les chastials e les tors, toz voz profier. »
E cil responent tuit : « Non a mestier.
Borgoignon sont felon et aversier,
Car non avon servant n'arbalestier
De qui n'aient fait manc ou eschacier.
Se la tor perseguez ne par logier,
Jà Dex non dont veir filz ne moillier ! »
.G. dist à conseil : « Ne ge ne quier. »

La réine monta e s'en eissit.

De tanz i a ploré quant s'en partis ;
Mais non velt que li dux gaires la guis :
« Faites ce que verrez par mon escrit,
Jà d'ome n'en sera mot contredit. »
E li reis fu à Treies, qui se movit...
. . . .

LEÇONS

ET

CORRECTIONS.

Page xiv, en note, ligne 10. Ajoutez ce qui suit :

Dans le cahier suivant du même Bulletin, pag. 211, on voit que le fait signalé par M. Mignard était consigné dans le Catalogue des manuscrits de la bibliothèque de Troyes, où quelques uns des vers des fragments du *Roman de Gérard de Rossillon* ont même été rapportés. (*Catalogue général des manuscrits des bibliothèques publiques des départements*, etc., tom. II, pag. 837.)

L'opuscule de M. Mignard que nous avons cité plus haut, pag. vj, not. 2, ne l'a peut-être pas été avec toute l'exactitude et l'étendue désirables. C'est un grand in-8° de 32 pages, publié à la librairie archéologique de Victor Didron, avec le titre que nous avons donné, mais où l'on lit *Châtillonnais*, et non *Châtillonnois* ; la *partie légendaire*, consacrée au récit des faits et gestes de Gérard et de Berthe, son épouse, commence à la pag. 11 et finit avec le livre.

P. 13, lig. 15. Lisez *d'au[r] cuh.*

P. 19, avant-dernière ligne. Lisez *lo Marcanso.*

P. 20, lig. 2 ; p. 21, lig. 23. Peut-être vaudrait-il mieux écrire *Mont-Argo.* Il est à regretter qu'on n'ait point adopté et suivi, pour cette sorte de noms, un système uniforme.

P. 37, lig. 1. Il est évident qu'il faut lire *retrenc.*

P. 45, lig. 20. Lisez *Marcançōs.*

P. 48, lig. 17. *Mon-Bellart* devrait être écrit comme pag. 53, v. 2, et pag. 166, v. 20.

P. 55, lig. 6. Lisez *enquet*, mot qui vient d'*inchoare*, comme *enqua* et *enquadas*, que l'on trouve pag. 270, lig. 21, et pag. 282, lig. 1. Cf. pag. 301, lig. 15.

P. 55, lig. 26. Lisez *Marcanço*.

P. 57, lig. 20. Lisez *De sa 'spasa*, comme pag. 60, v. 24.

P. 59, lig. 4. Lisez pareillement *Sa 'scala*.

P. 62, lig. 3. Lisez *ponh*.

P. 71, lig. 3. Terminez ce vers par une virgule.

P. 71, lig. 6. Lisez *no i*, en deux mots.

P. 75, lig. 19. Terminez ce vers par un point.

P. 76, lig. 17. Lisez *E gardat[z]-lo-me*.

P. 78, lig. 9. Lisez *Mon–Caucei*.

P. 85, lig. 26. Lisez *Marcanço*, avec une capitale.

P. 86, lig. 13. Placez une virgule après *setmana*.

P. 87, lig. 24. Il ne doit y avoir, dans ce vers, qu'une virgule, à la fin.

P. 87, lig. 25. Placez une virgule après *Asquana*.

P. 90, lig. 12. *Marcançons* doit prendre ici une capitale.

P. 93, lig. 9. Le *z* placé ici entre crochets s'y trouve mal à propos ; mieux vaudrait ajouter un *i* à *Calmeih* pour rendre la rime pareille aux autres. Voyez plus loin, p. 210, lig. 2.

P. 93, lig. 10. Terminez ce vers par une virgule.

P. 93, lig. 11. Placez une virgule après *Creelh*.

P. 94, lig. 2. Ce vers, commençant un nouveau couplet, doit être en alinéa.

P. 94, lig. 11. Terminez ce vers par un point et virgule.

P. 94, lig. 12. Lisez *Dist* : « *Pustela*, etc.

P. 97, dernière ligne. Lisez *Mont-Briatge*.

P. 98, lig. 29. Lisez *Aisi cum sos lhinatges o fet[z] au to*.

P. 99, lig. 23. Placez une virgule après *pali*.

P. 100, lig. 16. Lisez *Mon-Rabei*.

P. 106, lig 11. Supprimez les guillemets à ce vers et aux deux suivants.

P. 106, lig. 12. Terminez ce vers par une virgule.

P. 107, lig. 1. Lisez *Marcanço*, avec une capitale.

P. 108, lig. 19. Supprimez le guillemet.

P. 113, lig. 10. Entre ce vers et le suivant, la sépa-

ration doit être plus forte en raison du change-
ment de couplet.

P. 114, lig. 17. Terminez ce vers par un point et
virgule, et le suivant par une virgule.

P. 114, lig. 30. Lisez *Val-Beto*.

P. 117, lig. 19. Terminez ce vers par une virgule.

P. 117, lig. 25. Placez un point à la fin de ce vers.

P. 118, lig. 13. Commencez ce vers par un guil-
lemet.

P. 118, lig. 24. Lisez *so [no] nos dis*.

P. 118, lig. 26. Faites deux mots d'*Ier[t]* et de *molt*.

P. 118, lig. 30. Lisez *dedins tres*.

P. 119, lig. 3. Séparez ce vers du précédent, qui
commence un alinéa.

P. 121, dernière ligne. Terminez ce vers par un
point.

P. 123, lig. 16. Même recommandation.

P. 124, lig. 3. Ouvrez ce vers par un guillemet.

P. 125, note. Lisez : *Il y a ici, dans le ms., une
lacune*, etc.

P. 126, lig. 20. Lisez *dera-m'en*.

P. 126, lig. 23. Lisez *fas-lhi*.

P. 127, lig. 7. Placez un trait d'union entre *feira*
et *me*.

P. 127, lig. 15. Lisez *Val-Beton*.

P. 128, lig. 24. Le *G*. doit se trouver entre deux
points.

P. 129, lig. 20. Terminez le vers par une virgule.

P. 130, lig. 23. Il serait bon, ce me semble, de pla-
cer une virgule entre *litges* et *de*.

P. 130, lig. 26. Il faudrait un point après *Saisso*.

P. 132, lig. 2. Lisez *Combatra-se*.

P. 144, lig. 7. Il ne faut pas de *T* capital à *test*.

P. 145, lig. 7. Ne faudrait-il pas *alevatz?*

P. 145, lig. 32. Enlevez le point qui termine le vers.

P. 147, lig. 6. Lisez — « *Senher*, etc., et terminez
le vers précédent par un guillemet.

P. 148, lig. 22. Lisez — « *Per Dieu!*

P. 150, lig. 23. Lisez *Val-Beto*.

P. 150, lig. 27. Placez une virgule après *dissen*.

P. 151, lig. 1. Séparez *mai* et *non*.

P. 151, lig. 20. Terminez ce vers par un point et
virgule.

P. 151, lig. 21. Lisez *soi*[-*ieu*] et supprimez le point qui termine le vers.

P. 171, lig. 5. La rime changeant ici, il faut indiquer l'alinéa.

P. 208, lig. 17. Lisez *o ieu si fauc*, sans virgule.

P. 209, lig. 26. Lisez *ronces*, au lieu de *romes*.

P. 211, lig. 21. A la place de *digiet*, ne faudrait-il pas *sugiet?* Encore aujourd'hui, en Belgique, on appelle un domestique *un sujet*.

P. 212, lig. 27. Lisez *ditz-el*.

P. 218, lig. 22. Lisez *ac ne*.

P. 218, lig. 30. Placez une virgule après *Don*.

P. 219, lig. 3. Terminez ce vers par deux points.

P. 219, lig. 11. Supprimez le point par lequel s'ouvre ce vers.

P. 220, lig. 5. Placez les trois derniers mots entre deux virgules.

P. 220, lig. 7. Terminez ce vers par un point et virgule.

P. 223, lig. 5. Placez un point après *corlieu*.

P. 227, lig. 4. Supprimez la virgule qui est après *vos*.

P. 229, lig. 18. Placez une virgule après *sorors*.

P. 230, lig. 6. Il semble qu'il faut lire *metrai*.

P. 232, lig. 7. Lisez *d'Ais*.

P. 236, lig. 23. Terminez le vers par deux points.

P. 238, lig. 2. Après ce vers, il faut indiquer un alinéa.

P. 238, lig. 21. Terminez le vers par un guillemet.

P. 238, lig. 22. Placez une virgule après *s'apareis*.

P. 238, lig. 27. Lisez *Se huimai se part de mi, no*, etc.

P. 239, lig. 4. Terminez le vers par deux points.

P. 239, lig. 5. Lisez *Cil tendran*.

P. 245, lig. 24. Terminez ce vers par un point et virgule.

P. 249, lig. 16. Lisez « — *Trop*.

P. 264, lig. 3. Il serait peut-être préférable de lire *plussor* en un mot.

P. 265, lig. 29. Mieux vaudrait écrire *entrasah* en un seul mot.

P. 285, dernière ligne. Lisez *Bos e*.

P. 289, lig. 1. Terminez ce vers par une virgule.

P. 289, lig. 10. Lisez *e* sans *t*.

P. 289, lig. 30. Lisez *le conte*.

P. 291, lig. 10. Terminez ce vers par un point et un

guillemet, et commencez ainsi le suivant : —
« *Plait*, etc.

P. 292, lig. 26. Lisez *vos*.

P. 294, lig. 7. Il semble qu'il vaudrait mieux lire
arailar.

P. 294, lig. 8. Lisez *malevoillence* en un seul mot,
comme pag. 303, lig. 7, et pag. 366, lig. 6.

P. 296, lig. 10. Terminez ce vers par deux points.

P. 296, lig. 23. Lisez *guidar*.

P. 298, lig. 15. *Ilec* conviendrait mieux pour le sens
et la mesure.

P. 301, lig. 19. Lisez *porte*[*nt*].

P. 301, lig. 37. Lisez *gastes*.

P. 302, lig. 23. Ouvrez avec ce vers un guillemet,
qui doit être fermé avec le couplet.

P. 303, lig. 2. Lisez *ont*.

P. 304. Peut-être aurait-il mieux valu ponctuer
ainsi :

La noit lieve Folchiers li Morençons,

et terminer le vers par un point et virgule.

P. 306, lig. 13. Placez une virgule après *dist-cl*.

P. 308, lig. 6. Je propose de lire *Ne pois*, comme
p. 309, lig. 9.

P. 308, lig. 9. Faut-il lire *se penseit* en deux mots?
Même observation pour la p. 319, lig. 26, la pag.
321, lig. 24, et la pag. 328, lig. 2.

P. 308, lig. 30. Je soupçonne qu'il faut lire *estor
moveir* au lieu d'*esconmoveir*.

P. 317, lig. 21. Lisez *entresqu'à*.

P. 320, lig. 10. J'aimerais mieux un point et virgule
à la fin de ce vers.

P. 320, lig. 28. Lisez *ne l' daigne*.

P. 321, lig. 9. Lisez *ne l'*.

P. 322, lig. 15. Lisez *raïzon* pour la mesure.

P. 331, lig. 16. Nous avons écrit *faldestue*, comme
l'a fait Roquefort pour un passage du *Roman de
Dolopathos*, qu'il cite dans son *Glossaire de la lan-
gue romane*, tom. Ier, pag. 579, col. 1, au mot
Faudesteuil; mais la mesure, dans l'une et l'autre
citation, exige *faldestuc*, *faudestuc*, comme nous
l'avons écrit pag. 367, lig. 26.

P. 332, lig. 10. Lisez *A tant* en deux mots, comme

26

en d'autres endroits, nommément pag. 388 lig. 4, et pag. 393, lig. 21.

P. 332, lig. 23. Lisez *n'es*.

P. 333, lig. 21. Supprimez le guillemet par lequel s'ouvre ce vers.

P. 333, dernière ligne. Ne faudrait-il pas plutôt lire *sanz* ?

P. 336, lig. 11. Lisez *Se ge l'*. Peut-être aussi faudrait-il, trois vers plus haut, *Tresque l'*.

P. 338, lig. 22. Peut-être vaudrait-il mieux lire *adès*.

P. 341, lig. 4. Il se pourrait qu'avec *vont* le sens fût plus clair.

P. 342, lig. 2. Appliquez au nom de *Mont-Beliart* l'observation présentée ci-dessus pour la pag. 48 lig. 17.

P. 344, lig. 3. Lisez *As-vos*, comme pag. 345, lig. 8 et 16, etc.

P. 348, lig. 14. Ce vers, évidemment corrompu, doit être, ce me semble, restitué ainsi :

E ge irai deriere e dan Dalmaz

P. 348, lig. 31. Il serait peut-être à propos d'ouvrir ce vers par un guillemet, que l'on fermerait avec la phrase, pag. 349, lig. 2.

P. 349, lig. 21. Le manuscrit porte bien *Tosanz*, mais on ne peut douter qu'il ne faille *Tolsanz*.

P. 354, lig. 15. Peut-être l'apostrophe est-elle inutile ici. Voyez pag. 370, lig. 8.

P. 359, lig. 27. Le manuscrit porte bien *qui el*; mais la mesure du vers exige *qui l'*.

P. 362, lig. 8. *Estraniere* me semble préférable.

P. 364, lig. 16. Je me demande s'il ne faudrait pas ici *que m' conjuraz*.

P. 368, lig. 10. Ici le manuscrit, ce me semble, devrait être corrigé; il faudrait lire *Et augés*.

P. 373, lig. 25. On verra s'il vaut mieux écrire *Bigal* avec une capitale.

P. 374, lig. 6. Lisez *Es-vos*, comme précédemment.

P. 375, lig. 7. On peut lire aussi *Ce amis son* en trois mots.

P. 376, lig. 3. Il faut ici, pour la mesure, un tréma sur l'*u* de *guaire*.

P. 379, lig. 1. Lisez *Audridon*, comme pag. 378, lig. 21.

P. 379, lig. 6. Ne vaudrait-il pas mieux terminer le vers par un point?

P. 380, lig. 16. Il y a probabilité qu'il faut terminer ce vers par un guillemet, et commencer ainsi le suivant : — « *On es?* »

P. 389, lig. 13. Le trouvère a-t-il entendu parler de Metz? En d'autres termes, faut-il ici une capitale à *mez*? Le texte provençal porte *nomnatz lo jorn*. Voyez ci-dessus, pag. 241, lig. 24.

P. 389, lig. 21. On verra s'il ne vaudrait pas mieux lire *noianz*. Le provençal donne *vogans*.

P. 389, lig. 29. Le texte provençal suivi par le traducteur avait peut-être *e si es tanz*.

TABLE DES MATIÈRES.

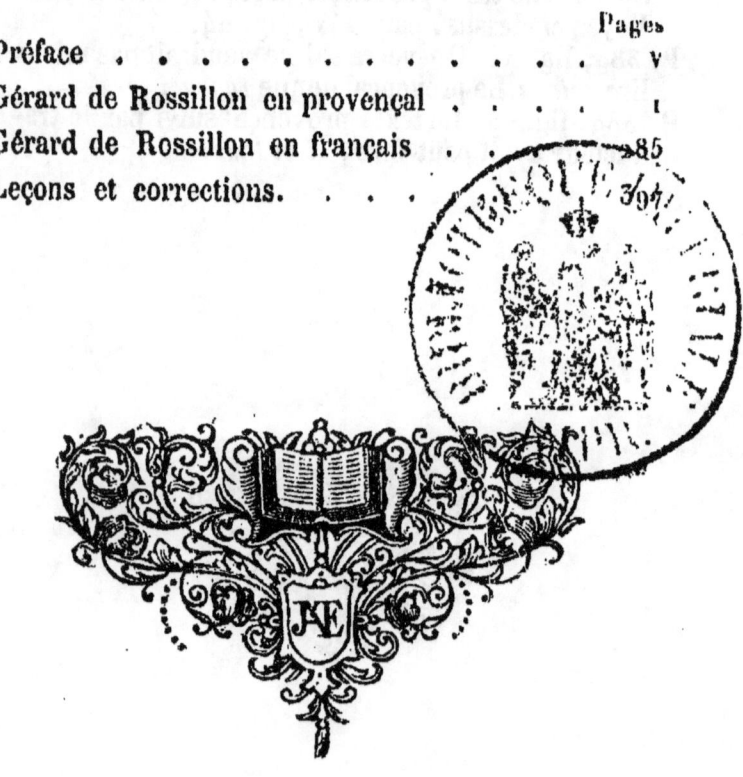

www.ingramcontent.com/pod-product-compliance
Lightning Source LLC
Chambersburg PA
CBHW050740030726
47505CB00002B/339